GENESIS X

DER GEKLONTE ADAM

von

Joachim Josef Wolf

Historien-Fantasy-Roman

Erschienen im Selbstverlag Joachim Josef Wolf
1. Auflage, Ispringen März 2016

ISBN 978-3-00-052287-1

Texte © Copyright by Joachim Josef Wolf
Bilder/Grafiken © Copyright by Joachim Josef Wolf
Wilhelmstr. 20, 75228 Ispringen, info@autor-joachim-wolf.de
Coverbild by Hans Vogel, Gartenstr. 22, 75245 Neulingen

Der Umwelt zuliebe 100 % Recyclingpapier

E-Book im Selbstverlag
ISBN 978-3-00-052622-0

Alle Rechte vorbehalten.

In tiefer Dankbarkeit und wahrer Liebe
für meinen irdischen Engel Lynn

Inhaltsverzeichnis

Inhaltsverzeichnis	5
Protagonisten	6
Planet Erde 450.000 v. Chr.	7
Landung auf dem Planeten Erde	9
Marduk, der zwölfte Planet	10
Commandeur Ea und sein Auftrag	17
Entstehung der Erde	25
Mesopotamien - Das Camp am Euphrat	31
Adler Rock - Gigant der Lüfte	36
Begegnung mit dem Affenähnlichen	43
Serenus der Seher	56
Die Höhlenwesen	58
1 Nefilimjahr nach der Landung / 446.400 v. Chr.	79
Hurra wir leben noch!	81
36 Nefilimjahre nach der Landung / 320.400 v. Chr.	89
Eiszeit	91
Das erste Feuer der Höhlenwesen	92
39 Nefilimjahre nach der Landung / 309.600 v. Chr.	97
Die erste Kolonie in Arali (Afrika)	100
41 Nefilimjahre nach der Landung / 302.400 v. Chr.	115
Enlils Herrschaft auf Erden	120
Das genmanipulierte Schicksal nimmt seinen Lauf	123
42 Nefilimjahre nach der Landung / 298.800 v. Chr.	165
44 Nefilimjahre nach der Landung / 291.600 v. Chr.	177
Terhabilis aralis und robustus	187
95 Nefilimjahre nach der Landung / 108.000 v. Chr.	207
Malaria - Der Fluch der Anopheles	213
Terhabilis erectus mesopotamiens (Neandertaler)	220
121 Nefilimjahre nach der Landung / 14.400 v. Chr.	223
Adam, der erste Mensch (Homo sapiens)	232
Adams Kindheit	235
Adam und Eva	242
Der Garten Eden	245
Der Baum der Erkenntnis u. die "Vertreibung" aus dem Paradies	251
Kain und Abel	259
122 Nefilimjahre nach der Landung / 10.800 v. Chr.	265
Die Entstehung des Menschenvolkes	266
Enlil und der HIV	271
Die Sintflut	278
Noah	285
Das Ende der Mission	296
Noah und die Götter	299
Abschied von der Erde	312
Danksagung und Vita des Autors	318

Die Protagonisten

Ea von Marduk, jüngster Sohn von König Anu, Nefilim, 30 Jahre alt, unverheiratet, oberster Befehlshaber der intergalaktischen Streitkräfte und General-Kommandeur der nefilimischen Raumfahrtflotte. Er besitzt mehrere naturwissenschaftliche Habilitationen, unter anderem in den Forschungsbereichen der Bio-, Neuro- und Quantenphysik sowie in der Bergbau- und Agrartechnologie. Ihm wurde die Leitung der wohl abenteuerlichsten, aber auch riskantesten Mission seit Bestehen der nefilimischen Zivilisation übertragen: die Erforschung und Besiedlung des Planeten Erde.

Inanna von Marduk, jüngste Tochter des Anu, Nefilim, 24 Jahre alt, unverheiratet. Sie gehört zu den qualifiziertesten Ärzten auf dem roten Planeten mit dem Rang des Chi in Medizin, Naturheilkunde, Chemie und Gentechnologie. Ihren Bruder Ea liebt sie bedingungslos und begleitet in auf seiner Reise ins Ungewisse.

Enlil von Marduk, ältester Sohn des Anu und Thronfolger, Nefilim, 34 Jahre alt, unverheiratet. Obwohl er sein Studium der Religions- und Politikwissenschaften nicht abgeschlossen hat, gelang es ihm, sich mithilfe hinterhältiger Intrigen und verbrecherischer Indoktrination zum Vorsitzenden des Minister- und Ältestenrates auf Marduk wählen lassen. Die Teilnahme an der Erdmission wurde ihm jedoch von seinem Vater verweigert. Nicht nur aus diesem Grunde hasst er Ea abgrundtief.

Serenus der Seher, Anunnaki, 135 Jahre alt (durchschnittliche Lebenserwartung auf Marduk: 290 Jahre), unverheiratet, Stammesführer des dienenden Volkes der Anunnaki. Ihm obliegt die organisatorische Leitung der Arbeitstrupps auf der Erde. Er verfügt nicht nur über ein umfassendes Wissen in Geologie, Klimatologie und Morphogenetik, sondern auch über mediale, seherische Fähigkeiten. Serenus ist Eas treuester Weggefährte und engster Vertrauter.

Weitere Hauptrollen:

Marduk, Eas Sohn; Archil, Eas Blutsbruder; Persus, Archils Sohn; Chi Honestus, führender Genwissenschaftler; Deicero und Pilumer, zwei Terhabilis aralis (Vorfahren des Homo erectus), sowie *Adam, *Eva, *Kain, *Abel und *Noah.

Alle Handlungen und Personen, mit Ausnahme der mit * gekennzeichneten Namen, sind „frei" erfunden. Ähnlichkeiten mit lebenden oder wissenschaftlich nachgewiesenen, historisch erwähnten Personen sind rein zufällig.

Planet Erde
Anno 450.000 v. Chr.

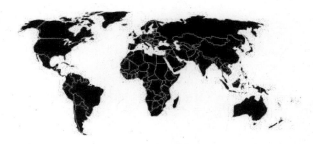

Als ich mit den Füßen zum ersten Mal die Erde berührte, war mir, als wäre ich in diesem Moment wiedergeboren worden. Wie ein Baby, das voller Ungeduld den Bauch seiner Mutter verlässt, um endlich das Licht der Welt zu erblicken, hatte ich mich durch die für meine Größe etwas zu eng bemessene Ausstiegsluke meiner Landefähre NS7.9 gezwängt. Ein nicht gerade leicht zu bewältigendes Unterfangen, angesichts des nabelschnurähnlichen LO2-Beatmungsschlauches, der mich mit den Sauerstofftanks des Raumgleiters verband.

Obschon der atmosphärische Druck, die Außentemperatur, die Beschaffenheit des Erdbodens, die stoffliche Zusammensetzung der Atemluft, kurzum alle für uns Nefilim existenziell notwendigen Lebensbedingungen auf der Erde gegeben waren, musste die Erstbegehung des Planeten aus Sicherheitsgründen im Raumanzug erfolgen. Und so stand ich nun in meiner zweiten Haut, aufgeblasen wie ein lebendiger, zwei Meter großer, goldener Luftballon inmitten dieser atemberaubend schönen mesopotamischen Natur.

Mesopotamien bedeutet in nefilimischer Hochsprache „Land zwischen den zwei Strömen", denen wir die Namen Euphrat und Tigris gaben. Diese jeweils über zweitausend Kilometer langen Flusssysteme durchziehen das von uns zur Kolonisation auserwählte Gebiet, das sich von der nordöstlichen Küste des Oberen Meeres bis zum Golf des Unteren Meeres erstreckt.

Weitläufige Ebenen mit paradiesisch anmutender Vegetation, sanft geschwungene, mit saftigem Grün überzogene Hügel, die sich unter azurblauem Himmel in den wärmenden Strahlen der Sonne genüsslich zu räkeln schienen.

Beim Anblick dieser friedvollen, von Gott gesegneten Landschaft fiel es mir unsagbar schwer zu glauben, dass dieser faszinierend schöne Planet vor langer, langer Zeit an der fast vollständigen Vernichtung meines Heimatplaneten Marduk beteiligt war.

„Ein kleiner Schritt für einen Nefilim, aber ein großer Schritt für unser Volk. Möge uns der Blaue Planet zur neuen Heimat werden und uns für all das entschädigen, was unsere Ahnen durch ihn erleiden mussten", sprach ich mit bewegter Stimme in das in meinem Helm integrierte Mikrofon, indes ich den ersten Schritt eines Nefilim auf der Erde, gleich einem intergalaktischen Staatsakt, vor den Außenbordkameras meiner Landefähre zelebrierte.

Und da war es auch schon vorbei mit der friedvollen Stille auf der Erde. Meine Kameraden, die mit angehaltenem Atem die Bilder meiner Erstbegehung von der Kommandobrücke unseres Mutterraumschiffes aus verfolgt hatten, brachen nun unvermittelt in wahre Begeisterungsstürme aus. Ich griff reflexartig an meine Ohren, um sie zuzuhalten: ziemlich sinnlos, wie man sich angesichts eines behelmten Kopfes unschwer vorstellen kann. Und so waren meine Trommelfelle dem aus meinem Kopfhörer dröhnenden Jubelgeschrei schutzlos ausgeliefert.

„Ea an MS9! Ea an MS9! So mich überhaupt jemand von euch da oben hört, ich werde jetzt mit den Tests beginnen!", schrie ich dem nicht enden wollenden Gegröle aus dem All entgegen.

„MS9 an Commandeur Ea, verstanden! Bildübermittlung störungsfrei, Funkverbindung hoffentlich auch bald wieder!", hörte ich die gegen den Lärm der Mannschaft ankämpfende Stimme Captain Archils, der während meiner Abwesenheit das Kommando auf der MS9 führte …

… Marduk, der zwölfte Planet innerhalb unseres Sonnensystems, beschreitet eine elliptische Umlaufbahn um die Sonne. Sein sogenanntes Apogäum, die größte Sonnenferne, beträgt 18.927.000.000 Kilometer. Erreicht Marduk in seinem Umlauf sein Perigäum, ist er der Sonne mit 161.000.000 Kilometer Entfernung und somit auch dem Planeten Erde am nächsten. In seiner Größe entspricht der „im roten Licht Erstrahlende", wie Marduk von seinen Bewohnern liebevoll genannt wird, der des Jupiters. Seinen wohlklingenden Beinamen verdankt er seiner äußersten atmosphärischen Schicht, der Solarsphäre. Diese Schutzhülle umschließt unseren Planeten in einer Höhe von 1.000 bis 1.300 Kilometern gleich einem aus unzähligen Wasserstoff- und Heliumatomen gesponnenen, rötlich strahlenden Kokon. Aus der Ferne des Weltalls betrachtet, zeigt

Marduk deshalb nicht das für einen bewohnbaren Planeten typische Erscheinungsbild, sondern eher das eines aus glühender Lava bestehenden Kometen.

Die Solarsphäre bewahrt uns Nefilim und Anunnaki vor der Kälte und Finsternis des Weltraums. Sie ist sozusagen unsere planeteneigene Energie-, Licht- und Wärmequelle, die das Leben auf Marduk, auch in den von der Sonne weit entfernten Räumen unserer Galaxie, möglich macht. Durch sie sind wir unabhängig von der Einstrahlung der Sonne sowie vom Spiel der kosmischen Gezeiten und wir kennen weder Nacht noch wechselnde Jahreszeiten.

Die atmosphärischen Schichten unterhalb der Solarsphäre unterteilen unsere Klimatologen in Magneto-, Thermo-, Meso-, Strato- und Troposphäre. Diese unterscheiden sich von den irdischen Sphären nur durch die etwa doppelt so große Ausdehnung der einzelnen Schichten in ihrer Höhe.

Zwei Drittel der Oberfläche des Roten Planeten sind von Wasser bedeckt, indes die gesamte Landfläche einen einzigen Superkontinent mit ähnlichem geographischem Umriss bildet wie der vor 300 Millionen Erdenjahren auf dem Blauen Planeten bestehende Großkontinent Pangäa.

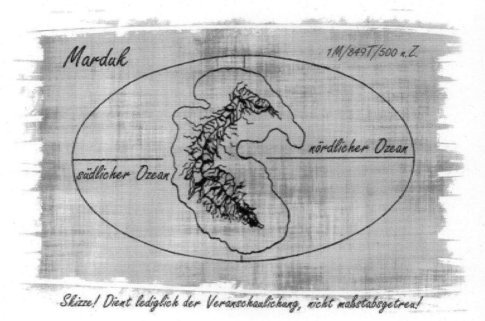

Skizze! Dient lediglich der Veranschaulichung, nicht maßstabsgetreu!

Bei einer durchschnittlichen Lufttemperatur von 25 bis 30 Grad Celsius auf Höhe des mittleren ozeanischen Wasserspiegels herrscht das ganze Jahr über ein humides bis teilarides Klima. Dagegen werden die Temperaturen in den im Landesinnern bis zu 20.000 Meter emporragenden Gebirgen mit zunehmender Höhe nicht wie auf der Erde niedriger, sondern steigen um bis zu 10 Grad. So kennen wir zwar klimatische Phänomene wie Wolken, Regen, Wind und Sturm, aber keine natürlichen gefrorenen Niederschläge wie Eis, Hagel oder Schnee ...

... „MS9 an Commandeur Ea, bitte kommen!"
Die Stimme aus dem Kopfhörer riss mich aus meinen Gedanken.
„Ea an MS9, kommen!"
„Es verbleiben noch 5 Einheiten bis zum letztmöglichen Rendezvous mit NS7.9, bitte bestätigen!"
„Ea an MS9, noch 5 Einheiten bis zum Rendezvous, Roger!" ...

Das erste Geschlecht der Nefilim bevölkerte den tropischen Superkontinent Marduk schon über Tausende von Generationen hinweg, als in unserer Galaxie vor 1.250.000 Nefilimjahren die „Erschaffung" eines neuen Planeten ihren Anfang nahm. Unvorstellbar große Mengen von Gas- und Staubteilchen sammelten sich wie von einem unsichtbaren Magneten angezogen in Sonnennähe. Unermessliche Energiepotenziale wurden freigesetzt und gewaltige Wirbel entstanden, wodurch sich die kosmische Urmaterie zunehmend verdichtete. Von der beständigen und intensiven Bestrahlung der Sonne mehr und mehr aufgeheizt, gebar der Kosmos einen neuen Himmelskörper, der in Form einer glühenden, feuerspeienden Lavakugel seine noch unkontrollierten Bahnen durch unser Sonnensystem zog.
In den Reihen der nefilimischen Wissenschaftler wurde dieses intergalaktische Naturspektakel mit grenzenloser Freude gefeiert. Endlich bot sich ihnen die einmalige Chance, der Abiogenese eines Himmelskörpers aus nächster Nähe beizuwohnen und dabei dem Geheimnis der kosmischen Schöpfung ein Stück weit mehr auf die Spur zu kommen.
Das Volk der Nefilim beobachtete indes das Entstehen Tiamats, wie der Komet von seinem Entdecker getauft wurde, mit größter Sorge. Zu Recht, denn die von den Astronomen vorgelegten Berechnungen über die zukünftig möglichen Konstellati-

onen und Umlaufbahnen des Himmelskörpers ließen nichts Gutes erahnen. Mit einer objektivistischen Wahrscheinlichkeit von 90 Prozent wies die wissenschaftliche Prognose darauf hin, dass es in 490 bis 500 Nefilimjahren zu einer Kollision mit dem unheilverheißenden Kometen kommen würde. Und so geschah es denn auch:
Der aus flüssiger Lava bestehende Komet entwickelte sich durch die Verdampfung der leichten Gase Wasserstoff und Helium und die daraus resultierende Verdichtung der Staubteilchen zu einem Himmelskörper aus vorwiegend fester Oberflächenmaterie. Auch schwenkte er im Laufe der Zeit immer mehr auf eine kontrollierte orbitale Bahnkurve ein, bis er sich 489 Nefilimjahre später in seiner linksgerichteten Sonnenumlaufbahn zwischen Mars und Jupiter auf einen konstanten Kurs begab. Da dieser Orbit aber, wie von unseren Astronomen vorausberechnet, das Perigäum des rechtsgerichteten Umlaufs Marduks kreuzte, rasten nun die beiden unglückseligen Planeten unaufhaltsam aufeinander zu.
So schien das apokalyptische Inferno unvermeidlich. Einzig das in der Magnetosphäre Marduks erzeugte kosmomagnetische Kraftfeld, das ähnlich einem gleichnamigen Magnetpol das gleichpolige Magnetfeld Tiamats von sich abstieß, vermochte den auf frontalem Kollisionskurs befindlichen Planeten abzudrängen. So schrammten die beiden kosmischen Kontrahenten letztendlich „nur" aneinander vorbei ...

„MS9 an Commandeur Ea, bitte kommen!"
„Ea an MS9, kommen!"
„Noch 3 Einheiten bis zum Rendezvous mit NS7.9!"
„Roger. Die Tests sind abgeschlossen, die Proben im Analyser. – Keine Auffälligkeiten. – Kehre jetzt zur NS7.9 zurück."
„Ok! Warten auf Bestätigung des Ready-off!"
„Roger."
Und mit kleinen, schwerfälligen Schritten machte ich mich nun wieder in meinem vernabelten, goldenen Luftballon auf den Weg zurück in den Bauch meiner Landefähre ...

... Nun, meine Ahnen hatten keine Möglichkeit, eine Landefähre zu besteigen, sich in den Himmel zu erheben und an Bord eines Raumschiffes der nahenden Katastrophe zu entfliehen. Obwohl sie damals schon über das notwendige Wissen und das technische Know-how für den Bau von bemannten Raumfahrzeugen verfügten, wäre eine Flucht in den Weltraum sinnlos gewesen. Zu dieser Zeit befand sich weder innerhalb unseres Sonnensystems noch in der an das Apogäum Marduks angrenzenden Galaxie ein bewohnbarer Himmelskörper. Und so sahen sie sich der Springflut, die durch die schicksalhafte Begegnung mit Tiamat ausgelöst wurde, hilflos ausgeliefert. Innerhalb nur weniger Stunden verschlangen die gewaltigen Wassermassen des Ozeans den gesamten Superkontinent und vernichteten nahezu alles Leben auf dem Roten Planeten. Einzig 1.728 Frauen, Männer und Kinder konnten sich vor den reißenden Fluten auf die höchsten Berge retten. Dort mussten sie unter unvorstellbaren Qualen über acht nefilimische Jahre hinweg dahinvegetieren, bis sich die Wassermassen endlich wieder in den Ozean zurückgezogen hatten.

Für die Überlebenden und ihre Nachkommen bedeutete dies einen Sturz in die primitivsten Anfänge der Zivilisation, so wie sie einst vor Jahrhunderttausenden auf Marduk begonnen hatte. Erst um das Jahr 1M/849T/500 neuer Zeit war der technische und wissenschaftliche Entwicklungsstand wieder erreicht, den unsere Ahnen schon lange Zeit vor der Flut errungen hatten.

Während Marduk dank seiner schützenden Magnetosphäre die kosmische Katastrophe ohne nennenswerte Schäden an seiner planetaren Körperlichkeit überstand, wurde Tiamat in drei Teile gesprengt. Etwa ein Viertel der ursprünglichen Kometenmasse zersplitterte in Tausende Trümmerstücke, die sich gleich einem trennenden Schild zwischen Mars und Jupiter verteilten. Unsere neuzeitlichen Astronomen gaben diesem Meteoritenschild den Namen Asteroidengürtel.

Die beiden anderen Bruchstücke mit einem jeweiligen Massenanteil von etwa 25 und 50 Prozent wurden in Richtung Sonne geschleudert. Auf halbem Weg zwischen Mars und Venus drifteten die planetaren Trümmer dann in einem kosmischen Wirbel ab, der sie unwillkürlich in eine neue, wieder konstante Umlaufbahn zwang. So gingen der Planet Erde und sein kleiner Bruder, der Planet Mond, aus dieser folgenschweren Schicksalsbegegnung mit Marduk hervor. Einst vereint, auf immer getrennt und doch ewig aneinander gebunden.

Fortan bestand unser Sonnensystem aus zwölf Planeten. Wir Nefilim unterteilen diese in die sogenannten inneren Planeten Sonne, Merkur, Venus, Mond, Erde und Mars sowie die von ihnen durch den Asteroidengürtel getrennten äußeren Planeten Jupiter, Saturn, Uranus, Neptun, Pluto und Marduk ...

... „Ready to take off!"
Das leise Summen der fünf im Warmlauf befindlichen Starttriebwerke meiner NS7.9 ging in ohrenbetäubendes Dröhnen über, als ich den Schubhebel auf Startposition trimmte.
„Rendezvous in 3 Einheiten, bitte bestätigen, MS9!"
„Ankoppelung in 3 Einheiten für NS7.9 auf Schleuse 12!"
Leicht wie eine im sanften Aufwind schwebende Feder erhob sich mein Silbervogel von der Erde, nachdem ich durch ein leichtes Antippen der Steuereinheit den Auftrieb erhöht hatte.
„NS7.9 an MS9, erbitte Koordinaten!"
„Koordinatenübermittlung ausgeführt! – Rechner aktiv!"
„Roger, bestätige Take-off!"
Ein weiterer Fingerstups auf den Touchscreen des Bordcomputers genügte und die Steiggeschwindigkeit der Landefähre erhöhte sich binnen weniger Sekunden auf 6 Mach. Innerhalb von nur 6 Minuten wird mit dieser Beschleunigung die „Shot-out-line" von 800 Kilometern über der Erdoberfläche erreicht. Wir bezeichnen diese Höhenlinie so, weil hier der Astronaut das atomare Triebwerk der Landefähre zündet, um das Gravitationsfeld der Erde mit Schub in den Orbit endgültig zu überwinden. Der Bordcomputer aktiviert in diesem Moment auch die Autopilot-Steuerung und der Astronaut muss sich um nichts mehr kümmern, selbst die Ankoppelung an das Mutterschiff führt das elektronische Gehirn selbstständig aus, und das präziser, als es ein Nefilim könnte.
Ja, und da es nun nichts Sinnvolles mehr für mich zu tun gab, nutzte ich die geschenkte Zeit für die ersten Eintragungen in mein allererstes Tagebuch, das ich zeitlebens geschrieben habe. In diesem Memorandum, das nicht nur mir allein gehören soll, will ich mein ganz intimes Erleben, Fühlen und Wahrnehmen der Geschehnisse mit und auf dem Blauen Planeten festhalten. Im Sinne eines historischen Vermächtnisses aus der Feder eines Augenzeugen möchte ich deshalb die Pioniertaten der nefilimischen Raumfahrtflotte nicht nur in einem auf wissenschaftliche Fachinformationen reduzierten Protokoll an unsere Nachwelt übermitteln.
In diesem Sinne wünsche ich mir selbst, dass es mir als bislang fakten- und verstandesorientiertem Nefilim am Ende doch gelingen möge, einen auch emotional authentischen Erlebnis-

bericht über unser „Abenteuer Erde" vorzulegen. Ein Abenteuer mit unkalkulierbaren Risiken in einer uns völlig unbekannten Welt, auf einem fremden, wilden Planeten ...

22. Tageseinheit , 7. Monat, im Jahre 1M/940T/057 n. Z.

Ich bin Ea von Marduk, Sohn des göttlichen Anu, mit dem heutigen Tage 30 Jahre alt, unverheiratet, oberster Befehlshaber der intergalaktischen Streitkräfte und General-Commandeur des Raumschiffes MS9 der nefilimischen Raumfahrtflotte.
Mein Vater Anu, Herr über Marduk, König der Nefilim und Anunnaki, hat mich beauftragt, den Planeten Erde zu erforschen und zu kultivieren. Aufgrund meiner naturwissenschaftlichen Habilitationen – ich bekleide den Rang eines CHI unter anderem in den Forschungsbereichen Bio-, Neuro- und Quantenphysik sowie in der Bergbau- und Agrartechnologie – wurde mir die Leitung für diese wohl abenteuerlichste Mission seit Bestehen der nefilimischen Zivilisation übertragen.
Während Anu meinem älteren Bruder Enlil die Teilnahme an diesem Projekt strikt verweigert hatte, gab er hingegen dem Drängen meiner Schwester Inanna nach, die mich nun auf dieser Reise ins Ungewisse begleiten darf. Inanna gehört zu den qualifiziertesten Ärzten auf unserem Roten Planeten, mit dem Rang eines CHI in Medizin, Naturheilkunde und Chemie sowie in den Wissenschaftsbereichen der Quantenphysik und Gentechnologie.
Die Besatzung der Raumfähre MS9 besteht aus zehn ranghohen Offizieren und zwölf Naturwissenschaftlern vom Geschlecht der Nefilim. Sie befehligen die dreihundertköpfige Bordmannschaft, allesamt erfahrene Raumfahrer vom Stande der Anunnaki. Außerdem befinden sich weitere sechshundert Anunnaki aus unterschiedlichen handwerklichen Berufsgruppen an Bord, darunter Bergleute, Schmiede, Gießer, Holzfäller, Zimmerleute, Wagner, Steinmetze, Töpfer, Schiffsbauer und Seeleute. Sie werden mit mir und Inanna auf die Erde „hinabsteigen", sobald die bei meiner ersten Landung entnommenen Proben im Labor analysiert worden sind.
Vor einer Tageseinheit, das entspricht ungefähr zehn irdischen Jahren, starteten wir auf Marduk, um den Blauen Planeten, bedingt durch einen kürzeren elliptischen Kurs, ein Erdenjahr vor dem Zwölften Planeten zu erreichen.
Dieses Verfahren bietet uns die Möglichkeit, die Raumfähre exakt zu dem Zeitpunkt in einen Umlauf um die Erde zu bringen, in dem sie ein Erdenjahr mit einem auf ein Minimum reduzierten Energieverbrauch verbleiben kann. Erreicht Marduk

danach das Perigäum, wird die MS9 mit ihrer Besatzung wieder die Heimreise antreten. Inanna, ich sowie sechshundert anunnakische Freunde und Mitstreiter werden indes auf der Erde zurückbleiben. Ein Nefilimjahr wird dann bis zur nächstmöglichen Wiederkehr der MS9 vergehen.

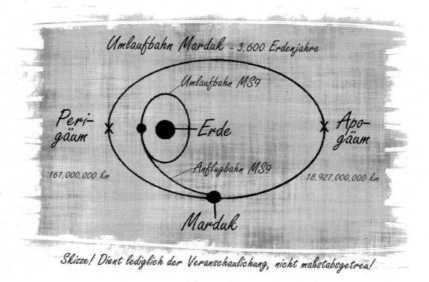

Skizze! Dient lediglich der Veranschaulichung, nicht maßstabsgetreu!

Wir wissen nicht, was uns auf dem Blauen Planeten erwarten wird. Ganz auf uns allein gestellt, inmitten eines wunderschönen, aber wilden, unerforschten Planeten.
Sind wir physisch und vor allem psychisch in der Lage, dieses größte aller bisher dagewesenen Abenteuer lebend und unversehrt zu überstehen?
Werden sich die wissenschaftlichen Auswertungen bestätigen, die wir anhand der Erderkundungen durch unsere unbemannten Satelliten erstellt haben, und sich genügend Rohstoffe wie Uran, Kobalt, Erdöl, Bitumen, Gold, Platin, Silber, Kupfer und Eisenerz finden?
Können wir genügend Wildtiere erlegen, um die Ernährung von sechshundert hungrigen Männern und Frauen sicherzustellen?
Welche Gefahren lauern des Nachts auf uns und wie finden wir uns in der für uns ungewohnten Dunkelheit zurecht?

Gibt es auf der Erde Lebewesen, von deren Existenz wir noch nicht wissen? Und wenn ja, begegnen sie uns als Freunde oder als Feinde?

Doch unabhängig davon, wie groß die Herausforderungen und Gefahren auf der Erde auch sein mögen, letztendlich hängt unsere Zukunft von einer einzigen, alles entscheidenden Frage ab:

Werden wir auf der Erde auch weiterhin nach dem Raum-Zeit-Kontinuum Marduks oder aber nach dem des Blauen Planeten altern?

In der aus nefilimischer Sicht für unser Sonnensystem geltenden Zeitrechnung benötigt der Zwölfte Planet ein Nefilimjahr für seinen Umlauf um die Sonne, während zeitgleich auf der Erde 3.600 Jahre vergehen. Sollte sich also unsere innere Uhr plötzlich auf den biologischen Rhythmus des Blauen Planeten umstellen, wären wir schon lange tot, bevor das nächste Raumschiff der Nefilim wieder in Erdnähe kommen würde.

Fragen über Fragen also, die uns kein lebendes Wesen im gesamten Universum beantworten kann. Niemand, außer natürlich wir selbst, indem wir sie durch unser Erleben zu gelebten Antworten wandeln ...

... „NS7.9 von MS9. Ankoppelung in 0,01 Einheiten", die Stimme Captain Archils ließ mich wieder in die Realität zurückkehren.

„NS7.9 an MS9, Ankoppelung in 0,01 Einheiten, Roger!", bestätigte ich den Funkruf. Und indes ich noch einmal nach dem leuchtend blauen Erdball unter mir Ausschau hielt, verschwand mein Silbervogel gleich einer wehrlosen Fliege im weit aufgerissenen Maul einer riesigen Libelle in Schleuse 12 der MS9 ...

Ich konnte nicht einschlafen. Alle möglichen Dinge gingen mir durch den Kopf. Meine Gedanken schossen wie kleine Bleikugeln in meinen Hirnwindungen hin und her, sodass sie mich fast schon physisch schmerzten.
Die überwältigenden Eindrücke von meiner ersten Landung auf dem Planeten Erde, der überschwängliche Empfang, den mir die Crew bereitete, als ich die Kommandobrücke der MS9 nach meiner Rückkehr betrat, das von meiner Schwester Inanna für mich arrangierte Fest mit all den kulinarischen Genüssen aus unserer vorzüglichen nefilimischen Bordküche, die euphorische Stimmung, in der meine Kameraden bei Musik und Tanz den Beginn unserer Mission feierten, und nun das ungeduldige Warten auf die Ergebnisse der von mir genommenen Boden- und Luftproben.
Mein von Adrenalin aufgeputschter Sympathikus ließ dem vegetativen Nervensystem keine Chance, meinen Organismus in den Schlaf zu bringen, und so wälzte ich mich lange Zeit von einer Seite auf die andere.
„Licht und Rechner aktivieren", brummte ich, des ruhelosen Wachliegens überdrüssig geworden, vor mich hin und stand auf.
Wie gewohnt führten die auf meine Stimme programmierten DL-Sensoren den Befehl in Sekundenbruchteilen aus und ich setzte mich an den Schreibtisch.
Ablenkung durch sinnvolle Arbeit, dachte ich mir, während ich meine private Datenbank im Computer aktivierte, um an meinen Tagebucheintragungen weiterzuarbeiten ...

... Ja, Fragen über Fragen, auf die nun meine Ratio, mein verstandesgemäßes, vornehmlich wissenschaftlich und auf die Materie fokussiertes Bewusstsein endlich real erlebte Antworten erhalten wird. Denn all das, was unsere Astronomen in der Vergangenheit über die aus dem Urplaneten Tiamat hervorgegangene Erde in Erfahrung bringen konnten, basiert letztendlich auf rein wissenschaftlich erarbeiteter Theorie. Man könnte auch sagen, unser Wissen beruht lediglich auf wissenschaftlich ermittelten Daten und den aus ihnen erstellten Berechnungen sowie den daraus abgeleiteten Wahrscheinlichkeiten, Annahmen, Vermutungen oder eben auch nur auf rational konstruierten Glaubenssätzen, so oder so könnte es gewesen sein.

Durch diese Mission bietet sich mir nun endlich die lange herbeigesehnte Gelegenheit, mein theoretisches Wissen durch praktisch erworbene Gewissheit zu überprüfen. Mehr noch, ich bekomme jetzt die einmalige Chance, festzustellen, ob das, was ich bisher zu wissen glaubte, auch der irdisch-materiellen Wirklichkeit entspricht. Doch selbst dann, wenn ich ab morgen die terrestrische Realität vor meinen wissenschaftlich geschulten Augen habe und diese mithilfe meiner ratiogesteuerten linken Gehirnhälfte analysieren werde, sollte mir allzeit der Rat meiner vornehmlich mit dem Herzen und dem Bauch wahrnehmenden Schwester Inanna gegenwärtig sein. Sie sagt, dass das, was wir sehen, hören, fühlen, riechen oder schmecken, uns nur einen winzig kleinen Teil des wahren Ganzen offenbart. Schon während unserer Studienzeit an der Königlichen Fakultät überraschte sie mich immer wieder mit spirituellen Weisheiten wie:

„Ea, wenn du die Wahrheit erkennen willst, musst du die Augen schließen, damit dein Herz sie sehen kann. Schau dir diese Kieselsteine am Ufer des Flusses an. Deine Augen sehen und dein Bewusstsein glaubt, dass diese Steine nur aus fester, unbelebter Materie bestehen. In Wahrheit aber ist jedes Atom, jedes Quant, aus dem sich ihre manifeste Körperlichkeit bildet, von einem Funken göttlichen Bewusstseins beseelt. Nimm also einen dieser Steine in die Hand, schließ die Augen und fühl mit dem Herzen, wie er lebt." Und an anderer Stelle riet sie mir:
„Wenn du die Stimme der Natur vernehmen willst, musst du die Ohren schließen, damit dein Herz sie hören kann. Denn du wirst auch Gott oder die göttliche Energie nicht mithilfe deiner bewussten Sinne oder deiner Ratio wahrnehmen können, sondern einzig über dein fühlendes Herz." Und zu meiner Ehrenrettung in Bezug auf meine damals doch sehr linkshirnig fokussierte Denkweise meinte sie dann:
„Ea, nichtsdestoweniger bin ich der Überzeugung, dass wir die Wissenschaften und ihre Theorien, den Glauben, dass es so ist oder so war, brauchen, um uns in unserer Welt zurechtzufinden. Doch sollten wir uns niemals der vielleicht einzigen, universell gültigen Wahrheit verschließen, die da lautet: Alles ist möglich! Es gibt nichts, was es nicht gibt, selbst das Nichts ist existent! Und weil dem so ist, sollten gerade wir beide in unserer Berufung als Wissenschaftler und durch die Liebe in unseren Herzen das Unmögliche möglich machen."

Und so werde ich gerade jetzt, dem Rat meiner weisen Schwester folgend, das Abenteuer Erde angehen, wohl wissend, dass ich vorerst einzig auf die Forschungsergebnisse unserer nefilimischen Wissenschaft angewiesen bin ...

Die Entwicklungsgeschichte des Blauen Planeten:

Als die Erde vor etwa viereinhalb Milliarden Jahren irdischer Zeitrechnung durch den kosmischen Crash geboren wurde, erhielt sie eine Rotation um ihre eigene Achse mit einer Neigung zwischen 21°55´ und 24°18´ sowie ihre heutige Umlaufbahn zwischen den Gestirnen Mars und Venus. Die dünne, vor dem kosmischen „Unfall" bereits erkaltete Oberfläche drängte sich auf der glühenden Lava des flüssigen Erdkerns zusammen, während der Planet sich neu zu formen begann. Die äußerst günstige Entfernung der Erde zur Sonne sowie der fast kreisrunde Umlauf um die Sonne halfen ihr, die von Marduk geschlagenen Wunden durch langsame, gleichmäßige Abkühlung wieder zu schließen und eine vorwiegend wasserstoffhaltige Atmosphäre an sich zu binden.
Auf der Erdoberfläche nahmen Abertausende brodelnde Vulkane ihre Tätigkeit auf, die große Mengen von Gasen in die atmosphärische Schicht schleuderten und diese im Zusammenspiel mit der fortwährenden Verdampfung der in ihr enthaltenen Wasserstoffmoleküle veränderten. Stickstoff, Sauerstoff und verschiedene Edelgase entwickelten sich, begleitet von ungeheuren elektrischen Spannungsfeldern, die sich ständig neu aufbauten und über der Oberfläche des Planeten entluden. Wolken bildeten sich und es begann zu regnen. Der nun Jahrmillionen andauernde wolkenbruchartige Regen ließ einen Ozean entstehen, der zwei Drittel der gesamten Fläche einnahm und den einzigen Kontinent auf der Erde, wir nannten ihn Pangäa, umschloss.
Nach einer Milliarde irdischer Jahre entstand im Ozean plötzlich und auf unerklärliche Weise organisches Leben in Form von einzelligen Algen und Bakterien. Einige nefilimische Wissenschaftler vermuten, dass bei der Kollision mit Marduk die Leben spendenden, organischen Moleküle sowie Spuren von Amino- und Nukleinsäureverbindungen auf die Erde beziehungsweise in deren Atmosphäre geschleudert wurden. Doch ob diese Theorie zutrifft oder ob sich diese elementaren Verbindungen auf dem Planeten selbst durch biochemische Prozesse herauskristallisiert haben, wird sich letztendlich erst durch die im Laufe unserer bevorstehenden Mission erzielten Forschungsergebnisse nachweisen lassen.

Während nun die Landmasse Pangäas im Laufe von Jahrmillionen in vier Kontinente zerbrach, die wie Schiffe auf dem Wasser schwimmend langsam auseinanderdrifteten, bewohnten vor 600 Millionen Jahren die ersten wirbellosen Tiere das Meer, gefolgt von Schalen- und Wirbeltieren. Die ersten Landpflanzen und mit ihnen die ersten Insekten siedelten sich vor ungefähr 450 Millionen Jahren auf den vier neuen Kontinenten an.
Nach vielen Millionen Jahren der Ruhe begannen die Kontinente mit einem Mal wieder aufeinander zuzutreiben. Die Landmassen näherten sich einander wieder Zentimeter um Zentimeter, bis sie vor ungefähr 200 Millionen Jahren mit unvorstellbarer Wucht zusammenprallten. Beim Zusammenstoß zerbarst das Gestein an den Kontinentalrändern und türmte sich zu Gebirgsketten auf.
Zu dieser Zeit lebten auf dem wieder vereinten Pangäa riesige Säugetiere und Vögel. Die ersten Blütenpflanzen begannen zu blühen und der vegetationsreiche Kontinent erinnerte mehr und mehr an den artenreichen botanischen Garten auf Marduk. Etwa 20 Millionen Jahre später brach Pangäa erneut auseinander. Die driftenden Kontinentalplatten trugen die Landmassen an ihren jetzigen Platz und ließen dabei neue Meeresbecken zwischen ihnen entstehen.
Vor 70 Millionen Jahren bevölkerten die ersten höher entwickelten Säugetiere, die sogenannten Primaten, den Blauen Planeten, während die riesigen Landsäugetierarten sowie die Saurier bereits wieder ausgestorben waren.
Die Plattenverschiebungen dauern noch immer an und wir können nur Vermutungen anstellen, wie die Erde in Zukunft aussehen wird. Die jetzige Erdkarte ist daher lediglich eine Momentaufnahme.

Die erste Landung eines unbemannten Satelliten der Nefilim konnte vor 500 Nefilimjahren, also 1,8 Millionen Erdenjahren, erfolgreich durchgeführt werden. Seit dieser Zeit besuchten 389 Satelliten die Erde. Sie brachten Wasser-, Erd- und Gesteinsproben, Pflanzen und sogar kleinere Tiere von ihren einsamen Reisen mit nach Marduk. So gelangten unsere Wissenschaftler zu der Überzeugung, dass im Gegensatz zu allen anderen Planeten unseres Sonnensystems ein Leben auf der Erde für die Nefilim möglich sei.
Bereits vor 150.000 Erdenjahren wurden in unserem Raumfahrtzentrum die Vorbereitungen für eine bemannte Erdlan-

dung getroffen. Doch eine plötzlich über den Blauen Planeten hereinbrechende Eiszeit machte die heroischen Pläne mit einem Schlag zunichte. Eine 60.000 Jahre währende Kaltzeit, in der die gesamte nördliche Erdhalbkugel mit Eis überlagert war und gewaltige Gletscher immer weiter nach Süden wanderten, wurde von einer fast ebenso langen warmen Periode abgelöst, der sich wiederum eine Kaltzeit gleichen Ausmaßes anschloss. Diese zweite Kaltzeit geht nun zu Ende. Das Eis zieht sich langsam in Richtung Nordpol zurück und wir hoffen, dass hiermit auch das Eiszeitalter in seiner Gesamtheit abgeschlossen ist.

Da nun die klimatischen Bedingungen auf der Erde zumindest in der Zone zwischen 23 Grad nördlicher und 23 Grad südlicher Breite ein für unser Vorhaben günstiges Niveau erreicht haben, sehen wir endlich die Zeit gekommen, unseren großen Traum von einer nefilimischen Kolonie auf der Erde zu verwirklichen.

Eine der schwierigsten Aufgaben, die sich uns bei den Vorbereitungen für eine Besiedelung der Erde stellte, war die Wahl des geeigneten Standortes. Unendlich vieles galt es zu berücksichtigen. So war es unabdingbar, einen Ort mit verhältnismäßig mildem Klima zu finden, wo eine vorerst einfache Unterkunft und leichte Arbeitskleidung ausreichen. Da wir große Mengen an Wasser zur Sicherstellung unseres Trink- und Brauchwasserbedarfs, zur Produktion von Strom, zur Herstellung von Baustoffen und Gebrauchsgütern sowie später zur Tränkung der Zuchttiere und zur Bewässerung der Felder benötigen, sollte ein Fluss oder See in nächster Nähe sein. Ideal wäre ein Fluss, der zum Meer führt, was uns die weitere Erkundung der Erde mit Booten und Schiffen erlaubt. Und noch eine wichtige Voraussetzung musste der Platz für unsere erste Siedlung erfüllen: Rohölvorkommen zur Herstellung von flüssigen Brenn- und Treibstoffen.

Mesopotamien nannten wir den Ort unserer Wahl. Östlich des Oberen Meeres gelegen, durchschneiden zwei große Ströme das Land. Von ihrem Ursprung in der Hochebene im Norden bis zu den Sümpfen im Süden, wo sie in den Golf des Südens münden, gedeiht an ihren Ufern eine üppige Vegetation. Fruchtbarer Boden, Temperaturen zwischen 20 und 30 Grad fast das ganze Jahr hindurch und Wasser von bester Qualität in mehr als ausreichender Menge. Zudem besteht eine Verbindung zu den Ozeanen über den Golf und es gibt einige Stellen, an denen Rohöl, Bitumen, Teer und Asphalt auf natürliche Weise an die Erdoberfläche gelangen, ohne dass wir auch nur einen Meter tief bohren müssen. Also der ideale ...

... „Kommandobrücke an Commandeur Ea, bitte kommen!" Ich schrak aus meinen Gedanken und drückte die Taste meines Sprechfunkgeräts.
„Ea an Kommandobrücke, kommen", antwortete ich meinem Freund Archil und speicherte meine Tagebucheintragungen in der Datenbank ab.
„Wie wär's mit aufstehen, Schlafmütze?", neckte mich Archil.
„Mitten in der Nacht?", brummte ich unwillig zurück, als hätte er mich aus tiefstem Schlaf geweckt.
„Was heißt hier Nacht? Schau mal auf deinen Zeitgeber, du Siebenschläfer!", forderte er mich lachend auf.
Ich sah verwundert auf die Uhr. Oh mein Gott, die Zeit war im wahrsten Sinne des Wortes wie im Flug vergangen.
„Bin schon unterwegs, Archil!", rief ich beim Aufspringen noch hastig ins Mikrofon und eilte ins Bad, um mich anzuziehen ...

Inanna und Serenus, ein Anunnaki mit hervorragenden Kenntnissen in der Geomantie und fast schon übersinnlichen Fähigkeiten bei der Ortung jeglicher Art von Strahlungen, warteten bereits in Schleuse 12 auf mich.
„Da bist du ja endlich!", rief Inanna fröhlich, als ich sie liebevoll in die Arme schloss.
„Na, aufgeregt, Kleines?", schmunzelte ich und hob das zierliche Geschöpf zu mir hoch, um sie auf die Stirn zu küssen.
Übermütig ließ sie die Beine baumeln, die nun beinahe einen halben Meter vom Boden entfernt waren. „Und wie! Ich kann es kaum erwarten, endlich mit dir einen Spaziergang auf der Erde zu machen", antwortete sie und auf ihrem Gesicht breitete sich dieses ihr von Geburt an eigene, engelhafte Lächeln aus, das sich gleich einem aus göttlicher Liebe erschaffenen Licht über jede Faser meines Herzens ergoss.
„Du bist die schönste Frau des Universums, erst recht, wenn du so glücklich lachst!", bemerkte ich, ohne dass ich einen gewissen großbrüderlichen Stolz auf meine kleine Schwester verbergen konnte.

„Ach, übertreib doch nicht schon wieder so maßlos, Ea. Auf Marduk gibt es viele Mädchen, die hundertmal schöner sind als ich", entgegnete sie leicht errötend.
„Aber nicht für mich!", widersprach ich energisch, während ich sie wieder auf dem Boden absetzte und mich Serenus zuwandte.
„Was meinst du dazu?", fragte ich ihn und klopfte ihm freundschaftlich auf die Schulter.
„Äußere Schönheit ist subjektiv. Wahre Schönheit erstrahlt im Inneren eines Wesens. Inanna besitzt beides!", antwortete er verschmitzt.
„Jetzt ist es aber genug, ihr Aufschneider! Anstatt hier herumzustehen und Sprüche zu klopfen, könntet ihr euch allmählich dazu bequemen, eure Raumanzüge überzuziehen", schalt Inanna, wobei sie versuchte, eine ernste Miene zu machen, was ihr jedoch kläglich misslang.
„Schon gut, schon gut, Kleines", erwiderte ich und griff schnell nach meinem Raumanzug, den die Crew schon für mich vorbereitet hatte.
Inanna und Serenus taten es mir gleich, und während wir uns die goldenen Hüllen überstreiften, berichtete Inanna über die durchweg positiven Laborwerte der am Vortag auf der Erde genommen Substanzproben.
„Na schön, dann steht unserer Mission nun nichts mehr im Wege. Packen wir`s an, Kollegen!", sagte ich zufrieden, klemmte mir den Astronautenhelm unter den Arm und bestieg die Raumfähre.

Als wir wenig später unsere Positionen in der viersitzigen NS7.9 eingenommen hatten, führten wir den Instrumentencheck durch.
„NS7.9 an Kommandobrücke, kommen!"
„NS7.9, kommen!"
„Instrumentencheck positiv. Rechner aktiviert. Bitten um Koordinaten!"
„Koordinaten überspielt. Abkoppelung in 0,2 Einheiten!"
Die inneren Schleusentore schlossen sich hinter uns und die Kontrollleuchte sprang von Rot auf Grün.
„Druckausgleich aktivieren!"
„Druckausgleich in NS7.9 aktiviert!"
„Schleuse 12 freigeben!"
„Freigabe erfolgt!"

Das ohrenbetäubende Heulen der Schleusensirenen setzte ein, während die grellen Blitze des Warnblinklichtes wie feuerrote Pingpongbälle an die Wände der Druckkammer geschleudert wurden.
Unter Ächzen und Stöhnen hob sich nun das tonnenschwere äußere Tor und gab uns Zentimeter für Zentimeter den atemberaubend schönen Blick auf den Blauen Planeten frei ...

Serenus zog eine zusammengerollte Topographie aus der Innentasche seines weißen Arbeitsoveralls.
Während er sich auf die Knie niederließ, wickelte er die von ihm selbst auf Pergament gezeichnete Landkarte auf. Behutsam, als wäre sie eine zerbrechliche Reliquie von unschätzbarem Wert, breitete er sie auf dem in der Sonne anthrazit glänzenden Obsidiansand am Ufer des Euphrat aus.
Wie er hatten Inanna und ich unsere Raumanzüge gleich nach Verlassen der NS7.9 abgelegt. Hand in Hand, mit halb geschlossenen Augen die frische Morgenluft des Blauen Planeten tief in uns einsaugend, standen wir vor ihm.
„Hrr-Hm! Seht mal her, ihr beiden", räusperte sich Serenus, wobei er zu Inanna und mir aufblickte und auf einen Kreis in der Mitte der Karte zeigte, „diese Markierung kennzeichnet unseren momentanen Standort am östlichen Ufer des Euphrat. Meinen geomantischen Berechnungen zufolge sollten wir genau hier unser provisorisches Camp errichten."

Ich kniete mich zu ihm nieder, um mir seine Landkarte etwas genauer anzuschauen. Sie zeigte zum einen eine Gebirgskette im Norden, die Serenus mit „Taurusgebirge" beschriftet hatte, und zum anderen ein von Nord nach Südost verlaufendes Ge-

birgsmassiv mit der Bezeichnung „Sagrosgebirge". Zwei im östlichen Teil des Taurusgebirges abgebildete Berggipfel trugen die Namen „Kleiner" und „Großer Ararat". Auch hatte er die Verläufe des Euphrat und des Tigris eingezeichnet, die im Taurusgebirge entspringen und in südöstlicher Richtung das mesopotamische Land durchströmen.
Ein zwischen den Gipfeln des Ararat beginnender Nord-Süd-Meridian kreuzte den Euphrat genau in seiner Mitte, also genau dort, wo wir uns jetzt aufhielten.
„Sobald wir hier unsere erste Siedlung angelegt haben", fuhr Serenus fort, „sollten wir aus logistischen Gründen einen weiteren Stützpunkt im Süden zwischen Euphrat und Tigris aufbauen. Und zwar ..."
„Schon gut, schon gut, Serenus, alles zu seiner Zeit", lachte ich, von seinem unbändigen Tatendrang amüsiert, „ich würde vorschlagen, dass wir jetzt zuerst einmal die Landefähre entladen und hier am Ufer unsere Zelte aufschlagen."
„Na schön, dann behalte ich meine städtebaulichen Visionen eben für mich, aber beklagt euch nicht darüber, wenn wir in einem Jahr noch immer in Zelten hausen müssen. Und überhaupt und sowieso, da alles, wie du sagst, seine Zeit braucht, hast du sicher auch Verständnis dafür, wenn ich jetzt noch etwas Zeit brauche, um meine Landkarte wieder ordentlich zu verstauen ...", grinste er, schelmisch zu uns aufblickend, indes er hingebungsvoll jedes einzelne Sandkörnchen von seinem Pergamentheiligtum zu pusten begann. Doch damit nicht genug. Erst als die Karte minutiös zusammengefaltet, noch ein weiteres Mal ausatmungstechnisch von Feinstaub befreit und danach, auf seiner Mister-Universum-Brust mehrfach zärtlich glatt gestrichen, wieder in der Innentasche seines Overalls in Sicherheit gebracht war, erhob er sich, um mit uns gemeinsam die NS7.9 zu entladen.
Wir hatten nur das Notwendigste mitgebracht. Neben drei Biwaks und einem leichten, etwas geräumigeren Materialzelt bestand unsere Ausrüstung lediglich aus ein paar wenigen Handwerkzeugen, zwei Funk- und vier Laborgeräten sowie Proviant für drei Tage.
Zum Schutz vor unliebsamen Gästen führte jeder von uns eine Laserpistole und ein Jagdmesser mit sich. Und so konnten wir, nachdem die Zelte aufgebaut und die Geräte verstaut waren, schon wenig später zu unserer ersten Exkursion auf der Erde aufbrechen...

Gerade so, als hätte Mutter Natur mit der Erschaffung dieser Landschaft einmal mehr ihr begnadetes Talent unter Beweis stellen und unsere nefilimischen Herzen ganz bewusst durch besonders reizvolle Kontraste in sie verliebt machen wollen, schloss sich dem von kristallklarem Wasser durchströmten Flussbett des Euphrat eine weitläufige, paradiesisch anmutende Ebene an. Mit ihrem saftigen, samtgrünen Gras, bestückt mit Abermillionen leuchtend bunter Blumen und betörend duftender Kräuter, lag sie wie ein von Künstlerhand geknüpfter Teppich vor uns ausgebreitet. Vereinzelt bildeten kleine Gruppen von blütentragenden Sträuchern und rotblättrigen Büschen oasengleiche Miniaturwäldchen, die den überall umherflatternden Schwärmen bunt gefiederter Singvögel als Nist- und Brutstätte dienten.

Neben einigen Echsen und Kleinreptilien, die vor uns Fremdlingen flugs Reißaus nahmen, entdeckten wir auf unserem ersten Erkundungsgang auch unzählige Pflanzen- und Tierarten, die sich nur unwesentlich von ihren auf Marduk beheimateten Artgenossen unterschieden. Ja, überhaupt schien uns hier vieles so vertraut, als würden wir durch den botanischen Garten der Nefilim und Anunnaki auf Marduk wandern. Einzig der blaue, mit kleinen Schäfchenwolken weiß gesprenkelte Himmel erinnerte uns daran, dass wir weit weg von unserem von rot leuchtender Atmosphäre umgebenen Zuhause waren.

Als Serenus und ich am Fuß einer mit verschiedenen Laub- und Nadelbaumarten bewachsenen Hügelkette angekommen waren, schauten wir uns nach Inanna um, die einige Hundert Meter zurückgeblieben war. Es war immer dasselbe mit ihr. Egal, wo auch immer sie unterwegs war, kaum entdeckte sie ein ihr unbekanntes Kräutchen, Gräschen oder Blümchen, musste sie es unbedingt pflücken, um es dann später in ihrem Hexenlaboratorium für Natur- und Heilkräuterforschung bis ins kleinste Quant hinein zu analysieren.

„Inanna, für die Kräutersuche wirst du in den nächsten Jahren noch sehr viel Zeit zur Verfügung haben", rief ich ihr lachend zu, „heute haben wir Wichtigeres zu tun. Also beeil dich bitte ein bisschen."

„Schon gut, großer Bruder, nur noch dieses eine hier, ja?" Und schon bückte sie sich wieder zur Erde, um ein weiteres Wunderwerk aus Gottes Kräutergarten zu pflücken.

„Inanna und Kräuter!", seufzte ich belustigt, während wir begannen, den Abhang des Hügels hinaufzuklettern. „Ich bin mal gespannt, Serenus, ob wir genauso viel Glück auf unserer Suche nach intelligenten Lebensformen haben wie mein Schwesterherz mit ihren Pflänzchen."
Serenus nickte nachdenklich. „Intelligente Lebensformen? Ich schätze mal, das kommt ganz darauf an, was du mit intelligent meinst?"
„Hm ...", setzte ich mit gespielter Unschuldsmiene zu einer Antwort an, wohl wissend, dass er mit dieser Bemerkung auf eine zwischen den nefilimischen Natur- und Religionswissenschaften sehr kontrovers diskutierte Ethikfrage anspielte.
„... Also, nach offiziell wissenschaftlicher Lehrmeinung versteht man unter Intelligenz die Fähigkeit höher entwickelter Lebewesen, wie die Nefilim und Anunnaki, bewusste Denk- und Entscheidungsprozesse ohne fremde Hilfe auszuführen."
„Ach so, und das will heißen, dass außer den Nefilim und Anunnaki alle anderen Lebewesen dumm sind und deshalb nach geltendem Recht immer noch wie eine Sache oder ein Gegenstand behandelt oder misshandelt werden dürfen?", ereiferte sich nun der mit Leib und Seele für den Schutz und die Rechte der Tiere und Pflanzen auf Marduk engagierte Philanthrop.
„Das habe ich nicht gesagt", erwiderte ich, amüsiert über die gewohnt emotionale Reaktion meines treuen Wegbegleiters. „Wenn du mir nicht gleich ins Wort gefallen wärst, hätte ich dir meine persönliche Meinung zu dieser Frage gerne erläutert."
„Entschuldige, Ea, aber du weißt ja, bei bestimmten Reizthemen kann ich zu einem unverbesserlichen Hitzkopf werden."
„Oh ja, und das ist nicht zuletzt einer der Gründe, warum ich dich genau so, wie du bist, über alle Maßen schätze." Und indes ich im Weitergehen den Arm um seine Schulter legte, vertraute ich ihm ein Geheimnis an:
„Serenus, ich denke, hier auf der Erde kann ich endlich einmal ganz offen mit dir reden, ohne Gefahr zu laufen, von den Spionen meines Bruders abgehört zu werden. Es geht um ein streng geheimes Forschungsprojekt, das ich im Rahmen der Quantengenetik und Neuromolekularphysik geleitet habe. – Einige der einflussreichsten und mächtigsten Männer auf Marduk, allen voran die Religionsführer, haben diese Studie bereits vor vier Jahrzehnten in Auftrag gegeben. Sie wollten die Reinheit, Einzigartigkeit und Majorität der nefilimischen

Gene offiziell bestätigt wissen. Im Klartext forderten sie von uns eine naturwissenschaftlich fundierte Expertise, die beweisen soll, dass das von Gott auserwählte Geschlecht der Nefilim, dem Volk der Anunnaki nicht nur in puncto Intelligenz und Intellekt haushoch überlegen ist, sondern auch in der Beschaffenheit und Qualität der Gene. Doch welche Ironie des Schicksals. All die Studien, die übrigens ausnahmslos von nefilimischen Naturwissenschaftlern durchgeführt wurden, erbrachten genau den gegenteiligen Nachweis. Das heißt, die Schwingungsqualität, Frequenz und Flussdichte, kurzum die Informationsträgereigenschaften der anunnakischen Gene sind im Vergleich zu uns Nefilim potenziell leistungsfähiger, evolutionär älter und höher entwickelt. Mehr noch. Da wir uns in den Anfängen unserer Forschungsarbeit intensiv mit der Genetik von Bakterien, Viren, Pflanzen und Tieren beschäftigt haben, sind wir zu der systematischen Erkenntnis gelangt, dass jedes Tier, jede Pflanze, ja jedes Atom seine ihm ureigene Intelligenz in sich trägt. Alle Tiere und Pflanzen denken und fühlen wie wir, kommunizieren untereinander wie wir und geben ihr Wissen über Generationen und Artschranken hinweg weiter wie wir, nur eben auf einer anderen Schwingungs- oder Bewusstseinsebene als wir. Misst man die Intelligenz nach den herkömmlichen Standards der psychologischen und neuropsychologischen Theorien anhand der uns eigenen rationalen und kognitiven Leistungen, mögen Nefilim und Anunnaki zwar intelligenter sein, doch legt man der Bewertung einer höheren Intelligenz das Maß an Weisheit, Kreativität, Intuition, emotionaler Intelligenz und Selbstbewusstsein im Sinne von ‚sich selbst über seine Existenz bewusst sein' zugrunde, sind uns die Tiere und auch die Pflanzen haushoch überlegen.
Doch was nicht sein darf, kann nicht sein. Und deshalb wurden unsere Forschungsergebnisse allesamt mit dem Vermerk ‚top secret' zur Verschlusssache erklärt. Und so haben wir es einmal mehr meinem Bruder Enlil und der ihm gleichgesinnten Schar hochmütiger Religionsfanatiker zu verdanken, dass sich das auserwählte Volk der Nefilim noch immer als Krone der Schöpfung selbst huldigen darf. Was sie allerdings mit ihrer gekrönten, selbstherrlichen Intelligenz anzufangen wissen, hört man ja an ihren Worten und sieht man leider auch in ihren Taten!"
„Wie wahr!", warf Serenus kopfschüttelnd ein. „Doch Hochmut kommt ja bekanntlich vor dem Fall ..."

„… Richtig, und deshalb könnte ich mir lebhaft vorstellen, dass auf unserem Heimatplaneten so manches zu Fall kommen würde, sollten wir hier auf der Erde Lebewesen finden, die in ihrer körperlichen und geistigen Entwicklung uns Nefilim und Anunnaki ähnlich sind."
Er zuckte mit den Schultern. „Die Chancen hierfür sind jedoch gleich null, zumal unsere Forschungssatelliten meines Wissens keine Anzeichen für die Existenz von, na sagen wir mal, höher entwickelten Lebewesen ausfindig machen konnten, oder?"
„Dem ist tatsächlich so", entgegnete ich, „was aber …" Doch ehe ich meinen Satz zu Ende sprechen konnte, ließ uns plötzlich ein grelles, mark- und beinerschütterndes Kreischen aufschrecken …

… Ein riesiger schwarzer Greifvogel hatte sich uns völlig unbemerkt bis auf einige Hundert Meter Entfernung genähert. Mit großer Geschwindigkeit und in gut fünfzig Meter Höhe steuerte er zielsicher auf meine Schwester zu, die noch immer am Fuß der Hügelkette Kräuter und Blumen sammelte. Seine gewaltigen Schwingen mit einer geschätzten Spannweite von annähernd sieben Metern schien er für seinen schnellen Flug kaum benutzen zu müssen.
„Oh mein Gott, Inanna!", schrie ich entsetzt, indes meine Schwester den gigantischen Raubvogel entdeckte. Aber anstatt sofort zu fliehen, blieb sie wie angewurzelt stehen.
„Inanna, lauf! So lauf doch endlich!", brüllte ich, so laut ich konnte. „Inanna, hörst du nicht?" Doch sie reagierte nicht auf mein Rufen.
„Versteck du dich im Wald da oben!", befahl ich Serenus und begann, so schnell es mir auf diesem abschüssigen Gelände möglich war, meiner Schwester entgegenzulaufen.
„Inanna! Inanna! Komm schon!" Keine Reaktion. Sie muss unter Schock stehen, dachte ich mir. Ich versuchte noch schneller zu laufen. Doch da verloren meine Füße auf dem stellenweise mit schmalen Geröllmoränen bedeckten Abhang den Halt. Ich stürzte, überschlug mich mehrere Male, schrammte mit dem Kopf gegen einen kantigen Gesteinsbrocken, der mir die Stirn zu spalten schien, überschlug mich erneut und kam, Gott allein weiß wie, wieder auf die Beine. Die Wunde an meinem Kopf schmerzte. Mein Körper schwankte in sanfter, fast melodischer Bewegung nach vorn und wieder zur Mitte zurück. Ähnlich einem starken, wissenden Baum, der seine Krone für

die Dauer eines kräftigen Windstoßes zur Erde neigt und sich alsdann mit beschwingter Leichtigkeit himmelwärts aufrichtet, fand auch ich in der aufrechten Haltung mein Gleichgewicht wieder. Ein warmes, trotz meiner unheilvollen Ahnung als angenehm empfundenes Nass floss von der Wunde an meiner Stirn über mein rechtes Auge und verzweigte sich mäandernd über meiner Wange. Mein Herz raste vor Angst um Inanna und plötzlich, ganz sacht und nur für den Bruchteil einer Sekunde, schien es stillzustehen. Doch als ich gerade noch wähnte, mein Bewusstsein zu verlieren, riss mich, gleich dem Stoß eines Defibrillators, ein weiterer Schrei dieses Riesenvogels aus meiner Benommenheit.
Ein wahrer König der Lüfte und ein Geschöpf des Himmels, dachte ich mit ehrfurchtsvollem Blick zu ihm empor. Bewegungslos, nur mit leichtem Schwingenschlag seinen Körper ausbalancierend, stand er hoch über meiner Schwester in der Luft. Aus seinem mächtigen gebogenen Schnabel, der sich langsam und bedrohlich wie die stählernen Schaufeln eines Baggers öffnete und schloss, stieß er nun in immer kürzeren Abständen den von Urgewalt durchdrungenen Ruf des wahren Jägers aus. Siegessicher, seiner Beute wissend überlegen, warnte er sein auserwähltes Opfer ein letztes Mal, um ihm zumindest noch eine kleine Überlebenschance zu lassen.

Ich drehte mich nach Serenus um. Er war in der Zwischenzeit auf der Kuppe des Hügels angelangt und hatte den Greifvogel mit gezogener Laserpistole ins Visier genommen.
„Nicht schießen! Du darfst ihn nicht töten!", rief ich ihm mit seitlich vor den Mund gehaltenen Händen zu. „Stell den Laser auf halbe Energie! Aber nur schießen, wenn Gefahr für unser Leben besteht. Hast du gehört, Serenus, das ist ein Befehl!"
Serenus ließ die Arme sinken und ich rannte weiter.
Es trennten mich nur noch ein paar Schritte von Inanna, als der Raubvogel seine Warteposition aufgab und in einem weiten, spiralförmigen Bogen zum Sinkflug ansetzte. Dann ging er unvermittelt in den freien Fall über und ließ sich mit zusammengefalteten Flügeln gleich einem riesigen schwarzen Meteoriten zur Erde niederstürzen.
„Inanna, wirf dich auf den Boden!" Keine Reaktion. Mir blieben nur noch wenige Sekunden. „Inanna ..." Den Greif trennten nun keine dreißig Höhenmeter mehr von seiner Beute. „Inanna ..." Aus vollem Lauf setzte ich von hinten kommend zum

Sprung an ... Und während ich mit meiner Schwester zu Boden stürzte, durchschnitten seine mit messerscharfen Krallen bewehrten Fänge in unmittelbarer Nähe meines Kopfes die Luft. Ein schwirrendes, metallisches Geräusch, das mich augenblicklich in ein Déjà-vu fallen und mir das Blut in den Adern stocken ließ. Dieses Déjà-vu im Sinne eines „schon einmal gehört"-Erlebnisses, erinnerte mich an das Schwirren eines Pfeils, der mich als Kind bei einem Attentat auf meinen Vater in den Rücken traf ...

„Bist du verletzt, Liebes?", keuchte ich völlig außer Atem.
„Nein, ich ... ich glaube nicht, Ea. Es geht mir gut", stammelte Inanna benommen, indes sie die Augen vor Furcht noch immer geschlossen hielt.
Vorsichtig ließ ich mich von ihrem Rücken herunter zur Seite gleiten. „Fühlst du dich in der Lage, aufzustehen?", fragte ich besorgt und küsste sie dabei liebevoll auf die Stirn.
Sie nickte. Und als wollte sie nur widerwillig in die gelebte Wirklichkeit zurückkehren, öffnete sie nun ganz zaghaft die Augen.
„Oh mein Gott, Ea, du blutest ja!" Vom Anblick meiner Kopfwunde sofort in helle Aufregung versetzt, richtete sie den Oberkörper auf, um meine Stirn abzutasten. – „Was ist passiert? Hast du Schmerzen? – Und ich bin schuld daran, nicht wahr, Ea? – Ich muss ..."
Doch da unterbrach das erneute Kampfgeschrei des Greifvogels Inannas aus Sorge um mich wiedergefundenen Redefluss.
„Ea, er greift wieder an, was soll ich tun?", rief uns Serenus zu, der, meinem Befehl gehorchend, das Geschehen ohne einzugreifen von der Anhöhe aus verfolgt hatte.
„Lass ihn nicht aus den Augen, aber noch nicht ..." Doch meine Worte gingen in dem unüberhörbar von gesteigerter Aggression geladenen Gekreisch des Raubvogels unter.
Und plötzlich, von einer Sekunde auf die andere, war von dem kleinen verängstigten Mädchen an meiner Seite nichts mehr zu erkennen. Energisch sprang Inanna auf, zog mich mit beiden Armen hoch auf die Beine und gab mir, als wäre es das Selbstverständlichste in unserem Leben, den Befehl, sofort und ohne Widerrede in Richtung des Hügels zu laufen.
Auf diesen Moment schien der König der Lüfte jedoch nur gewartet zu haben. Gerade so, als wollte er nun in Anlehnung an das zwischen Serenus und mir zuvor geführte Gespräch seine

Intelligenz unter Beweis stellen, änderte er diesmal ganz offensichtlich seine Angriffsstrategie. Unversehens verstummten seine gellenden Jagdrufe, während er zugleich seine stehende Warteposition hoch über uns verließ. Im völlig geräuschlosen Gleitflug schlug er nun einen weiten, halbkreisförmigen Bogen in Richtung der Hügelkette.
„Er will euch den Weg abschneiden und frontal angreifen!", hörten wir Serenus rufen. „Ea, bitte gib mir den Befehl zu schießen."
Ich war jedoch noch nicht bereit, den Kampf aufzugeben.
„Nein, Serenus, warte noch!"
„Aber Ea, das ..., das schaffen wir nicht!", gab Inanna, angestrengt nach Atem ringend, zu bedenken.
Ich griff nach ihrer Hand. „Komm schon, lauf schneller!"
„Ich ..., ich kann nicht mehr, Ea!"
„Du darfst nicht aufgeben, Inanna! Bitte!" Ich nahm sie noch fester bei der Hand und zog sie mit.
Ihre letzten Kräfte mobilisierend, versuchte sie mit mir Schritt zu halten, doch die Beine versagten ihr den Dienst. Sie kam ins Stolpern und riss mich im Fallen zu Boden.
Nun waren wir dem Greif schutzlos ausgeliefert. Und das wusste er auch. Mit kraftvollem Schwingenschlag ging er von seinem Gleitflug schlagartig zum Frontalangriff über. Begleitet von seinem wiedererstarkten Kampfgeschrei, in dessen Klang man seinen Hohn über uns herauszuhören glaubte, durchpflügte er, einem Pfeilgeschoss gleich, die Luft, um uns im nächsten Moment wie zwei Blümchen vom Erdboden zu pflücken.
„Serenus, schieß!", brüllte ich gegen sein Kreischen an und warf mich schützend über meine Schwester.
Noch nie zuvor hatte ich einen solchen, von unendlichem Schmerz erfüllten Aufschrei gehört. Durch die Wucht des Laserstrahls, der wie ein zischender Kugelblitz aus Serenus' Pistole schoss und den Greif am linken Flügelansatz traf, wurde er um einige Meter aus seiner Flugbahn geworfen. Trudelnd drehte er sich mehrmals um die eigene Achse, während er verzweifelt versuchte, seine Schwingen abzustellen, um seinen senkrechten Fall nach unten abzufangen. Doch er konnte nur den rechten Flügel ausbreiten, wodurch er, als wäre er plötzlich in eine Orkanbö geraten, zur Seite geschleudert wurde und sich der Länge nach überschlug. Hilflos, mit dem Bauch

nach oben, prallte er keine zehn Meter von uns entfernt auf dem Boden auf und blieb bewegungslos liegen.

„Ich muss nach ihm sehen, Inanna! Vielleicht ist er nur verletzt ...", hörte ich mich in die gespenstisch anmutende Totenstille hinein sagen, die nun über der Ebene des Euphrat lag.

„Bitte sei vorsichtig, Ea!", gab sie mit noch zitternder Stimme zurück, während wir aufstanden und uns in die Arme schlossen.

„Warte hier, bis Serenus bei dir ist!", bat ich sie, bevor ich mich aus ihrer Umarmung löste und mich mit behutsamen Schritten und gezogener Laserpistole auf den riesigen Raubvogel zubewegte.

Auf seinen mächtigen Greifern stehend hätte er gut eine Höhe von drei Metern erreicht und seine Körperlänge schätzte ich vom Kopf bis zur Schwanzspitze auf etwa fünf Meter. Seine Augen waren geschlossen, doch das leichte Heben und Senken seines Brustkorbs ließ noch Leben in ihm erkennen. Am linken Flügelansatz klaffte eine stark blutende Wunde, deren Ränder schwerste Verbrennungen aufwiesen.

„Er atmet noch, aber die Wunde am Flügel sieht nicht gut aus!", rief ich Inanna zu, während ich mich immer weiter an ihn heranwagte. Vorsichtig legte ich meine Hand auf sein daunenweiches Gefieder, durch das ich die Wärme seines Körpers deutlich fühlen konnte.

„Du darfst nicht sterben, hast du gehört!", sprach ich ihm flüsternd Mut zu, wobei ich ihn behutsam zu streicheln begann. Doch außer den sanften Auf- und Ab-Bewegungen seiner Brust zeigte er keinerlei Reaktion auf meine Berührungen.

„Wir müssen die Blutung zum Stillstand bringen und die Brandverletzungen behandeln, vielleicht hat er dann noch eine Überlebenschance", konstatierte ich besorgt gegenüber Serenus und Inanna, die in der Zwischenzeit zu mir gekommen waren.

„Und was gedenkst du zu tun, wenn dieses Tier wieder zum Bewusstsein kommt?", gab Inanna zu bedenken. „Noch vor wenigen Minuten hätte es uns beinahe getötet, hast du das schon vergessen, Ea?"

„Nein, das habe ich nicht, Kleines!", entgegnete ich, wobei ich ihr zärtlich über die Wange strich. „Aber ich kann dieses hilflose Lebewesen nicht einfach hier liegen und qualvoll verenden lassen. Du weißt doch, dass es meine mir selbst auferlegte Pflicht ist, jegliches Leben, gleich welcher Existenzform, zu schützen und vor sinnlosem Sterben zu bewahren. Und du hast mir übrigens, als wir noch Kinder waren, geschworen, dass du mir bei dieser Aufgabe beistehen wirst. Erinnerst du dich?"

„Ja, natürlich erinnere ich mich daran, Ea", antwortete Inanna leise und ich konnte am Ausdruck ihrer Augen erkennen, wie sich durch meine Worte ihre gerade geäußerten Bedenken und Ängste in Wohlgefallen auflösten.

„Also gut. Haben wir Fibrin-T2, Neo-Mitose-Alpha und RBS-Tonikum im Notfallkoffer der Landefähre?", wollte sie von Serenus wissen, der mit einem „Ja, bin schon unterwegs!" mit schnellen Schritten in Richtung Euphrat davoneilte.

Als er wenig später mit den Medikamenten zurückgekehrt war, hatte Inanna den Körper des Greifvogels von der Schnabel- bis zur Schwanzspitze eingehend untersucht. Doch außer der durch den Schuss verursachten Wunde und einigen Narben, die er sich wohl im Kampf mit wehrhaften Beutetieren oder gar mit rivalisierenden Artgenossen zugezogen haben musste, konnte auch meine medizinisch geschulte Schwester keine anderen Verletzungen feststellen.

„Kaum zu glauben, aber soweit ich das beurteilen kann, hat er den Sturz ohne Knochenbrüche oder innere Blutungen überstanden", stellte sie verwundert fest, indes sie das Fibrin-T2 auf die Wunde am Flügelansatz auftrug. Diese aus gentechnisch veränderten Gerinnungszellen hergestellte Substanz verschloss in Sekundenbruchteilen die verletzten Blutbahnen und ließ das pulsierend austretende Blut zu einer krustigen Masse gerinnen.

Um nun das verbrannte Muskelgewebe Schicht für Schicht ablösen zu können, beträufelte sie die Wundränder mit RBS-Tonikum, einem weiteren von ihr selbst hergestellten Wunderheilmittel, bevor sie abschließend zur schnelleren Regeneration des geschädigten Gewebes und der Muskelzellen mit Neo-Mitose-Alpha behandelte.

„So …, mehr kann ich leider nicht für ihn tun, Ea", seufzte Inanna. „Nun heißt es abwarten und hoffen, dass er wieder zu Bewusstsein kommt. Und sollte dem so sein, wäre es bestimmt sehr ratsam, schleunigst von hier zu verschwinden und unseren Patienten aus sicherer Entfernung zu beobachten." …

... Im Schutz der Bäume, die sich uns auf der Anhöhe des Hügels als sicheres Versteck boten, verharrten wir in ungeduldiger Spannung, unsere Blicke unablässig auf den regungslos auf der Erde liegenden Körper des Greifvogels gerichtet. Doch erst als die Sonne bereits den Zenit überschritten hatte, bewegte sich Rock, wie wir ihn von diesem Tag an nannten, zum ersten Mal. Unter Aufbietung all seiner Kräfte versuchte er seinen Körper zur Seite zu drehen, um sich auf seinen Greifern aufzurichten, was ihm nach mehreren erfolglosen Versuchen dann auch gelang. Noch sichtlich benommen, begann er sein Gefieder auszuschütteln und die Schwingen auszubreiten. Es schien, als würde ihm seine Wunde keine Schmerzen bereiten, wohingegen er sichtlich Schwierigkeiten hatte, sein Gleichgewicht zu finden. Schwerfällig taumelte er einige Schritte nach vorn, wobei er seine Flügel wie eine Balancestange weit ausgebreitet hielt. Doch dann entschloss er sich kurzerhand, seine unbeholfenen Gehversuche aufzugeben und sich wieder auf die Fortbewegungsart zu konzentrieren, in der er ein wahrer Meister war.
Überglücklich fielen wir einander in die Arme, während sich Rock mit kräftigem Flügelschlag von der Erde erhob und lautlos immer höher in die Lüfte aufstieg. Und gerade so, als würde er unsere Blicke und die Freude in uns spüren, zog er über den Wipfeln der Bäume, unter denen wir uns versteckt hatten, nochmals einen weitläufigen Kreis. Mit einem grellen Schrei, der uns mit einem Mal nicht mehr bedrohlich oder spöttisch, sondern eher liebevoll und vertraut in den Ohren klang, schwenkte er in Richtung Euphrat ein, wo er wenig später am Horizont verschwand ...

Nachdem Rock aus unseren Augen verschwunden war, begannen wir den Wald auf der Anhöhe des Hügels zu erforschen. Die Struktur und Qualität der verschiedenen Laub- und Nadelgehölze musste hinsichtlich ihrer physikalischen Größen wie Masse, Dichte, Gewicht, Last und Kraft geprüft und der entsprechenden baulichen Verwertbarkeit zugeordnet werden. Mit großer Erleichterung stellten wir fest, dass sich auch hier die Ergebnisse unserer im Raumlabor durchgeführten Analysen bestätigten. Und da der Baumbestand in einer Dichte von circa zweitausend Bäumen pro Hektar keine Wünsche offen ließ, konnten wir der Ankunft unserer Holzfäller, Schiffsbauer und Zimmerleute am nächsten Morgen gelassen entgegensehen …

… Als die Abenddämmerung einsetzte, kehrten wir zu unserem provisorischen Camp am Ufer des Euphrat zurück. Serenus schichtete mit dem von uns gesammelten Brennholz ein Lagerfeuer auf, das uns für unsere erste Nacht auf der Erde Licht und Wärme spenden sollte.
„Das ist eine Weltpremiere", meinte er stolz, während er das vermutlich erste von Lebewesen entzündete Feuer auf dem Blauen Planeten entfachte und sich die Flammen nach Sauerstoff hungernd immer höher in die rabenschwarze Nacht emporfraßen.
„Alles, was wir hier tun und noch tun werden, ist eine Weltpremiere, Serenus", erwiderte ich. „Wir werden die ersten Hütten aus Holz und später aus Stein bauen, mit den ersten Booten und Schiffen die noch jungfräulichen Meere befahren, Kräuter, Gräser, Sträucher und Bäume kultivieren, Tiere für unseren Schutz und unsere Ernährung züchten und noch viele Dinge mehr. Doch sollten wir bei allem, was wir hier tun, nicht nur danach trachten, unseren Nutzen aus dieser Mission zu ziehen, sondern auch das Wohl der Erde und der auf ihr beheimateten Lebewesen vor Augen haben. Wir haben die Fähigkeiten und das Wissen, große Taten zu vollbringen, aber niemals darf unser Handeln zum Schaden dieses Planeten sein. Alles, was er uns an Schätzen gibt, müssen wir ihm auf andere Weise zurückgeben. Wir dürfen zu keiner Zeit vergessen, dass wir nur Gäste auf der Erde sind und keine Besitzansprüche geltend machen können."

„Da stimme ich mit dir vollkommen überein, Ea", entgegnete Serenus und setzte sich zu mir und Inanna ans Feuer, „aber ich befürchte, dass dein Bruder Enlil diesbezüglich eine ganz andere Einstellung vertritt."
„Ich weiß, ich kenne mein Bruderherz leider nur allzu gut. Wäre er heute an meiner Stelle mit Rock zusammengetroffen, würde das schöne Tier nicht mehr leben. Doch Anu hat mir die Leitung der Mission übertragen, nicht Enlil! Und so bestimme ich, wie wir unseren Auftrag hier auf der Erde erfüllen."
Von den Hügeln her drang das klagende Geheul eines Rudels Wölfe zu uns ans Lagerfeuer.
„Sicher, Ea, nur wird Anu nicht mehr allzu lange die Regentschaft auf Marduk führen wollen und dann wird dein Bruder den Thron besteigen", gab Serenus zu bedenken.
„So wie ich Enlil kenne", lachte Inanna hell auf, „hat der dann alle Hände voll zu tun, seiner dann auch noch gekrönten Eitelkeit zu frönen. Da wird ihm zum Glück wenig Zeit für die irdischen Belange bleiben, zumal er hier ja arbeiten müsste."
„Wie kann sich in einem solch schönen Mund eine derart hässliche Lästerzunge verstecken", schalt ich scherzhaft und schüttelte den Kopf, „so spricht man nicht über seinen Bruder."
„Halbbruder, nur Halbbruder", berichtigte sie mich.
„Ach so ist das!", begann ich zu spötteln. „Dann liegt ja die Vermutung nahe, dass du über mich genauso lästerst, denn meines Wissens bin ich auch ‚nur' ein Halbbruder von dir."
Doch das hätte ich besser nicht gesagt.
Inannas Lachen verstummte mit einem Schlag. „Nein, so darfst du nicht über mich denken, Ea!", widersprach sie mir, den Tränen nahe, und warf sich mir an den Hals. „Du bedeutest mir tausend und einmal mehr als ein ‚ganzer' Bruder!"
Ich musste unwillkürlich lachen.
„Sei nicht albern!", schluchzte sie. „Das ist mein voller Ernst und das weißt du ganz genau. Mit dir würde ich bis ans Ende der Welt reisen, und bevor ich nur ein einziges schlechtes Wort über dich verlieren würde, ließe ich mir lieber die Zunge herausschneiden."
„Selbstverständlich weiß ich das, Kleines", sagte ich leise zu ihr und strich ihr zärtlich über das lange seidenschwarze Haar.
„Dann versprich mir, dass du nie wieder so schlimme Dinge über mich behauptest!"
„Ich gelobe es, beim grauen Bart! Serenus ist mein Zeuge!", intonierte ich feierlich.

„Aber Anu hat doch gar keinen Bart!", rief sie entrüstet.
„Es wird ihm aber einer wachsen, wenn er davon hört, dass seine über alles geliebte Tochter das Lachen verlernt hat!"
Wir brachen in schallendes Gelächter aus, das sich mit dem Geheul der Wölfe zu einer ingeniösen Symphonie aus melodischen Gegensätzen vermischte.
„Pssst! Seid still!", rief Serenus plötzlich, wobei er blitzschnell seine Laserpistole zog und sich umdrehte.
Ich sprang auf und griff instinktiv nach meinem Jagdmesser.
„Was ist, Serenus, hast du etwas gehört?", fragte ich flüsternd.
Er nickte wortlos und zeigte auf ein Gebüsch in ungefähr zweihundert Meter Entfernung.
Ich deutete Inanna mit Handzeichen an, sie möge hier beim Lagerfeuer bleiben, und forderte dann Serenus auf, mir zu folgen. Auf Zehenspitzen schleichend, näherten wir uns einige Meter dem Gebüsch. Der fahle Schein des zunehmenden Mondes legte zwar einen silbernen Schleier über die rabenschwarze Nacht, doch erhellen konnte er sie nicht. Und so war es mir auch nicht möglich, aus dieser Entfernung etwas in den Büschen zu erkennen.
Ich hielt Serenus am Arm fest und blieb stehen. „Vielleicht ist da einer der Wölfe, was denkst du?"
Serenus schüttelte den Kopf. „Nein, die wagen sich nicht so nah ans Feuer."
„Ein anderes Raubtier? In diesem Gebiet könnten auch Höhlenbären, Säbelzahntiger, Leoparden oder Löwen auf Beutefang gehen."
„Nein, Ea. Tiere haben Todesangst vor Feuer. Sie kennen Feuer nur im Zusammenhang mit Vulkanausbrüchen, Wald- oder Buschbränden und all das bedeutet für sie Lebensgefahr."
„Also kein Tier?"
Serenus zuckte erneut mit den Schultern. „Zumindest keines, das Angst vor dem Feuer hat, oder besser gesagt, eines, das einem Trieb folgt, der stärker ist als die Angst vor Feuer."
„Hunger?"
„Nein, glaube ich nicht. In dieser üppigen Landschaft finden sowohl die Vegetarier als auch die Fleischfresser ausreichend Nahrung, ohne sich in die Gefahr begeben zu müssen, mit Feuer in Berührung zu kommen."
„Angriffslust?"

„Ein Tier greift nur an wenn es Hunger hat, sein Revier verteidigt, so wie heute Rock, oder selbst angegriffen wird."
„Dann bleibt nur Neugierde."
„Ja, und das wäre äußerst ungewöhnlich."
„Affen sind neugierige Gesellen."
„Auch Affen flüchten vor dem Feuer."
„Gut, dann würde ich vorschlagen, erst einmal in Ruhe abzuwarten. Vielleicht traut sich unser neugieriger Besucher später noch aus seinem Versteck hervor."
„Soll ich nicht besser nachschauen, Ea?"
„Ach, lass es gut sein, Serenus, ich bin mir sicher, dass keine Gefahr für uns besteht. – Komm, wir machen es uns wieder am Lagerfeuer gemütlich!", schlug ich vor, indes ich den Arm um seine Schultern legte und mit ihm zu Inanna zurückging.
„Konntet ihr etwas erkennen?", wollte meine Schwester wissen, als wir uns im Schein der prasselnden Flammen wieder zu ihr setzten.
„Nein, in dieser stockfinsteren Nacht kannst du ja noch nicht einmal die eigene Hand vor dem Gesicht erkennen", antwortete ich, und indem ich das sagte, erhellte sozusagen ein lichtvoller Gedankenblitz die Dunkelheit in meinem Gehirn. „Sag mir einer, warum ich da nicht schon viel früher draufgekommen bin?", schimpfte ich mich lauthals selbst aus, wobei ich mir mit der flachen Hand an die Stirn schlug: „Wir haben doch Licht im Überfluss!"
Serenus und Inanna schauten mich verdutzt an.
„Die Suchscheinwerfer unserer Landefähre! Versteht ihr? Mit ihnen könnten wir das ganze Tal ausleuchten ...", versuchte ich meine Gedankengänge zu erklären und zeigte dabei vielsagend auf das Versteck unseres unbekannten Beobachters ...

... Mit einem dumpfen „klack" schoss wenig später weißes, gleißendes Licht aus einem der vier Suchscheinwerfer unserer NS7.9, das mit einer fast schon physisch spürbaren Wucht auf das nahe Gebüsch prallte und es augenblicklich in Brand zu setzen schien.
In diesem Moment zerriss ein entsetzlicher Aufschrei die friedliche Stille der Nacht. Das Geäst des Busches begann zu erzittern, als wäre es von den peitschenden Schwingen eines vorüberziehenden Wirbelsturmes erfasst worden, während nun das von panischer Angst erfüllte Geschrei eines Tiers zu uns

drang, das die Laute „uh" und „ah" in kurzem Stakkato ununterbrochen aneinanderreihte.

„Wie mir scheint, haben wir es doch mit einem Affen zu tun", sagte ich zu Serenus.

„Davon bin ich noch immer nicht überzeugt", antwortete er und fügte mitleidsvoll hinzu: „Aber egal, um welches Tier es sich auch handeln mag, eines ist sicher, es hat unvorstellbare Angst."

Ich drehte mich zur Landefähre um und gab Inanna das Zeichen, den Scheinwerfer wieder auszuschalten. Das Licht erlosch und im selben Moment erstarb das herzzerreißende Gebrüll unseres nächtlichen Besuchers.

„Hörst du? Jetzt macht er sich auf und davon!", rief Serenus.

„Ja, er hat offensichtlich genug von uns!", antwortete ich und gab Inanna per Handzeichen zu verstehen, den Suchscheinwerfer noch einmal einzuschalten.

Wieder ertönte nur ein dumpfes „klack" und das künstlich erzeugte Licht der Nefilim vermochte es, die irdischen Naturgesetze zu überlisten und das Geheimnis des fast im aufrechten Gang vor uns flüchtenden Wesens zumindest zu einem kleinen Teil zu lüften.

Es war nur wenig größer als 1,40 Meter und der obere Teil seines ganz behaarten Körpers war länger als der untere. Es hatte einen sehr starken Nacken, wobei seine großen Schultern nach vorn hingen. Seine Brust war breit und vorgewölbt. Durch seine ziemlich langen Arme erschienen die dicken, krummen Beine noch viel kürzer. Unter seinem zottigen schwarzen Kopfhaar verbarg sich ein großer Schädel, den es nach vorn schob, sodass seine Schultern ihn fast verdeckten. In seinem groben Gesicht mit niederer, fliehender Stirn und fast keinem Kinn fielen mir trotz der Entfernung zu ihm die wulstigen Augenbrauen besonders auf.

„Dieses Wesen gehört eindeutig zur Spezies der terrestrischen Großaffen", konstatierte ich, nachdem Inanna zu Serenus und mir ans Lagerfeuer zurückgekehrt war.

„Na ja, es hat rein körperlich gesehen große Ähnlichkeit mit einem Primaten und es intoniert in etwa die gleichen Laute, wie wir sie von den Großaffen auf Marduk kennen", erwiderte Serenus, nachdenklich den Kopf schüttelnd, „aber dass es sich von Feuer geradezu magisch angezogen fühlt, passt meiner Meinung nach ganz und gar nicht in dieses Bild."

Inanna nickte zustimmend. „Und nicht nur das", bemerkte sie, „auch sein fast aufrechter Gang gibt mir, ehrlich gesagt, ein Rätsel auf."

„Aber Affen können doch auch aufrecht gehen", wandte ich ein.

„Das stimmt schon, Ea, doch bei Weitem nicht ganz so aufrecht wie dieses Wesen. Und zudem, Primaten gehen nur dann auf zwei Beinen, wenn sie sich absolut in Sicherheit wähnen, aber niemals auf der Flucht, da benutzen sie alle viere, um schneller zu sein", erwiderte sie.

„Und was schließt du daraus?", fragte ich, auf ihre Antwort gespannt.

„Nun", Inanna überlegte eine kurze Weile angestrengt und fuhr dann fort, „vermutlich gehört dieses Wesen aufgrund seiner Abstammung zur Gattung der Großaffen, aber es muss einer Unterart angehören, die sich irgendwann von den anderen Arten abgespalten und eine separate Entwicklungsrichtung eingeschlagen hat. Also eine Mutation, die, wie wir gesehen haben, letztendlich zum aufrechten Gang führte. Hierfür muss es jedoch eine sehr gewichtige Triebfeder gegeben haben, denn wie ich gerade eben schon erwähnt habe, bringt das Aufrechtgehen einem Tier, das sich auf dem Boden bewegt, nur Nachteile. Die Ursache für solch eine außergewöhnliche Mutation könnte zum Beispiel in den seit Jahrmillionen beständig wechselnden Hitze- und Kälteperioden auf der Erde begründet sein. So könnten sich die Lebensbedingungen in einem begrenzten geographischen Bereich durch klimatische Einflüsse derart verschlechtert haben, dass es für die dort beheimateten Primaten überlebenswichtig wurde, die Hände frei zu bekommen, damit sie sich mit Steinen oder Stöcken gegen ihre natürlichen Feinde wehren konnten. Es wäre sogar denkbar, vorausgesetzt, ihre geistige Entwicklung verlief analog zur körperlichen, dass sie aufgrund pflanzlicher Nahrungsknappheit gezwungen waren, Waffen und Werkzeuge herzustellen, um den Fortbestand ihrer Art durch die Jagd zu sichern."

„Also doch höher entwickelte Wesen?", spielte Serenus mit freudiger Miene auf unser an diesem Morgen geführtes Gespräch an.

„Könnte man so sagen", antwortete ihm Inanna, und da sie sich über sein freudestrahlendes Gesicht wunderte, fragte sie ihn, was ihn denn so glücklich mache.

„Ach, nichts weiter, Inanna. Ich hätte nur gerne von Ea gewusst, was er dazu meint!", schmunzelte er wie Anu in seinen nicht vorhandenen Bart hinein.
Ich musste lachen. „Also, mein Lieber, ich darf zugeben, dass ich jetzt sehr neugierig geworden bin. Und da meine Neugierde, zumindest wenn es um solche Dinge geht, noch unstillbarer ist als die der aristokratischen Klatschweiber an Vaters Hof, sollten wir uns morgen etwas Zeit nehmen und die Spur des mysteriösen Affenwesens verfolgen. Was hältst du davon?"
Serenus nickte zufrieden und auch Inanna hatte gegen meinen Vorschlag nichts einzuwenden. Und so setzten wir uns wieder ans Lagerfeuer, um die weitere Vorgehensweise zu besprechen. Auf meine Frage hin, ob wir unsere Mannschaft an Bord der MS9 über unsere Begegnung mit dem affenähnlichen Wesen informieren sollten, beschlossen wir übereinstimmend, dies nicht zu tun, um der Gefahr von wilden Spekulationen oder gar Panikmache vorzubeugen …

Als nach unserer ersten Nacht auf der Erde die Morgendämmerung anbrach, erteilte ich Captain Archil den Befehl, die Landeaktion der Anunnaki zu starten. Die MS9, 269 Meter lang und 46.329 Bruttoregistertonnen groß, verfügte über insgesamt zwölf Landefähren. Vier NS7.9, vier Großraumtransporter GF5.0 für fünfzig Passagiere und zwei Besatzungsmitglieder sowie vier Frachtfähren FF1000 mit einer Ladekapazität von 1.000 Registertonnen.
Die erste Landestaffel bestand aus vier GF5.0 mit zweihundert anunnakischen Handwerkern und einer FF1000, die mit Zelten, Feldbetten, Decken, Kleidung, Notverpflegung, Feldküche, Generatoren und verschiedenen Handwerkzeugen beladen war. Mit der zweiten Staffel wurden weitere zweihundert Anunnaki sowie medizinische und labortechnische Ausrüstung des wissenschaftlichen Teams als auch Geräte und Apparaturen zur Ortung und Funkübermittlung zur Erde gebracht. Bereits in den frühen Nachmittagsstunden landeten die letzten der insgesamt sechshundert Anunnaki auf dem Blauen Planeten, begleitet von einer Frachtfähre mit einer Vielzahl von Arbeitsgeräten und Werkzeugen, von der Töpferscheibe über Schmelzöfen bis hin zur Gattersäge der Zimmerleute. Und so war denn auch bereits wenige irdische Zeiteinheiten später der Aufbau unserer behelfsmäßigen Zeltstadt in vollem Gange. Zwölfhundert fleißige Anunnakihände schlugen die Mannschafts-, Küchen- und Verpflegungszelte auf, richteten ein voll ausgestattetes Labor für Inanna und mich ein, installierten die technischen Geräte und Apparaturen im Kommandozelt, sammelten Brennholz und trugen Wasser. Jeder Einzelne wusste, was er zu tun hatte. Jeder Handgriff saß.
Mit größter Genugtuung verfolgte ich den reibungslosen Ablauf, den wir einzig und allein der hervorragenden Planung und organisatorischen Vorbereitung der anunnakischen Truppführer zu verdanken hatten. Und auch das war eine Weltpremiere. Denn zum ersten Mal in der nefilimischen Geschichte durften Männer und Frauen vom Stande der Anunnaki die Organisation eines Projekts und die Führung ihrer eigenen Arbeitstrupps selbst übernehmen.
Wie groß waren die Widerstände, die mir damals vonseiten des nefilimischen Ältestenrates der Religionsfürsten und aus den Reihen des von meinem Bruder Enlil angeführten Ministerrates

entgegenschlugen, als ich darauf bestand, den Anunnaki dieses Recht für die Dauer dieser Mission einzuräumen ...

... „Ja, bist du denn noch zu retten? Was denkst du dir eigentlich dabei?", schrie mich Enlil seinerzeit wutentbrannt an. „Du willst den Anunnaki freie Hand bei der Ausführung eines solchen Projekts lassen? Das ist das Privileg des nefilimischen Adelsstandes. Noch nie in der Geschichte Marduks war ein Nefilim derart töricht und dumm, seine Macht so leichtfertig aufs Spiel zu setzten. Wenn du den Anunnaki diese Freiheit gibst, werden sie übermütig, aufsässig und, wer weiß, eines Tages werden sie sogar eine offene Rebellion gegen uns anzetteln. Ein Anunnaki hat zu arbeiten, nicht zu befehlen. Die Befehle erteilen wir, ist das ein für alle Mal klar?"
„Du kannst deine Befehle erteilen, wem du willst, aber nicht mir!", entgegnete ich ihm gelassen. „Noch bist du nicht Herrscher auf Marduk und über mich wirst du es auch niemals werden. Ich hoffe, dass DIR das klar ist!"
Enlil wurde blass vor Zorn. Seine Hände ballten sich zu verkrampften Fäusten, sodass die blutleere Haut über den spitzen Knöcheln schier zu zerreißen drohte, und aus seinen wasserblauen Augen sprühten vernichtende Blicke. Doch das kannte ich von vielen Streitereien aus der Vergangenheit. Schon als wir noch Kinder waren, hatte er immer wieder versucht, mich mit seinen Blicken und Wutausbrüchen zu tyrannisieren. Aber trotz des Altersunterschieds von vier Jahren war ich gegen seine Terrorattacken immun und ihm schon immer nicht nur körperlich überlegen. Das wusste er auch zu diesem Zeitpunkt, was ihn noch wütender werden ließ.
Ruhig ging ich auf ihn zu und sprach weiter:
„Die Anunnaki sind Wesen aus Fleisch und Blut wie wir, göttliche Wesen wie du und ich. Sie haben das gleiche von Gott gegebene Recht auf Freiheit wie wir Nefilim. Ich weiß, sie haben das Mal auf ihrem Nacken. Aber wer gibt dir und dieser ganzen Schar von scheinheiligen Glaubensgelehrten das Recht, zu behaupten, dass der Schöpfer aller Dinge die Anunnaki durch dieses Mal als unwürdige Sünder gebrandmarkt hat und wir uns deshalb anmaßen dürfen, sie zu unseren Sklaven zu machen? – Könnte es denn nicht ganz anders gewesen sein? – Wie wäre es mit der Theorie, dass dieses Mal nur eine Laune der Natur war, die vor Tausenden von Jahren auf dem Nacken eines unschuldigen Kindes entdeckt wurde und von ihm alsals-

dann genetisch an seine Nachkommen weitergegeben wurde? Ist das nicht auch eine Möglichkeit? – Ach, Verzeihung, davon wollt ihr selbstherrlichen Ignoranten ja nichts hören. Und schon gar nichts über die Gedanken des Philosophen Kwei, den deine Glaubensbrüder vor fünfhundert Jahren im Kerker zum Schweigen gebracht haben, weil er öffentlich die Frage an euch richtete: Was wäre, wenn das Mal der Anunnaki kein Zeichen der ‚Ausgeschlossenen', sondern der von Gott ‚Auserwählten' ist?"

„Du bist eine Gefahr für den Staat und den Glauben. Und wenn du nicht ein Sohn des Anu wärst, hätte man dich schon längst in eine Irrenanstalt eingewiesen und dort ebenso wie Kwei vergessen."

„Du sagst es, Bruderherz! Ich denke, Gott ist da ein grober Fehler unterlaufen, als er mich in diese königliche Familie hineingeboren hat. Oder?"

„Du lästerst schon wieder. Das wird dich eines Tages noch um Kopf und Kragen bringen, das verspreche ich dir!"

„Schon gut!", lachte ich. „Aber um auf unser Gespräch von vorhin zurückzukommen, geliebter Bruder:
Unser Vater hat bestimmt seine Gründe, warum er dir befiehlt, auf Marduk zurückzubleiben. Sei es nun, weil du aus lauter Faulheit und Bequemlichkeit keinerlei wissenschaftliche Ausbildung erfahren hast und deshalb ohne mich sowieso nichts auf der Erde tun könntest, oder einfach nur, um dich auf die Regierungsgeschäfte vorzubereiten, die du ja irgendwann übernehmen sollst. Egal, ich habe die Leitung der Mission und ich bestimme, unter welchen Bedingungen und Voraussetzungen. Wenn dir oder deinen heuchlerischen Freunden das nicht passt, dann müsst ihr euch gegen die Entscheidung von König Anu auflehnen und einen Glaubensgelehrten zum Commandeur ernennen! – Ich jedenfalls glaube an den Gott, der alle Lebewesen gleich sieht, liebt und schätzt. Ob Nefilim oder Anunnaki, groß oder klein, arm oder reich! Auch die Erde ist ein Geschöpf Gottes und deshalb bin ich nicht bereit, eure unethische, auf Machtgier und Überheblichkeit begründete Gesinnung mit auf diesen jungfräulichen Planeten zu nehmen. Die Anunnaki leisten schon seit Hunderttausenden von Jahren getreu ihren Dienst für den Stand der Nefilim. Jetzt reisen sie mit mir aus freien Stücken zu einem fremden, wilden Planeten. Keiner von ihnen weiß, was ihn erwartet und ob er jemals wieder auf Marduk heimkehren kann. Inanna und ich werden, und

das ist mein letztes Wort, mit den Anunnaki als freie, gleichgestellte Wesen die Erde besuchen! Sag das deinen Freunden!"
Ich drehte Enlil den Rücken zu und ging.
„Anu hat das letzte Wort, nicht du!", schrie er mir hinterher, während ich unbeeindruckt weiterschritt. „Eines Tages wirst du deine hochmütigen Entscheidungen bitter bereuen, das schwöre ich dir!"
Ich winkte nur beiläufig ab, ohne mich nochmals nach ihm umzudrehen.
Anu entschied damals zu meinen Gunsten. Warum? Ich weiß es nicht.
Zum einen mag sicherlich die uneingeschränkte Unterstützung Inannas, die ihren Vater schon immer um den kleinen Finger wickeln konnte, ausschlaggebend gewesen sein. Zum anderen teilte er insgeheim meine Gesinnung, die er jedoch nie vor mir offenbarte und schon gar nicht öffentlich bekundete. Aber auch sein Widerwille, den antiquierten und bigotten Vorstellungen des Ältestenrates Vorschub zu leisten oder sich von seinen korrupten Ministern und seinem dünkelhaften, ständig Intrigen schmiedenden ältesten Sohn manipulieren zu lassen, mögen ein Grund für seinen Entschluss gewesen sein ...

Serenus, ein kräftiger, hochgewachsenen Mann mittleren Alters (die durchschnittliche Lebenserwartung auf Marduk liegt bei 290 nefilimischen Jahren), wurde in einer freien, für die Anunnaki überhaupt zum ersten Mal möglichen Wahl, zum Führer ihres Volkes bestimmt. Ich erhob ihn daraufhin offiziell in den Stand eines militärischen Befehlshabers mit den gleichen Befugnissen und Rechten wie ein Nefilim. Außerdem ernannte ich ihn für die Dauer unserer Mission auf der Erde zu meinem Stellvertreter.
Schon seit Generationen entstammten seiner Familie die „Sehenden" oder „die das Gesicht haben". Die Anunnaki glaubten, dass eines Tages ein „Sehender" kommen werde, der das Mal der Unterwürfigkeit auf ihrem Nacken entfernen und sie aus der Minderwertigkeit des unteren Standes befreien werde. Serenus ist ein Sehender, so wie zuvor seine Mutter, seine Großmutter und sein Urgroßvater „das Gesicht" hatten.
Sari, eine herzensgute Anunnaki und zugleich meine über alles geliebte Amme, hat mich von Kindesbeinen an mit den uralten Legenden, Märchen und prophetischen Erzählungen ihres Volkes begeistert. Ich interessierte mich für ihre Kultur mehr als

für die der Nefilim, verspürte im Gegensatz zur nefilimischen Religion in ihrem von Liebe und Achtung erfüllten Glauben wohltuende Stimmigkeit in meinem Herzen, fühlte mich mit der Zeit mit ihren Hoffnungen und Ängsten so vertraut, als wären sie mir eigen. Und in den vielen Begegnungen mit Maia, Serenus' Mutter und Saris Schwägerin, erfuhr ich im wahrsten Sinne des Wortes mit Leib und Seele, dass die Fähigkeiten, die den anunnakischen Sehern zugeschrieben wurden, durchaus den realen Tatsachen entsprachen:
Maia spürte meine Blicke wie Nadelstiche im Rücken, wenn ich versuchte, mich unauffällig von hinten an sie heranzuschleichen. – Meine Träume, die mich im Schlaf in andere Welten führten, beschrieb sie mir tags darauf in allen Einzelheiten, gerade so, als wäre sie dabei gewesen. – Mit geschlossenen Augen schritt sie über ausgedorrten Boden, blieb plötzlich stehen und forderte mich auf: „Ea, grabe dreißig Fuß tief und du wirst Wasser in Fülle haben, um das Land zu bewässern." –
„Ich sehe eine Waffe auf das Herz deines Vaters gerichtet", sprach sie und bat mich, auf dem schnellsten Wege nach Hause zu laufen. Und als ich Anu wenig später unversehrt in seinem Arbeitszimmer fand, warf ich mich ihm vor Freude, dass ihm nichts geschehen war, an den Hals. Ein dumpfer Knall. Glas zersplitterte. Ein schwirrendes Geräusch, kaum wahrnehmbar. Der Pfeil traf mich in den Rücken. – „In der königlichen Familie wird ein Kind geboren werden. Ein Mädchen, schön wie eine Göttin. Ihr Herz wird dir gehören. Schenke auch du ihr dein Herz, denn sie ist mehr, als ‚nur' deine Schwester." Zwei Jahre später gebar meine Stiefmutter Inanna!
Ich verbrachte mehr Zeit bei Sari und ihrer Familie als am Hofe meines Vaters. Anu ließ mich gewähren und schlug die Warnungen und Anfeindungen aus dem Lager der nefilimischen Gottesmänner, wie sich der selbstgefällige, geistliche Stand der Religionsfürsten zu titulieren pflegte, in den Wind. Er reagierte nicht nur gelassen auf ihre rassenfeindlichen Anspielungen, er nutzte sogar die Gelegenheit, um ihnen quasi durch die Blume klarzumachen, wer das Sagen auf dem Roten Planeten hatte:
„Ich, Anu, König von Marduk und Herrscher über Nefilim und Anunnaki, sage euch: Ein Kind braucht die Brust einer Mutter, an der es seinen Hunger stillen, seinen Kummer vergessen und sein Herz ausweinen kann. Und weil dem so ist, frage ich

euch, ihr Gelehrte des Glaubens, was kann dieses unschuldige Kind dafür, dass seine leibliche Mutter bei der Geburt verstorben ist? Hat es dadurch nicht schon genügend Leid zu tragen? Soll es jetzt auch noch auf die Wärme und Liebe dieser Amme verzichten? – Ihr fordert mich auf, meinen geliebten Sohn in die kalten, lieblosen Arme eines dieser verwöhnten Kindermädchen bei Hofe zu legen und ihn mit gentechnisch aufgeputschter Affenmilch großzuziehen, nur weil das standesgemäßer wäre? – Kann das der Wille eures Gottes sein? – Hat das mit der Liebe zu tun, die ihr predigt? – Wie könnt gerade ihr euch anmaßen, mir vorzuwerfen, ich würde vor Gott und dem auserwählten Volke der Nefilim Unrecht tun, nur weil in Saris Adern anunnakisches Blut fließt? – Wisst ihr was, mich interessieren eure von Standesdünkel durchdrungenen Unkenrufe nicht, denn mein Sohn ist ein Nefilim und er wird trotz der Muttermilch einer Anunnaki für alle Zeiten mein Sohn und ein Nefilim bleiben!" ...

... Nun stand Serenus der Seher freudestrahlend neben mir auf dem Planeten Erde und beobachtete das geschäftige Treiben der anunnakischen Arbeitstrupps.
„Sieh nur, Ea, mit welcher Begeisterung diese Männer und Frauen an die Arbeit gehen!", sagte er zu mir und man sah ihm an, wie stolz er auf seine Kameraden war. „Sie arbeiten und genießen ihre Freiheit. Noch niemals zuvor hat ein Anunnaki dieses erhebende Gefühl empfinden dürfen. Und das ist allein dein Verdienst, Ea!"
„Nein, Serenus, das ist dein Verdienst und das deines Volkes!", widersprach ich.
„Deine Bescheidenheit ehrt dich, aber wahr ist, dass dies ohne deinen unbeugsamen Widerstand gegen die Mächtigen auf Marduk niemals möglich gewesen wäre. Du hast den Anunnaki ihr Mal genommen und ihren Herzen die lang ersehnte Freiheit geschenkt. Du bist der ‚Sehende', der unserem Volk prophezeit wurde!"
„Nun reicht es aber, Serenus!", wehrte ich mich aufs Heftigste. „Erstens habe ich das nur erreicht, weil mir Anu und Inanna zur Seite standen, mögen auch deren Beweggründe völlig andersgeartet sein. Zweitens hat sich für die Anunnaki auf Marduk nichts geändert und das wird auch noch lange Zeit so bleiben. Und ...."

„Und wäre es nur ein einziger Anunnaki, dem durch deine Hilfe die Freiheit geschenkt wurde", unterbrach Serenus, „der Anfang ist gemacht. Was niemand von ihnen zu hoffen wagte, du hast es ihnen gegeben! Du ..."

„Und drittens", fiel ich ihm nun ins Wort, „bin ich kein Anunnaki und somit kann ich gar kein ‚Sehender' sein." Ich hob demonstrativ meine schulterlangen Haare und zeigte ihm meinen Nacken. „Siehst du? – Also, überleg dir bitte das nächste Mal, was du sagst, sonst verlierst du irgendwann dein Gesicht, treuer Freund!"

„Ich weiß sehr wohl, was ich sage!", entgegnete Serenus, wobei er mir mit einem seltsam tiefgründigen Lächeln in die Augen sah. „Die Zeit wird kommen, in der du die ganze Wahrheit über dich erfahren wirst."

„Die ganze Wahrheit über mich? Na, da bin ich mal gespannt, ob ich mich dann überhaupt noch im Spiegel anschauen kann, ohne rot zu werden", begann ich zu scherzen, um mich selbst von dieser fast wehmütigen Betroffenheit abzulenken, die sich plötzlich in meinem tiefsten Inneren regte. Und als ob Inanna meine emotional ins Wanken gekommene Gemütslage zu spüren vermochte, kam sie mir in diesem Augenblick zu Hilfe.

Mit wehenden Haaren, in der rechten Hand ein Betäubungsgewehr, kam sie auf uns zu und rief: „Was ist mit euch beiden? Seid ihr mal wieder in eine eurer philosophisch hochtrabenden Diskussionen über Recht und Gerechtigkeit vertieft?"

„Hm, ich weiß nicht, ob man unsere Unterhaltung so bezeichnen kann, Schwesterherz", antwortete ich mit skeptisch nach oben gezogenen Augenbrauen.

„Also, ich würde unser Gespräch eher als einen etwas kontrovers geführten Gedankenaustausch über das Sein oder Nichtsein bezeichnen", schmunzelte Serenus. „Aber wie dem auch sei, es ist für heute beendet und darum sollten wir uns jetzt wieder um unsere Arbeit kümmern."

„Ach, Serenus, lass es gut sein", winkte Inanna freudestrahlend ab. „Die Leute kommen sehr gut ohne uns zurecht. Und deshalb würde ich vorschlagen, dass wir die Gunst der Stunde nutzen und uns auf die Suche nach dem Affenähnlichen von heute Nacht begeben. Seid ihr einverstanden?"

„Gerne doch", kam da die Antwort von Serenus und mir fast wie aus dem Lauf einer einzigen Pistole geschossen.

„Na, wer sagt's denn", frotzelte Inanna, „ihr könnt ja doch mal einer Meinung sein."

Wir lachten herzhaft, was mir wiederum dazu verhalf, meine Betroffenheit über das vorangegangene Gespräch endgültig zu verscheuchen …

Nicht weit entfernt von dem Gebüsch, hinter dem sich unser nächtlicher Besucher versteckt hatte, fand Serenus die Fährte des Affenwesens. Sie führte am Fuß der Hügelkette entlang in Richtung Süden.
„Sein Gewicht dürfte etwa sechzig Kilogramm betragen", stellte er anhand der für mich kaum erkennbaren Fußabdrücke fest. „Es ist sehr schnell gelaufen, ungewöhnlich schnell für einen Zweibeiner."
Wir folgten der Spur, die nach einer Stunde Fußmarsch den Hügel hinaufführte. Auf der Anhöhe angelangt, wies uns die Fährte den Weg immer weiter nach Süden, bis sich der Nord-Süd-Verlauf der Hügelkette und des im Tal fließenden Euphrat in einem Winkel von fast neunzig Grad gen Osten änderte. Dort blieb Serenus, der Inanna und mir einige Schritte vorausgeeilt war, am Rande des felsigen und steil abfallenden Hangs stehen. Aufgeregt winkend und uns ungeduldig zur Eile auffordernd, wartete er auf uns.
„Seht ihr den Höhleneingang dort unten?" Er zeigte auf eine von Mutter Natur durch Erosion geschaffene Felsterrasse etwa fünfzig Meter unter uns. Am äußersten Ende der Terrasse war ein keilförmiger Felsspalt zu erkennen, den Serenus als den Eingang einer Höhle identifizierte. Ohne auch nur einen Augenblick zu zögern, machten wir uns an den Abstieg.

„Es scheint keiner da zu sein", flüsterte Inanna, nachdem wir den schmalen, in engen Serpentinen zur Felsterrasse führenden Pfad hinabgestiegen waren und uns einige Zeit hinter einem Felsvorsprung in der Nähe des Höhleneingangs versteckt hatten.
„Dann lasst uns mal genauer nachschauen. Aber seid vorsichtig, habt ihr gehört?", sagte ich, indes ich mich allen voran auf Zehenspitzen an die Höhlenöffnung heranzuschleichen begann. Auf dem der Höhle vorgelagerten Terrassenabsatz wähnte ich mich wie auf einem Tierfriedhof. Überall verstreut lagen unzählige blanke Schädel und Knochen von getöteten Beutetieren, Überreste von Hirschgeweihen, Antilopen- und Büffelhörner, zertrümmerte Stoßzähne von Höhlenbären, Säbelzahntigern, Wollschweinen und sogar Teile eines Mammutskelettes.

Am Eingang zur Höhle angelangt, warf ich einen Blick in die kalte, trostlose Behausung der Affenwesen, die von dem wenigen in sie eindringenden Tageslicht nur spärlich beleuchtet wurde.
„Wir haben Glück, die Höhle ist tatsächlich leer!", rief ich Inanna und Serenus zu und gab ihnen Zeichen, mir zu folgen.
„Keine Feuerstelle, aber bearbeitete Steine, Knochen und Hörner", stellte Serenus überrascht fest, nachdem wir auch beim Betreten der Höhle alle Mühe hatten, nicht laufend über irgendwelche Tierschädel und Skelettteile zu stolpern.
Doch hier lagen, zwischen den sterblichen Überresten der Beutetiere verteilt, auch handgerechte Kieselsteine aus dem Flussbett des Euphrat sowie behauene Quarze, Basalt- und Obsidianbrocken.
„Ea, sieh mal, was ich da gefunden habe!", rief Inanna mit unüberhörbarer Faszination in der Stimme und hielt mir einen birnenförmigen Basaltstein entgegen. Der Basalt war an beiden Seiten, vermutlich mit einem hammerähnlichen Werkzeug aus Stein, Holz oder Knochen, so lange bearbeitet worden, bis ein Keil mit einem stumpfen Ende entstanden war, der gut in der Hand lag.
„Dieser Faustkeil", so erklärte sie mir, „dient den Höhlenwesen bestimmt nicht nur zum Aufbrechen ihrer Beute, sondern in gleichem Maße zum Spalten, Hacken, Ritzen und Schaben. Und das bedeutet wiederum, dass sie durchaus in der Lage sind, auch Waffen zur Jagd herzustellen, indem sie Knochen- oder Gesteinssplitter zu scharfkantigen, mit spitzen Enden versehenen Messer- und Speerspitzen verarbeiten. – Ea, all das sind für mich eindeutige Beweise dafür, dass diese Wesen einer höher entwickelten Spezies von Primaten angehören. Die Bewohner dieser Höhle sind keine reinen Vegetarier mehr, sondern Fleischfresser, die ihre Beutetiere mit selbst hergestellten Waffen erlegen. Ich sehe meine gestern Abend aufgestellte Theorie als bestätigt an, dass die Knappheit an pflanzlicher Kost durch klimatische Veränderungen ausschlaggebend für eine zwangsweise Umstellung der Ernährung gewesen sein muss, die wiederum die Mutation hin zum aufrechten Gang zur Folge hatte."
„So wird auch das neugierige Interesse unseres nächtlichen Besuchers an uns und unserem Lagerfeuer erklärbar", bemerkte ich beeindruckt und nun durch die handfesten Beweis-

stücke ebenso von einer geistig höheren Entwicklungsstufe der Affenähnlichen überzeugt.
Inanna nickte zustimmend. „Ich denke, die Höhlenbewohner haben gestern Morgen unseren Landeanflug beobachtet und daraufhin einen Späher ausgesandt, der uns dann von den Hügeln aus beobachtete. Und als der sah, wie Serenus das Feuer entfacht hat, war es mit seiner Angst erst mal vorbei. Seine Neugierde trieb ihn, so nah es ging, zu uns heran. – Man stelle sich vor:
Ein Wesen, das dank seines erwachenden Geistes gelernt hat, Werkzeuge herzustellen, sieht sich plötzlich auch in der Lage, die Möglichkeiten zu erahnen, die ihm das Feuer eröffnen würde, sofern es dies in seine Gewalt bekommen und kontrollieren könnte. Wie oft hat es schon das von Vulkanausbrüchen oder Blitzeinschlägen entzündete Feuer gesehen, das die Nacht zum Tag erhellen, Wärme erzeugen und alle anderen Tiere, selbst seine größten Feinde, in Angst und Schrecken versetzen kann. Vielleicht hat es auch schon das Fleisch von im Feuer verbrannten Tieren gegessen und dabei festgestellt, dass es bekömmlicher ist oder besser als rohes schmeckt? – Ja, was mag da wohl in solch einem Wesen vor sich gehen, wenn es sieht, dass fremde Kreaturen sozusagen vom Himmel fallen und vor seinen Augen ein Feuer entfachen? Und damit nicht genug, die Fremdlinge besitzen sogar die Macht über das Feuer. Sie können die Flammen nach Belieben bändigen und sie daran hindern, alles niederzubrennen. So wird der Höhlenbewohner von heute Nacht seiner Sippe von Göttern oder Zauberern berichtet haben, die sogar mit kaltem Feuer nach ihm warfen, als er von ihnen entdeckt wurde und daraufhin flüchtete."
„So könnte es tatsächlich gewesen sein, Inanna", stimmte Serenus zu. „Feuer würde für sie eine viel größere Überlebenschance bedeuten! Denn wer das Feuer beherrschen kann, hat die Macht über alle anderen! Und da diese Höhlenwesen, wie wir jetzt festgestellt haben, sehr wissbegierig und lernfähig sind, bin ich davon überzeugt, dass wir noch des Öfteren Besuch von ihnen bekommen werden."
„Dann werde ich ihnen als erstes das Saubermachen und Lüften beibringen, denn davon haben sie bestimmt noch nichts gehört", hustete Inanna scherzhaft, denn die Luft war stickig und der ekelerregende Gestank von verwesenden Kadavern nahm einem fast den Atem.

„Wo sie recht hat, hat sie recht!", sagte ich mit einem Achselzucken zu Serenus und schlug vor, die Höhle zu verlassen, damit wir uns noch in der näheren Umgebung nach dem Verbleib der Höhlenwesen umsehen konnten.
Wir stiegen über den verschlungenen Pfad wieder zur Anhöhe der Hügelkette hinauf und marschierten dann weiter in Richtung Osten. Das Tal ließ sich von dort oben sehr gut überblicken und ein ständig wehendes Lüftchen verschaffte uns in der sengenden Mittagssonne Kühlung.

Nach einer Viertelstunde Fußmarsch entdeckten wir sie. Und dieses faszinierende Bild, welches sich uns in diesem Augenblick darbot, werden wir immer in Erinnerung behalten:
Auf der mit hüfthohem Gras überwucherten Ebene zwischen dem Fuß der Hügelkette und dem Ufer des Euphrat formierten sich acht dieser Höhlenwesen in sicherem Abstand zu einer weidenden Büffelherde. Mit Stöcken, Steinen und Speeren bewaffnet, näherten sie sich dem Leittier, das, plötzlich Witterung aufnehmend, damit begann, wutschnaubend mit den Hufen zu scharren, und dabei drohend seinen gewaltigen, gehörnten Schädel hob und senkte. Sekunden später griff der Bulle ohne weitere Vorwarnung an und stürmte auf die Gruppe der Jäger zu, die schleunigst Reißaus vor ihm nahmen. Sie kreischten, hüpften heftig gestikulierend hin und her und schlugen Haken, bis sie sich wieder in sicherer Entfernung wähnten. Wie einem lautlosen Kommando gehorchend, duckten sich dann alle unversehens ins hohe Gras, um sich darin zu verstecken. Der Bulle blieb abrupt stehen und schaute sich irritiert nach seinen Angreifern um. Eine kurze Weile herrschte Totenstille. Nichts bewegte sich mehr und es war, als hätte selbst der Wind seinen Atem angehalten. Da schien der Büffel allmählich zu der Überzeugung zu gelangen, die Angreifer verscheucht zu haben, denn er senkte langsam den Kopf und begann wieder in aller Ruhe zu grasen. Auf diesen Moment hatten die Jäger offenbar gewartet. Auf allen Vieren durch das Steppengras robbend, bildeten sie nun einen weiten Kreis um das arglose Tier, während einer von ihnen plötzlich mit lautem Geschrei aufsprang und dem Büffel mit einem kraftvollen, gezielten Wurf einen faustgroßen Stein genau zwischen die Augen schleuderte.
Völlig überrascht und durch den Treffer am Kopf sichtlich benommen, verharrte der Bulle wenige Sekunden lang bewe-

gungslos auf der Stelle, bevor er mit stampfenden Hufen zu einem erneuten Angriff übergehen wollte. Doch genau in diesem Moment sprangen auch die anderen Jäger auf die Beine und schleuderten ihre Steine und Speere auf ihn. Blutend und vor Schmerz brüllend, stürmte er auf einen der Angreifer zu, der jetzt durch eine geschickt vorgetäuschte Flucht seinen Verfolger immer wieder in die Nähe seiner Kameraden lockte, die das geschundene Tier mit weiteren Stein- und Speersalven attackierten, bis es tot zusammenbrach.

Ja, und nur wenige Hundert Meter von diesem Kampf um Leben und Tod entfernt, waren indes die Frauen und Kinder der Jäger damit beschäftigt, die pflanzlichen Zutaten für eine ausgewogene Ernährung zu besorgen. Gerade so, als würden sie sich auf einem anderen Planeten befinden, sammelten sie seelenruhig Samenkörner von verschiedenen Süßgrasarten ein und von den voll behangenen Sträuchern und Büschen, die überall in der fruchtbaren Ebene des Euphrat gediehen, pflückten sie Beeren und Früchte.

„Was für ein imposantes Schauspiel!", flüsterte Inanna tief beeindruckt.
„Obgleich nicht in allem schön anzusehen", wand ich ein.
„Sie haben keine Betäubungsgewehre wie wir, Ea", gab Serenus zu bedenken.
Ich nickte nachdenklich.
„Ob sich wohl das Leben in der Urzeit auf Marduk genauso zugetragen haben mag?", sinnierte Inanna laut vor sich hin.
Weder Serenus noch ich antworteten. Schweigend, jeder in seine eigenen Gedanken vertieft, machten wir uns auf den Weg zurück ins Camp ...

Seit unserer Landung auf der Erde war nach irdischer Zeitrechnung ein halbes Jahr vergangen. Unsere Verpflegung war durch die Vorräte an Bord der im Orbit die Erde umkreisenden MS9 für die nächsten sechs Monate sichergestellt. Darüber hinaus lagerten im Laderaum einer FF1000 konservierte Nahrungsmittel für ein weiteres Jahr, die noch vor der Rückreise der MS9 zum Planeten Marduk zur Erde gebracht werden sollten. Das bedeutete, dass in spätestens eineinhalb Erdenjahren die Versorgung der Mannschaft durch Jagd- und Zuchttiere sowie durch den Anbau verschiedener Getreide- und Gemüsesorten gewährleistet sein musste. Und so stellte sich nun für Inanna und mich die Aufgabe, aus dem Samen wildwachsender Gräser und den von Marduk mitgebrachten Samenkörnern besonders widerstandsfähige Getreidepflanzen zu züchten, die unter den terrestrischen Bedingungen gut gedeihen und einen möglichst großen Ernteertrag bringen sollten.

Während wir in den Anfängen unserer Mission mit allerlei geologischen und klimatischen Forschungsaufgaben beschäftigt waren, hatten die Anunnaki in den zurückliegenden Monaten wahre Meisterleistungen vollbracht. Die Holzfäller rodeten Wälder, wobei immer nur ein Drittel des Baumbestandes einer von Serenus ausgewiesenen Fläche geschlagen werden durfte. Die Zimmerleute und ihre Helfer bearbeiteten die Stämme, erstellten die ersten ein- und zweigeschossigen Holzhäuser und zimmerten deren Dachstühle. Aus der lehmhaltigen Erde, die wir im Süden unweit der Sümpfe des Euphrat- und Tigris-Deltas abtrugen, formten die Töpfer flache Ziegelplatten und brannten sie. Die Schiffsbauer hatten zuvor die ersten Flöße und Boote zu Wasser gebracht, mit denen die Materialien aus den weiter entfernten Gegenden flussauf- und abwärts befördert werden konnten. Dagegen wurden die Lasten aus der näheren Umgebung auf Karren und Wagen transportiert, die unsere Wagner hergestellt hatten. Alle arbeiteten Hand in Hand, auch die Handwerker, für die es noch keine auf ihren Beruf bezogene Arbeit gab. So deckten die Gießer Dächer und die Bergleute halfen den Bauern, den Boden für die Aussaat vorzubereiten und Bewässerungsgräben vom Fluss an die bepflanzten Felder zu ziehen.

Nach den Plänen der Biotechniker wurden zwei Wasserauffangbecken nahe dem Camp ausgehoben, die nun zur Wiederaufbereitung des von uns produzierten Abwassers dienten. Zusammen mit den Gentechnikern züchteten sie aus bestimmten im Erdboden lebenden Bakterien, Pilzen und einzelligen Lebewesen groß angelegte Kulturen, die sie später in das erste der beiden Abwasserbecken, das sogenannte Belebungsbecken, aussetzten. Dort übernahm diese aus unzähligen Kleinstlebewesen gebildete, natürliche Lebensgemeinschaft die Reinigung des von uns verschmutzten Wassers, und zwar auf die gleiche Weise, wie sie in der Natur das im Erdreich versickernde Regenwasser von den aus der Luft aufgenommenen Schmutzpartikeln befreien.

Meine Aufgabe bestand indes darin, gemeinsam mit Serenus und Inanna die mesopotamische Landschaft in Richtung Norden und Süden entlang des Euphrat zu erkunden. Auf unseren oft Wochen andauernden Expeditionen fanden wir Lehm und Torf im Süden, ausgedehnte Wälder mit qualitativ hochwertigen Baumbeständen und Erdöl im Norden. Das Öl drang dort an manchen Stellen direkt an die Erdoberfläche, wo es zum Teil große Seen bildete. An kleineren Seen war das Öl teilweise verdunstet und hatte ölige, halbfeste Stoffe wie Teer, Bitumen und Asphalt zurückgelassen. Diese Stoffe benötigten nicht nur unsere Schiffsbauer zum Abdichten der Boote, sondern auch die Zimmerleute zur Haltbarmachung der Holzpfähle, die sie für die Unterkonstruktion der Bootsstege in das Flussbett des Euphrat trieben.

Aus dem Erdöl gewannen unsere Chemiker durch fraktionierte Destillation verschiedene Stoffe, darunter Heiz- und Motorenöl, Petroleum und Kerosin. Das Erdöl wird bei diesem Verfahren erwärmt, die entstehenden Dämpfe getrennt und abgekühlt und so zu flüssigen Stoffen kondensiert. Aus solchen Destillaten stellten wir dann außer verschiedenen Brennstoffen auch die Betäubungsmittel für unsere Jagdgewehre sowie verschiedene Medikamente und Wachs her.

Um die Beschaffung der von uns benötigten Rohmaterialien und die Energieversorgung mussten wir uns also keine Sorgen machen. Deshalb galt es nun, wie bereits erwähnt, als Nächstes die Aufzucht von ertragreichen Nutzpflanzen voranzutreiben.

In Absprache mit den für den Ackerbau zuständigen Kameraden beschlossen wir, vorerst drei Versuchsfelder für den Getreideanbau in jeweils fünfhundert Meter Abstand zueinander anzulegen. Auf Feld eins sollte ausschließlich das Saatgut des Nemugetreides ausgebracht werden. Dieses auf Marduk schon seit Tausenden von Jahren angebaute Korn erzielt unter den dort gegebenen klimatischen Bedingungen einen Ertrag von rund zwanzig Tonnen pro Hektar.

Auf Versuchsfeld zwei planten wir die Aussaat von ausgewählten, besonders großen und mehlreichen Fruchtkörnern einer auf der Erde wildwachsenden Süßgrasart. Die hierfür ausgesuchten Pflanzen wurden im Labor mit dem Samen des Nemugetreides auf natürliche Weise gekreuzt und vermehrt.

Das dritte Versuchsfeld sollte dem Anbau einer im gentechnischen Labor neu erschaffenen Getreidesorte dienen. Für dieses Experiment isolierte Inanna aus den Ursprungspflanzen des Nemugetreides und denen des Süßgrases Einzelzellen, die sie in getrennten Kulturen vermehrte. Mithilfe solcher Pflanzenzellkulturen ist es einfacher, größere Mengen an Pflanzenzellen gleichzeitig zu untersuchen, wodurch sich schneller herausfinden lässt, welche genetischen Eigenschaften sie jeweils besitzen. Zum Beispiel, welche Erbfaktoren einer biologischen Zelle im Vergleich zur anderen wachstumsfördernder oder widerstandsfähiger sind. Extrahiert man dann die optimalen Geninformationen, kann die entsprechend vorteilhaftere RNA aus der einen in die andere Zelle übertragen werden. Aus diesen gentechnisch veränderten Zellen werden wiederum neue Kulturen gezüchtet und auf ihre genetische Veränderung hin überprüft. Denn erst dann, wenn die eingepflanzten Gene stabil in das Erbmaterial einer Zelle aufgenommen wurden, kann diese die neugewonnene Informationen auch an ihre zellulären Nachkommen weitergeben.

Inanna gelang diese „Genschöpfung" innerhalb kürzester Zeit und so konnten die verschiedenen Aussaaten noch rechtzeitig auf die drei vorbereiteten Felder ausgebracht und bewässert werden. Die klimatischen Bedingungen waren ausgezeichnet und so konnten wir geduldig und guter Dinge dem Auskeimen der Pflänzchen entgegensehen ...

... Als ich diese Zeilen über Inannas gentechnische Experimente niederschrieb, fielen mir Serenus' Worte ein: „Feuer bedeutet Macht!" – Ich würde dem widersprechen und behaupten: Wissen ist Macht! Macht ist jedoch, egal in welchem Kontext sie steht, und gleich in welcher Situation man sich ihrer be-

dient, immer ein zweischneidiges Schwert. Denn maßgebend für das durch Macht Erschaffene ist stets der Charakter und die Denkweise desjenigen, der sie besitzt. So entscheiden die Wissenden und somit Mächtigen allzu oft über Leben oder Tod, Aufbau oder Vernichtung, Wohlstand oder Elend.
So würde es sicherlich ein völlig unkalkulierbares Risiko für alles Leben auf unserem Roten Planeten bedeuten, hätte mein Bruder Enlil oder einer seiner zwielichtigen Freunde die Macht über unsere Naturwissenschaften. Doch wir, und hier spreche ich nicht nur von Inanna und mir, sondern von der Gesamtheit unserer nefilimischen Wissenschaftler, setzen unser Wissen und somit unsere ganze Macht für die Erhaltung allen Lebens ein. Und doch stößt unsere Forschungsarbeit speziell im Bereich der Biogenetik in großen Teilen der nefilimischen Bevölkerung immer wieder auf heftige Kritik. Von Hexerei, Alchemie und Teufelskunst ist da die aus Unwissenheit und falschen Informationen geborene Rede.
Doch dass gerade die Genetik von der nefilimischen Gesellschaft wie ein ungeliebtes Stiefkind behandelt wird, muss eigentlich verwundern, denn im Grunde ist der Gedanke, ihre Zusammenhänge zu erforschen, so alt wie die Zivilisation auf Marduk. Schon immer wollten die Nefilim wissen, warum zum Beispiel Kinder ihren Eltern gleichen oder weswegen ein männlicher Vogel meist ein viel farbenprächtigeres Gefieder als sein Weibchen trägt. Auch in der Ausführung genetischer Experimente hatten sie sich ja schon unzählige Male geübt. Denn sie züchteten früher selbst Tiere und Pflanzen für ihre Zwecke. Die Ergebnisse ihrer Zucht wollten sie jedoch auch zu dieser Zeit keinesfalls dem Zufall überlassen, sondern durch ihre Geschicklichkeit und ihr Wissen zu ihrem Vorteil bestimmen. Der Unterschied zwischen damals und heute ist, dass die Züchter die Gene über die Geschlechtsorgane der Pflanzen und Tiere austauschten, also einen sexuellen Gentransfer innerhalb der Artenschranken herbeiführten. Der Gentechniker führt diesen Prozess im Reagenzglas aus.
Die grundlegenden Erkenntnisse, die zur neuzeitlichen Genetik auf Marduk führten, erlangte vor mehr als einhundert Jahren der nefilimische Biologe Okrates. Er kam hinter das Geheimnis des Lebens, indem er herausfand, dass alle Zellen aus Zellen werden. Zellen entstehen also nicht aus unbelebter Materie und können auch nicht im Labor geschaffen werden. Sie werden durch Teilung einer Mutterzelle geboren und dieser Vor-

gang der Zellteilung ist sicherlich das größte Wunder Gottes oder der Natur, wie auch immer der Einzelne dies sehen mag. Diese Erkenntnis warf bei den nefilimischen Wissenschaftlern unendlich viele und neue Fragen auf. So fragten sie sich, wie eine Zelle, ob nun die eines einfachen Bakteriums oder die eines Nefilim, ihresgleichen erschaffen kann, ohne dass dabei etwas verlorengeht? – Oder, wie kann durch die Folge von Zellteilungen aus einer einzigen befruchteten Eizelle eine ganze Pflanze, ein ganzes Tier oder gar ein Nefilim, bestehend aus 100 Billionen von Zellen, hervorgehen?

Die Wissenschaftler forschen und fanden schnell heraus, dass Zellen Gene haben und alle Zellen eines Organismus alle Gene enthalten. Die Gesamtheit der Gene einer Zelle nannte man Genom. Ein Genom besteht bei den meisten Organismen aus mehreren Chromosomen. Das Genom der Zelle eines Nefilim besteht aus 23 Chromosomenpaaren, wovon sich jedes einzelne aus bis zu 100.000 Genen zusammensetzt.

Die genetische Information ist in jeder Zelle in Form von Desoxyribonukleinsäure (DNS) in den Chromosomen gespeichert. Während die DNS die Steuerung der Vorgänge in der Zelle und die Speicherung der Erbinformationen gewährleistet, setzen die in der Zelle in Tausenden verschiedenen Arten vorhandenen Proteine (vorwiegend aus Aminosäure aufgebaute Eiweißkörper) die Informationen der DNS in Arbeit und Funktion um. So übernehmen sie zum Beispiel die Funktion von Hormonen, Enzymen für die Stoffumwandlung oder für das Baumaterial der Zellform.

In den Genen ist der genetische Code festgelegt, der erstaunlicherweise von allen Lebewesen, seien es Pflanzen, Tiere, Nefilim, Anunnaki, höhere und niedere Einzeller oder auch Viren, benutzt wird. Nur dank dieser Tatsache ist es möglich, Gene und DNS-Stücke über die Artenschranken hinweg in andere Organismen zu übertragen, sodass diese auch artfremde Proteine anhand der neuen Baupläne herzustellen in der Lage sind.

Durch dieses Wissen und das stetige Forschen nach weiteren Erkenntnissen sind nun auf Marduk schon viele herausragende Erfolge in der Medizin, im Umweltschutz und bei der Zucht von Pflanzen und Nutztieren erzielt worden. Und allein durch dieses Wissen werden wir jetzt auch hier auf der Erde in kürzester Zeit in der Lage sein, ausreichend gesunde und widerstandsfähige Pflanzen zu züchten, damit wir unsere Ernährung, wenn es sein muss, auch durch rein pflanzliche Kost sicherstellen können ...

Während die Arbeit in den ersten Anfängen unserer Kolonisation auf der Erde all unsere Konzentration erfordert hatte, geriet die Gegenwart der Höhlenwesen fast in Vergessenheit. Serenus bemerkte zwar von Zeit zu Zeit die Blicke eines ihrer Späher, aber keiner von ihnen wagte es, in die unmittelbare Nähe unseres Camps oder der von uns bestellten Felder zu kommen. Wir, das heißt Serenus, Inanna und ich, hatten unsererseits darauf geachtet, keinen unserer Arbeits- oder Forschungstrupps in das Gebiet der Affenähnlichen zu entsenden. Auch Rock schien es vorzuziehen, ein weiteres Zusammentreffen mit uns fremden Eindringlingen zu vermeiden.

Doch eines Tages fiel Serenus mitten in der Bearbeitung eines Bauplans zur Erstellung eines Funk- und Radarturmes in eine Volltrance. Zu solchen plötzlich auftretenden Phasen geistiger Entrückung im Sinne eines Switchens vom gewöhnlichen Bewusstseinszustand in eine übersinnliche Wahrnehmung, sind nur wenige hochspirituelle Anunnaki auserkoren. Die „Sehenden", wie wir diese Mittler zwischen den Bewusstseinswelten nennen, können sich selbst durch Meditation oder hohe Konzentration in Trance bringen oder aber sie werden quasi wie ein auf spezielle Frequenzen eingestellter Funkwellenempfänger durch intensive Schwingungsenergie angesteuert und in ihrer Wahrnehmung auf den gesendeten Kanal umgeschaltet. Die Informationen, die ein solches Medium dann sehend, hörend und/oder fühlend übermittelt bekommt, können kosmischen, vorhersehenden, warnenden oder führenden Charakter besitzen. Aber auch ein „gedanklicher oder geistiger Hilferuf" eines in Not geratenen Lebewesens, egal, ob ihm nahestehend oder fremd, kann seinen Tuner auf Empfang stellen. Das ist ungefähr so, wie wenn mir die Ohren klingeln. Dann weiß ich, jetzt denkt gerade jemand intensiv an mich. Doch im Gegensatz zu Serenus wird mir weder offenbar, wer mich da über den Äther anfunkt, noch bin ich in der Lage, den Inhalt des Funkspruchs zu lesen, zu hören oder zu fühlen.

„Ich sehe ein Kind der Höhlenwesen an der Biegung des Euphrat", begann Serenus mit monotoner Stimme zu sprechen, indes seine Blicke apathisch ins Weite gerichtet waren. „Es sitzt am Ufer des Flusses. Seine Mutter pflückt in einiger Entfernung zu ihm mit den anderen Frauen Beeren. Sie kümmert sich nicht um ihr Kind. Die Männer sind auf der Jagd. Niemand

ist da. Es ist ein Junge, zwei oder drei Jahre alt. Er versucht mit einem Stock Fische zu fangen. Immer wieder schlägt er ins Wasser. Die Fische meiden jetzt die Stelle, an der er sitzt. Und als wollten sie ihn foppen, sammeln sie sich zwei, drei Meter vom Ufer entfernt zu einem kleinen Schwarm. Der Junge wird wütend. Er beugt sich vor, schlägt wieder ins Wasser, doch der Stock ist viel zu kurz. – Ea, ich fühle es, er wird sich in den Fluss hineinwagen. Er wird in den Fluten untergehen. Höhlenwesen können nicht schwimmen, wir müssen helfen!"
„Wieviel Zeit haben wir, Serenus?"
Er schüttelte den Kopf. „Ich habe keine Information. Möglich, dass es erst noch geschehen wird, aber es könnte auch in diesem Moment ..." Er stockte und griff sich nachdenklich an die Stirn. „Die Sonne ..., die Sonne stand ..., verdammt ..., die Sonne, ja, jetzt sehe ich sie wieder. Die Sonne steht zwei Strich westlicher, also ist es ungefähr eine halbe Stunde später als jetzt."
„Das wird knapp", sagte ich und warf Zirkel und Bleistift auf den Tisch. „Aber lass es uns trotzdem versuchen, komm mit, Serenus!" ...

„Wir sollten uns dringend auf die Suche nach domestizierbaren Reittieren machen!", schnaufte ich einige Zeit später.
Serenus, nicht minder außer Atem, nickte stumm und wischte sich den Schweiß von der Stirn.
„Vielleicht finden wir in der Hochebene des Taurusgebirges wilde Pferde", setzte ich hinzu.
„Das erste bekomme aber ich", keuchte Serenus, „denn du mit deinen langen Beinen bist ja fast so schnell wie ich auf einem Pferd."
Ich lachte. „Tröste dich, mein Freund, man kann nicht alles haben. Keiner ist vollkommen. Der eine saugt eben mit der Muttermilch die Wachstumshormone für lange Beine in sich auf, der andere die für einen sehenden Geist. Wärst du wie ich an der prallen Brust Saris gestillt worden, hättest auch du die Zweimetergrenze erreicht, aber dafür wärst du dann eben so blind, wie ich es bin."
„Deine Blindheit wage ich zwar zu bezweifeln, doch ich stimme dir zu, dass niemand vollkommen ist. Gott sei Dank auch du nicht!" ...
Als wir nach einer knappen halben Stunde unweit der Flussbiegung völlig ausgepowert angekommen waren, trug uns der

laue, nach Norden wehende Wind das konfuse Geschrei einiger Höhlenwesen entgegen. Doch die Laute klangen nicht zornig oder um Hilfe rufend. Sie hörten sich vielmehr wie ein Klagen, ja Weinen an. Wir liefen weiter und erkannten eine am Ufer stehende Gruppe. Sie umringten eine Höhlenfrau, vermutlich die Mutter des kleinen Jungen, der vor ihr auf dem Boden lag. Mit einem unterarmdicken Ast schlug diese immer wieder unter dem Gebrüll der anderen Frauen auf den leblosen Körper ihres Kindes ein.

„Was um Gottes Willen macht die da bloß?", rief ich entsetzt. „Ich denke, wir kommen zu spät!", japste Serenus und blieb stehen. „Das ist wahrscheinlich der verzweifelte Versuch der Mutter, ihr ertrunkenes Kind im wahrsten Sinne des Wortes ins Leben zurückzuprügeln."

„Es ist nie zu spät, es sei denn, man gibt auf", antwortete ich und lief weiter.

„Aufhören! Aufhören, hab' ich gesagt!", brüllte ich wütend, woraufhin mich die Höhlenwesen erblickten. Vor Angst wild kreischend, ergriffen sie sofort die Flucht und ließen den leblosen Jungen allein zurück.

Als ich bei ihm angelangt war, kniete ich mich neben ihn. Sein kleiner behaarter Körper war unterkühlt, die wulstigen Lippen purpurblau gefärbt. Er atmete nicht mehr und sein Herz hatte aufgehört zu schlagen. Eilends nahm ich seinen zierlichen Kopf in meine Hände. Mit der einen Hand griff ich unter sein flaches Kinn und drückte es vorsichtig nach oben, wobei ich mit dem Daumen seine Unterlippe gegen die Oberlippe presste, um seinen Mund zu verschließen. Die andere Hand legte ich auf seine Stirn, während ich mich über ihn beugte und ihm mit kurzen, leichten Stößen Atemluft in seine etwas breite, flache Nase blies. Sein Brustkorb hob und senkte sich wieder. Ich wiederholte die Beatmung in kurzen Abständen viermal.

„Übernimm du die Massage des Herzens!", forderte ich Serenus auf, der mir gefolgt war und nun auf der anderen Seite des leblosen Höhlenkinds auf dem Boden kniete. Er tastete den Brustkorb des Kleinen ab und legte dann seine flache Hand etwas oberhalb des Brustbeinendes in der Brustkorbmitte auf. Dann begann er behutsam und in kurzem, gleichbleibendem Rhythmus mit dem Handballen den Brustkorb zu massieren. Nach jeder fünften Druckmassage atmete ich dem Jungen meine Ausatemluft durch seine Nase in die Lunge ein.

„Na, komm schon, du wirst es schaffen!", flüsterte Serenus liebevoll, während er unablässig durch den Druck seines Handballens das Herz des Kleinen zusammenpresste. „Du darfst nicht aufgeben. Hörst du! Ea hat gesagt, es ist nie zu spät, also kämpfe, kleiner Mann! – Ja, so ist es gut! – Ja, weiter so! – Du schaffst es!"
Plötzlich nahm das Herz seine Tätigkeit wieder auf. Der Kleine begann zu würgen und hustete einen Schwall Wasser aus. Sofort setzte ich ihn auf, wobei Serenus ihm auf den Rücken klopfte. In gurgelnden Schüben spie er, heftig nach Luft ringend, das restliche Wasser in Lunge und Magen aus.
„So ist es fein! Spuck alles aus! Ja, gut so!", redete Serenus beruhigend auf das nun am ganzen Körper bebende Höhlenkind ein und nahm es in die Arme.
Ich stand auf.
„Dort hinter den Büschen haben sie sich versteckt", sagte ich, während ich mein Hemd aufknöpfte und es auszog.
„Ja, Ea, ich spüre ihre Blicke."
Ich beugte mich zu dem Kleinen nieder, der nun ganz ruhig in Serenus' Armen lag und mich mit seinen großen, schwarzen Augen anstarrte.
„Du musst keine Angst vor uns haben. Ich werde dich jetzt zu deiner Mutter zurückbringen", sagte ich leise und breitete mein Hemd auf dem Boden aus. „Serenus, bitte wickle ihn da hinein."
„Was hast du vor, Ea?"
„Ich werde ihn vor den Büschen ins Gras legen."
„Meinst du, die Mutter wird ihn wieder annehmen? Bei Tieren ist das oftmals ein Problem."
„Sicherlich, bei manchen Tierarten mag das schon vorkommen, doch wie wir zwischenzeitlich eindeutig feststellen konnten, sind diese Höhlenwesen keine Tiere im eigentlichen Sinne mehr. Ich glaube, die Mutter wird sich über die Rettung ihres Stammhalters freuen!"
„Hoffen wir es", seufzte Serenus, indes er mir das kleine Bündel vorsichtig in die Arme legte.
„Na, dann wollen wir mal, kleiner Mann!", flüsterte ich dem Höhlenjungen zu, der mich nach wie vor unverwandt anstarrte und sich auch durch mein aufmunterndes Augenzwinkern nicht aufheitern ließ.
Ich kehrte Serenus den Rücken und ging langsam auf die Büsche zu. Die Angst und Erregung der dahinter schutzsuchen-

den Höhlenwesen konnte ich förmlich spüren, deshalb hob ich das Bündel mit dem kleinen Jungen hoch, um ihnen durch diese Geste meine Freundschaft zu signalisieren. Doch je näher ich kam, umso stärker fühlte ich die in ihnen aufsteigende Panik. Und so blieb ich stehen.
„Pass gut auf dich auf!", flüsterte ich dem Kleinen lächelnd zu, kniete nieder und legte ihn auf die Erde. „Das Hemd musst du mir nicht zurückgeben, aber ich würde mich sehr freuen, wenn du uns trotzdem einmal besuchen kommst", scherzte ich, wobei ich ihm nochmals zärtlich über die mit weichem Flaum behaarte Wange strich, bevor ich wieder aufstand und mit leisen Schritten den Rückzug antrat ...

... Erst als ich mit Serenus schon ein gutes Stück weit flussaufwärts gegangen war, wagten sich die Höhlenwesen, die wir fortan mit dem wissenschaftlichen Namen Terhabilis (fähiger oder befähigter Erdling) benannten, aus ihrem Versteck hervor. Die Laute, die der Wind uns hinterhertrug, ließen indes keinen Zweifel an der überschwänglichen Freude der Affenähnlichen über die „Wiedergeburt" ihres kleinen Stammesmitglieds ...

Am nächsten Morgen fand ein anunnakischer Handwerker unweit der bepflanzten Felder einen in den Boden gerammten Speer, an dem mein Hemd und ein aus Efeuranken geflochtener Beutel befestigt waren. In dem imposanten, von geschickten Händen gefertigten Kunstwerk, befanden sich drei kunstvoll aus Obsidiangestein behauene Speerspitzen sowie ein handgroßer Faustkeil und zwei auf Hochglanz polierte Fangzähne eines Säbelzahntigers. Diese waren an ihrem stumpfen Ende durchbohrt und auf einen an beiden Enden zusammengeknoteten Fellstreifen aufgezogen, sodass man sie als Schmuckstück um den Hals tragen konnte.

Die Nachricht über diesen seltsamen Fund durchlief unser Camp in Windeseile und so sah ich mich nun gezwungen, unsere Mannschaft über die Existenz der Höhlenwesen und die Geschehnisse in der Vergangenheit zu informieren. Die Anunnaki hörten meinen Ausführungen mit spürbarer Begeisterung zu und ich war froh, dass sie die Gründe für mein bisheriges Stillschweigen vollauf akzeptierten. So fand auch mein Vorschlag, das Gebiet der Höhlenwesen nicht zu betreten und auch keinen Versuch zu unternehmen, in ihr soziales Gefüge und ihren derzeitigen Entwicklungsstand durch zivilisatorische Maßnahmen einzugreifen, ihre ungeteilte Zustimmung.

Fünf Monate später legte ein aus dem Süden Mesopotamiens kommendes Boot am Flussufer unseres Camps an. Doch diesmal führte es außer einigen Tonnen Lehm und Torf noch eine andere, unerfreuliche Fracht mit sich. Es handelte sich um den Leichnam eines ausgewachsenen, männlichen Terhabilis. Die Bootsmannschaft berichtete mir, den mit zahlreichen Bisswunden übersäten Körper im Wasser treibend entdeckt zu haben. Sie zogen ihn an Bord, konnten aber nichts mehr für den vermutlich im Kampf mit einem Säbelzahntiger Verwundeten tun. Ich beriet mich mit Inanna und Serenus, ob wir den Toten zur Höhle seines Stammes bringen oder ihn nach einer Obduktion hier bei uns begraben sollten. Und obwohl uns anfangs die Trauer in unserem Herzen vorrangig an eine Rückführung zu seiner Gruppe denken ließ, entschieden wir uns nach Abwägung aller Für und Wider dann doch, diese uns vom Schicksal gebotene Gelegenheit zum Anlass zu nehmen, unserer wissenschaftlichen Verpflichtung zur Erforschung der Erde und der auf ihr lebenden Geschöpfe nachzukommen. Bevor wir jedoch das tote Höhlenwesen sezierten, begannen wir unsere Forschungsarbeit mit der Vermessung des Körpers in Volumen, Größe, Gewicht, Proportion und dem Aufbau des Bewegungsapparates sowie mit der Untersuchung und Analyse der Körperbehaarung, der Haut und der Finger- und Zehennägel. Daran anschließend führten wir die Öffnung des Leichnams durch, die uns weitere wichtige Erkenntnisse über die körperliche Entwicklung dieser Spezies vom Uraffen zum Terhabilis sowie ihrer genetischen und organischen Ähnlichkeit oder Homologie im Vergleich zu uns Nefilim und ihrer Lebens- und Ernährungsgewohnheiten lieferte. So fanden wir heraus, dass ihre Organe, Drüsen und Muskeln nicht anders funktionierten als unsere. Jedoch war das Gehirn der Höhlenwesen, mit einem Volumen von rund 670 Kubikzentimetern nur etwa halb so groß wie das eines Nefilim, aber andrerseits um fast das Dreifache größer als das eines Affen. Ferner stellten wir das vollständige Fehlen des Sprachzentrums im Gehirn fest. Diese Tatsache sowie die vage Abschätzung des Zeitraums von etwa 2,5 Millionen Erdenjahren, welche diese Art für ihre Entwicklung vom Affen zum Terhabilis benötigt hatte, veranlasste uns zu der Hypothese, dass es, wenn überhaupt möglich, noch weitere 5 Millionen Jahre dauern würde, bis aus einem dieser Höhlenwesen ein wirklich aufrecht gehender, sprechender und interplanetarische Reisen unternehmender „Nefilim" werden könnte.

Das erste Jahr der Nefilim auf der Erde neigte sich seinem Ende zu. Ein Jahr harter Arbeit, aber auch großer Erfolge. Die Hälfte der geplanten Holzhäuser war fertiggestellt, die Kläranlage in Betrieb, die Energieversorgung gesichert. Auch konnte die erste Getreideernte von den Bauern eingebracht werden. Das Feld mit dem auf Marduk kultivierten Nemugetreide brachte zwar keinen Ertrag, die jungen Pflänzchen gingen schon nach ein paar Wochen durch einen Pilzbefall ein, doch gedieh die Züchtung aus dem natürlich bestäubten Nemu- und Süßgraskorn zu unserer Überraschung besser als erwartet. Der Ertrag des gentechnisch produzierten Getreides lag allerdings mit fünfzehn Tonnen pro Hektar um weit mehr als das Doppelte über dem des Negrakorns, wie wir die Frucht der natürlichen Zuchtpflanze nannten.
Die ersten Schritte hin zur Tierzucht waren auch schon getan. Serenus hatte einen Wolfsrüden und dessen Weibchen eingefangen. Die in einem mit zwei Meter hohen Holzpflöcken umzäunten Gehege untergebrachten Tiere gaben uns bislang allerdings noch nicht das Gefühl, als wollten sie uns irgendwann einmal ihr Zutrauen schenken. Aber wir waren guter Hoffnung, zumindest mit der vierten oder fünften Generation ihrer Nachkommenschaft zahme Tiere gezüchtet zu haben, die uns gute Wächter und treue Gefährten bei der Jagd sein würden ...

... Die letzte FF1000 kehrte, nachdem ihre Ladung auf der Erde gelöscht worden war, zur MS9 zurück. Mit ihr verließen uns auch die Landefähren des Typs NS7.9, um im Bauch des Raumschiffes die Heimreise zum Planeten Marduk anzutreten. Von nun an waren wir auf uns allein gestellt. Bis zur nächsten Landung einer nefilimischen Landefähre in 3.600 irdischen Jahren würden wir keine Verbindung mehr zu unserem Heimatstern aufnehmen können. Keine Möglichkeit, die Erde zu verlassen.
Ich fühlte, wie sich angesichts dieser Tatsache in den Herzen meiner Kameraden eine seltsam wehmütige Stimmung ausbreitete und sich die von allen so oft gestellte, aber bis zu diesem Zeitpunkt immer wieder verdrängte Frage mit Macht in ihrem Bewusstsein zurückmeldete: „Werden wir auf der Erde schneller altern und somit die Wiederkehr der MS9 gar nicht mehr erleben?"

Ein Jahr auf dem Blauen Planeten, das entspricht im Raum-Zeit-Kontinuum auf Marduk ungefähr zweieinhalb Stunden. Innerhalb von einer halben nefilimischen Minute vergeht ein irdischer Tag und alle fünfzehn Sekunden wechseln auf der Erde Tag und Nacht. Doch was ist Zeit? – Gibt es überhaupt eine Zeit? – Könnte es möglich sein, dass die Zeit nur eine fiktive Erfindung unserer Gehirne und Empfindungen ist? Und wenn die Zeit unsere eigene subjektive Erfindung ist, dann müssten wir sie ja auch in ihrer Länge, Ausdehnung und Qualität bestimmen können, oder?
Fragen, Fragen, Fragen und keine Antwort! Es fällt mir unendlich schwer, meine zwiespältigen, jedoch keineswegs ungeten Gefühle in Bezug auf das Phänomen Zeit zu beschreiben, die mich seit dem ersten Tag hier auf dem Planeten Erde bewegen. Denn einerseits empfinde ich tatsächlich jeden Tag hier auf der Erde so, als würde er gleich einer viertelminütigen Filmsequenz vor meinem inneren Auge vorbeiziehen. Ebenso die Nacht, mit dem einzigen Unterschied, dass dieser Film unterbelichtet ist. Andererseits erlebe ich eine Minute hier so intensiv, dass sie in mir Stunden der Erinnerung zu hinterlassen scheint. Ja, ich genieße jeden Tag und jede Nacht mit allen Fasern meines Ichs, reihe sie wie kostbare blaue und schwarze Edelsteine aneinander und bewahre sie in der Schatzkammer meines Herzens auf, sorgsam darauf bedacht, keinen von ihnen zu verlieren und noch möglichst viele davon zu gewinnen.
Zwischen diesen beiden Zeit- und Gefühlswelten hin- und hergerissen, bewege ich mich Tag für Tag wie ein Traumtänzer, der in seiner Fantasie gleichzeitig auf zwei verschiedenen Ballettbühnen tanzt und zum einen die Rolle eines ewig jungen Gottes, auf der anderen die eines in eine Eintagsfliege verzauberten Prinzen verkörpert. Aber, und das ist für mich wichtig, ich bin dabei glücklich. Ich liebe den Blauen Planeten und habe die Entscheidung getroffen, hier zu bleiben, auch wenn ich wüsste, dass ich nur noch hundert irdische Jahre, also zehn nefilimische Tage, leben würde …

1 Nefilimjahr
nach der Landung
Anno
446.400 v. Chr.

*H*urra, wir leben noch!

So oder ähnlich könnte man den Hochruf beschreiben, der in allen auf dem Blauen Planeten stationierten Anunnaki, aber auch in Inanna und mir erklang, als die erste nefilimische Landefähre nach 3.600 irdischen Jahren auf dem Boden unseres Raumflughafens am Ufer des Euphrat aufsetzte.

Die innere Uhr Marduks hatte uns nicht im Stich gelassen!

Ja, wir waren alle lediglich um ein Nefilimjahr gealtert. Ich war nun 31 Jahre alt und Inanna 25, während Serenus mit seinen 145 Lenzen die goldene Mitte seines Lebens erreicht hatte. Weder wir noch unsere anunnakischen Arbeiterinnen und Arbeiter konnten über Anzeichen körperlicher Degeneration, gesundheitliche Beschwerden oder Ermüdungserscheinungen klagen, obwohl die Arbeit oft schwer und so manches gefährliche Abenteuer zu bestehen war. Niemand unter uns bereute seine Entscheidung, an der Mission auf der Erde teilgenommen zu haben, was letztendlich auch durch die unausgefüllt zurückgegebenen Meldelisten bestätigt wurde, in die sich alle Anunnaki eintragen konnten, die mit der MS9 wieder nach Marduk heimkehren wollten.

„Du kannst dir gar nicht vorstellen, wie sehr ich mich freue, dich endlich wiederzusehen!", rief mir Captain Archil schon von Weitem zu, als er nach seiner Landung in Sippar seine NS7.9 verlassen hatte. „Ohne dich, Ea, ist es auf Marduk ausgesprochen langweilig!"

Ich lief ihm mit ausgebreiteten Armen entgegen und drückte ihn fest an mich. „Dann musst du eben hier auf der Erde bleiben, mein Lieber, bei uns ist kein einziger Tag langweilig!"

„Schön wär's, aber du kennst ja meine Pflichten, die mir als deinem Stellvertreter in der Raumfahrtflotte auferlegt worden sind", entgegnete er lachend, wobei er sich aus meiner Umarmung löste, um meine Schwester zu begrüßen.

„Inanna! Ist es denn die Möglichkeit, du bist ja noch schöner geworden! Also ehrlich, die Frauen auf Marduk würden vor Neid platzen, wenn sie dich sehen könnten", sagte er mit bewundernden Blicken, die an der Aufrichtigkeit seines Kompliments keinen Zweifel ließen.

„Ach, übertreib doch nicht so maßlos!", schalt sie meinen Freund, wie immer in solchen Situationen aus Verlegenheit errötend, und lief ihm entgegen.
Archil, übrigens ein ebenso muskulöser Zweimetermann wie ich, fing sie mit ausgebreiteten Armen auf, hob sie hoch und drehte sich ausgelassen einige Male mit ihr im Kreis.
„Wo ist eigentlich der gute alte Serenus?", wollte er wissen, wobei er sich suchend nach ihm umschaute, nachdem er Inanna wieder auf dem Boden abgesetzt hatte.
„Ich soll dich herzlich von ihm grüßen und dich in seinem Namen zu einem kleinen Umtrunk in seine Hütte einladen", antwortete ich mit einem verschmitzten Lächeln.
„Oha, das kann ich mir natürlich auf keinen Fall entgehen lassen", erwiderte Archil und setzte augenzwinkernd hinzu, „denn wie ich diesen begnadeten anunnakischen Druiden kenne, hat er sofort nach seiner Ankunft auf der Erde seinen Hexenkessel angeheizt, um auch hier seine berühmt-berüchtigten Zaubertränke brauen zu können, oder etwa nicht?"
„Sicher doch", gab ihm Inanna hell auflachend zur Antwort, „aber das, was er dir heute anbieten wird, hat noch kein Gaumen außer dem seinen verkosten dürfen. Wir wissen nur, dass es sich um zwei Getränke handelt, von denen er selbst behauptet, sie stellten alle bisher von ihm kreierten Zaubermixturen in den Schatten!"
Von Archil durch solche verlockenden Versprechungen zum sofortigen Aufbruch gedrängt, verließen wir den Raumflughafen und führten ihn durch die von massiven Holz- und ersten Natursteinhäusern gesäumten Straßen Sippars.
„Sippar" bedeutet in unserer Sprache „Vogel". Wir fanden, dies sei der passende Name für unsere kleine Flughafenkolonie, da hier die silbernen Himmelsvögel der nefilimischen Raumflotte starten und landen, aber zugleich sollte er für alle Zeiten an unsere Begegnung mit Rock, dem Adler, erinnern.

Als wir nach einer halben Stunde Weges die Hütte unseres sehenden Gefährten betraten, empfing uns der angenehme Duft frisch geräucherter Kräuter und Piniennadeln.
Serenus stand mit dem Rücken zu uns vor dem schweren, aus Olivenbaumholz gezimmerten Tisch in der Mitte des Raums. Den Tisch hatte er mit zwei Kerzen, vier großen und vier kleinen Tonbechern sowie einem schlanken und einem vollbauchigen Krug gedeckt.

„Sei gegrüßt, Serenus! Wie geht es dir, alter Freund?", rief Archil ihm bereits von der Eingangstür zu.
Serenus, der gerade mit dem Anzünden der Kerzen beschäftigt war, drehte sich mit dem noch brennenden Feuerholz in der Hand zu uns um und strahlte vor Freude übers ganze Gesicht.
„Ich habe mich noch selten so gut gefühlt", antwortete er, während er eilends das Feuerholz ausblies, welches gerade seinen Daumen und Zeigefinger anzusengen drohte.
Mit den Worten: „Willkommen auf der Erde, Captain! Ich freue mich sehr, dich wiederzusehen!" ging er meinem Freund entgegen und schloss ihn in die Arme.
„Du ahnst ja gar nicht, wie glücklich ich bin, nach so langer Zeit wieder hier bei euch zu sein!", entgegnete ihm Archil, seine Umarmung nicht minder herzlich erwidernd.
„Schön, dann haben wir doch jetzt allen Grund, unser Wiedersehen gebührend zu feiern, oder was meinst du?", lachte Serenus, wobei er Archil freundschaftlich auf die Schulter klopfte und uns dann zu einem Begrüßungstrunk einlud.
„Hier, lasst es euch schmecken!", forderte er uns schmunzelnd auf und reichte uns die kleinen, bereits randvoll gefüllten Becher.
„Oooooh, brrrrr, was ist denn das für ein Teufelszeug?", schüttelte sich Archil, heftig nach Luft ringend, nachdem er seinen Becher in einem Zug geleert hatte.
„Ein Destillat aus dem Korn des Negragetreides", lachte Serenus amüsiert. „Schmeckt es dir nicht?"
„Doch, doch, sehr gut", nickte Archil hastig, wobei er jedoch das Gesicht zu einer gequälten Grimasse verzog, „aber das Zeug brennt wie Feuer."
„Daran wirst du dich schnell gewöhnen, mein Freund", versprach Serenus, woraufhin er uns die großen Becher anbot.
„Oha, alle Achtung, das schmeckt ja vorzüglich. Mhhh, und darüber hinaus löscht es auch noch das furchtbare Brennen im Hals", lobte Archil und leckte sich mit der Zunge genüsslich den Schaum von den Lippen. „Verrätst du mir auch die Rezeptur für diese außergewöhnliche Kreation?"
„Ich werde dir alles aufschreiben. Vorab nur so viel, es ist ein Gebräu, das ich aus Wasser, Negramalz und Wildem Hopfen, wie ich die hier ganz in der Nähe gefundene Pflanze nenne, hergestellt habe. Die Gärung übernahmen die von Inanna speziell für diesen Zweck im Labor gezüchteten Hefebakterien. Genügt dir das vorerst?"

Archil nickte zufrieden, wobei er ihm auffordernd seinen leeren Becher entgegenhielt.

Serenus goss nach, und als wir seiner Bitte, am Tisch Platz zu nehmen, gefolgt waren, begann ich meinen Freund über die in den zurückliegenden 3.600 Erdenjahren geleistete Kolonisationsarbeit in Mesopotamien zu informieren.

Ich berichtete ihm von den Rodungen und der Aufforstung der Wälder, über den Auf- und Ausbau Sippars, von den reichen Rohölvorkommen im Norden Mesopotamiens, den ersten Funden von Eisenerz und verschiedenen Mineralerzen, zum Beispiel dem besonders goldhaltigen kristallinen Kalzit oder dem Malachit, aus dem wir Kupfer gewannen. Ferner erzählte ich ihm vom überaus erfolgreichen Anbau der von uns gezüchteten Getreide-, Gemüse- und Salatpflanzen, der Zähmung von Wölfen und Wildpferden sowie der Zucht von Büffeln, Ziegen und Schafen, die wir aus den hier lebenden Wildtierarten in jahrhundertelanger Arbeit auf natürliche Weise kreuzten und durch deren Haltung wir problemlos unsere Milch- und Fleischversorgung sicherstellen können.

Als ich in meinen Ausführungen dann die Entdeckung der Terhabilis erwähnte, horchte Archil begeistert auf. Bis ins kleinste Detail ließ er sich unsere Erlebnisse, angefangen von der ersten Begegnung mit einem der Affenähnlichen über die Rettung des kleinen Höhlenjungen bis hin zu den Ergebnissen der Obduktion des tot aus dem Euphrat geborgenen Terhabilis schildern.

„Und seit dieser Zeit habt ihr nichts mehr von ihnen gehört?", wollte er daraufhin wissen.

„Nein, wir haben das Gebiet der Höhlenwesen nicht mehr betreten", antwortete ich. „Aber wir wissen, dass sie in regelmäßigen Zeitabständen ihre Späher hierherschicken. Doch die halten sich immer in sicherer Entfernung zu uns."

„Möglich, dass sie Angst vor euch haben", meinte Archil.

„Nein, Angst ist es nicht", widersprach ihm Serenus. „Sie haben Ehrfurcht vor uns. Wir sind in ihren Augen Götter, ja, Götter, die auf den Schwingen glänzender Vögel vom Himmel auf die Erde geflogen sind, die das Feuer zähmen und sich auf dem Wasser bewegen können, ohne zu ertrinken. Aus ihrer Sicht können wir nur Götter sein, denn nur ein Gott kann einem Wolf die Wildheit rauben, auf dem Rücken eines Pferdes reiten, einen Büffel erlegen, ohne ihn zuvor über Stunden hinweg gejagt zu haben, und nur ein Gott hat die Macht, durch

seinen Atem einen toten Jungen wieder zum Leben zu erwecken!"
Archil nickte nachdenklich.
„Doch unabhängig davon, ob wir in ihren Augen Götter sind oder nicht", ergriff ich wieder das Wort, „an ihren Lebensgewohnheiten hat sich durch unsere Gegenwart nichts geändert. Die Terhabilis haben eine durchschnittliche Lebenserwartung von 25 bis 30 Erdenjahren, was bedeutet, dass jetzt ungefähr die 120. Generation seit unserer Ankunft auf der Erde lebt, aber ihre geistige und körperliche Entwicklung hat keinerlei Fortschritte gezeigt."
„Und das ist auch gut so, denke ich", warf Inanna ein.
„Sicher, aber nun möchte ich gerne wieder auf das Thema Kolonisationsarbeit zurückkommen", entgegnete ich, während ich aufstand und von Serenus' Schreibtisch eine Landkarte holte, auf der die Orte der zur Zeit neu entstehenden und der noch geplanten Siedlungen eingezeichnet waren.

„Hier in Sippar sind noch einhundert Anunnaki stationiert", erklärte ich Archil, „und in den Koloniesiedlungen Nippur und Eridu jeweils zweihundertfünfzig. Nippur liegt, wie du siehst, exakt in der Mitte zwischen Sippar und Eridu. Nippur wird uns nach Abschluss der Bauarbeiten als Zwischenstation für die auf

dem Landwege transportierten Rohstoffe, Arbeitsmaterialien und Nahrungsmittel dienen. Eridu ist unser Stützpunkt im äußersten Süden Mesopotamiens und liegt am Rande der Sümpfe mit direktem Zugang zum Unteren Golf, über den wir den Südlichen Ozean erreichen können. Sobald die Maurer und Zimmerleute die für eine Werft benötigten Gebäude erstellt haben, werden sich die Schiffsbauer an die Arbeit machen. Geplant ist vorerst eine Flotte von drei ozeantauglichen Segelschiffen. Ja, und dann wird uns durch Eridu das Tor zum Kontinent der Unteren Welt offenstehen, doch schon heute ist die Hafenstadt von großer Bedeutung für uns, denn von dort bekommen wir via Euphrat Torf, Lehm, Fisch und Meersalz. Die Siedlung ist übrigens in eine sehr reizvolle Landschaft eingebettet, wenn es also deine Zeit erlaubt, solltest du mich auf meiner nächsten Reise an den Golf begleiten."
„Das lässt sich bestimmt einrichten, Ea!", nickte Archil freudig, während Serenus den dritten mit Negra-Hopfen-Saft gefüllten Krug auf den Tisch stellte und zu ihm sagte:
„Nun habt ihr aber für heute genug über die Arbeit geredet. Jetzt möchte ich gerne wissen, was es Neues über dich, deine Familie und vom Roten Planeten zu berichten gibt."
Über Archils Gesicht huschte das uns wohlbekannte glückliche und beinahe verklärte Lächeln, das sich, sobald man ihn auf seine geliebte Frau ansprach, unwillkürlich einstellte.
„Al...so ...", begann er mit der von ihm ebenso gewohnten Scherzhaftigkeit zu erzählen, „ich muss wie immer viel zu viel arbeiten, aber es geht mir blendend, denn meine Frau ist immer noch die beste aller Ehefrauen und mein Sohn hat kurz vor meinem Abflug die ersten Schritte ohne fremde Hilfe gewagt. Insofern kann ich mich in keiner Weise beklagen. Aber manche ...", und nun wurden seine Gesichtszüge wieder ernst, fast sorgenvoll, „ja, manche Ereignisse auf Marduk bereiten mir, ehrlich gesagt, Kopfschmerzen, um nicht zu sagen, machen mir Angst. So spielt sich Enlil, seitdem Ea nicht mehr auf Marduk ist, auf, als wäre er schon zum König gekrönt worden. Er lässt keine Gelegenheit aus, sich in der Öffentlichkeit zu profilieren und seine scheinbare Macht zu demonstrieren."
„Das tut er doch schon seit eh und je, Archil, das darfst du nicht überbewerten", versuchte ich die Bedenken meines Freundes zu zerstreuen.
„Aber du darfst das auch nicht unterschätzen, Ea, denn seit deiner Abreise steckt er seine Nase immer mehr in Dinge, von

denen er erstens nichts versteht und die ihn zweitens nichts angehen. So hat er bereits mehrmals den Versuch unternommen, einige führende Köpfe aus der Raumfahrtforschung, dem Biogenetischen Zentrum und der Föderation praktizierender Ärzte zu korrumpieren und durch böse Intrigen unter Druck zu setzen. Auch hat er um jeden Preis und mit allen ihm zur Verfügung stehenden Mitteln versucht, die Produktion der zehn TL-Mega-Satelliten zu verhindern, obwohl oder vielleicht gerade weil er weiß, dass wir sie dringend benötigen, um endlich eine Funkverbindung zur Erde herstellen zu können."
„Und was unternimmt Anu dagegen?", fragte ich, nun nicht mehr ganz so froh gelaunt.
„Er klopft ihm hie und da auf die Finger, maßregelt ihn von Zeit zu Zeit, aber Enlil schmiedet hinter seinem Rücken weiterhin eine Intrige nach der anderen. – Ja, Ea, und wir können nur von Glück reden, dass diese bisher stets vereitelt werden konnten und die maßgebenden Leute trotz der Ränkespiele deines Bruders treu hinter dir und deinem Vater stehen!"
„Dann sind also die Funksatelliten fertiggestellt?"
„Ja, wir haben sie an Bord der MS9 und auf der Heimreise werden wir sie im All positionieren."
„Gut, dann stehe ich in Zukunft mit Anu und dir in Verbindung, das wird meinen Bruder bestimmt in seinem Tatendrang bremsen."
„Das hoffe und wünsche ich mir auch!", entgegnete Archil nun wieder lächelnd und Serenus brachte noch einen vierten Krug seines köstlichen Gebräus.

Wir plauderten, tranken und lachten, bis uns die aufgehende Sonne daran erinnerte, dass die Tage und Nächte auf der Erde nicht lange währen und somit für ein ausgiebiges Wiedersehensfest viel zu kurz bemessen sind. Und so rief uns denn auch viel zu früh die Pflicht zurück zum sogenannten Ernst des Lebens. Doch trotz der vielen Arbeit, die wir im Dienste unserer Mission leisteten, verbrachten wir während des einjährigen Aufenthalts meines Freundes auf der Erde viele schöne Stunden und Tage miteinander. Wir fuhren gemeinsam mit dem Boot nach Eridu, besuchten die Sümpfe im Südosten, ritten über Land nach Nippur und reisten zu den Erzminen im Taurusgebirge.

Je länger Archil mit mir in Mesopotamien unterwegs war, umso mehr verliebte er sich in den Blauen Planeten. Ich beobachtete ihn, wie er seine verträumten Blicke zuweilen über die atemberaubend schöne Landschaft schweifen ließ, gerade so, als wollte er sie streicheln. Er genoss die Strahlen der Sonne auf seiner blassen Haut, die stillen, romantische Nächte am Lagerfeuer und atmete andächtig die frische Morgenluft ein, bevor er sein tägliches Bad in den kühlen Fluten des Euphrat nahm. Ich fühlte, dass er eines Tages für immer hier bleiben würde ...

Als sich dann die mit Eisen, Kupfer und Gold beladenen FF1000 der nefilimischen Raumflotte in den Himmel erhoben, um die irdischen Schätze an Bord der MS9 zu bringen, spürte ich den heimlichen Schmerz meines Freundes, der ihm das Herz zusammenschnürte. Und ich wurde auch der Trauer in seinen Blicken gewahr, mit denen er für die nächsten 3.600 Erdenjahre von uns und dem Blauen Planeten Abschied nehmen musste ...

36 Nefilimjahre
nach der Landung
Anno
320.400 v. Chr.

Bis zum Ende des 35. Nefilimjahres unserer Erdenmission verlief unser Leben auf diesem wunderschönen Planeten in geordneten Bahnen und ohne die geringsten Zwischenfälle. Doch dann begannen die Temperaturen in Mesopotamien plötzlich zu sinken. Anfangs fast unmerklich langsam, wurde es Erdenjahr für Erdenjahr immer kälter und kälter. Bereits nach knapp einhundert Erdenjahren kletterte das Thermometer selbst im Hochsommer nur noch ganz selten auf null Grad Celsius bei Tag, während in den Nächten Minuswerte zwischen 25 und 30 Grad gemessen wurden.
Wir waren alle höchst beunruhigt über diese dramatische Entwicklung und hofften inständig, dass es sich bei dieser Klimaveränderung nur um eine mehr oder weniger kurzfristige Laune der Natur handeln würde. Doch diesem Hoffen standen die nicht gerade ermutigenden Prognosen einiger Wissenschaftler entgegen, die durch diese Kältewelle den Beginn einer neuen eiszeitlichen Kälteperiode auf der Erde für eher wahrscheinlich hielten. Eine neue Eiszeit aber, darüber waren wir uns alle schmerzlich bewusst, würde das endgültige Aus für unsere Mission auf dem Blauen Planeten bedeuten.
Ich versuchte jeden Gedanken daran zu verdrängen, betete zu Gott, flehte um himmlische Hilfe und zertrat zornig so manches Thermometer, das wieder einmal ein halbes Grad weniger anzeigte, als ich es von ihm erwartete. Ich war oft so unausstehlich wie das Parfüm eines Skunks, bissiger als ein hungriger Wolf und mein Gemecker war nervender als das einer hundertköpfigen Ziegenherde. Ich heulte vor Wut, wenn der eisige Frost unsere Aussaat vernichtete, obwohl wir sie, so gut es ging, gegen die Kälte schützten. Ich brüllte, fluchte und zertrümmerte massenweise Einrichtungsgegenstände, wenn ich ein erfrorenes Wildtier fand, das nicht in einen unserer Ställe flüchten konnte, um vor den ungewohnten Temperaturen Schutz zu finden. Doch außer meinen Gebeten und der liebevollen Zuwendung meiner Schwester Inanna, die mich in solchen Situationen einfach wie ein kleines Kind in die Arme nahm, half mir nichts über die quälende Angst, vor der Kälte kapitulieren und die Erde verlassen zu müssen, hinweg.
Große Sorgen machte ich mir indes auch um das Volk der Terhabilis. Ich besprach mich mit Serenus und Inanna und war froh, dass sie mir ihre Zustimmung zur Aufhebung unseres

selbst auferlegten Verbots gaben, das Gebiet der Höhlenwesen zu betreten.

Schon einen Tag später machten wir uns mit zwei schlachtreifen Büffeln und einem Lastenpferd im Schlepptau auf den Weg zu ihrer Felsenwohnung. Das Pferd war mit einem Sack Negragetreide sowie einem Sack trockenem Heu, zwei großen Garben Stroh und einem Bündel aus etwa unterarmdicken, einen Meter langen Ästen beladen. Inanna trug einen kleinen Koffer mit Medikamenten und fiebersenkenden Säften bei sich, die sie aus den Blättern des Silber- oder Frauenmantels gewonnen hatte. Ebenso beinhaltete ihre Notfallapotheke eine wahre Wunder wirkende Kräutermixtur, die sie aus Baldrian- und Angelikawurzeln, Zitwerwurzelstock und Ascorbinsäure, angesetzt in Serenus' Negradestillat, gewonnen hatte.

Als wir an der Flussbiegung des Euphrat unterhalb der Höhle angekommen waren, banden wir die Tiere an einem Baum fest und folgten dem verschlungenen felsigen Pfad, der vom Fuß der Hügelkette steil den Hang hinaufführte. Weit und breit war niemand zu sehen, doch als wir auf der Felsterrasse angekommen waren, hörten wir aus dem Innern der Höhle murmelnde, keuchende und hustende Geräusche, die uns die Anwesenheit der Terhabilis verrieten.

„Das hört sich nicht gut an", bemerkte Inanna flüsternd.

Ich nickte mit besorgter Miene und trat entschlossen, aber ohne mich durch Worte bemerkbar zu machen, vor den Höhleneingang. Ein junger, kräftig gebauter Terhabilis nahm mich als Erster wahr. In panischem Schrecken sprang er schreiend vom Boden auf und griff nach einem an der Felswand angelehnten Speer.

„Du musst dich nicht vor mir fürchten!", sagte ich ruhig zu ihm, doch meine Worte gingen in dem nun ausbrechenden Geschrei der anderen Höhlenwesen unter. In einem Wirrwarr von „uh-uh-uh"- und „ah-ah-ah"-Lauten drängten sie sich an der hinteren Höhlenwand zusammen. Auf dem kalten, felsigen Boden lagen fünf Kinder und vier sehr betagte Terhabilis, die vor Schwäche nur noch ein leises Wimmern über die Lippen brachten. Der junge Terhabilis stellte sich schützend vor die am Boden Liegenden und hob drohend seinen Speer gegen mich. Seine kraftstrotzenden Oberarmmuskeln zuckten vor Erregung, während er mich mit seinen nachtschwarzen Augen fixierte.

„Wir sind Freunde, du brauchst keine Angst vor uns zu haben", sprach ich weiter beruhigend auf ihn ein. „Schau dir das hier an!" Ich kniete mich mit einem Bein nieder und knöpfte mein Hemd auf, sodass mein Halsband zum Vorschein kam.
„Seht ihr das?", sagte ich und hob die polierten Fangzähne hoch, damit alle sie sehen konnten. Da durchlief ein aufgeregtes Raunen die finstere Höhle und die Angst in den Blicken der Höhlenwesen wich der plötzlich in ihnen erwachenden Neugier.
„Ja, schau sie dir genau an", forderte ich den jungen Terhabilis auf, der wie gebannt auf meinen Halsschmuck starrte und nun langsam seinen Speer sinken ließ.
„Gut so!", redete ich mit beschwörendem Tonfall auf ihn ein, denn ich wusste, dass er zwar meine Worte nicht verstand, aber am Klang meiner Stimme meine guten Absichten erkennen würde. „Du kannst mir vertrauen! Komm her zu mir, ich werde es dir beweisen."
Und siehe da, ich hatte Erfolg. Zögernd näherte er sich mir.
„Ja, komm, schau dir den Schmuck deiner Ururahnen genauer an." Ohne das Halsband abzunehmen, hielt ich ihm die Zähne des Säbelzahntigers entgegen.
Unter dem raunenden Gemurmel der anderen kam er nun Schritt für Schritt auf mich zu und blieb direkt vor mir stehen. Ich war kniend so groß wie der junge Terhabilis in seiner ganzen Körperlänge, der mich, so als wolle er prüfen, ob ich aus Fleisch und Blut war, mit ausgestrecktem Zeigefinger an die Schulter stupste. Ich lächelte ihn an, hob vorsichtig den rechten Arm und erwiderte seine Geste. Da stupste er mich erneut und ich gab die Berührung zurück. So ging das einige Male hin und her, bis er plötzlich ein Kichern ausstieß und sich zu seinen Stammeskameraden umdrehte, die jetzt zaghaft seine Laute nachahmten.
Der Bann war gebrochen.
Einer nach dem anderen wagte sich aus der dunklen Felsenecke hervor, begierig dem Vorbild des jungen Terhabilis folgend, das gleiche „stupst du mich, stups ich dich"-Spiel mit mir zu vollziehen. Davon blieben auch Inanna und Serenus nicht verschont, die mir, durch das gurrende Kichern der Affenähnlichen ermutigt, ins Innere der Höhle gefolgt waren.
Als die Terhabilis nach geraumer Zeit das Spiel zur Genüge ausgekostet hatten, versuchten wir ihnen wild mit den Händen gestikulierend zu übermitteln, dass sie uns nach unten begleiten sollten, um das für sie Mitgebrachte in die Höhle hinaufzu-

schaffen. Ein schwieriges, wenn nicht sogar chancenloses Unterfangen angesichts ihrer natürlichen Angst vor den tödlichen Gefahren, die ihnen außerhalb ihrer Behausung drohten. Nach einer gefühlten Ewigkeit folgten sie dann aber doch unseren unermüdlichen Aufforderungen per Zeichensprache, indem sie mit uns den Abstieg wagten ...

„Ich werde euch jetzt die Kunst des Feuermachens lehren", sagte ich zu den mich mit neugierigen Blicken umringenden Höhlenwesen, nachdem wir alles in die Höhle gebracht und eine Feuerstelle aus kreisförmig aneinandergereihten Steinen eingerichtet hatten.
Ich winkte den jungen Terhabilis näher zu mir her und deutete ihm an, er möge sich neben mich auf den Boden knien.
„Schau, um ein Feuer zu entfachen, benötigt man nur drei Dinge", versuchte ich ihm zu erklären und zeigte ihm einen kleinen, etwa quadratischen Holzklotz, in dessen Oberseite ich eine Mulde geschnitzt hatte, und ein rundes, dreißig Zentimeter langes Aststück. Dann legte ich etwas trockenes Heu in die Mulde des Klotzes, setzte das daumendicke Rundholz mitten hinein und ließ es zwischen meinen schnell reibenden Handflächen hin- und hersausen.
„Siehst du, so macht man das." Ich hörte mit dem Reiben auf und drückte das Rundholz in die klobigen Hände des jungen Terhabilis. Doch der schaute mich nur verständnislos an.
„Probier es, du wirst schon sehen, was passiert!", forderte ich in lachend auf, aber er stocherte nur einige Male unbeholfen in das Heuhäufchen hinein.
„Na schön, dann zeige ich dir, was geschieht, wenn man diese kleine Übung richtig und lange genug ausführt. Ich bin überzeugt, dass du dann sehr fix lernen wirst", schmunzelte ich und nahm ihm das Rundholz wieder aus der Hand.
Ich begann aufs Neue zu reiben und schon Sekunden später stieg ein dünnes Rauchfähnchen aus dem allmählich schwach glimmenden Heu auf. Ich beugte mich darüber und blies ganz behutsam in die zaghaft auflodernde Glut, aus der sich mit einem Mal ein aufgeregt züngelndes Flämmchen erhob.
Der junge Terhabilis sprang erschrocken auf.
„Hast du das gesehen? So geht das!", lachte ich, über seine heftige Reaktion amüsiert, während ich die kleine Flamme auf das in der Mitte der Feuerstelle ausgebreitete Heu warf. Sofort stiegen lodernde Flammen empor, die sich, nach Nahrung

hungernd, zu den von Serenus geschickt über dem Heu aufgeschichteten Ästen emporschlängelten.
So lange ich lebe, werde ich die Erinnerung an dieses tief bewegende, all meine Sorgen über unsere ungewisse Zukunft hier auf der Erde vergessen machende Ereignis im Herzen tragen.
Das erste Feuer der Terhabilis warf seinen flackernden, goldenen Schein an die feuchtkalten Wände ihrer trostlosen Behausung. Knisternd wand es sich in die Höhe und je höher es aufflammte, desto mehr erfüllte es den Raum mit Licht und wohltuender Wärme. In meinem tiefsten Inneren war mir in diesem Augenblick so andächtig und heilig zumute, dass mir Tränen der Freude und Rührung in die Augen stiegen. Mir schien, als hätte nicht ich, sondern der Erzengel Michael höchstpersönlich mit seinem feurigen Schwert das Licht der göttlichen Liebe in dieser Höhle entfacht, um diese Wesen zu erleuchten und ihre Herzen zu erwärmen.
Die Höhlenwesen bestaunten zuerst ungläubig und mit ängstlicher Zurückhaltung das Feuer, dann aber tanzten sie in unbändiger Freude mit erhobenen Armen um die Feuerstelle. Wie eine Schar ausgelassener Kinder feierten sie dieses aus ihrer Sicht von uns Göttern bewirkte Wunder, das ihr Leben und das ihrer Nachkommen von einer Sekunde auf die andere grundlegend verändern sollte ...

... Erst als die Abenddämmerung anbrach, ritten wir nach Sippar zurück. Während ich den ganzen Nachmittag über damit beschäftigt gewesen war, den männlichen Terhabilis das Feuermachen beizubringen, hatte Serenus aus dem mitgebrachten Stroh ein Lager nahe der Feuerstelle eingerichtet, worauf er die kranken Kinder und Alten bettete. Inanna verbrachte die Zeit mit der medizinischen Untersuchung der Kranken, die sich zum Teil sehr schwierig gestaltete. Auf noch heftigere Gegenwehr stieß sie allerdings bei der Verabreichung ihrer selbst hergestellten Heilsäfte, und wäre ihr Serenus nicht tatkräftig beigestanden, hätte sie sicherlich so manche Blessur davongetragen. Doch ihre stets mit liebevoller Hingabe praktizierten Behandlungen zeigten trotz dieser anfänglichen Widerstände der Terhabilis Erfolg, denn von diesem Tage an brachten sie all ihre Kranken, Verwundeten und Sterbenden zu Inanna nach Sippar, und als würde uns der Himmel für unsere Taten belohnen, fand die Kältewelle nach wenigen Monaten ihr

Ende. Die Temperaturen stiegen anfangs zwar nur mählich, aber dafür kontinuierlich an und bereits nach zehn Erdenjahren hatte sich das Klima in Mesopotamien wieder mit Temperaturwerten von durchschnittlich 28 Grad Celsius stabilisiert.
So herrschen heute, 36 Nefilimjahre nach unserer Ankunft auf der Erde, wieder ideale Lebens- und Arbeitsbedingungen für die 1.600 anunnakischen Männer und Frauen in den derzeit acht Siedlungen Mesopotamiens.

Die im Bergbau zutage geförderten Mengen an Eisenerz, Malachit und Gold übertreffen bei Weitem unsere Erwartungen und so kann die MS9 weiterhin von Nefilimjahr zu Nefilimjahr neben Öl, Bitumen und Teer auch Tausende Tonnen Stahl, Kupfer und verschiedene Edelmetalle auf unseren Heimatplaneten verfrachten.
Unsere Mission auf der Erde beginnt sich nun auch für die Mächtigen auf Marduk zu lohnen. Und das ist erst der Anfang, denn auf dem Kontinent der Unteren Welt vermute ich ein noch größeres, ungleich reicheres Vorkommen an den von uns begehrten Bodenschätzen ...

39 Nefilimjahre
nach der Landung
Anno
309.600 v. Chr.

Enlil hatte die Gunst von König Anu verwirkt. Seine ständigen sexuellen Ausschweifungen, die nicht selten mit der Vergewaltigung einer ihm nicht gefügigen nefilimischen Wissenschaftlerin oder der Ehefrau eines ihm verhassten Ministers endeten, sowie seine wiederholten kriminellen Manipulationsversuche und bösartigen Intrigen, die er gegen alle ihm nicht bedingungslos ergebenen Professoren und Politiker unternahm, brachten Anu mit der Zeit derart in Rage, dass er meinen Bruder kurzerhand von der Thronfolge ausschloss und ihn all seiner Ämter enthob.

Mein Vater, zu jener Zeit 172 Jahre alt und seit 116 Nefilimjahren Regent auf Marduk, ließ mich als seinen rechtmäßigen Nachfolger proklamieren und bestimmte seinen 175. Geburtstag als Termin für die Inthronisationsfeierlichkeiten.

Doch die Krönung zum König hätte für mich, wenn auch erst in drei Jahren, den Abschied vom Planeten Erde bedeutet. Und so versuchte ich meinen Vater in einem durch die im All positionierten TL-Mega-Satelliten übermittelten Funkgespräch dazu zu überreden, dass er die Regierungsgeschäfte zumindest noch so lange weiterführen möge, wie seine Gesundheit es ihm erlaubte.

„Aber spätestens mit 200 Lenzen ist für mich endgültig Schluss mit dem Regieren, hast du gehört, mein Junge?", gab er sich nach meinem inständigen Bitten geschlagen.

„Wenn du mit 200 Jahren die Dauer deiner Regierungszeit meinst, bin ich einverstanden", scherzte ich und atmete innerlich erleichtert auf.

„Das würde dir so passen, du Schelm!", schalt er mich lachend. „Während ich mich hier noch jahrzehntelang mit diesen eintönigen Regierungsgeschäften abmühen soll, machst du dir ein schönes, abenteuerliches Leben auf dem Blauen Planeten, wie? Nein, nein, mein Sohn, diese Flausen kannst du dir sofort wieder aus dem Kopf schlagen!"

„Na schön, Vater, ich werde versuchen, noch vor deinem 200. Geburtstag mit den Kolonisationsarbeiten hier auf der Erde fertig zu sein. Aber apropos schönes Leben, hast du meine Berichte über Arali erhalten?", fragte ich ihn, gespannt auf sein Urteil, woraufhin er noch „Ja ... und schon dreimal gelesen" antwortete, bevor der Funkkontakt, durch ein kosmisches Magnetfeld gestört, abrupt unterbrochen wurde ...

... Nach 37 Nefilimjahren Aufbauarbeit in Mesopotamien leben Inanna und ich nun bereits seit zwei Jahren in Arali, dem Land der Minen und Naturwunder.
Platin, Gold, Silber, Kupfer, Uran, Kobalt, Diamanten, Saphire oder Smaragd, die grüne Erscheinungsform des Minerals Beryll: Die Bodenschätze scheinen hier in unerschöpflicher Fülle in der Erde zu schlummern und nur darauf zu warten, von uns aus der Dunkelheit ihrer Lagerstätten ans Licht geholt zu werden. Doch auch die landschaftliche Schönheit dieses Gebiets fasziniert uns immer wieder aufs Neue. Gebirge mit saftig begrünten Plateaus, fruchtbare, mit üppiger Vegetation gesegnete Täler, weite, von Zebras, Elefanten, Nashörnern, Löwen, Giraffen und Straußen bevölkerte Steppen, smaragdgrüne Seen, die paradiesischen Ufer des Zambezi, wie wir den Strom im Südwesten Aralis nennen, mit seinen spektakulären Wasserfällen, wo über 10 Millionen Liter Wasser in einer Minute 108 Meter in die Tiefe stürzen, sowie die immergrünen Wälder im Nordosten mit ihrer einzigartigen Flora und Fauna.
Unsere Seefahrer entdeckten diesen Landstrich an der Südostküste der Unteren Welt im 26. Jahr unserer Mission. Schon damals, als ich die ersten Berichte über ihre Expeditionen in das Landesinnere Aralis übermittelt bekam, stand für mich

intuitiv fest, dass ich dieses von Gott gesegnete Fleckchen Erde irgendwann einmal mein Zuhause nennen würde. Elf Nefilimjahre später war es endlich so weit. Ich übergab Serenus das Kommando über die mesopotamischen Kolonien und segelte in Begleitung meiner Schwester Inanna und 150 Anunnaki nach Arali. Dort erbauten wir inmitten dieses Paradieses die Siedlung Nimiki.

7.200 Erdenjahre sind seitdem verstrichen. Lange Jahre voller Entbehrungen und ausgefüllt mit harter Knochenarbeit von früh bis spät. Doch hier fühlte ich mich zum ersten Mal in meinem Leben wirklich frei, wirklich glücklich, und es scheint, als sei ich mit jeder geopferten Sekunde Arbeit und jedem einzelnen auf diesem Boden vergossenen Tropfen Schweiß ein Stück weit mehr mit der Seele dieses Landes verschmolzen.

Aber ungeachtet dieser reinen Lebensfreude und selbstlosen Liebe, die ich für die Wildnis Aralis empfand, lehrte sie mich auch das Fürchten. So manches Mal regte sich in mir gar ein ohnmächtiger, aus Verzweiflung und Hilflosigkeit geborener Hass gegen die teils unbarmherzigen Gesetzmäßigkeiten der von Gott geschaffenen Natur.

Bis zum heutigen Tag wurden sechs Anunnaki von Löwen angefallen und getötet, weil sie wider besseres Wissen in die Jagdreviere der Raubtiere eingedrungen waren. Vier Männer kamen in den reißenden Fluten des Zambezi ums Leben, als ihr Boot in die heimtückischen Stromschnellen nahe dem Wasserfall geriet und kenterte. Auf einer Expedition in die Regenwälder im Nordosten starben zwei Kameraden durch Bisse von Giftschlangen und fünf Bergleute wurden unter den Geröllmassen eines einstürzenden Stollens begraben, der durch einen seismographisch vorher nicht feststellbaren Erdstoß derart erschüttert wurde, dass die massiven Türstöcke und Verstrebungen in Sekundenbruchteilen wie Strohhalme einknickten.

All diese tragischen Unglücksfälle belasteten mich sehr. Jedes Mal stellte ich mir die Frage, ob der materielle Nutzen, den wir aus dieser Kolonie ziehen und noch ziehen werden, den Tod auch nur eines einzigen Kameraden rechtfertigen kann. Die Antwort meines Herzens lautete „Nein!". Und so war ich schon des Öfteren kurz davor, die Siedlung Nimiki trotz meiner Liebe zu ihr und diesem Land aufzugeben. Doch meine anunnakischen Gefolgsleute waren und sind sich bis heute einig, dass sie dieses unkalkulierbare Risiko gerne in Kauf nehmen und die Arbeit in Arali fortführen wollen.

„Du hast uns vom Joch des Mals befreit und uns die Freiheit gegeben, Ea!", beteuerten sie mir. „Dank deiner Hilfe dürfen wir hier auf der Erde selbst über unser Leben bestimmen. So war es auch unsere freie Entscheidung, dich und Inanna in die Untere Welt zu begleiten und mit euch gemeinsam die uns aufgetragene Mission zu erfüllen. Und so werden wir euch, egal, was da kommen mag, treu zur Seite stehen, und wenn es Gottes Wille sein sollte, werden wir auch hier an eurer Seite sterben. Der Tod gehört zum Leben, das Leben zum Tod. Und wenn wir in Freiheit leben wollen, müssen wir auch bereit sein, für diese Freiheit unser Leben hinzugeben!" ...

Heute, ein irdisches Jahr vor der 39. Wiederkehr der MS9 zur Erde, betraten Inanna und ich zum ersten Mal wieder mesopotamischen Boden.
An Bord eines schwer beladenen Frachtenseglers erreichten wir nach einer langen, stürmischen Überfahrt völlig übermüdet die Hafenstadt Eridu. Einzig die Vorfreude auf ein Wiedersehen mit unserem alten Freund Serenus machte uns die beschwerliche Reise und unsere Müdigkeit vergessen, als wir das Schiff verließen. Doch am Hafen wurden wir zu unserer Enttäuschung nicht von Serenus, sondern von einem uns unbekannten jungen Offizier der Königlich-Nefilimischen Raumflotte empfangen.
„Mein Name ist Percusor, ich freue mich sehr, dich endlich kennenzulernen, Ea von Marduk!", begrüßte er mich salutierend.
„Ganz meinerseits, Percusor!", antwortete ich und streckte ihm die Hand entgegen. Doch der bullige, groß gewachsene Jungoffizier verweilte ungeachtet meiner Geste in seiner strammen Haltung.
„Rühren!", befahl ich, von seiner gedrillten Steifheit amüsiert, und fügte hinzu: „Wir sind hier nicht auf einem nefilimischen Exerzierplatz, junger Freund, also vergiss den militärischen Schnickschnack und gib mir einfach die Hand, okay?"
„Zu Befehl!", bekam ich zur Antwort und zugleich seinen außergewöhnlich festen Händedruck zu spüren.
„Alle Achtung", lobte ich beeindruckt, denn es gab nur wenige Nefilim, deren Kraft und Körpergröße mit der meines Freundes Archil oder der meinen konkurrieren konnten. Seltsamerweise machte sich aber in diesem Moment neidloser Bewunderung plötzlich ein ungutes Gefühl in mir bemerkbar. Es war, als verspürte ich durch den Druck seiner Hand einen Stich im Herzen. Ich fröstelte und mein Unterbewusstsein meldete „Gefahr!".
‚Alles Blödsinn!', versuchte ich meine unheilschwangeren Gedanken zu verscheuchen. ‚Ich bin durch die Ereignisse der letzten Zeit überlastet und müde von der langen Reise.'
„Und du bist sicher Inanna?", hörte ich Percusor sagen. „Deine Schönheit wird auf Marduk bereits besungen!"
„Und, enttäuscht?", wollte sie wissen, doch ihre Stimme klang weder fröhlich noch geschmeichelt und schon gar nicht verle-

gen, wie man es von ihr bei solchen Komplimenten gewöhnt war, sondern ernst, fast aggressiv.
„Nein, ganz im Gegenteil! Ich habe noch nie ..."
„Dann ist es ja gut!", unterbrach Inanna schroff. „Spar dir deine höflichen Floskeln für andere auf. Ich bin hundemüde und möchte mich jetzt gerne etwas ausruhen."
„Bitte entschuldige, Percusor, wir haben wirklich eine harte Zeit hinter uns", versuchte ich mit einem Lächeln die angespannte Stimmung zu entschärfen. „Es wäre schön, wenn du uns zu unserer Unterkunft begleiten würdest."
„Zu Befehl, Königliche Hoheit!", salutierte er erneut, bevor er sich steif wie ein Stalagmit umdrehte und dann im Stechschritt den Bootssteg hinuntermarschierte.
Ich schüttelte schmunzelnd den Kopf, reichte Inanna die Hand und folgte neben ihr unserer Einmann-Zinnsoldaten-Eskorte ...

„So bissig habe ich dich noch nie erlebt, Schwesterherz", sagte ich zu Inanna, nachdem wir in unserer Herberge angekommen waren und uns vor ihrem Schlafzimmer noch eine gute Nacht gewünscht hatten.
„Aber nur, weil du damals nicht dabei warst, als Enlil mich zu küssen versuchte", widersprach sie. „Ihm habe ich einen Kniestoß in sein Allerheiligstes verpasst und ihm angedroht, dass ich ihn auf der Stelle erschießen würde, sollte er das noch ein einziges Mal probieren. – Ea, ich weiß zwar nicht, warum, aber beim Anblick dieses Percusor verspüre ich nicht nur das dringende Bedürfnis, diesem Lackaffen in die Eingeweide zu treten, sondern ihm sofort und ohne jeglichen Skrupel den Kopf abzuschlagen!"
„Inanna, Inanna, was ist bloß mit dir los? Ich hätte es nie für möglich gehalten, dass du zu solchen Gedanken fähig bist."
„Was mit mir los ist, willst du wissen?", antwortete sie, plötzlich in Tränen ausbrechend, während sie mich in die Arme schloss und den Kopf an meine Brust schmiegte. „Ich habe Angst, Angst um dich! Ich kann dir das nicht erklären, aber als ich in Percusors Augen sah, glaubte ich, Enlils hinterlistigen Blick zu erkennen. Ich fühlte in diesem Moment, dass etwas Schlimmes geschehen wird! Bitte, Ea, sei vorsichtig, du darfst ihm nicht trauen!"
„Beruhige dich, Kleines!", sagte ich leise zu ihr und küsste sie auf die Stirn. „Ich werde gut auf dich und auch auf mich auf-

passen. Und gleich morgen früh werde ich von Archil Auskünfte über Percusor einholen, einverstanden?"
Sie nickte stumm.
„Es wird alles gut werden, das verspreche ich dir, Kleines!", flüsterte ich ihr zärtlich zu und wischte ihr die Tränen ab. „Geh jetzt schlafen und mach dir bitte keine Sorgen mehr, okay?"
„Ich werde es versuchen", erwiderte sie mit einem gezwungenen Lächeln. Und zum ersten Mal küsste sie mich nicht auf die Stirn, sondern auf die Lippen. Nur für den Bruchteil einer Sekunde berührte ihr Mund den meinen, nur flüchtig strich ihr Kuss wie ein zarter Hauch über meine Lippen, und doch war mir, als würde in diesem Augenblick ein Engel die Uhr des Universums anhalten und sein im Feuer der göttlichen Liebe geschmiedetes Schwert mein Herz durchbohren. Erst als Inanna sich wortlos aus meiner Umarmung gelöst hatte und ich die Schlafzimmertür hinter ihr ins Schloss fallen hörte, verflog der Schmerz und die Uhr des Universums fing wieder an zu ticken ...

... Trotz völliger Übermüdung konnte ich nicht einschlafen. Noch immer sitze ich in meinem Zimmer am Schreibtisch, beständig im Kampf mit meinen aufgewühlten Gefühlen. Bis gerade eben habe ich an meinem Tagebuchmanuskript gearbeitet. Das Schreiben vermochte meine wirren Gedanken zu verdrängen, die wie Katz und Maus spielende Poltergeister in meinen Hirnwindungen umherspukten. Doch nun, da ich am Ende meiner Aufzeichnungen angelangt bin, kehren sie mit aller Macht zurück. Da schreibe ich einfach weiter, obwohl ich nicht weiß, ob diese Gedanken und Gefühle in mein Manuskript gehören oder ob ich sie nicht besser in meinem Herzen verschließen und dort nur für mich allein aufbewahren sollte.
Egal, ich kann die Zeilen ja wieder herausstreichen, bevor sie jemand anders zu lesen bekommt. Doch wie beschreibe ich meine Gedanken, meine Gefühle, meine Ängste? Auch egal, ich muss schreiben, einfach nur schreiben ...

... Ich bin verwirrt! – Nein. – Nicht verwirrt, verzweifelt! – Verzweifelt vor Glück? – Nein, glücklich bin ich nicht! – Verzweifelt aus Liebe? – Ja, aus Liebe, es kann nur aus Liebe sein! Es ist die Liebe zu Inanna, die mich verzweifeln lässt! Diese Liebe, die plötzlich und ohne Vorwarnung ihr Wesen geändert hat. Diese Liebe, die noch vor wenigen Stunden so rein, unverfäng-

lich und ohne Begierde sich selbst genügte, nicht zweifeln ließ, sondern tröstete, nicht Sehnsüchte gebar, sondern stillte. In meiner Liebe zu ein und derselben Frau hat sich in Sekundenbruchteilen eine unerklärliche Wandlung vollzogen und mich in meiner tiefsten Seele erschüttert. Ja, es ist diese gewandelte, diese neue, sinnliche, lustvolle Liebe, die mir Angst bereitet. Und es ist eine Liebe, die nicht sein darf. – Ich bete zu Gott, hadere mit dem Engel, der die Weltenuhr für einen kurzen Moment angehalten und sein flammendes Schwert auf mein Herz gerichtet hat. Ich lausche in die Tiefe meiner Seele, doch das Einzige, was ich vernehme, ist der traurige, monotone Schlag meines Herzens. Doch da, ganz leise, wie von einem säuselnden Windhauch aus meiner Erinnerung an mein Ohr getragen, höre ich Maias Prophezeiung aus längst vergangener Zeit:

„Und so sage ich dir, mein Junge, in der königlichen Familie wird ein Kind geboren werden. Ein Mädchen, schön wie eine Göttin. Ihr Herz wird dir gehören. Schenke auch du ihr dein Herz, denn sie ist mehr als ‚nur' deine Schwester."

Ja, ich liebte Inanna schon von dem Augenblick an, als sie mir gleich nach ihrer Geburt von der Hebamme entgegengehalten wurde und ich sie in meine in solchen Dingen noch ungeübten Kinderarme schließen durfte. Voller Angst, sie könnte mir aus den Armen gleiten, drückte ich sie ganz fest an mich. Zu fest, meinte zumindest die Hebamme, und nahm sie mir wieder weg. Ich rannte weinend aus dem Zimmer und sprach nie mehr ein Wort mit dieser „bösen" Frau.

Doch diese erste Liebe zu ihr war die Liebe zu einer Schwester. Nun habe ich mich in die Frau in ihr verliebt, in die Frau mit dem bezauberndsten, schönsten und liebevollsten Wesen des gesamten Universums! – Aber das darf nicht sein!!! – Ich muss mit allen Mitteln gegen diese Liebe ankämpfen, bevor sie Inanna und mich ins Unglück stürzt. Mögen mir Gott und alle seine Engel beistehen ...

Ea ist tot!

Ich, Inanna von Marduk, Tochter des göttlichen Anu, habe alles verloren, was meinem Leben einen Sinn gegeben hat. In meinem lebendigen Körper weilt ein toter Geist. Mein Herz schlägt in einem seelenlosen Leib. Meine Augen sehen, aber sie erkennen nichts mehr. Meine Ohren hören, ohne jemals wieder zu verstehen. Aus meinem Mund dringen Worte, die nichts sagen. Meine Zunge vermag zwar den Geschmack einer Speise zu empfinden, Genuss ist ihr jedoch fremd geworden. Meine Hände tasten, doch zu fühlen haben sie verlernt ...

... Warum? – Warum nur musstest du sterben, Geliebter? Warum gerade jetzt, wo du endlich deine wahre Liebe zu mir erkannt hast? – Oh mein Gott, wie sehr sehnte ich mich nach diesem Augenblick, Ea!
Nun ist dieser Augenblick gekommen. Ich sitze hier an deinem Schreibtisch, lese zum hundertsten Mal die letzten Zeilen deines Tagebuchs. Doch was nützt mir das Geständnis deiner Liebe, wenn du nicht mehr hier bei mir sein kannst? – Du wirst mich nie wieder in deine starken Arme nehmen, mich niemals wieder „Kleines" nennen und mich dadurch größer machen, als dies je ein Mann vermocht hätte. – Und mit deinem Tod ist nun auch jede Hoffnung in meinem Herzen gestorben, jemals das höchste Glück körperlicher Liebe und Sinnlichkeit mit dir erleben zu dürfen ...

... Ja, ich hätte mich dir geschenkt, mit Leib und Seele! Mit der letzten Faser meines Körpers hätte ich mich dir hingegeben. Es wäre mir egal gewesen, was die anderen denken. Und hätten sie sich über unsere Liebe noch so sehr die Mäuler zerrissen, wäre ich erhobenen Hauptes und glücklich lächelnd an ihnen vorbeigeschritten. So ist es mir auch egal, ob diese Zeilen von anderen gelesen werden oder nicht. Ich liebe dich, Ea, auf immer und ewig ...

... Nun habe ich keine Tränen mehr, Liebster. Ich wünschte mir, Serenus hätte mich nicht davon abgehalten, mir das Schwert in die Brust zu stoßen, das kurz zuvor dein Herz durchbohrte. Serenus versucht mich zu trösten. Er sagt, du

seist auch ein „Sehender", so wie er, und ein Sehender könnte nicht durch das Schwert eines Meuchelmörders sterben.
„In Eas totem Körper wohnt noch immer sein lebendiger Geist. Seine Seele wartet nur darauf, dass du sein Herz wieder zum Schlagen bringst!", beteuert er mir immer und immer wieder aufs Neue.
Er hat deinen Körper in den Kälteschlaf versetzt. Er besteht darauf, dass ich mit dir nach Marduk zurückkehre. Dort soll ich dein Herz deplantieren, um es außerhalb deines Körpers durch reaktivierte Herzgewebezellen zu einer sozusagen autoregenerativen Selbstheilung zu bewegen. Aber das ist unmöglich!
So sehr ich mir auch wünsche, dass seine Vorhersage in Erfüllung gehen und ich einen Weg zu solch einer medizinischen Sensation finden möge, so schwer fällt es mir, an solch ein Wunder zu glauben. – Bitte verzeih mir!
Doch ich werde nicht aufhören zu hoffen und für dieses Wunder zu beten. Und wenn die MS9 in einem Erdenjahr ihre vorgeschriebene Erdumlaufbahn erreicht hat, werde ich mit dir, mein Liebster, den Blauen Planeten verlassen ...

Wir schreiben das Jahr 1M/250T/096 n. N.

An Bord der MS9 haben wir die Heimreise zum Planeten Marduk angetreten. Eas Körper liegt nun schon seit über einem Erdenjahr in einer hermetisch abgeschlossenen Kapsel im Kälteschlaf.
Ich, Inanna von Marduk, habe mich dazu entschlossen, Eas Aufzeichnungen weiterzuführen, ohne nach dem Sinn oder Unsinn dieses Tuns zu fragen. Solange ich noch einen Funken Hoffnung in mir trage, soll dieses Buch Zeugnis über die Ereignisse auf der Erde und auf dem Roten Planeten geben. Und so soll es der Nachwelt auch über die tragischen Geschehnisse in der Nacht berichten, in der Ea durch die Hand eines gedungenen Mörders sterben musste …

… Ich war, nachdem ich mich von Ea mit einem Kuss verabschiedet hatte, zu Bett gegangen und schon wenige Minuten später eingeschlafen. Plötzlich spürte ich im Schlaf einen kalten Schauer zwischen meinen Beinen aufsteigen. Ich schrak auf und wollte schreien, doch eine kräftige Hand verschloss mir den Mund und drückte meinen Kopf brutal ins Kissen zurück.
„Jetzt noch nicht schreien", hörte ich die lüsterne Stimme Percusors. „Ich möchte noch ein bisschen Spaß mit dir haben, bevor ich deinen Bruder und dich ins Jenseits befördere. Also stell dich nicht so zickig an und genieß die letzten Minuten deines Lebens."
Wieder griff er mir zwischen die Beine, worauf ich mich heftig zu wehren begann. Doch ich hatte seiner ungeheuren Kraft nicht das Geringste entgegenzusetzen.
„Vergeude nicht deine Energie für solch sinnlose Dinge", lachte er hämisch und riss mir dabei mit einem Ruck mein Negligé vom Leib, „denn du wirst sie gleich für sinnvollere Aktivitäten benötigen!" Und schon lag er, mit der einen Hand meinen Mund knebelnd auf mir, während er mit der anderen Hand einen weiteren Versuch unternahm, meine Beine auseinanderzuspreizen. All meine Kräfte aufbietend, wehrte ich mich gegen Percusors Vergewaltigungsversuch, was ihn jedoch in seiner perversen Wollust noch mehr zu erregen schien.

„Wage ja nicht zu schreien, sonst bist du tot", drohte er mir, indes er für einen kurzen Moment die Hand von meinem Mund nahm, um sie zu Hilfe zu nehmen. Doch ich begann sofort und so laut ich konnte, nach Ea zu rufen.

„Du hinterlistige Schlampe!", brüllte Percusor und schlug mir mit der Faust mitten ins Gesicht. „Jetzt wirst du leider nicht mehr erfahren, was es heißt, einen richtigen Mann im Bett zu haben."

Mir wurde schwarz vor Augen und ich glaubte, mein Bewusstsein zu verlieren. In entsetzlicher Angst schrie ich um mein Leben, während Percusor fluchend vom Bett aufsprang, nach seinem auf dem Boden liegenden Schwert griff und die Klinge aus der Scheide zog.

Ich werde dieses metallisch schabende, Schmerzen und Tod verheißende Geräusch niemals wieder vergessen können, das wie ein aus hochfrequenter Schwingung materialisiertes Skalpell jede einzelne Nervenzelle meines Gehirns qualvoll zu sezieren schien.

„Und nun stirb, meine Schöne", lachte er höhnisch auf und erhob das Schwert gegen mich. Doch in diesem Moment trat Ea mit einem einzigen Fußtritt die Tür zu meinem Schlafzimmer aus den Angeln.

Er war nackt und unbewaffnet. „Du elender Schweinehund!", schrie er, vor Wut am ganzen Körper bebend, indes er sich auf den jungen Offizier stürzte, der sich jedoch blitzschnell umdrehte.

Ea hatte keine Chance. Percusors Schwert schnellte nach vorn und durchbohrte sein Herz. Ich wollte aufstehen und ihm zu Hilfe eilen, doch mein Körper war wie gelähmt. Ich versuchte zu schreien, aber auch meine Stimme versagte mir ihren Dienst.

Mit triumphierendem Blick und einem ekelerregenden Grinsen auf den Lippen zog Percusor sein Schwert aus Eas Brust, der aufrecht stehen blieb und mich mit ungläubigen Augen anschaute. Seine Arme über der blutenden Wunde verschränkt, versuchte er mir noch etwas zu sagen, doch dann verließen ihn seine Kräfte und er sank sterbend zu Boden.

„Und nun zu dir!", hörte ich da Percusor noch sagen, bevor sich mein Bewusstsein im Niemandsland der Ohnmacht verlor ...

... Als ich die Augen aufschlug, lag ich in den Armen von Serenus. Er saß auf meinem Bett und strich mir zärtlich übers Haar.
„Bitte – bitte, sag mir, dass das alles nur ein furchtbarer Albtraum war!", schluchzte ich leise und schaute ihn mit flehenden Blicken an.
Aber Serenus schüttelte nur stumm, all meine Hoffnungen im Keim erstickend, den Kopf.
Ich brach in Tränen aus. „Warum – bitte – sag mir – warum?", stammelte ich immer wieder.
„Ich weiß es nicht, Inanna. Doch ich bin davon überzeugt, dass alles wieder gut werden wird!"
„Alles wird wieder gut werden?", schrie ich, nun von Weinkrämpfen geschüttelt. „Auch Ea hat zu mir gesagt, mach dir keine Sorgen, Kleines, alles wird wieder gut! Nun ist er tot! – Tot, hast du gehört, Serenus? Tooooot!!!"
Ich erhob mich wie in Trance von meinem Bett und blickte auf den leblosen, die Brust von einem Laserstrahl zerfetzten Körper Percusors, der neben Ea auf dem Boden lag.
„Hast du ihn getötet?"
„Ja, für dich gerade noch rechtzeitig. Für Ea kam meine Hilfe leider ein paar Sekunden zu spät!", murmelte Serenus niedergeschlagen.
„Du hast es also ‚gesehen'?"
„Ja! – Ea hat es auch ‚gesehen', doch er wollte es nicht wahrhaben."
„Ea wollte nie die Existenz des Bösen akzeptieren, er nahm immer nur das Gute in allem und jedem wahr!", erwiderte ich, meinen Blick apathisch auf die mit Eas Blut getränkte Klinge des Schwerts gerichtet, das neben Percusors Leiche lag. Ich fühlte nur noch bleierne, einsame Leere.
„Tu es nicht!", hörte ich Serenus' Stimme wie aus einer fernen, unwirklichen Welt zu mir dringen, während ich das Schwert ergriff und es mir mit ausgestreckten Armen auf die Brust setzte.
„Tu es nicht, Inanna!"
„Ich will bei Ea sein."
„Dann tu es bitte nicht!"
„Nenn mir einen einzigen Grund, warum ich weiterleben soll."
„Ea!"
„Verdammt, Ea ist tot!!!"

„Nein, Inanna! Nur sein Körper ist tot! Sein Geist lebt! Und er lebt in deinem Herzen, Kleines! Wenn du dich tötest, tötest du auch ihn!"
Und als würde eine unsichtbare Hand mit sanfter Gewalt die meine öffnen, entglitt mir das Schwert und fiel lautlos zu Boden. Kraftlos, unfähig, mich noch auf den Beinen zu halten, sank ich neben Eas Körper zu Boden, indes die Welt um mich in den Fluten meiner Tränen versank ...

Den wahren Mörder Eas werden wir vielleicht nie seiner gerechten Strafe zuführen können, denn Archils Nachforschungen über Percusor und seine Hintermänner endeten von Mal zu Mal in einer Sackgasse. Es waren auch keinerlei Verbindungen des jungen Raumfahrtoffiziers zu Enlil oder einem seiner zwielichtigen Kumpane nachzuweisen. Ich weiß, Ea hätte mir verboten, jedwede Art von Vermutung anzustellen oder sie gar zu äußern, doch ich komme trotz alledem nicht umhin, Enlil in meinem Herzen für diese Tat verantwortlich zu machen. Er ist der Einzige, der Ea abgrundtief hasste und zugleich einen Nutzen aus seinem Tod zog.
Der Schmerz über den Verlust seines geliebten Sohnes brach Anu beinahe das Herz. Weinend schloss er sich in seinen Gemächern ein und ließ nur noch seinen Leibarzt zu sich vor. Dann, zwei Tage später, verkündete er für uns alle völlig überraschend die Wiedereinsetzung Enlils als seinen rechtmäßigen Thronfolger. Die Inthronisation sollte jedoch erst bei den Feierlichkeiten zum 200. Jahrestag seiner eigenen Krönung stattfinden, denn dies, so sagte er, sei er Ea schuldig. In den 86 Nefilimjahren bis zu diesem Zeitpunkt sollte Enlil die Leitung der Mission auf der Erde übernehmen. Dort könne er durch seine Arbeit den Beweis erbringen, dass er des Amtes eines Königs würdig sei.
Enlil gehorchte. Mit einem Gefolge von 250 anunnakischen Dienerinnen und Dienern landete Enlil am selben Tag auf dem Raumflughafen in Sippar, an dem ich mit Eas im Kälteschlaf ruhenden Körper Abschied vom Blauen Planeten nahm. Ohne mit mir auch nur ein einziges Wort zu wechseln oder seinem toten Bruder die letzte Ehre zu erweisen, reiste er sofort nach der Landung nach Nippur weiter. Diese Siedlung im Landesinnern Mesopotamiens hatte er zu seinem irdischen Regierungssitz bestimmt.

Serenus blieb auf der Erde zurück.
„Einer muss hier doch nach dem Rechten sehen", lächelte er mich aufmunternd an, als ich mich mit Tränen in den Augen von ihm verabschiedete. „Und du wirst auf Marduk Captain Archil zur Seite haben. Du kannst ihm dein Leben anvertrauen, es gibt keinen treueren Freund als ihn."
Ich nickte und versuchte auch zu lächeln.
„Na also, Kopf hoch, Kleines!", sagte er und nahm mich in die Arme.
„Jetzt redest du wie Ea", schluchzte ich leise, während ich mich aus seiner Umarmung löste und die auf mich wartende Landefähre bestieg …

41 Nefilimjahre
nach der Landung
Anno
302.400 v. Chr.

Das von Enlil diktatorisch geführte Regime auf der Erde hatte Eas mühsam erschaffenes Werk schon sehr bald in seinen Grundfesten erschüttert. Bereits ein Erdenjahr nach seiner Ankunft auf dem Blauen Planeten entzog er den Anunnaki alle Rechte der Gleichstellung und der persönlichen Freiheit. Sämtliche anunnakischen Führungspersonen wurden durch nefilimische Offiziere ersetzt. Eine Heimreise nach Marduk wurde jedem, ob Mann oder Frau, fortan untersagt. Die bis zu diesem Zeitpunkt von den anunnakischen Arbeiterinnen und Arbeitern selbst zu bestimmende Arbeitszeit wurde von ihm auf achtzehn Stunden pro Tag festgesetzt. Dadurch sollten die Verfrachtungsmengen der für Marduk bestimmten Metalle, Mineralien und sonstigen Rohstoffe schon in den ersten 3.600 Erdenjahren seiner Herrschaft um das Doppelte gesteigert werden.
Einzig durch diese Maßnahme, dessen wähnte er sich sicher, würde er die Unterstützung des vornehmlich an materiellen Werten interessierten Ältesten- und Ministerrates auf Marduk zurückgewinnen. Und er hatte tatsächlich Erfolg damit, sowohl was die Steigerung der Rohstoffgewinnung anbelangte als auch in Bezug auf die raffgierigen Glaubens- und Staatsmänner. Sie nutzten ihre Macht und übten immer stärkeren Druck auf Anu aus, sodass er Enlil notgedrungen die uneingeschränkte Handlungsfreiheit auf dem Blauen Planeten zubilligen musste.
Eas treuem Weggefährten Serenus entzog Enlil daraufhin sofort die Leitung Sippars. Er degradierte ihn zum einfachen Arbeiter und versetzte ihn kurzerhand nach Arali. Dort musste er fortan unter Tage seinen achtzehnstündigen Frondienst leisten. Archil und ich versuchten eine Heimreisegenehmigung für ihn zu erwirken. Doch trotz unserer von Mal zu Mal massiver werdenden Interventionen bei Anu und seinen Ministern wurden unsere Anträge stets ohne Begründung abgelehnt.
Ein Nefilimjahr nach Eas Tod lehnten sich dann die Anunnaki geschlossen gegen Enlils Regime auf. Sie legten ihre Arbeit nieder und forderten ihre Rückkehr zum Planeten Marduk. Von einem Tag auf den anderen drehte sich auf der Erde kein Rad mehr. Die Schiffe ankerten abgetakelt im Hafen und die Förderbänder in den Minen standen still. Allen Drohungen meines Halbbruders zum Trotz verweigerten sie konsequent die Aus-

führung seiner Befehle und weder Folter noch die zur Abschreckung eiligst verhängten Todesurteile gegen sieben vermeintliche Rädelsführer konnten sie zur Wiederaufnahme ihrer Arbeit bewegen.

Zum ersten Mal in seinem Leben war Enlil, der bedingungslose Unterwerfung fordernde Meister der Intrige, rat- und machtlos. Schlimmer noch. Er musste die große Schmach über sich ergehen lassen und unseren Vater über den Aufstand der Anunnaki und somit auch über sein persönliches Scheitern in Kenntnis setzen.

Insgeheim triumphierend, berief Anu daraufhin den aus Ministern, Ältesten und Glaubensgelehrten bestehenden Krisenstab ein. Und schon zwei Tage später ließ er dann folgendes Edikt via TL-Mega-Satelliten zum Blauen Planeten übermitteln:

-1- Die auf der Erde wegen staatsfeindlicher Aufwiegelung zum Tode verurteilten Anunnaki sind unverzüglich zu begnadigen und auf freien Fuß zu setzen. Ferner wird allen am Aufstand beteiligten Stammesangehörigen Straferlass zugesichert.

-2- Die anunnakischen Arbeiter erhalten mit sofortiger Wirkung das Recht auf freie Einteilung ihrer Arbeitszeit, die zehn Stunden am Tag und sechs Tage pro Woche nicht überschreiten darf.

-3- Die Führung der Arbeitstrupps obliegt fortan wieder einem von den Anunnaki in freier Wahl bestimmten Stammesangehörigen. Dagegen verbleibt die oberste Leitung der Siedlungen und Kolonien in den Händen des nefilimischen Offiziers- und Adelsstandes.

-4- Enlil erhält den Auftrag, unter Zuhilfenahme aller gentechnischen Möglichkeiten aus den auf der Erde wild lebenden Terhabilis einen fähigen Arbeiter zu züchten. Ziel dieser Maßnahme ist die stufenweise Reduzierung der auf dem Blauen Planeten erforderlichen anunnakischen Arbeitskräfte. Zur Durchführung dieses Projektes werden fünfzig Wissenschaftler aus den Fachgebieten Gentechnik, Psychogenetik, Neuro- und Biophysik, Molekularbiologie und der angewandten Medizinwissenschaften zur Erde beordert.

-5- Allen Anunnaki wird bei erfolgreicher Zucht der irdischen Arbeiter die Heimreise nach Marduk zugesichert. Die auf der Erde erworbenen Sonderrechte verlieren auf Marduk ihre Gültigkeit. Die Heimkehrer haben sich der nefilimischen Gesetzgebung unterzuordnen und sofort nach ihrer Ankunft ihren ehemaligen Arbeitsplatz einzunehmen.

Die Anunnaki nahmen den Erlass von König Anu an und beendeten ihren Aufstand, der, welche Ironie des Schicksals, Enlil ungewollt dazu verhalf, nun auch die Macht über den Wissenschaftsbereich zu erlangen, den Ea zeitlebens wie seinen Augapfel gehütet hatte: die Gentechnologie.
Ich brachte meinem Vater meine Bedenken vor. Wies ihn auf die unvorstellbar großen Gefahren hin, die durch Enlils skrupellosen, unberechenbaren Charakter für die Erde und alle Lebewesen dort entstehen konnten, doch er hörte nicht auf mich.
Anu war seit Eas Tod zu einem verbitterten alten Mann geworden. Mir schien, als würde er den Blauen Planeten und alles, was mit ihm zu tun hatte, für den Tod seines Sohnes verantwortlich machen.
„Was kümmert mich nun noch die Erde", meinte er lapidar, „wir können auch recht gut ohne sie überleben. Marduk bietet uns alles, was wir brauchen. – Ich, Anu, König von Marduk, habe durch diese wahnwitzige Mission meinen Sohn verloren und du deinen Bruder! War das die Sache wert? – Nein, mein Kind, ich will mit diesem Planeten nichts mehr zu tun haben! Und wenn die Ältesten und Minister in ihrer Gier nach Reichtum und Macht diese Mission weiterführen wollen, dann soll Enlil eben zusehen, wie er da unten zurechtkommt. Mir ist es egal, was mit der Erde geschieht. Es ist mir auch völlig gleichgültig, was Enlil dort treibt, Hauptsache, er richtet hier auf Marduk keinen Schaden mehr an und ich habe meine Ruhe!"
Es war also sinnlos, mit ihm über dieses Thema zu reden, und somit erfüllte sich für Enlil endlich ein schon lange ersehnter Herzenswunsch. Endlich konnte er „Gott" spielen ...

... Am siebten Tage des sechsten Monats im Jahre 1M/250T/098 n. N. landete das nefilimische Forscherteam, dessen Leitung Chi Honestus übertragen worden war, in Sippar. Von Enlil höchstpersönlich in Empfang genommen und nach Nippur begleitet, wurden die fünfzig Frauen und Männer in einer abseits der Siedlung gelegenen Militärkaserne untergebracht. In diesem hermetisch abgeriegelten, einer uneinnehmbaren Festung gleichenden Gebäudekomplex befanden sich auch die großzügig eingerichteten Forschungslaboratorien. Noch am gleichen Abend befahl er die Wissenschaftler zu einer Unterredung, wie er seine diktatorischen Monologe nannte, in seine im Herzen Nippurs gelegene Residenz.

„Meine hochverehrten Damen und Herren", begann er süffisant, nachdem das Forscherteam in seinem Audienzsaal versammelt war, „ich möchte ohne große Umschweife gleich zu Beginn unserer hoffentlich im wahrsten Wortsinne sehr fruchtbaren Zusammenarbeit eines unmissverständlich klarstellen: ICH, und das heißt nur ICH, bestimme, wann, wie und vor allem was getan wird!"
„Aber Enlil, so ...", wollte Honestus, begleitet von den lauten Missfallenskundgebungen seiner hellauf empörten Kollegen, aufbegehren. Doch Enlil schnitt ihm sogleich das Wort ab und schrie mit wutentbrannter Stimme in die aufgebrachte Menge: „Mir scheint, ihr habt mich nicht richtig verstanden! Ich habe doch gerade eben gesagt, dass allein ich bestimme, wann, wie und was getan wird und das bedeutet auch, dass ich bestimme, zu welchem Zeitpunkt hier irgendjemand etwas zu sagen hat! – Ist das ein für alle Mal klar?"
Die hochdekorierten Akademiker konnten nicht glauben, was sie da hörten, allen voran Honestus, der voller Entrüstung den Kopf schüttelte.
Enlil baute sich mit verschränkten Armen hinter seinem Schreibtisch auf und säuselte mit der gespaltenen Zunge einer Schlange: „Sollte mir dein nervöses Mit-dem-Kopf-hin-und-her-Wackeln etwa ein ‚Nein' signalisieren, verehrter Chi?"
„Ich ...", versuchte der hochverdiente Wissenschaftler abermals das Wort zu ergreifen.
„Falsch, mein Guter!", unterbrach Enlil sofort wieder. „Ich, nicht du!"
Honestus wandte sich kurzentschlossen zur Tür.

„Das würde ich an deiner Stelle lieber nicht tun", kam umgehend die scharfzüngige Warnung Enlils. „Du darfst nicht vergessen, dass wir hier auf der Erde sind, nicht auf Marduk! Der Rote Planet ist weit, weit weg, mein Lieber!" Mit durchgestreckten Ellbogen und bedrohlich nach vorn geneigtem Oberkörper stützte er sich nun auf seinem Schreibtisch ab, während er sein gewohnt durchtriebenes Lachen aufsetzte und mit bissiger Ironie in der Stimme fortfuhr:
„Aber, mein verehrter Honestus, wenn es dir oder einem deiner hochgeschätzten Kollegen unmöglich ist, mit mir zusammenzuarbeiten, so wird sich für den- oder diejenigen bestimmt eine andere Arbeit finden lassen. – Lasst mich mal überlegen. – Hm, ja, wie würde euch zum Beispiel die Arbeit in den Minen von Arali gefallen? Dort werden dringend fähige Leute gebraucht."
In der betretenen Stille, die nun plötzlich den Saal erfüllte, hätte man das Fallen einer von Enlils vernichtendem Blick im Fluge tödlich getroffen Stubenfliege vernehmen können.
„Was ist mit euch? Seid ihr von meinem Angebot derart überwältigt, dass es euch vor Freude die Sprache verschlagen hat? – Ja? – Oder etwa nein? – Also gut, ich denke, ihr habt mich jetzt richtig verstanden", lachte er hämisch und rieb sich dabei genüsslich die Hände. „Und so möchte ich euch nun darum bitten, gemütlich auf euren Stühlen Platz zu nehmen, damit ich mit meinen weiteren Ausführungen fortfahren kann."
Die nun völlig eingeschüchterten Forscher schauten Honestus fragend an, der ihnen wiederum mit ratlosem Achselzucken antwortete und sich daraufhin seufzend niedersetzte.
„So gefällt mir das", nahm Enlil seine Rede wieder auf, nachdem alle dem Vorbild ihres Vorgesetzten gefolgt waren und auf den Stühlen Platz genommen hatten. „Also, meine verehrten Kolleginnen und Kollegen, die erste Regel für eine harmonische Zusammenarbeit mit mir, die da lautet, nur antworten, wenn ihr von mir gefragt werdet, habt ihr ja mittlerweile schon begriffen! – Die zweite für euch überlebenswichtige Regel heißt: Wenn ich euch eine Frage stelle, darf eure Antwort niemals das Wort ‚Nein' enthalten! – Und die dritte: Vergesst den Quatsch, den Ea im nefilimischen Tierschutzgesetz über transgene Tiere und das Verbot, die natürlichen Artenschranken zu überschreiten, festgelegt hat. Hier auf der Erde gilt nur ein einziges Gesetz, und das bin ich! Tja, und nun zu eurer Arbeit. Ich habe alles Notwendige für euch vorbereitet, es soll euch an

nichts fehlen. Das Labor ist bestens ausgestattet. In den Stallungen findet ihr das Tiermaterial für eure Forschung, darunter sind Mäuse, Ratten, Wildhasen, Schafe, Ziegen, Büffel, gezähmte Wölfe, Löwen, Affen, Adler und so weiter, aber auch sechs von diesen Höhlentieren. Ich möchte, dass alle Kreuzungsvarianten zwischen diesen Tierarten ausgetestet werden, und zwar mit allen zur Verfügung stehenden Mitteln der Gentechnik. Ihr werdet also reine Erbsubstanzen in befruchtete Eizellen injizieren und sie weiblichen Tieren einpflanzen. Die Gene eines Wolfs in die Eizelle eines Schafs und dieses in den Uterus einer Büffelkuh. Die Erbsubstanz eines Adlers in die Eizelle einer Löwin und diese von einer Löwin ausgetragen. Jede denkbare Möglichkeit muss getestet und erforscht werden."
Die Wissenschaftler wurden kreidebleich, doch keiner wagte seine Stimme zu erheben.
„Na, was ist mit euch, warum schaut ihr mich jetzt so entsetzt an, habe ich mich etwa wieder nicht deutlich genug ausgedrückt oder haben nur eure verstaubten Gehirngänge Schwierigkeiten, meinen Ausführungen zu folgen?" Teuflisch grinsend genoss Enlil die hilflose Bestürzung in den Augen der Akademiker. „Keine Wortmeldung? Alle mit mir einer Meinung? Gut, gut, dann seid ihr ja trotz eurer gewohnten unantastbaren Besserwisserei doch noch in der Lage, von einem wissenschaftlichen Trottel, für den ihr mich zweifelsohne haltet, etwas anzunehmen", spottete er mit grenzenloser Arroganz in der Stimme, bevor er in süffisantem Ton hinzufügte: „Na schön, ich denke, das genügt für heute, ich möchte euch nicht schon an eurem ersten Tag hier auf dem Blauen Planeten über Gebühr beanspruchen. Geht nun, wir sprechen uns morgen wieder." …

So nahm das von Nefilimhänden genmanipulierte Schicksal auf der Erde seinen Lauf. Ungeachtet der unvorhersehbaren Risiken, die durch die von Enlil befohlenen Experimente für die Natur und auch für sie selbst bestanden, nahmen die Forscher aus Angst um ihr Leben schon am nächsten Tag die Arbeit im Labor auf. Anfänglich versuchten sie zwar, wegen ihrer großen ethischen und moralischen Bedenken so viel Zeit wie möglich zu gewinnen, indem sie aufwendig angelegte Versuchsreihen mit harmlosen Zellkulturen und nicht zur Fortpflanzung befähigten Zellen unternahmen, doch Enlil durchschaute ihre Pläne recht bald.
„Ich gebe dir noch ein Jahr", schrie er Honestus mit hochrotem Kopf an, „dann will ich lebende Ergebnisse sehen, mein verehrter Chi! Das heißt, ich will keine genmanipulierten Zellkreationen im Reagenzglas und keine Maus, die wie eine Maus aussieht! Ab sofort werden nur noch gentechnische Veränderungen an der Keimbahn fortpflanzungsfähiger Zellen vorgenommen, und das ohne Rücksicht auf diese verdammten Artenschranken. Hast du mich verstanden?"
Honestus nickte und schwieg, während Enlil mit hinterlistigem Grinsen hinzufügte:
„Ach ja, und eines rate ich dir, mein Lieber, versuch nicht noch einmal, mich hinters Licht zu führen, es würde dir sicher sehr schlecht bekommen! – Also, schreib dir meine Worte hinter deine Gelehrtenohren: Ein Jahr, keinen Tag mehr, sonst findest du dich in einem aralischen Bergwerk wieder und dort hat sich schon so mancher das Genick gebrochen."
Honestus hatte keine andere Wahl. Er gehorchte und wies seine Kollegen an, die gewünschten Experimente durchzuführen, aus denen fortan unzählige grauenvoll verstümmelte Tiere hervorgingen. Die Wissenschaftler schufen vogelähnliche Wesen, meist tot geboren, deren Körper mit dichtem Fell bewachsen war: Löwen mit Gefieder und Flügelansätzen, doppelköpfige Büffel mit dreizehigen Füßen, Ziegen, deren Gebiss nach den genetischen Erbinformationen des Säbelzahntigers ausgebildet war, Wölfe in der Größe eines Mammuts, borstenlose Schweine mit Stoßzähnen und den Hinterläufen einer Antilope sowie eine Vielzahl grässlich entstellter Monsterwesen, deren Beschreibung ich mir an dieser Stelle erspare.

Das qualvolle Leiden der Muttertiere und der wenigen die Geburt überlebenden Kreaturen berührte Enlil jedoch nicht im Geringsten. Dagegen zerbrachen im Laufe der Jahre zehn Mitglieder des Forschungsteams an ihrer Arbeit und beim Anblick dieser aufs Abscheulichste misshandelten Geschöpfe. Psychisch und physisch am Ende ihrer Kräfte, wurden sie in Nippur unter Sicherheitsverwahrung genommen. Von der Außenwelt völlig isoliert, blieb ihnen nichts als die Hoffnung auf eine baldige Heimkehr nach Marduk.

Erst nach fünfzig Erdenjahren gelang es Honestus und seinen Kollegen, lebens- und fortpflanzungsfähige „Tiermodelle", wie die Wissenschaftler ihre genmanipulierten Lebewesen bezeichneten, zu züchten. Diese wurden auf Enlils Befehl sofort in der freien Natur ausgesetzt, um ihre Überlebenschancen außerhalb des Labors zu erforschen. Was er allerdings nicht wusste, war, dass die Gentechniker in der DNS der Chromosomenpaarungen eine Art Zeitzünder eingebaut hatten. Diese genetische Zeitbombe bewirkte eine Zerstörung der zur Fortpflanzung notwendigen Gene in den Samenzellen der männlichen Tiere in der vierten, spätestens fünften Generation. So waren die von Nefilimhand erschaffenen transgenen Tiere, wie zum Beispiel der gewaltige, einem Iguanodon-Saurier ähnelnde Mammutlöwe, das tigerköpfige Wollschwein oder die flugtaugliche Geierantilope schon zum Aussterben verurteilt, bevor sie sich zu größeren Populationen vermehren und über weite Teile der Erde verbreiten konnten.

Bis zu dieser Zeit aber waren noch keine gentechnischen Zuchtversuche mit den Terhabilis unternommen worden, denn Honestus war es immer wieder gelungen, Enlil davon zu überzeugen, die Experimente mit den Höhlenwesen erst dann zu starten, wenn ein Erfolg durch die Kreuzung niederer Tierarten vorzuweisen wäre.

„Die Anzahl der in Mesopotamien lebenden Terhabilis ist sehr begrenzt", argumentierte er, „deshalb dürfen wir das vorhandene Tiermaterial nicht durch übereilte Tests verschwenden. Auch musst du bedenken, dass ihre durchschnittliche Lebenserwartung in Gefangenschaft nur etwa zwanzig Erdenjahre beträgt und von maximal drei Kindern, die in einer ihrer monogamen Lebensgemeinschaften gezeugt werden, nur eines ein Mädchen ist. Bitte, lass uns mit den Höhlenwesen eine natürliche Zucht aufbauen. So könnten wir die Zeit nutzen und genügend Versuchstiere züchten, ohne den in freier Natur le-

benden Bestand zu dezimieren. Wer weiß, vielleicht sind wir schon bald dringend darauf angewiesen."
„Ich werde das Gefühl nicht los", erwiderte Enlil, „dass du diese erbärmlichen Kreaturen ins Herz geschlossen hast und aus diesem Grunde schonen willst. Doch sei's drum, deine Argumente haben mich überzeugt."
„Ich danke dir!"
„Hahaha, du dankst MIR? – Honestus, Honestus, würde dein Dank deinem ehemals kühlen, wissenschaftlichen Geist entspringen, so wäre ich geschmeichelt. Du aber bist ein verlogener, verweichlichter Heuchler, ein elender Wurm, den ich eines Tages unter meinen Füßen zertreten werde."
Honestus antwortete nicht. Geduldig ertrug er die permanenten Demütigungen, immer darauf bedacht, sich und seine geheimen Gedanken nicht durch unbeherrschte Gefühlsausbrüche zu offenbaren. Unvorstellbar groß wäre die Gefahr für sein Leben gewesen, hätte er Enlils vage Vermutungen hinsichtlich seiner Zuneigung gegenüber den Terhabilis und seine Pläne, ihre gentechnische Zucht zu vereiteln, durch eine unüberlegte Aussage bestätigt.
Schon seit seiner Ankunft auf der Erde verbrachte er heimlich jede freie Minute in den Stallungen, um bei den Höhlenwesen zu sein. Anfänglich wild und unberechenbar, ließen sie niemanden an ihren Käfig heran. Wochenlang verweigerten sie die Nahrungsaufnahme, doch Honestus gelang es schließlich, ihr Zutrauen zu gewinnen. Er pflegte sie aufopfernd, als sie völlig abgemagert und entkräftet dahinvegetierten und, von heftigen Fieberanfällen geschüttelt, den nahenden Tod erwarteten. So manche Nacht verbrachte er neben ihnen im Stroh, um sofort zur Stelle zu sein, sollte eines von ihnen seiner Hilfe bedürfen. Dank der selbstlosen Unterstützung, die ihm seine Kollegen entgegenbrachten, und vor allem des Stillschweigens, das sie gegenüber Enlil und seinen Offizieren bewahrten, konnte er so die drei männlichen und drei weiblichen Terhabilis vor dem sicheren Tod retten.
Als nach fünf Jahren Gefangenschaft das erste Terhabiliskind geboren wurde, war Honestus überglücklich. So stolz, als wäre er selbst der Vater, saß er oft stundenlang inmitten des Käfigs und wiegte den kleinen Jungen in seinen Armen oder betrachtete ihn hingebungsvoll dabei, wie er an der Brust der Mutter saugte.

Im Alter von sieben Jahren beherrschte das Kind eine von Honestus erfundene Zeichensprache, bestehend aus zwölf Begriffen, durch die es seine Grundbedürfnisse mitteilen konnte. So formulierte der Junge per Handzeichen die Begriffe: ich, du, Mutter, Vater, Hunger, Durst, kalt, heiß, müde, Schmerz, Wasser und Feuer. Im Gegensatz zu ihm jedoch erlernten seine Eltern und auch die anderen Terhabilis trotz größter Bemühungen lediglich vier bis sieben dieser Handzeichen.

Der Versuch, ihre aus u-, a- und i- Lauten bestehende Sprache zu erweitern, schlug dagegen auch bei dem begabten Jungen fehl. Das im Gehirn eines Terhabilis nicht ausgebildete Sprachzentrum sowie der zu flach geformte Gaumen machten es ihnen unmöglich, weitere Laute zu bilden, doch Honestus ließ sich davon nicht entmutigen. Er dachte sich insgeheim, wenn es ihnen nun einmal versagt sein soll, meine Sprache zu sprechen, erlerne ich eben ihre. Und so erforschte er ihre in Höhe, Länge und Intensität sehr unterschiedlichen Laute im Zusammenhang mit den jeweils vorherrschenden Gemütsstimmungen, den sozialen, familiären und geschlechtsspezifischen Hintergründen und den auf sie einwirkenden äußeren Einflüssen. Getragen von seiner Liebe zu diesen Wesen, gelang es ihm denn auch innerhalb weniger Jahre, ihre „Tiersprache" nicht nur zu verstehen, sondern sich ihrer zu bedienen.

Er unternahm alles in seiner Macht Stehende für das Wohlergehen seiner Schutzbefohlenen, von denen nach fünfzig Erdenjahren bereits die vierte Generation ihr Leben in Gefangenschaft fristete. Es war ihm allen Widrigkeiten zum Trotz geglückt, sie vor jedweden Experimenten zu bewahren, doch nun, da die ersten transgenen Tiergeschöpfe in der Natur ausgesetzt worden waren, befahl Enlil kompromisslos, die ersten gentechnischen Versuche an ihnen vorzunehmen.

Honestus stand mit dem Rücken zur Wand. Verzweifelt suchte er nach einer Möglichkeit, seine Schützlinge zu retten. Er zerbrach sich den Kopf darüber, beriet sich mit seinen Kollegen, aber es schien keinen Weg zu geben, Enlils Befehl zu umgehen, ohne sein eigenes Leben oder das seiner Mitarbeiter aufs Spiel zu setzen.

In der Nacht vor dem offiziellen Start der neuen Forschungsreise schlich sich Honestus in seiner hoffnungslosen Verzweiflung in die Stallungen. Unterstützt von seinen Kollegen, die durch geschickt eingefädelte Ablenkungsmanöver die vor den Stallungen der Versuchstiere postierten Wachoffiziere in den hinteren Gebäudekomplex des Laboratoriums lockten, konnte er die acht männlichen und fünf weiblichen Terhabilis aus ihrem Käfig befreien und im Schutz der Dunkelheit völlig unbemerkt aus der Festung bei Nippur mit ihnen fliehen ...

„Dieser gottverdammte Narr!", brüllte Enlil zornbebend, als er am Morgen des darauffolgenden Tages durch seinen Ersten Offizier über die Flucht des Chi informiert wurde. „Wie kann er nur so verrückt sein und glauben, er könnte vor mir davonlaufen? Du wirst sofort einen Suchtrupp zusammenstellen und seine Spur verfolgen. Ich will, dass du ihn und dieses verlauste Gesindel von Höhlenvieh noch heute, und zwar tot oder lebendig, zu mir zurückbringst, sonst gnade dir Gott!"
Angesichts dieser unmissverständlich zum Ausdruck gebrachten Drohung war sich der Offizier sofort gewiss, dass es für ihn nun nicht mehr allein um den hochdekorierten Kragen seiner Uniform ging, sondern im wahrsten Wortsinne um seinen Kopf. Innerhalb von nur wenigen Minuten mobilisierte er jeden verfügbaren Mann aus seiner Garnison sowie alle in Nippur stationierten Militärs. Beritten und schwer bewaffnet verfolgten sie Honestus' Spur, die, wie nicht anders zu erwarten, leicht auszumachen war.
Eine Stunde vor Sonnenuntergang kehrten die nefilimischen Soldaten bereits wieder zum Laborgebäude zurück. In ihrem Gefolge Honestus und die dreizehn Terhabilis. Gefesselt, aber körperlich völlig unversehrt, wurden sie Enlil vorgeführt, der sie mit triumphierendem Hohngelächter auf dem Vorplatz der Kaserne empfing. Unter den besorgten Blicken der von ihm eilends herbeibefohlenen Wissenschaftler trat er ganz nah vor Honestus. Ohne ein einziges Wort zu sagen, starrte er ihm lange in die Augen. Dann spie er mit dem Ausdruck höchster Verachtung, die sich in seinen Gesichtszügen widerspiegelte, vor ihm auf die Erde.
„Bindet sie los und werft sie allesamt in den Käfig!", befahl er seinen Soldaten, während er sich nun den vor Angst erstarrten Forschern zuwandte.
„Ich hoffe und wünsche euch, dass Honestus seine Flucht ohne euer Wissen geplant und durchgeführt hat", zischte er sie herrisch an, „denn es wäre wirklich schade um jeden Einzelnen von euch. – Na ja, wie dem auch sei, morgen früh werden wir sicher mehr darüber wissen. – Also, geht jetzt auf eure Zimmer und ruht euch aus. Wir treffen uns bei Sonnenaufgang,

und zwar in den Stallungen. Vielleicht könnt ihr mir dann bei der Urteilsfindung über euren honorigen Kollegen behilflich sein?"

Die Wissenschaftler gehorchten, doch keiner von ihnen konnte in dieser Nacht ein Auge zutun, und als die Sonne über Mesopotamien aufging, war ein jeder froh, die schier endlos erscheinenden Stunden banger Ungewissheit hinter sich gelassen zu haben.

„Ich wünsche euch einen schönen guten Morgen!", säuselte Enlil, der sie vor den Toren der Stallungen bereits überaus froh gelaunt erwartete. „Ich habe eine gute und eine schlechte Nachricht für euch. – Zuerst die gute: Honestus hat seine irrwitzige Tat aus ganzem Herzen bereut und geschworen, dass er sie ohne fremde Hilfe geplant und ausgeführt hat. Na, ist das nicht sehr beruhigend für euch?"

Alle atmeten innerlich erleichtert auf, doch ließ sich das keiner anmerken.

„Ach, was rede ich da für einen Unsinn?", verbesserte er sich sogleich scheinheilig. „Da ihr doch damit überhaupt nichts zu tun hattet, könnt ihr ja logischerweise gar nicht beunruhigt gewesen sein! Ich bitte euch, mir mein unbedachtes Gerede nachzusehen, denn ich bin etwas durcheinander. Ja, meine Freunde, ich bin erschüttert und es schmerzt mich sehr, euch nun die andere, also die schlechte Nachricht mitteilen zu müssen."

Enlil gab sich nun alle erdenkliche Mühe, den zutiefst Betroffenen zu spielen. Mit fast weinerlicher Stimme begann er gekonnt zu stottern:

„Honestus ... ja, Honestus ist ..., ach, schaut selbst."

Mit gesenktem Haupt öffnete er das Tor zu den Stallungen.

„Bitte geht hinein und seht, was diese blutrünstigen Affen mit ihm gemacht haben", forderte er die Wissenschaftler auf, denen sich ein Bild des Entsetzens bot, als sie vor dem Käfig der Terhabilis angelangt waren.

Honestus lag auf bestialische Weise zu Tode geprügelt inmitten des Käfigs, während die kläglich jammernden Höhlenwesen dichtgedrängt in einem Halbkreis um seinen geschundenen Körper knieten. Immer wieder schlug einer von ihnen auf seine Brust ein, während die anderen das um sie herumliegende Stroh zusammenscharrten und es unter seinen Leichnam schoben.

„Ist das nicht unglaublich?", rief Enlil mit künstlich entrüsteter Stimme. „Erst töten sie unseren Freund und nun tun sie so, als würden sie um ihn trauern, schlagen aber trotzdem noch auf ihn ein. Verstehe das, wer will!"
Einige der Forscher rannten ins Freie, um sich zu übergeben.
„Oh mein Gott", redete Enlil indes ungerührt auf die anderen ein, wobei seine Stimme nun den von ihm gewohnt ironischen Tonfall annahm, „warum hat mir denn keiner von euch gesagt, wie hinterhältig und gefährlich diese Kreaturen sind? Hätte ich das gewusst, wäre Honestus nicht mit ihnen zusammen in diesen Käfig gesperrt worden und somit jetzt noch am Leben. Ja, im Grunde genommen seid ihr mitschuldig an seinem Tod!"
Er machte eine kleine, betonte Pause.
„Aber ich möchte euch keine Vorwürfe machen. Glaubt mir, ich kann euch diese Nachlässigkeit verzeihen, denn was geschehen ist, ist nun mal geschehen. Es lässt sich, so sehr ich es mir auch wünschte, nicht mehr rückgängig machen. Und deshalb würde ich jetzt vorschlagen, dass wir uns wieder an unsere Arbeit machen. Honestus hätte an meiner Stelle das Gleiche gesagt, nicht wahr?"
Huldvoll lächelnd, ohnedies keine Antwort erwartend, schritt er an den Wissenschaftlern vorbei und begab sich direkt ins Laboratorium, das er von diesem Tage an nur noch bei Nacht verließ.

Jeder wusste, wer Honestus getötet hatte, doch war es gerade diese Gewissheit, die Enlil unantastbarer und mächtiger machte als jemals zuvor. Ganz bewusst hatte er durch diese Freveltat die Angst ums Überleben in den Herzen der Forscher geschürt, die ihm fortan bedingungslos hörig waren. Und so begann eine neue Serie grauenvoller Experimente, die unendliches Leid über die unschuldigen Höhlenwesen brachte. Innerhalb nur weniger Erdenjahre waren die Terhabilis in Mesopotamien ausgerottet. An ihrer Stelle bevölkerten die sogenannten Zentauren, zweibeinige Kreaturen mit dem Körper eines Terhabilis und dem Kopf eines Büffels und die geflügelten Sphinxe, Löwenwesen, die den Kopf eines Terhabilis trugen, das Land. Doch auch sie waren zum Aussterben verurteilt, denn sie waren allesamt nur beschränkt fortpflanzungsfähige Hybriden, deren Nachkommenschaft bereits in sechster Generation zeugungsunfähig geworden war …

... Jetzt, zwei Nefilimjahre nach Eas Tod und 41 Nefilimjahre nachdem ich mit ihm und Serenus zum ersten Mal auf der Erde gelandet war, muss ich von Marduk aus tatenlos mit ansehen, wie Enlils Soldaten in weit entfernte Gebiete östlich des Sagrosgebirges vorstoßen, um nach noch überlebenden Terhabilis mesopotamiensis oder anderen mit ihnen artverwandten Höhlenwesen Ausschau zu halten.

Ich bete zu Gott, dass sie unverrichteter Dinge nach Nippur zurückkehren müssen, auf dass dem skrupellosen Treiben meines Halbbruders ein baldiges Ende bereitet sein möge.

Morgen werde ich, assistiert von einem zehnköpfigen Chirurgen- und Anästhesistenteam, Eas Herz implantieren. Ich bin so aufgeregt und nervös wie noch niemals zuvor in meinem Leben. Es fällt mir schwer, diese Zeilen zu schreiben. Doch ist für diesen Zustand nicht etwa mein unruhiger Geist verantwortlich, der es mir fast unmöglich macht, einen Gedanken länger als einen Augenaufschlag festzuhalten, bevor sogleich Abertausende anderer geboren werden, die wiederum wie gestählte Gladiatoren in die Arena meines Gehirns stürmen, um die wankende Vormachtstellung meines rationalen Bewusstseins niederzukämpfen. Nein, vielmehr verhindern meine zitternden Hände, die durch mein zum Zerbersten überreiztes Nervenkostüm unter Hochspannung zu stehen scheinen, dass meine Finger einigermaßen kontrolliert über die Tastatur meines Computers gleiten.
All meine Bemühungen, diese fieberhafte Unruhe durch autogenes Training, Meditation oder Yoga in den Griff zu bekommen, schlagen fehl. Auch meine laut geführten Selbstgespräche, in denen ich mich immer wieder zu Gelassenheit und Zuversicht ermahne, und mir all die kleinen Wunder bewusst mache, die in den vergangenen zwei Nefilimjahren geschehen sind, verhallen ohne Wirkung.
Ich gebe auf, will den Computer ausschalten. Doch die Stimme meines Herzens rät mir, weiterzuschreiben. Sie erinnert mich einmal mehr an meinen geliebten Bruder, der allen Ruhelosen gerade das Schreiben als die beste Seelen- und Geistestherapie empfohlen hatte. Und so wende ich mich erneut meinen Tagebuchaufzeichnungen zu, doch diesmal verzichte ich bewusst auf die Hilfe meines Computers und nehme Eas goldenen Füllfederhalter zur Hand.
Anfänglich noch zittrig, wird meine unleserliche Schrift mit jeder niedergeschriebenen Zeile klarer und ich selbst ruhiger. Ich fühle, wie die zermürbende Ruhelosigkeit in meinem Innersten von Wort zu Wort wohltuender Entspannung weicht, aus der ich neue Kräfte schöpfen kann. So mag es mir jetzt auch gelingen, die in meinen Hirnwindungen unkontrolliert kämpfenden Gladiatoren zu besänftigen, sodass sie wieder in geordneten Reihen vor dem inneren Auge meines Bewusstseins vorbeiziehen, stolz ihre mit meinen Erinnerungen bemalten Schutzschilde vor sich her tragend …

Als ich vor zwei Nefilimjahren mit Eas im Kälteschlaf ruhenden Körper nach Marduk zurückgekehrt war, deplantierte ich sofort sein Herz, das seitdem in einer Segraformplasma-Lösung aufbewahrt wird. Diese mit feinsten Gleichstrom-Mikroströmen von 60–70 µA in den natürlichen Herzfrequenz- und Kontraktionsimpulsen stimulierte Suspension regt die Zelltätigkeit der Herzmuskulatur an und stellt durch die in ihr angereicherten, resorptionsfähigen Nährstoffe die Versorgung der Zellen sicher. Das große Problem für mich bestand nun darin, das durch den Schwertstoß zerstörte Gewebe zu ersetzen. Doch woher sollte ich das fehlende Zellgewebe nehmen? Eine Herztransplantation schied aus, da weder auf Marduk noch auf der Erde ein geeigneter Organspender zur Verfügung stand. Ich konnte auch nicht auf ein anderes Muskelgewebe aus Eas Körper oder das eines sonstigen Organs von ihm zurückgreifen, da diese Zellen eine völlig andersartige Struktur besitzen. So sah ich keinen anderen Ausweg mehr, als die von den nefilimischen Wissenschaftlern bislang aufgrund fehlender Notwendigkeit vernachlässigten Forschungen in Bezug auf plastische Organoide, das sind künstliche Strukturen, die die Funktion von Organen übernehmen können, voranzutreiben.
Ich selbst verbrachte von diesem Zeitpunkt an den Tag mit medizinischen und gentechnischen Experimenten im Labor und die Nacht mit dem Studium aller auf dem Roten Planeten veröffentlichten wissenschaftlichen Publikationen, die dieses Thema auch nur im Entferntesten behandelten. Und dabei kam ich eines Nachts auf folgende Idee:
In der Chirurgie auf Marduk wurden bereits seit längerer Zeit Operationswunden mit einem schwammartigem Material, dem sogenannten Gelschaum, aufgefüllt, der sich aber leider innerhalb eines Monats im Körper auflöst. Dieses Prinzip, so dachte ich, könnte ich mir zunutze machen, wenn ich ein Material finden würde, das genauso verträglich, aber wesentlich beständiger ist. Dann wäre es möglich, dieses als eine Art Grundgerüst für die zu ersetzenden Blutgefäße und das fehlende Herzmuskelgewebe zu verwenden, in das ich wiederum Endothel- und Muskelgewebezellen einsetzen könnte, die zuvor aus dem Herzen isoliert und in Zellkulturen vermehrt wurden. Regt man dann diese Zellen mit Wachstumshormonen an, könnten sie, zumindest theoretisch, das Organ selbsttätig regenerieren.

Auf der Suche nach solch einem Material geschah nun das erste kleine Wunder. Ich stieß auf eine engelhaarfeine Textilfaser, die wir Gore-Gentec nannten. Dieses Material ist, wie wir in unseren Studien nachweisen konnten, sowohl außerhalb als auch innerhalb des Körpers äußerst haltbar und ruft keine Unverträglichkeit oder Abstoßungsreaktionen im Organismus hervor.

Überglücklich startete ich sofort aufwendige und sehr umfangreiche Laborversuche, die allesamt hervorragende Ergebnisse erbrachten. Bereits ein Nefilimjahr später setzten wir daraufhin meine gewagten Pläne ohne Zögern in die Tat um.

Meine Kollegen und ich konnten gar nicht glauben, was wir nach dem Einsetzen der Gore-Gentec-Implantate in Eas Herz mit unseren eigenen Augen sahen. Wie durch ein Wunder vermehrten sich die Zellen auch in der Segraformplasma-Lösung gemäß ihrer genetischen Information und bildeten gesundes Gewebe und Blutgefäße aus. Und noch unglaublicher, sie verwuchsen mit den geschädigten Partien des Organs und schlossen die Wunde selbstheilend.

Im Verlauf von nur fünf Monaten hatte sich der Hohlmuskel ohne Narbenbildung (!) regeneriert, und als Anu dem Volk diese gute Nachricht verkünden ließ, brach auf Marduk überschwänglicher Jubel aus, denn nun erwachte wieder neue Hoffnung in den Herzen der Nefilim und Anunnaki, die unablässig für die „Auferstehung Eas von den Toten" beteten.

Doch so überragend der bis heute erzielte Erfolg für meine Kollegen und auch für mich selbst ist, stehen wir nun an der Schwelle zu den wohl größten Herausforderungen, die seit Bestehen des Roten Planeten an die chirurgische Medizin gestellt wurden. Und das sind zum einen die Rückführung eines klinisch toten Körpers aus dem Kälteschlaf, verbunden mit der gleichzeitigen Implantation eines gentechnisch regenerierten Herzens, und zum anderen die anschließend durchzuführende Reanimation des Organs.

Mein Vater und mit ihm viele Nefilim und Anunnaki vertreten die Meinung, dass dies im Vergleich zu der bereits erbrachten gentechnischen Leistung ein Kinderspiel sei. Doch dieser von grenzenlosem Optimismus getragenen und von medizinisch-wissenschaftlicher Unkenntnis zeugenden Behauptung muss ich leider widersprechen. Aus diesem Grunde möchte ich an dieser Stelle und am Beispiel der Rückführung aus dem Kälteschlaf einige Erläuterungen zu den unkalkulierbaren Risiken geben, die selbst ein sogenannter „einfacher Eingriff" in sich birgt:

Im Kälteschlaf, wie wir den winterschlafähnlichen Scheintod nennen, sind sämtliche lebensnotwendigen Stoffwechseltätigkeiten sowie alle organischen Funktionen eines lebenden Organismus auf sein absolutes Minimum reduziert. Bei einer Körpertemperatur von 2,4 Grad Celsius und einer mechanisch erzeugten Herzschlagfrequenz von vier Kontraktionen sowie einem künstlich initiierten Atmungsvorgang der Lungen pro Minute, wird der Alterungsprozess sämtlicher Körperzellen um das Fünfzehnfache vermindert.

Dieser Zustand wird durch die intravenöse Injektion der MOG^2-Droge ausgelöst, welche aus dem Samen der *Marduca Opiuphega gracilis*, einer dem irdischen Schlafmohn ähnlichen Pflanze, gewonnen wird. Die Droge führt innerhalb weniger Minuten zum Tod, wenn nicht sofort ein aus dem gentechnisch veränderten Wurzelextrakt derselben Pflanze hergestelltes Gegengift verabreicht oder schon vor der Injektion eine Kälteschlafkapsel aufgesucht wird.

Die Kälteschlafkapsel muss hermetisch verschlossen und mit ausreichend Sauerstoff belüftet werden. Dem Sauerstoff werden geringe Mengen des auf Marduk bei Vulkanausbrüchen frei werdenden Edelgases Betarium beigemischt. Über die Atemwege inhaliert und durch die Blutgefäße resorbiert, binden sich die Edelgasmoleküle an die roten Blutkörperchen, die sie bis in die feinsten Kapillargefäße des Organismus und somit zu sämtlichen Körperzellen befördern. Während das Betarium einerseits die Verdickung des stark unterkühlten Blutes verhindert, regt es zugleich die Zellen zur Absonderung der durch die MOG^2-Droge im Organismus überschüssig produzierten Zellflüssigkeit an.

Bei der Rückführung aus dem Kälteschlaf muss in einem Zeitraum von 24 Stunden die Betariumkonzentration im Blut und in den Zellen des „Schlafenden" schonend reduziert werden, weshalb in Abständen von zwei Stunden eine fünfprozentige, in Blutplasma gelöste Dosis des Gegengiftes verabreicht wird. Diese den gesamten Organismus sehr belastende Prozedur birgt selbst für ein physisch und psychisch gesundes Lebewesen viele Gefahren. Und hier stellt sich nun für mich die alles entscheidende Frage: Kann und wird der tote, durch Maschinen künstlich am Leben erhaltene Körper Eas diese Strapazen überstehen?

Noch niemals zuvor war ein Toter in den Kälteschlaf versetzt worden, denn was für einen Sinn sollte es haben, einen unbeseelten Körper durch die mechanische Aufrechterhaltung der vitalen Körperfunktionen am Leben zu erhalten und darüber hinaus noch den natürlichen Alterungsprozess zu verlangsamen? Materie, also auch unsere körperliche Hülle, kann nur durch Seele und Geist belebt werden, nicht durch Maschinen, elektronische Chips oder medizinische und gentechnische Tricks.

Das wahre Leben ist Geist und Seele und dieses Leben kann weder künstlich erzeugt werden noch lässt es sich festhalten, einfrieren oder auf technisch produzierte Platinen prägen. Es ist frei und einzigartig. Wir können es nicht operativ entfernen und in einen anderen Körper implantieren. Und niemand kann es daran hindern, die weltliche Materie zu verlassen, wenn es sich, aus welchen Gründen auch immer, dazu entschlossen hat.

All dieser Tatsachen war ich mir schon zu der Zeit bewusst, als ich Eas Körper an die elektronischen Versorgungseinheiten für die künstliche Ernährung sowie die Herz-, Lungen-, Kreislauf- und Stoffwechseltätigkeit anschloss. Einzig und allein die eindringlichen Beschwörungen unseres Freundes Serenus, dass Eas Geist und Seele noch immer in seinem toten Körper weiterlebten, gaben mir damals den Mut, meine Bedenken über Bord zu werfen und, wenn auch zaghaft, an das Unmögliche zu glauben. Der bereits von Ea erwähnte Philosoph Kwei schrieb einmal in einem seiner philanthropischen Lehrbücher:
„Tut erst das Notwendige (das hat Serenus getan, indem er Ea sofort in den Kälteschlaf versetzen ließ), dann das euch Mögliche (das habe ich durch meine Forschungen getan) und so wird das Unmögliche wahr (und darauf hoffe ich nun inständig)!"

Ja, und nun wird es sich erweisen, ob Kwei mit seiner Weisheit recht behält und ob Serenus ein wahrer „Seher" ist. In fünf Stunden werde ich die Rückführung aus dem Kälteschlaf einleiten und in einer mehr als zwanzigstündigen Operation die Implantation des Herzens vornehmen. Aber selbst wenn der Geist und die Seele Eas noch seinem Körper innewohnen, bedarf es eines weiteren Wunders, um das eingesetzte Organ wieder zum Schlagen zu bringen. Ich wünsche mir von ganzem Herzen, dass mir nicht nur das beste Chirurgen- und Anästhesistenteam Marduks, sondern auch, wie Ea es einst ausdrückte, Gott und alle seine Engel zur Seite stehen ...

nach Ea's Ermordung
fernab weltlicher
Realität und Zeit

Es ist furchtbar kalt. Mein Körper ist unterkühlt, das fühle ich. Aber wieso macht mir die Kälte nichts aus? Mich fröstelt nicht, kein Zittern, keine Gänsehaut.
Steif wie eine über Hunderte von Jahren abgelagerte Schiffsplanke liege ich auf dem Rücken, umgeben von einer alles verzehrenden Dunkelheit, und doch sehe ich meinen Körper, als wäre er von innen beleuchtet. Ich hebe meine Arme und strecke sie aus, doch obwohl ich mit jeder Faser meiner Muskulatur zu fühlen glaube, dass ich sie ausgestreckt und erhoben halte, sehe ich, wie sie ungeachtet dieser Tatsache reglos und eng an meinem Körper angelegt liegen bleiben. Ich ziehe meine Beine an und auch sie bewegen sich spürbar, ohne sich wirklich zu bewegen.
‚Was geht da vor sich? – Was ist nur mit mir geschehen? Warum kann ich mich an nichts mehr erinnern?‘
Ich schreie verzweifelt in die Finsternis hinein, doch meine Lippen öffnen sich nicht. Niemand scheint mich zu hören, noch nicht einmal ich selbst. Erschrocken lausche ich in die unheimliche Stille, die nur durch ein leises, dumpfes Pochen unterbrochen wird, das in gleichmäßigen Abständen drei- bis viermal in der Minute an mein Ohr dringt.
‚Wo bin ich hier? – Warum hilft mir denn keiner?‘
Ich versuche meine wirren Gedanken zu ordnen und zugleich das pochende Geräusch auf seine Herkunft hin zu bestimmen, aber so sehr ich mich auch anstrenge, ich kann mich nicht entsinnen, ein solches jemals zuvor gehört zu haben. – Oder doch?
‚Sie haben mich bei lebendigem Leib in einem Sarg begraben!‘, durchfährt mich plötzlich ein furchtbarer Gedanke, den ich sofort abzuschütteln versuche. ‚Nein, nein das kann nicht sein. Warum sollten sie so etwas tun? Und überdies würde Inanna das niemals zulassen! – Inanna?!?‘
Ein stechender Schmerz durchzuckt mich. Wie ein feuriger Blitz scheint er von unten nach oben durch meinen Körper zu schießen und ihn der Länge nach aufzuspalten, aber zugleich hilft er meinem Gedächtnis ein klein wenig auf die Sprünge.
‚Inanna! Wo bist du, Inanna???‘, rufe ich immer wieder, vergeblich auf Antwort wartend, nach ihr. ‚Ich bin hier, Inanna, ich lebe! Hörst du mich? – Inanna!!!‘
Da, plötzlich, glaube ich ihre Stimme zu vernehmen.

‚Hilfe! – Hilfe! – Ea, so hilf mir doch! Percusor will ...'. Anfänglich fast unhörbar leise, dringt jetzt ihr verzweifeltes Rufen laut und deutlich zu mir. Doch da verstummt es schlagartig wieder. Inanna – die Reise von Arali nach Mesopotamien – unser Aufenthalt in Eridu – und ... Percusor, der ...
Ja, ganz zaghaft und doch mit aller Macht den dunklen, abgründigen Tiefen des Unterbewussten entfliehend, kehrt die Erinnerung in mein Bewusstsein zurück: Wie kleine Mosaiksteinchen reihen sich nun die bruchstückhaften Erinnerungsgebilde aus der Vergangenheit lückenlos aneinander und lassen die zurückliegenden Geschehnisse gleich einem Historienfilm vor meinem inneren Auge vorüberziehen:

Ich hatte das Geständnis meiner wahren Liebe zu Inanna in meinem Manuskript niedergeschrieben und war dann zu Bett gegangen. Als ich wenig später im Halbschlaf Inannas Hilferufe hörte, stürzte ich nackt, so wie Gott mich erschaffen hatte, aus meinem Zimmer und trat die von innen verriegelte Tür zu ihrem Zimmer ein. Ich sah Percusor mit erhobenem Schwert vor ihrem Bett stehen.
‚Du elender Schweinehund!', brüllte ich, schon im Begriff, ihn wie eine Raubkatze von hinten anzuspringen, doch Percusor drehte sich blitzschnell um und stieß mir sein Schwert in die Brust. Ich spürte den kalten Stahl in mich eindringen, was mir zu meiner eigenen Verwunderung keinerlei Schmerzen bereitete. Doch als würde mir über die geschmiedete Klinge des Schwertes alle Energie aus meinem Körper entzogen, fühlte ich mich plötzlich unendlich schwach und müde.
Inanna lag, von entsetzlicher Angst gelähmt, die Arme zitternd nach mir ausgestreckt, auf ihrem Bett. Ich versuchte auf sie zuzugehen, aber meine Beine gehorchten mir nicht mehr. Mir wurde schwarz vor Augen. Die Welt um mich begann sich immer schneller zu drehen und das hämische Lachen Percusors veränderte sich zu einem hallenden Echo, das aus weiter Ferne zu kommen schien.
‚Ich liebe dich, Inanna', brachte ich gerade noch unhörbar leise über die Lippen, bevor ich ...
‚So, wie ich die Sachlage hier einschätze, gibt es nur zwei Möglichkeiten', denke ich nun bei mir, ‚entweder bin ich tot oder, und davon gehe ich aus, ich befinde mich im Moment in einem bösen Traum. Und aus dem sollte ich mich jetzt schnellstens verabschieden.'

Ich schließe die Augen, obwohl sie schon die ganze Zeit über geschlossen waren, und konzentriere mich auf die kühlen Fluten des Euphrat, in die ich kopfüber hineinspringe. Doch entgegen meinen bisherigen Erfolgen mit dieser meditativen, von mir selbst entwickelten Aufwachtechnik, will es mir erstaunlicherweise nicht gelingen, diesem Albtraum ein Ende zu bereiten.
‚Einmal ist keinmal', tröste ich mich und unternehme einen zweiten Versuch, dem sich, gemäß der Regel ‚aller guten Dinge sind drei', der dritte anschließt …
‚Gott sei Dank!', atme ich erleichtert auf, denn ich höre plötzlich die leisen Schritte eines lebenden Wesens von außen an meine wie auch immer, real oder irreal, wahrnehmenden Ohren dringen.
‚He, du da draußen, hörst du mich?'
Die Schritte kommen näher.
‚Ja, hierher!', rufe ich noch einmal, so laut ich kann. ‚Ich bin nicht tot, hast du gehört! – Bitte öffne diesen verdammten Sarg!!!'
Die Schritte verhallen und ich höre vier in kurzen Abständen aufeinanderfolgende, metallene Klackgeräusche an den Außenwänden meines Gefängnisses, denen sich ein lautes Zischen anschließt, das mich an das Entweichen von unter hohem Druck stehendem Gas erinnert.
‚Das ist kein Sarg, das ist eine Kälteschlafkapsel!', schießt es mir in diesem Augenblick durch den Kopf. ‚Jetzt verstehe ich gar nichts mehr, aber sei's drum, Hauptsache ich lebe!'
Krächzend hebt sich der stählerne Deckel.
‚Na, wer sagt's denn?', seufze ich erleichtert auf.
„Wer sagt was?" Die sanfte Stimme der jungen, blondgelockten Frau, die sich über die geöffnete Schlafkapsel beugt, erfüllt mich unversehens mit Wärme und heimeliger Vertrautheit.
„Ach, das ist nur so eine Redewendung von mir", antworte ich und lache sie dabei fröhlich an. „Ich wollte damit lediglich meine Freude darüber zum Ausdruck bringen, dass ich endlich aus meinen Albträumen erwacht und noch am Leben bin!"
„Woher nimmst du diese Gewissheit?"
Ich setze mich auf und schaue sie verdutzt an.
„Woher?" Ich zucke mit der Schulter. „Ich weiß nicht. Ich denke mir einfach, dass wir nicht miteinander reden könnten, wenn ich tot wäre. Es sei denn, du bist ein Engel oder so etwas Ähnliches."

„Na ja, so etwas Ähnliches bin ich schon", lächelt sie mich an, wobei sie mir auffordernd die Hand entgegenstreckt. „Aber nun komm zuerst einmal aus dieser ungemütlichen Metallkiste heraus."
Ohne über ihre Worte nachzudenken, ergreife ich dankbar ihre Hand und erhebe mich. Doch als ich über den Rand der Kapsel steigen will und dabei unwillkürlich den Blick auf meine Beine richte, sehe ich meinen Körper lang ausgestreckt unter mir liegen.
„Ich ... ich glaube ..., ich träume doch noch!", beginne ich zu stottern, ungläubig auf mein lebloses Ich starrend.
„Nein, Ea, du träumst nicht! Dein Körper ist tot, aber das ist kein Grund, traurig oder verzweifelt zu sein. Komm mit mir, ich werde dir alles erklären!", höre ich die Stimme der Unbekannten, die mich durch ihre nüchternen Worte unverhohlen mit der Wahrheit konfrontiert, so als wäre es die natürlichste Sache der Welt, vor seinem eigenen Leichnam zu stehen.
„Ich bin tot?"
„Dein Körper Ea, nicht du!"
„Ach so, nur mein Körper ist tot, dann ist das ja nicht weiter schlimm, oder?", versuche ich meinen konfusen Gemütszustand scherzend zu überspielen.
„Stimmt!", antwortet sie lächelnd. „Aber komm jetzt endlich, lass uns gehen."
Kopfschüttelnd und ohne die leiseste Ahnung davon, was hier in diesem Moment mit mir geschieht, steige ich aus der Kälteschlafkapsel.
„Wohin bringst du mich?"
„An einen ruhigen, schönen Ort."
„... im Reich der körperlosen Seelen?", versuche ich abermals zu scherzen.
„So könnte man sagen", lacht sie mit ihrer glockenhellen Stimme, während sie mit mir den lichtdurchfluteten Raum zu durchschreiten beginnt, der weder Fenster noch Türen zu haben scheint.
Nach einigen Schritten nähern wir uns einer weiß getünchten Wand, vor der ich stehen bleibe und meine geheimnisvolle Begleiterin fragend anschaue.
„Warum gehst du nicht weiter?", fragt sie mich lächelnd.
„Weiter? Wie weiter? Soll ich etwa durch die Wand ...?"
„Welche Wand?"

„Na, diese hier!", antworte ich fast ein bisschen ungehalten und hebe den Arm, um mit der geballten Faust dagegenzuschlagen. Doch diese durchdringt die Wand, als existierte sie einzig und allein in meiner Einbildung. Und so falle ich durch die Wucht meines nicht auf den kalkulierten Widerstand stoßenden Schlags mit dem Kopf voraus in eine von Licht erfüllte Leere …

… Sekundenbruchteile später finde ich mich ungläubig staunend auf einer kreisrunden, mit saftigem Gras und hoch stehenden Margeriten bewachsenen Insel inmitten eines von Horizont zu Horizont reichenden Weizenfeldes wieder. Die goldenen Ähren wiegen sich sanft im Wind, begleitet vom frohlockenden Gesang einiger wie braune Gummibällchen immer höher in den azurblauen Himmel emporhüpfender Feldlerchen.

„Gefällt es dir hier?" Mein blonder Engel hat es sich bereits im Gras gemütlich gemacht.

„Ja, sehr!", seufze ich wehmütig, da mich der Anblick dieser friedlichen Landschaft an so manchen schönen Augenblick auf der Erde erinnert.

„Das freut mich, Ea!"

„Wo sind wir hier?"

„Da, wo du in deinen Gedanken immer bist!"

„Auf dem Blauen Planeten?"

„Ja, das heißt, auf seinem imaginären Gegenstück!"

„Ach so!", murmle ich wissend, als verstünde ich ihre Worte.

„Und, wo ist Inanna? Geht es ihr gut?"

„Ja Ea, sei unbesorgt. Ihr ist nichts geschehen."

„Darf ich sie sehen?"

„Später, hab bitte noch etwas Geduld."

Ich nicke stumm, während meine Blicke sehnsüchtig über das wogende Meer der goldenen Weizenähren schweifen.

„Bitte komm zu mir Ea, mach es dir hier bei mir bequem!"

Ich setze mich neben sie ins Gras und schaue tief in ihre strahlend blauen Augen. ‚Wie schön sie ist!', denke ich, während sich mein Gefühl, diese Frau zu kennen, von Augenblick zu Augenblick verstärkt. Und als könnte sie meine Gedanken lesen, lächelt sie mich mit einem geschmeichelten „Danke" auf den Lippen an.

„Wer bist du? Und wieso weißt du so gut über mich und meine Gedanken Bescheid?", frage ich, von ihrer makellosen Schönheit und ihrer Hellsicht gleichermaßen irritiert.

„Fragen über Fragen. Und auf alle möchtest du eine Antwort, nicht wahr, Ea?", erwidert sie schmunzelnd und ordnet währenddessen ihr knöchellanges weißes Kleid über den Beinen. „Ich werde sie dir geben, das bin ich dir schuldig. Aber mach es dir zuerst einmal richtig gemütlich, komm, leg deinen Kopf in meinen Schoß."
Ich nehme ihr Angebot gerne an, und kaum habe ich meinen Kopf auf ihrem warmen, weichen Körper gebettet, fühle ich mich in meiner Seele, als wäre ich plötzlich in meine Kindheit zurückversetzt worden. Ich erinnere mich an die Wärme, die mir in Saris Schoß liegend Geborgenheit und tiefe Zuneigung zuteilwerden ließ. Ich schließe die Augen und genieße still diesen Augenblick, der mich alle Sorgen und Nöte vergessen lässt.
„Ich bin Cora", höre ich die schöne Unbekannte sagen, die mir dabei zärtlich durchs Haar streicht.
„Cora? So hieß auch meine Mutter!", bemerke ich über diesen Zufall höchst erfreut.
„Ich – bin – deine Mutter, Ea", entgegnet sie ganz ruhig.
„Was sagst du da?" Ich schrecke hoch und starre sie mit weit aufgerissenen Augen an, doch sie drückt mich sanft in ihren Schoß zurück.
„Ich bin Cora von Marduk, zweite Frau des Anu, deine Mutter!"
Ich weiß nicht, was ich denken, sagen oder tun soll. Hin- und hergerissen von meinen aufgewühlten Gefühlen bin ich dem Weinen so nah wie der unbändigen Freude.
„Ich ... ich ..."
„Sag nichts, mein Kind", flüstert Cora sanft, doch dann beginnt sie mit einem Mal herzhaft zu lachen. „Mein Kind – wie sich das wohl für einen ausgewachsenen Mann anhören mag, der seine Mutter zeitlebens nie gesehen hat?"
„Schön, unbeschreiblich schön!", antworte ich glücklich, den Blick unablässig auf ihr engelsgleiches Gesicht gerichtet. „Solange ich denken kann, habe ich mich nach diesen Worten aus deinem Munde gesehnt. Ich hätte alles dafür gegeben, dich nur ein einziges Mal sehen und mit dir sprechen zu dürfen!"
„Ich weiß, Ea, ich weiß!", erwidert sie, den Tränen nahe, während sie sich über mich beugt und liebevoll meine Stirn küsst. „Du kannst mir glauben, dass es auch für mich nicht leicht war, auf all das Glück mit dir zu verzichten und dir meine Liebe vorenthalten zu müssen. – Ach, du ahnst ja nicht, wie sehr ich es vermisst habe, dich in meinen Armen zu halten, dich an

meiner Brust zu stillen, dir Lieder vorzusingen oder einfach nur da zu sein, wenn du mich brauchtest. Aber es war mir nun einmal nicht vergönnt, an deiner Seite zu leben."

„Warum musstest du sterben? Gab es denn keine Möglichkeit, dein Leben zu retten? Anu hätte doch bestimmt …"

„Nein, Ea! Mein Herz war zu schwach …"

„… für eine Geburt, nicht wahr? Also stimmt es doch, dass ich allein an deinem Tod schuld bin!"

„Aber nein, mein Junge! Mein Herz war bereits lange bevor du geboren wurdest, an den Qualen meiner unglücklichen Seele zerbrochen. Ich wusste, dass ich sterben würde, ja, ich sehnte mich sogar danach. Doch dann wurde ich schwanger und von diesem Tag an gab es für mich nur noch ein Ziel: dich gesund zur Welt zu bringen. Ja, Ea, nur durch dich fand ich die Kraft, gegen den Tod anzukämpfen und ihm ein paar Monate abzuringen. Erst als ich deinen zappelnden kleinen Körper zwischen meinen Beinen liegen sah, war ich wieder zum Sterben bereit. Und mit meinem letzten Atemzug betete ich zu Gott, dass er dich beschützen und dir ein erfülltes Leben an der Seite deines Vaters gewähren möge, den ich noch immer von ganzem Herzen liebe!"

„Dein Gebet wurde erhört. Anu war immer ein guter Vater für mich, wenn er auch sehr beschäftigt war und ich mehr Zeit bei Sari und Serenus verbrachte."

„Ja, Anu hat sein Wort gehalten, das er mir vor unserer Heirat gab. Er hat für dich gesorgt, als wärst du sein eigenes Kind, und dafür bin ich ihm zu ewigem Dank verpflichtet."

„Was meinst du mit ‚sein eigenes Kind'?"

„Anu ist nicht dein Vater, Ea!"

„Anu ist nicht …?"

„Nein, Ea, Serenus ist dein Vater!"

„Ich … ich … ich bin Serenus' Sohn?!? Jetzt begreife ich gar nichts mehr!" Mir wird heiß und kalt zugleich. Mein ohnehin schon in Mitleidenschaft gezogenes seelisches Gleichgewicht gerät nun vollends außer Kontrolle. Als würden meine Gefühle zu Feuer, mein Verstand zu Wasser und mein Geist zu einem Orkan, beginnt ein Kampf der Elemente in mir zu toben. Das Wasser stürzt sich erbarmungslos auf die lodernden Flammen, um sie auszulöschen, das Feuer aber will das nasse Element zum Verdampfen bringen und der Sturm, der das Feuer ausblasen und das Wasser vertreiben will, nährt, ohne es zu wol-

len, die Feuersbrunst und peitscht das Gischt speiende Meer zu immer neuen Wogen auf.
Ich kann nun nicht mehr ruhig liegen bleiben. Unfähig, einen klaren Gedanken zu fassen, richte ich mich auf, indes ich mich verzweifelt bemühe, einen vernünftigen Satz über die Lippen zu bringen. Doch Cora kommt mir zuvor.

„Ja, mein Kind, du bist der Sohn des Mannes, den ich schon von Jugend an mehr als alles andere auf der Welt geliebt habe und noch immer liebe!" Ihre Augen beginnen in den Strahlen der Sonne wie geschliffene Saphire zu funkeln, während diese Worte einem ewigen Liebesschwur gleich über ihre Lippen kommen.
„Ach, Ea, du hättest Serenus und mich zusammen sehen müssen. Wir waren wie füreinander geschaffen, zwei Seelen zu einem selbstlosen Ich verschmolzen, voller Harmonie und Zärtlichkeit. Ja, es gab auf Marduk kein schöneres und verliebteres Paar, das kannst du mir glauben. Aber ich war eine Nefilim, dein Vater ein Anunnaki und deshalb gab es auf dem Roten Planeten auch kein Liebespaar, das zugleich so unglücklich war. Wir mussten unsere Liebe selbst vor unseren Eltern und sogenannten Freunden verbergen, da es einem Anunnaki ja strengstens verboten ist, eine Beziehung mit einer Nefilim einzugehen. So konnten wir uns nur heimlich treffen, doch wir schworen uns ewige Treue und träumten von einem gemeinsamen Leben in Freiheit, fernab der rassistischen Gesetze der hochnäsigen nefilimischen Glaubensgelehrten und ihrer aristokratischen Helfershelfer.
Eines Tages beschlossen wir dann, an der schon damals geplanten Mission auf dem Blauen Planeten teilzunehmen. Dort, so machte Serenus mir immer wieder Hoffnung, würden wir frei sein und keiner dieser anmaßenden Richter würde uns unsere Liebe mehr verbieten können. Und als ich mich daraufhin bei der Raumfahrtflotte um die Stelle einer chirurgischen Assistentin bewarb, begegnete ich zum ersten Mal Anu, dessen erste Frau, also Enlils Mutter, sich ein Jahr zuvor das Leben genommen hatte. Er verliebte sich in mich und schon drei Wochen nach unserer ersten Begegnung hielt er bei meinem Vater um meine Hand an. Ohne mich zu fragen und ob dieser königlichen Ehre hocherfreut, versprach er mich Anu sofort zur Frau, doch ich verweigerte mich in aller Öffentlichkeit. Da versuchten mich meine Eltern zur Heirat zu zwingen, aber ich wi-

dersetzte mich auch ihnen, drohte gar, mich umzubringen. Sie lenkten ein und gewährten mir eine Frist von sechs Monaten, um mir über die Pflichten einer Tochter bewusst zu werden, deren Eltern dem nefilimischen Adelsstand angehören ...
Ja, Ea, und so wurde mein Herz krank. Es zerbrach an den seelischen Qualen, die ich von diesem Tag an jede Sekunde meines Lebens zu erleiden hatte. Ich konnte nicht mehr frei atmen, Beklemmungs- und Angstzustände wechselten in immer rascherer Folge mit Ohnmachtsanfällen und so manches Mal brachten mich die Schmerzen in meiner Brust fast um den Verstand. Einzig in Serenus' Nähe fühlte ich mich befreit und so unbeschwert, als würde seine bloße Gegenwart meinen Körper mit einem heilenden Zauber belegen, der ihn über alle weltlichen Unzulänglichkeiten erhob ...
Zwei Monate nachdem Anu um meine Hand angehalten hatte, wurde ich von Serenus schwanger, während auf dem Blauen Planeten zur gleichen Zeit die Eiszeit einsetzte. Das bedeutete das Aus für die geplante Mission auf der Erde. Dein Vater und ich waren verzweifelt, all unsere Hoffnungen und Träume waren mit einem Mal zerstört, aber schlimmer noch war nun die Angst um das ungeborene Leben, das ich unter dem Herzen trug. Stell dir vor, Ea, ich, die Tochter eines nefilimischen Aristokraten, bekomme ein Kind von einem Anunnaki! Unvorstellbar! Meine Eltern hätten mich zur Abtreibung gezwungen, Serenus wäre geächtet und verstoßen worden und ich ..., ja, ich wäre zwar so oder so gestorben, dass sie jedoch mein Kind töteten, nein, das konnte ich nicht zulassen.
Was sollten wir also tun? – Verheimlichen? Spätestens nach vier Monaten wäre es für alle sichtbar gewesen. – Uns meinen Eltern anvertrauen? Nein, die Gründe hierfür habe ich dir gerade genannt! – Fliehen? Wohin? – Einen nefilimischen Freund finden, der vorgibt, der Vater zu sein? Wen? Wir hatten keinen wahren Freund unter den Nefilim und selbst wenn wir einen gefunden hätten, wusste niemand, ob das Kind aus unserer verbotenen Beziehung das Mal der Anunnaki auf dem Nacken tragen würde, was den Betrug nach der Geburt offensichtlich gemacht hätte. – Gemeinsamer Selbstmord? Nein, denn dann hätte ich mit mir mein Kind getötet und außerdem ist Serenus ein Sehender. Ein Sehender kann nur eines natürlichen Todes sterben und nicht durch eigene Hand. Und so sahen wir keinen anderen Ausweg mehr als den, uns Anu zu offenbaren.

‚Wenn er mich wirklich so sehr liebt, wie er es mir immer wieder beteuert', sagte ich zu Serenus, ‚wird er uns bestimmt helfen.' Und das tat er dann auch. Er nahm mich zur Frau und versprach, mein Kind als sein eigenes anzuerkennen, und das, obwohl er wusste, dass mein Herz ewig Serenus gehören und ich die Geburt wahrscheinlich nicht überleben würde. Er berief sogar Serenus in seine Dienste bei Hof, damit er in meiner Nähe sein konnte, sollte sich mein Gesundheitszustand verschlechtern.

Meine ärztliche Betreuung wurde Chi Honestus übertragen, der, in unser Geheimnis eingeweiht, bis zu meinem Tod wie ein Vater für mich sorgte. Er war es auch, der dein Mal entfernte und die Wunde durch ein gentechnisch kultiviertes Hauttransplantat so meisterhaft zu verschließen wusste, dass selbst der Königliche Leibarzt, der dich wenige Wochen später auf Beschluss des Ministerrates von Kopf bis Fuß untersuchte, keinerlei Anzeichen für eine nicht-nefilimische Abstammung an deinem Körper feststellen konnte. Die Minister hatten die Untersuchung gefordert, nachdem Anu dich nicht, wie es das Gesetz vorschrieb, in die Obhut einer nefilimischen, sondern einer anunnakischen Amme gab. Daraufhin machten unter der Bevölkerung die wildesten Gerüchte die Runde und Anu musste die Forderungen seiner Minister notgedrungen erfüllen. Als sich aber der Leibarzt für deine königlich-nefilimische Abstammung verbürgte, beruhigten sich die Gemüter wieder. So konnte Anu auch sein letztes Versprechen einlösen und dich, ohne Verdacht zu erregen, an der Seite deines Vaters aufwachsen lassen. Doch Anu hielt nicht nur seine mir gegebenen Versprechen. Er liebte dich vom ersten Tag deines Lebens an von ganzem Herzen, so als wäre er dein leiblicher Vater! Zusammen mit Serenus und Honestus schwor er bei seinem eigenen Leben, ewiges Stillschweigen über deine wahre Herkunft zu bewahren, dich zu lieben und zu beschützen, so wahr ihm Gott helfe. Ja, Ea, ich bin nicht an den Schwur des Schweigens gebunden und so kommt es nun mir zu, dich über deine wahre Identität aufzuklären."

„Ich ... ich weiß nicht, was ich zu alledem sagen soll", räuspere ich mich mit Tränen in den Augen. „Seit ich aus dem Leben gerissen und sozusagen zum Tode erweckt wurde, bin ich einem nicht enden wollenden Wechselbad der Gefühle ausgesetzt. – Ich bin aus einem bösen Traum erwacht und habe mich gefreut zu leben, in Wahrheit aber bin ich tot. – Der Freude, dich, meine Mutter, gefunden zu haben, folgt die jähe Erkenntnis, dass der Mann, von dem ich mein Leben lang glaubte, er sei mein Vater und der mir sogar seinen Thron überlassen wollte, gar nicht mein Vater ist. – Aus meinem treuen Gefährten, der mich trotz meiner heftigen Gegenwehr wie seinen Herrn behandelte und meine Bitten stets ausführte, als wären es Befehle, wird plötzlich mein leiblicher Vater. – Aus dem Nefilim Ea, Sohn des göttlichen Anu, wird von einem Moment auf den anderen Ea, das anunnakische Halbblut, Sohn und Erbe des sehenden Serenus. – Und wenn Serenus mein Vater ist, dann ist Maia meine Großmutter, Sari meine Tante und Inanna ist …"

„… nicht deine Schwester!", unterbricht mich meine Mutter schmunzelnd.

„Inanna – ist – nicht – meine – Schwester", wiederhole ich den Satz ganz langsam, um ihn selbst zu verstehen.

„So ist es, mein Sohn, und somit steht eurem Glück jetzt nichts mehr im Wege!"

„Oh mein Gott, ja!!! Inanna und ich, wir können …" Doch inmitten meiner überschwänglichen Freude lässt mich die gerade gewonnene Erkenntnis, nicht mehr am Leben zu sein, verstummen. Himmelhoch jauchzend, zu Tode betrübt, so ist mir nun im wahrsten Sinne des Wortes zumute. Mit hängendem Kopf lasse ich mich schweigend neben Cora im Gras niedersinken, um mich wie ein kleines Kind in ihren Armen auszuweinen.

„Ea, wie mir scheint, hast du noch immer nicht begriffen, dass du Serenus' Sohn bist", flüstert mir Cora mit ihrer mich zärtlich streichelnden Stimme ins Ohr. „Du bist ein Sehender wie er, verstehst du? Ein Sehender kann nicht durch eigene Hand und schon gar nicht durch die eines Mörders sterben. Kein Schwert, keine Kugel vermag dich zu töten, es sei denn, du selbst bist bereit, dein Leben dadurch zu beenden."

„Ich war nicht bereit zu sterben, und doch ist mein Herz von Percusors Schwert durchbohrt worden, oder etwa nicht?"

„Aber nur, weil du dir zu diesem Zeitpunkt deiner Macht noch nicht bewusst warst."

„Wie hätte ich das auch sein können?"

„Indem du auf Serenus gehört hättest! Er hat doch schon des Öfteren den Versuch unternommen, dir zu sagen, dass du ein Sehender bist. Doch du wolltest es nicht wahrhaben, hast ihn ausgelacht, ja, du hast sogar an seinem Verstand gezweifelt, als er dich den Auserwählten nannte. Erinnerst du dich, mein Sohn?"

Ich nicke beschämt.

„Und so hast du auch alle Vorahnungen und Warnungen im Keim erstickt, die dir durch deine Hellsicht zuteilwerden sollten. Du hast die Stimme des Universums überhört und die Bilder deines sehenden Geistes verdrängt. Denk nur an Percusors Händedruck. Hättest du damals den Stich in deinem Herzen nicht als Blödsinn oder Übermüdungserscheinung abgetan, wäre dir das, was geschehen würde, offenbar geworden."

„Doch was geschehen ist, ist geschehen", antworte ich verbittert, „tot ist tot, oder?"

„Nun ja, was die Vergangenheit betrifft, stimme ich dir zu, denn die kann niemand ändern, obwohl man ihr durch zielgerichtetes Handeln in der Gegenwart einen vollkommen anderen Sinn verleihen kann. Aber das ist ein anderes Thema. Tatsache ist, dass auch ein Sehender vergangene Geschehnisse nicht rückgängig machen kann, aber er ist kraft seiner von Gott gegebenen Macht in der Lage, jegliche körperlichen Gebrechen und Wunden zu heilen. Auch kann er seinen Körper verlassen und zu ihm zurückkehren, sooft und wann immer er will. Und du bist nun einmal ein Sehender und somit steht es dir jetzt und zu jeder Zeit frei, deinen materiellen Körper wieder in Besitz zu nehmen."

Ich muss unwillkürlich lachen. „Das heißt, ich könnte so mir nichts, dir nichts wieder in meinen toten Körper schlüpfen und bräuchte ihm dann einfach nur zu befehlen, er möge bitte seine Wunden heilen?"

„Ja, mein Junge!", antwortet meine Mutter weise lächelnd, indes sie den schnippischen Unterton in meiner Stimme gelassen überhört.

Ich schüttle ungläubig den Kopf. „Ich weiß nicht, was ich von alledem halten soll. Ach, ich weiß überhaupt nichts mehr, Mutter. Ich ... ich bin ..."

„Ea, warum machst du es dir denn so schwer? Was hindert dich daran, an das scheinbar Unmögliche zu glauben? Hast du nicht selbst immer wieder gesagt: Alles ist möglich! Es gibt nichts, was es nicht gibt, selbst das Nichts ist existent!"

„Ja, aber ..."

„Kein Aber! Komm, steh auf, ich möchte dir etwas zeigen!"

Ich folge ihrer Aufforderung, während sie mir die Hand reicht und mich dabei vielsagend anlächelt.
„Wohin gehen wir?", frage ich, neugierig geworden.
„Zu Inanna!", antwortet sie fröhlich.
„Zu Inanna?" Mein Herz macht vor Freude einen Sprung.
„Ja, du ungläubiger Seher! Komm, lass uns gehen!"
Ich nehme Cora bei der Hand und schreite mit ihr in das wogende Meer des goldenen Weizens hinein, das sich, flimmernd wie eine unter den glühenden Strahlen der Sonne verdunstende Fata Morgana, von Schritt zu Schritt aufzulösen beginnt ...

... „Inanna!!!" Mit weit ausgebreiteten Armen und überglücklich laufe ich ihr entgegen, als sie mir durch die Sicherheitstür eines Operationssaals entgegenkommt.
„Inanna, was ist mit dir? Freust du dich nicht, mich wiederzusehen?", frage ich lachend und bleibe direkt vor ihr stehen. Doch als würde sie meine Gegenwart einfach ignorieren, kommt sie mit unverwandtem Blick auf mich zu.
„Inanna, Liebes!", versuche ich sie noch einmal anzusprechen, während sie ohne eine Reaktion geradewegs durch mich hindurchschreitet. Mit einem Aufschrei des Entsetzens fühle ich, wie ihr Körper nur für Sekundenbruchteile in meinen ein- und wieder aus ihm heraustritt, gleich einem elektrischen Schlag, der mich zuerst erzittern, dann vor Schreck erstarren lässt.
„Aber Ea, manchmal benimmst du dich wirklich wie ein dummer kleiner Junge", höre ich meine Mutter herzhaft lachen. „Hast du noch immer nicht begriffen, dass du dich nicht mehr in deinem materiellen Körper befindest?"
„Hahaha, mach dich nur lustig über mich!", antworte ich trotzig und zutiefst beschämt, da ich mich in diesem Moment tatsächlich so hilflos wie ein Baby fühle.
„Ach, weißt du", lacht Cora glucksend weiter. „Ich finde es einfach zu schön, dass ein so belesener Akademiker, wie du es bist, sich derart begriffsstutzig und tollpatschig anstellen kann. Ich dachte, euch Gelehrte könne nichts aus der Ruhe bringen, da ihr doch, über alles erhaben, vollgestopft mit Wissen, selbst auf Fragen des Unerklärlichen immer eine scheinbar logische Erklärung parat habt. Aber kaum werdet ihr eurer materiellen Realität beraubt, seid ihr noch unbeholfener als ein Analphabet, der auf den Besitz eines Buches nicht wegen des geistigen Inhalts stolz ist, sondern weil es sich hervorragend zum Unterlegen eines wackligen Möbelstücks eignet. Ihr seid wie kleine

Kinder, die voller Überzeugung und mit stolzer Überheblichkeit behaupten, sie könnten schwimmen, weil sie von einem Schwimmring getragen werden. Doch wehe, man nimmt euch kleingläubigen Kindern den Schwimmring weg, dann vergesst ihr vor Angst, eure Arme und Beine zu bewegen, und geht hilferufend unter. Du bist ..."

„Schon gut, schon gut!", unterbreche ich den Redeschwall meiner Mutter, während ich auf sie zugehe und sie in den Arm nehme. „Du hast ja recht! Es wäre nun wirklich an der Zeit, mich der gegebenen Situation anzupassen, anstatt mich wie ein ausgewachsener Trottel zu benehmen."

„Einsicht ist der erste Schritt zur Besserung!", bekomme ich zur Antwort und zugleich die Aufforderung, mir nun endlich das anzusehen, weswegen sie mich hierhergebracht hat.

„Schau, Ea, Inanna hat ein medizinisches Wunder vollbracht", bemerkt sie voller Stolz, wobei sie auf ein mit Segraformplasma-Lösung gefülltes gläsernes Gefäß zeigt, in dem mein an unzählige Kabel angeschlossenes, gleichmäßig pochendes Herz aufbewahrt ist. In allen Einzelheiten beschreibt sie mir die von Inanna und ihren Kollegen geleistete Arbeit, angefangen bei der Entdeckung der Gore-Gentec-Faser bis hin zur Rückführung meines toten Körpers aus dem Kälteschlaf.

Ich stehe staunend neben Inanna, die, umringt von acht Chirurgen und zwei am Kopfende des OP-Tisches stehenden Anästhesisten, gerade damit beginnt, meinen Brustkorb zu öffnen.

„Wie du siehst, brauchst du dir um die Heilung deines Körpers keine Gedanken mehr zu machen, Ea!", betont Cora, am Ende ihrer Ausführungen angelangt. „Ja, und dieses Ereignis lehrt uns wieder einmal, wie unergründlich die Wege des Allmächtigen sind. Denn obwohl es dir kraft deiner geistigen Fähigkeiten ein Leichtes gewesen wäre, die Wunden deines Herzens selbst zu heilen, oblag es Inanna und ihren Kollegen, das auf einer anderen Ebene zu vollbringen. Ohne diese Herausforderung hätte die Wissenschaft auf Marduk vielleicht noch jahrhundertelang auf die Entdeckung der Gore-Gentec-Faser warten und somit auf eine Forschung zu künstlichen Organoiden und zur selbst regenerierenden Heilung von Zellgewebe verzichten müssen."

„Was wiederum meinem scheinbar unnötigen Tod einen überaus positiven Sinn verleiht", konstatiere ich.

„So ist es, mein Sohn! Die real gelebte Vergangenheit, also auch die Tatsache deines körperlichen Todes, wird, so wie sie stattgefunden hat, als unabänderliches Ereignis in der Erinnerung aller Beteiligten bestehen bleiben, doch der geistige Gehalt, die Sicht auf das, was geschehen ist, hat sich unterdessen verändert. So wandelt sich zuweilen Negatives in Positives, Unglück in Glück, Trauer in Freude, Unsinniges erhält plötzlich einen Sinn. Deshalb hadere niemals wieder mit deinem Schicksal, egal, wie schwer es dich auch treffen mag. Nimm die Herausforderungen des Universums und deiner Seele an, bewähre dich im Jetzt, schwimme gegen den Strom, vertraue auf Gott und glaube an das Unmögliche – und du wirst den wahren Sinn in allem und jedem erkennen."

Ich nicke zustimmend und Coras Weisheit im Stillen bewundernd, während meine Blicke unablässig an Inannas geschickten Händen haften, die sich nun durch das unüberschaubare Wirrwarr von abgeklemmten Blutgefäßen und Nervensträngen in meiner offenen Brust tasten.

„Wann werde ich in meinen Körper zurückkehren können?"

„Wenn du möchtest, sofort, aber ich denke, du solltest noch warten, bis Inanna die Operation zu Ende geführt hat. Und außerdem möchte ich gerne, dass du mich noch zu Honestus begleitest, bevor du mich wieder verlässt."

„Zu Chi Honestus?", frage ich verblüfft und zugleich voller Freude. „Wie könnte ich da Nein sagen! Arbeitet er denn noch immer im Genetischen Zentrum auf Marduk?"

„Nein! Er ist tot!"

„Honestus, tot?"

„Ja, mein Sohn!"

„Aber er war doch immer kerngesund. Niemand hat ihm seine 250 Lenze angesehen und er selbst behauptete von sich, 350 Jahre alt zu werden, was ich ihm auch ohne Weiteres zugetraut hätte."

„Er ist keines natürlichen Todes gestorben, er wurde ermordet!"

„Ermordet?"

„Ja, Ea, auf grausamste Weise hingerichtet. Er wurde auf die Erde beordert, um dort ..., aber was rede ich da, komm mit, er wird dir alles selbst erzählen." Und noch während sie spricht, löst sich der Operationssaal vor meinen Augen in dichten, aufsteigenden Nebelschwaden auf ...

... Von einem Wimpernschlag auf den anderen finde ich mich in einem raumhohen, mit unterarmdicken Eisenstäben vergitterten Käfig wieder, auf dessen Boden Honestus' zerschundener Körper liegt. Dreizehn Terhabilis knien in einem Halbkreis kläglich jammernd um seinen Leichnam. Immer wieder schlägt einer von ihnen auf seine Brust ein, während die anderen das um sie herumliegende Stroh zusammenscharren und es ihm unter Kopf und Rücken schieben.

Vor dem Käfig steht mein Bruder Enlil mit einer Gruppe Wissenschaftler, die mir allesamt persönlich bekannt sind. Sie machen einen sehr betroffenen Eindruck. Einige rennen ins Freie, um sich zu übergeben. Ich höre den höhnischen Unterton in Enlils Stimme, den ich allzu gut zu deuten weiß.

„Oh mein Gott, warum hat mir denn keiner von euch gesagt, wie hinterhältig und gefährlich diese Kreaturen sind? Hätte ich das gewusst, wäre Honestus nicht mit ihnen zusammen in diesen Käfig gesperrt worden und somit jetzt noch am Leben ..."

Plötzlich spüre ich eine Hand auf meiner Schulter.

„Ea, wie schön, dich zu sehen!", höre ich Honestus sagen, der nun wie aus dem Nichts geboren in seinem Astralkörper vor mir steht und mich voller Wiedersehensfreude in die Arme schließt.

„Honestus, was haben die bloß mit dir gemacht?", frage ich mit Blick auf seinen geschändeten Körper.

„Ach, weißt du", antwortet er, von diesem grauenvollen Anblick ungerührt, „ich habe keine Schmerzen verspürt, als mich Enlils Schergen zu Tode geprügelt haben. Hätten sie mich am Leben gelassen und an meiner Stelle die Terhabilis umgebracht, wäre ich langsamer und qualvoller gestorben."

„Aber warum nur musstest du sterben? Wer hat diese Schandtat zu verantworten?"

„Ich!"

„Du? Das glaube ich dir nicht!"

„Doch, ich habe gewusst, was mich erwartet, sollte ich mich gegen Enlils Befehle auflehnen. Und ich habe es trotzdem getan, also bin ich selbst für meinen Tod verantwortlich!"

Ich schüttle verständnislos den Kopf und fordere Honestus auf, mir über das Geschehene zu berichten. Und so beginnt er zu erzählen: von Enlils Herrschaft auf der Erde, dem Aufstand der Anunnaki und dem daraus resultierenden Erlass des großen Anu, seiner wissenschaftlichen Arbeit im Labor bei Nippur und

den gentechnischen Versuchen außerhalb der Artenschranken sowie seiner Flucht mit den Terhabilis.
Zutiefst erschüttert, folge ich seinen Ausführungen, ohne die in mir aufsteigende Wut verbergen zu können.
„Erzürne dich nicht, mein Freund", rät mir Honestus, nachdem er am Ende seiner Erzählung angelangt ist. „Enlil wird eines Tages seine gerechte Strafe auch ohne dein Zutun erhalten, sei dir dessen gewiss. Er wird sich selbst bestrafen, härter, als jeder Richter es zu tun vermag. Und zudem darfst du nicht vergessen, dass alles seinen Sinn hat. Schau, mir ist jetzt die Möglichkeit gegeben, fernab der weltlichen Realität mit dir zu reden. Alles, was ich über die irdische Genforschung und die Terhabilis in Erfahrung gebracht habe, kann ich dir ohne Angst vor Enlil anvertrauen. Mehr noch, ich weiß nun viele Dinge, die meinem weltlichen Bewusstsein verschlossen waren. Allein hier und jetzt ist es mir möglich, dir all mein Wissen, und zwar in wenigen Sekundenbruchteilen, zu übermitteln." – Mit einem tiefen Blick in meine Augen legt Honestus mir die Hände auf die Schultern. – „Ea, du hast die Macht, in deinen materiellen Körper zurückzukehren. Tu es, die Zeit dafür ist gekommen. Und denk immer daran, du bist der Einzige, der in der Lage ist, Enlils Zerstörungswerk ein Ende zu bereiten und der Erde das zurückzugeben, was durch ihn vernichtet wurde."
Und während sich nun sein Blick tief in mein Innerstes zu versenken scheint, spüre ich sein Wissen gleich einem Strom von unzähligen, fließend ineinander übergehenden Bildern an der Projektionsscheibe meines inneren Auges vorüberziehen. Es ist, als würde mein Geist die visuellen, aus Abermillionen von Informationen bestehenden Instruktionen einem Datenscanner gleich erfassen und in Form eines Backups auf der Festplatte meines Langzeitgedächtnisses abspeichern.
Das Jammern der Terhabilis verstummt und alles um mich herum beginnt sich wieder in dichten, aufsteigenden Nebelschwaden aufzulösen.
„Leb wohl, Ea!", höre ich noch Honestus' leisen Ruf an mein Ohr dringen, bevor der Widerhall seiner sonoren Stimme übergangslos vom fröhlichen Lockruf einer Feldlerche auf Brautschau abgelöst wird …

… Nachdenklich blicke ich dem irdischen Frühlingsboten nach, der unbekümmert trällernd immer höher und höher in den wolkenlosen Himmel emporsteigt, bis er die Grenze seines

Steigvermögens erreicht, völlig abrupt verstummt, um sich im selben Augenblick lautlos und im freien Fall auf das Weizenfeld hinabzustürzen. Nur wenige Zentimeter über den wogenden Ähren stellt er seine Flügel ab, wodurch er seinen zierlichen Körper abfängt und sogleich in einer kunstvollen Kurve wieder eine himmelwärts gerichtete Flugbahn einnimmt und erneut mit lebensfrohem Gesang die Lüfte zu erklimmen beginnt.

„Ich frage mich, ob es auf der Erde irgendwann einmal Lebewesen geben wird, deren geistige Entwicklung so weit vorangeschritten ist, dass sie die Wunder der Natur bewusst betrachten und sich an ihr erfreuen können?", spreche ich meine Gedanken laut aus und wende mich meiner Mutter zu, die sich neben mir inmitten der hoch gewachsenen Margeriten im Gras räkelt.

„Du meinst irdische Wesen, keine Nefilim oder Anunnaki?"

„Ja, ich rede von intellektuell höher entwickelten Terhabilis!"

„Ich denke, dass dein Herz die Antwort auf diese Frage bereits kennt, oder täusche ich mich da?"

„Nein, das heißt, ja. Ach, ich weiß nicht!"

„Aber ich weiß, was du mich eigentlich hast fragen wollen, mein Junge", lächelt Cora mich verständnisvoll an. „Du willst von mir eine Antwort auf die Frage, ob es richtig ist, solche Wesen zu erschaffen und somit Gott ins Handwerk zu pfuschen, hab ich recht?"

„Ja, Mutter!"

„Nun, diese Frage lässt sich natürlich nicht so einfach mit ‚ja, richtig' oder ‚nein, falsch' beantworten ... Schau, Gott oder all das, was ist oder das All-Eine, egal, welchen Begriff du auch immer für die höchste Form aller Energien verwenden willst, ist der Schöpfer allen Lebens. Aus seiner göttlichen Energie, aus seiner grenzenlosen, bedingungslosen Liebe heraus ist alles Leben als eine aus unzähligen geistigen, feinstofflichen Seelenwesen bestehende Einheit geboren. All diesen Seelen schenkte er den freien Willen und die Macht, sich in grobstofflicher Materie zu manifestieren, um so der eigenen Individualität körperlichen Ausdruck zu verleihen. Mehr noch, jedes Seelenwesen besitzt die von Gott gegebene Macht, auf der materiellen Ebene neues Leben aus sich selbst hervorzubringen. – Atome spalten sich in Atome. Zellen werden aus Zellen. Leben gebiert Leben und ein jedes ist beseelt durch eine göttliche Seele. – Während aber die zu einem weltlichen Körper verdichtete Materie sich ständig wandelt und nach bestimmter Zeit in *ihre Grundelemente zerfällt, um sich wieder neu zu formen, kehrt die unsterbliche Seele zur Einheit oder zu ihrem Ursprung, also in die bedingungslose Liebe Gottes zurück. So entwickelt sich alles Leben, vom kleinsten Molekül über die Nefilim und Anunnaki bis hin zum Universum in einem immerwährenden Prozess der Veränderung, Erneuerung und grenzenlosen Vielfalt: keines dem anderen gleich und doch in ihrem göttlichen Ursprung eins. – Aus dieser bedingungslosen göttlichen Liebe wurde auch deine Seele geboren. Deine Seele findet in deinem weltlichen Körper ihren einzigartigen, grobstofflichen Ausdruck, durch den dir wiederum die Macht gegeben ist, Kinder, also neues materielles Leben, zu zeugen. Die Seele aber, die dieses neue Leben beseelt, wird weder von dir noch von der Mutter deines Kindes erschaffen. Sie hat ihren Ursprung wie alles Existente in der unendlichen Liebe Gottes. Und sie hat den freien Willen. Das heißt, ohne dass sich eine Seele für die körperliche Manifestation als dein Kind entscheidet, werden all deine Versuche, ein Kind zu zeugen, erfolglos bleiben. Ohne Seele kein Leben! – Du hast also ohne Zweifel die von Gott gegebene Macht, materielles Leben zu zeugen. Die Frage, ob sich diese Machtbefugnis nur auf den geschlechtlichen Akt, sprich den körperlich sexuellen Gentransfer zwischen dir und einem weiblichen Wesen, beschränkt oder ob sie all das umfasst, was dir irgendwie und irgendwann auf anderen Wegen möglich sein wird, vermag letztendlich niemand außer Gott selbst zu beantworten. – Ich für meinen Teil bin aber fest davon überzeugt, dass dir durch IHN, der von deiner Aufrichtigkeit und Liebe, die du ihm und all seinen Geschöpfen entgegenbringst, weiß, die Antwort auf deine Frage offenbart wird! Und so kann ich dir nur raten, höre auf die Stimme deines Herzens, vertraue und folge ihr, und du wirst das Richtige tun!"*

„Wäre ich mir dessen nur so sicher, wie du es bist", antworte ich seufzend.

„Du wirst es sein, mein Sohn, glaub mir", beteuert Cora schmunzelnd, während sie sich erhebt und mit weit ausgebreiteten Armen, den Kopf in den Nacken gelegt, im Kreis zu drehen beginnt. „Ach, ich liebe diesen friedlichen Ort über alles. Weißt du, wann immer es mir möglich ist, komme ich hierher, um mich vom Licht der Sonne durchfluten zu lassen. Dann träume ich von Serenus und dir und von der Zeit, in der wir hier alle wieder vereint sein werden."

„Fühlst du dich oft einsam?"
„Aber nein, Ea, in dieser Welt bist du nie einsam. Sie ist voller Leben."
„Und ich dachte immer, nach dem Tod ist alles aus und vorbei."
„Alles vorbei?" Das herzerfrischende Lachen meiner Mutter vermischt sich mit dem fröhlichen Trällern der Feldlerchen, die, als wären sie dadurch zu einem Wettstreit aufgefordert worden, mit einem Mal noch inbrünstiger zu zwitschern scheinen. „Ich würde sagen, mit dem Tod fängt das wahre Leben erst an!"
„Schön, das zu wissen!", antworte ich und stimme in ihr Lachen ein.
„Ja, mein Junge, der Tod gehört zum LEBEN und nicht das Leben zum Tod!"
„So wörtlich habe ich diese Aussage noch nie zu deuten versucht", antworte ich verblüfft.
„Siehst du, hinter den einfachsten Dingen verbirgt sich so manches Mal mehr von der Weisheit und Liebe Gottes, als man vermutet", erwidert Cora, die sich immer noch mit wehenden Haaren im Kreis dreht. Doch plötzlich bleibt sie vor mir stehen. „Komm, steh auf und tanz mit mir!", fordert sie mich mit ausgestreckter Hand auf.
„Oh nein! Bitte nicht, Mutter", wehre ich mich verlegen gegen ihre Aufforderung. „Ich kann nicht tanzen."
„Ach, was redest du da, selbstverständlich kannst du tanzen. Komm schon, steh auf!", drängt sie weiter, indes sie meine Hand ergreift und versucht, mich hochzuziehen.
„Ich warne dich, ich werde dir bestimmt nur auf die Füße treten", gebe ich ihr, in der Hoffnung, sie würde ihr Vorhaben aus Sicherheitsgründen doch noch aufgeben, zu bedenken.
„Es gibt Schlimmeres", schlägt sie meine Warnung lachend in den Wind, woraufhin ich mich notgedrungen erhebe. Meine Hände auf ihren Hüften und ihre auf meinen Schultern liegend, beginne ich mit unbeholfenen, holprigen Schritten über die grüne Insel zu tanzen, sorgsam darauf bedacht, meine Füße immer auf die Erde und nicht auf die ihren zu setzen. Doch mit der Zeit bekomme ich Übung und schon bald drehen wir uns kichernd, wie zwei übermütige Kinder beim Ringelreihen, immer schneller im Kreis.
„Ist das schön, Ea! Findest du nicht auch?"

„Oh ja, ich ... ich wusste gar nicht, dass Tanzen so viel Spaß macht", antworte ich etwas außer Atem.
„Ich könnte ewig so mit dir tanzen! Aber ich denke, nun werden wir Abschied voneinander nehmen müssen, mein Sohn."
„Jetzt, sofort?" Ich bleibe erschrocken stehen.
„Ja, dein Körper wartet auf dich", antwortet sie und schließt mich in die Arme. „Inanna wird schon bald mit der Reanimation deines Herzens beginnen und das bedeutet, dass du dich beeilen musst!"
Schweigend und den Tränen nahe drücke ich ihren zarten Körper fest an mich.
„Nicht traurig sein, Ea. Der Abschied von einem geliebten Wesen ist doch auch ein Moment der Freude", flüstert sie mir tröstend zu.
„Der Freude?"
„Ja, der zweifachen Freude sogar. Denn zu der Freude darüber, eine schöne Zeit miteinander verbracht zu haben, gesellt sich unversehens die Freude auf ein Wiedersehen! Verstehst du?"
Ich nicke stumm, während sie mir zärtlich über die Wange streicht und hinzufügt:
„Denk doch nur an Inanna und mit welcher Freude sie auf dich wartet! Also, vergiss deine Traurigkeit und mach dich auf den Weg zu ihr!"
„Und wie gelange ich in meinen Körper zurück?"
„Kraft deines Geistes, Ea!"
Ich löse mich aus ihrer Umarmung und schaue sie fragend an.
„Schließ die Augen, mein Junge, und konzentriere dich in Gedanken auf deinen materiellen Körper!", fordert sie mich liebevoll lächelnd auf. Ich folge ihrer Anweisung, indem ich meine immateriellen Augenlider schließe und versuche, meinen auf dem Operationstisch liegenden Körper vor meinem inneren Auge zu visualisieren.
„Sieh nur, Ea, sie kommen schon!"
Neugierig öffne ich wieder die Augen.
„Was ist das?", frage ich, meine Blicke in andächtigem Staunen auf den leuchtenden Strahl aus reinstem, weißem Licht gerichtet, der, mitten aus der über uns stehenden Sonne kommend, auf mich niederfällt und mich nun unversehens, gleich einem aus Trillionen funkelnder Lichtquanten gesponnenen Kokon, zu umhüllen scheint.

„Das sind Seelenwesen des Lichts. Auf Marduk nennt ihr sie Engel. Sie werden dich zurückbegleiten, Ea!"
Ich fühle, wie sich mein feinstofflicher Astralleib in einem nach oben steigenden Sog aufzulösen beginnt. Alles um mich herum ist erfüllt von wohltuender Wärme und dem Duft frisch zwischen den Fingern zerriebener Rosenblüten.
„Leb wohl, mein Sohn! Ich liebe dich!", ruft Cora mir von unserer kleinen Insel aus zu, indes ich weiter und weiter himmelwärts zu schweben beginne.
„Ich liebe dich auch!"
„Erzähl Serenus von mir und sag ihm, dass ich ihn noch immer liebe und auf ihn warten werde!"
„Ja, Mutter, das werde ich tun! Und hab Dank für deine Hilfe!"
„Danke nicht mir, danke Gott!"
Mit diesen Worten Coras, die in einem wiederkehrenden Echo langsam verhallen, schwindet mein Bewusstsein, von einem überwältigenden Glücksgefühl berauscht, dahin ...

Es ist dunkel! Ich kann mich nicht bewegen. Steif, den Kopf so weit es geht in den Nacken überstreckt, liege ich auf dem Rücken. Plötzlich höre ich viele aufgeregt durcheinander rufende Stimmen. Angestrengt versuche ich die hektischen Worte zu verstehen, die aus weiter Ferne an mein Ohr zu dringen scheinen, doch ich kann ihnen nicht folgen. Ich bin müde, unendlich müde.
Ich schließe die Augen, obwohl sie schon die ganze Zeit über geschlossen waren, und denke an Inanna, Cora, Serenus und Anu. Da erscheint vor meinem inneren Auge der Blaue Planet. Aus den Tiefen des Universums kommend, rase ich in Lichtgeschwindigkeit auf den bezaubernd schönen Himmelskörper zu und stürze dann im freien Fall auf die Erde hinab. Doch noch ehe mein Körper auf dem Erdboden aufschlägt, eilt mir Rock zu Hilfe. Der mächtige Raubvogel gleitet mit ausgebreiteten Schwingen unter mich, fängt mich auf und trägt mich wohlbehütet über die weiten, fruchtbaren Ebenen Aralis. Alles unter uns scheint einsam und verlassen dazuliegen. Da entdecke ich eine Gruppe Terhabilis. Sie gehen aufrecht. Ihre wohlgeformten Körper sind unbehaart. Einige tanzen mit ihren Kindern ausgelassen im Kreis, andere sitzen singend am Lagerfeuer, während wieder andere die Bildnisse wilder Pferde, stampfen-

der Büffel und in die Lüfte steigender Vögel an die kahlen Felswände malen. Nun werden sie auch meiner gewahr. Sie winken mir freudig zu und rufen nach mir. ‚Ea! Ea!'
... Oh mein Gott, ich bin so unendlich müde! Ich möchte schlafen ..., nur noch schlafen ...

42 Nefilimjahre
nach der Landung
Anno
298.800 v. Chr.

Wir schreiben das Jahr 1M/250T/099 n. N.

Inanna, mein Freund Archil, seine Frau Demi und ihr Sohn Persus begleiten mich an Bord der MS9 auf dem Flug zur Erde. Nach unserer Ankunft auf dem irdischen Raumflughafen Sippar werden wir via Euphrat bis Eridu reisen, um von dort aus mit einem Frachtschiff nach Arali zu segeln.
Sieben nefilimische Monate nach meiner von Inanna durchgeführten Herzoperation fühle ich mich im wahrsten Sinne des Wortes wie neugeboren und erfreue mich bester Gesundheit. Auf Marduk wird meine Wiederbelebung als ein Wunder Gottes gepriesen. Ich hatte alle Hände voll zu tun, um dem aufkommenden Heiligenkult entgegenzuwirken, der von der nefilimischen und anunnakischen Bevölkerung um meine Person inszeniert wurde, was mir jedoch nur in kleinsten Ansätzen gelang. Selbst die Glaubensgelehrten und Minister wagten es seit meiner „Auferstehung von den Toten", wie sie meine Rückkehr in die materielle Welt bezeichneten, nicht mehr, mir auch nur einen einzigen Wunsch abzuschlagen, geschweige denn mir zu widersprechen. Für sie war nicht nur die medizinische Reanimation meines Herzens ein untrügliches Zeichen Gottes, sondern auch meine rasche Genesung, die es mir schon nach wenigen Tagen erlaubte, das Hospital zu verlassen, um in Begleitung Inannas durch die tropischen Wälder Marduks zu reiten.
Die Glaubensmänner gaben mir den Namen „Ea, Salvadeo Filius", was so viel bedeutet wie „Ea, der von Gott errettete Sohn". Sie drängten mich sogar, als ihr geistiges Oberhaupt die Führung der nefilimischen Religionsgemeinschaften zu übernehmen. Ich lehnte dankend ab und beschwor sie, von einer Verherrlichung meiner Person Abstand zu nehmen. Doch auch bei ihnen hatte ich damit wenig Erfolg. Für sie war ich nicht mehr Ea, Sohn des göttlichen Anu, nein, in ihren Augen war ich durch meine Wiedergeburt zu Ea, Sohn des wahren Gottes, geworden. Wenn es mir auch ansonsten niemals in den Sinn gekommen wäre, eine solche, aus überzogenen und fehlgeleiteten Glaubensüberzeugungen heraus entstandene Sonderstellung zu meinem Vorteil auszunutzen, kam ich in diesem Fall nicht umhin, mich der Unterwürfigkeit der Glaubensgelehrten zu bedienen. Denn ich benötigte ihr Einverständnis, um Inanna zur Frau nehmen zu dürfen, was sie mir

auch ohne Zögern gaben. Und das, obwohl ich, weil Anu mich inständig darum bat, meine wahre Identität vor der Öffentlichkeit verschwieg und somit weiterhin als ihr Bruder galt. Ihre Entscheidung begründeten sie mit dem Hinweis auf meinen göttlichen Status, der mich über alle weltlichen Unzulänglichkeiten und Maßstäbe erhob.

Zum ersten Mal in der Geschichte Marduks fand daraufhin eine Hochzeit zwischen Geschwistern statt, die auf dem ganzen Kontinent in einem sieben Tage andauernden, rauschenden Fest gefeiert wurde.

Als ich mit Inanna Hand in Hand zum Traualtar schritt, dachte ich unentwegt an Cora und Serenus, die einst, so verliebt und glücklich wie wir, das schönste Paar auf dem Roten Planeten waren. Das, was ihnen nicht vergönnt war, wurde uns beiden jetzt zuteil. Für einen kurzen Augenblick überkam mich ein Gefühl von schmerzlicher Traurigkeit, doch da hörte ich das glockenhelle Lachen meiner Mutter in meinen Ohren klingen und wusste, dass sie uns in diesem Moment ganz nah war und sich mit uns an unserem Glück erfreute. Ich brach unwillkürlich in herzhaftes Gelächter aus und blieb unvermittelt stehen.

Vor den staunenden Augen der geladenen Gäste drückte ich Inanna fest an mich, indes ich begann, mich mit ihr übermütig und immer wieder „ich liebe dich" rufend im Kreise zu drehen. Inanna stimmte fröhlich kichernd in meine lautstarken Liebesbezeugungen mit ein und schon bald übertönten wir das pastorale Orgelspiel des Kantors. Mit einem hingebungsvollen Kuss beendeten wir sodann unsere im höfischen Hochzeitszeremoniell nicht vorgesehene Tanzeinlage unter dem jubelnden Beifall der Versammelten. Einzig der Priester an seinem Altar blickte verständnislos drein und deutete auf die vor ihm liegenden Ringe, besorgt, wir würden das Gotteshaus ohne seinen Segen verlassen ...

Anu schien seit dem Tag, an dem ich in meinen Körper zurückgekehrt war, wie umgewandelt. Man sah ihn wieder fröhlich lachen; mit Begeisterung führte er seine Regierungsgeschäfte und hatte ein offenes Ohr für die Sorgen und Nöte seiner Untertanen.

Als ich nach der Operation aus der Narkose erwacht war, stand er neben Inanna vor meinem Bett, weinend die Hände vor der Brust gefaltet.

„Ich danke Gott von ganzem Herzen", sagte er mit zitternder Stimme, „denn er hat mit meinem Sohn auch mich wieder zum Leben erweckt!"
Inanna konnte nichts sagen. Schluchzend und am ganzen Körper bebend, legte sie ihren Kopf neben meinen, die Arme so fest um meinen Hals geschlungen, als wollte sie mich nie mehr loslassen. Anu nahm sich einen Stuhl, setzte sich Inanna gegenüber ans Bett und ergriff meine Hand.
„Ea, es macht mich unendlich glücklich, dass du lebst!", sagte er leise zu mir. „Du kannst dir gar nicht vorstellen, wie sehr ich dich vermisst habe. Die letzten zwei Jahre waren die schlimmsten meines Lebens, glaub mir."
Er führte meine Hand an seinen Mund und küsste sie.
„Als ich damals von deinem Tod erfuhr", sprach er weiter, „wollte auch ich nicht mehr leben. Alles, was mir zuvor wichtig war und mein Dasein lebenswert machte, hatte mit einem Mal seinen Sinn verloren. Ich fühlte mich schuldig, schuldig, dich nicht beschützt zu haben, so wie ich es einst vor Gott geschworen hatte. Ja, mein Sohn, du hast mir als kleiner Junge das Leben gerettet, weißt du noch? Und ich, ich konnte nichts ..." Seine Worte wurden von Tränen erstickt.
„Mach dir bitte keine Vorwürfe mehr!", sagte ich mit noch schwacher Stimme zu ihm und drückte seine Hand, so fest ich konnte. „Jetzt ist alles wieder gut! Ich liebe dich und ich weiß jetzt auch, wie sehr du mich liebst, obwohl ich nicht dein Sohn bin!"
Anu zuckte erschrocken zusammen. Mit ungläubig fragendem Blick schaute er mich an.
„Ach, Ea, was redest du denn da?", schluchzte Inanna, von meinen Worten sichtlich irritiert und immer noch in Tränen aufgelöst.
„Anu ist nicht mein leiblicher Vater!", wiederholte ich meine Aussage langsam. „Und du, mein Kleines, bist nicht meine Schwester!"
Inannas Schluchzen verstummte augenblicklich.
„Woher weißt du das?", fragte Anu mit ruhiger Stimme, offensichtlich sehr bemüht, sich seine innere Verwirrung nicht anmerken zu lassen.
„Von Cora, meiner Mutter!", antwortete ich ihm lächelnd und führte nun seine Hand an meinen Mund, um sie zu küssen. „Sie hat mir erzählt, was du für sie und mich getan hast. Sie sagte, sie sei dir ewig dankbar, und das bin ich auch, Vater!"

Anu stiegen wieder Tränen in die Augen. „Du hast sie wirklich gesehen?"

„Ja, gesehen, gesprochen und sogar mit ihr getanzt", antwortete ich, während mir Inanna mit besorgter Miene an die Stirn griff und meinte: „Ich denke, du solltest dich jetzt ausruhen, Liebster. Dein Körper ist noch sehr geschwächt und …"

„Lass nur, Inanna", unterbrach Anu, wobei er sich erhob und zu ihr auf die andere Seite des Bettes ging, um sie in die Arme zu nehmen. „Ea sagt die Wahrheit!"

„Aber … aber er hat doch noch nie getanzt!", stammelte sie völlig durcheinander, woraufhin Anu und ich in schallendes Gelächter ausbrachen.

„Da kannst du mal sehen", gluckste ich, „zu was man alles fähig ist, wenn man tot ist."

„Jetzt machst du dich auch noch lustig über …, ach, weißt du, ich finde das alles überhaupt nicht zum Lachen! Du hast ja keine Ahnung, was ich in den vergangenen Jahren durchgemacht habe", schimpfte sie und begann erneut zu weinen.

„Oh doch, das weiß ich nur zu gut, Kleines!", antwortete ich und streckte auffordernd die Hand nach ihr aus. „Bitte setz dich zu mir her … Ich denke, dass es nun an der Zeit ist, dir und Anu alles zu erzählen, was ich sozusagen im Tod erlebt habe!" …

Alle Tränen waren vergessen, als ich, am Ende meiner Erzählungen angelangt, Inanna in die Arme schloss und sie vor dem glücklich strahlenden Anu leidenschaftlich küsste. Noch am selben Tag hielt ich bei Anu in aller Form um die Hand seiner Tochter an. Er willigte ein, bat uns jedoch, mit der Hochzeit und der öffentlichen Bekanntgabe meiner wahren Identität noch zu warten.

„Du musst bedenken", mahnte er uns vor übereiltem Handeln, „dass du, sobald du deine wahre Herkunft preisgibst, vor dem Gesetz ein Anunnaki bist. Du würdest niemals die Erlaubnis der Glaubensführer erhalten, eine Nefilim und noch dazu eine von königlicher Abstammung zu heiraten. Sie würden dich ohne mit der Wimper zu zucken in die Verbannung schicken. Der Ministerrat würde dir die Rechte eines Nefilim entziehen, dir deine akademischen Titel absprechen und dich deiner wissenschaftlichen und militärischen Ämter entheben. Und ich, ich würde dich wieder verlieren und dich ein zweites Mal nicht be-

schützen können! – Verschweigen wir aber weiterhin deine anunnakische Herkunft, so wirst du als Inannas Bruder ebenso wenig ihre Zustimmung zur Heirat bekommen. Inzest zählt in den Augen der Religionsfürsten zu den größten Sünden, die ein Nefilim begehen kann. Also, lasst uns erst einmal abwarten und in Ruhe und Besonnenheit nach einer Lösung suchen, einverstanden?"
Wir stimmten seiner Bitte zu und achteten darauf, unsere innigen Gefühle füreinander vor der Öffentlichkeit zu verbergen. Einzig Archil weihten wir in unser Geheimnis ein, der mich mit den Worten „ich wusste schon immer, dass mit dir etwas nicht stimmt, alter Junge" so heftig an seine Brust drückte, dass ich beinahe einen zweiten Tod gestorben wäre.
Ja, und wie bereits erwähnt, machten wir uns dann die Ehrerbietigkeit der Minister und Glaubensmänner zunutze und heirateten wenige Wochen später.

Unser größter Wunsch war es nun, wieder auf die Erde zu reisen. Ich besprach mich mit Anu, der meiner Bitte zunächst ablehnend gegenüberstand.
„Es ist doch offensichtlich, Ea", sagte er, „dass Enlil das Attentat auf dich befohlen hat und, wie wir jetzt wissen, auch Honestus ermorden ließ. Wie ich von einem treuen Diener auf der Erde erfahren habe, hat Enlil nach Bekanntwerden deiner Wiedergeburt einen Tobsuchtsanfall bekommen. Wir können ihm leider seine Verbrechen nicht offiziell nachweisen, aber so wie ich die Sache sehe, würde mir der Ministerrat ohne Zögern zustimmen, wenn ich Enlil erneut von der Thronfolge ausschließen und ihn auf dem Blauen Planeten bis an sein Lebensende festsetzen würde. Ich könnte dich zu meinem Alleinerben bestimmen und dir die Regierungsgeschäfte übergeben. So wärst du als König auf Marduk sicher vor ihm und all den Gefahren, die dir tagtäglich auf der Erde drohen."
„Nein, Vater, ich muss zurück auf die Erde. Ich liebe diesen Planeten und deshalb kann ich dem skrupellosen Treiben Enlils nicht mehr länger tatenlos zusehen. Er hat schon viel zu viel zerstört. Und außerdem habe ich vor ihm keine Angst! Er kann mir nichts mehr anhaben, egal, was er auch gegen mich im Schilde führen mag."
„Ich weiß, mein Sohn, aber du musst auch an Inanna und euer Kind, das sie unter dem Herzen trägt, denken. – Was sagt sie eigentlich zu der ganzen Sache?"

„Sie sehnt sich ebenso sehr nach Arali zurück, wie ich es tue, zumal dort Serenus und unsere anunnakischen Freunde auf uns warten. Und überdies sind wir uns beide einig, dass unser Kind auf dem Blauen Planeten zur Welt kommen soll."
„Na schön, wie ich sehe, kann ich euch hier nicht halten. Es fällt mir zwar unendlich schwer, euch gehen zu lassen, aber wenn euch diese Erde so sehr am Herzen liegt, werde ich in der Raumfahrtbehörde das Notwendige veranlassen. Aber was machen wir mit Enlil? Ich möchte ihn auf keinen Fall wieder hier auf Marduk haben und ich werde ihm auch nicht den Thron übergeben, das habe ich mir geschworen!"
„Verhalte dich ihm gegenüber einfach so, als wärst du völlig ahnungslos und wüsstest nichts von seinen Machenschaften. Lass ihn in dem Glauben, er sei trotz meiner Wiederbelebung der rechtmäßige Thronfolger. Informiere ihn über mein Kommen und stell ihm in Aussicht, dass es durchaus denkbar wäre, einen früheren Termin für seine Inthronisation anzuberaumen, vorausgesetzt, er arbeitet mit mir zusammen und lässt sich nichts zuschulden kommen."
„Du willst mit ihm zusammen …? Also, ich weiß nicht …"
„Nein, Vater, nicht ich mit ihm – er muss mit mir zusammenarbeiten!"
„Und, wie stellst du dir das vor?"
„Na ja, ich könnte mir vorstellen, dass er sofort heftig protestieren wird, wenn du ihn über mein Kommen informierst und ihm mitteilst, dass du ihm den Oberbefehl auf der Erde entziehst, um ihn wieder auf mich zu übertragen. Diese Gelegenheit solltest du dann zum Anlass nehmen, ihn vor die Wahl zu stellen, sich entweder für den Herrschaftsanspruch über den Blauen Planeten oder für die nefilimische Thronfolge zu entscheiden. Dabei gibst du ihm unterschwellig zu verstehen, dass ich jetzt im Gegensatz zu früher auch nicht mehr abgeneigt wäre, die Regierungsgeschäfte auf Marduk zu übernehmen, sofern er sich dazu entschließen würde, auf der Erde zu bleiben. Das allein wird schon genügen, um seine Nebennieren zum Ausstoß einer gewaltigen Überdosis Adrenalin anzuregen und seinen Blutdruck in schwindelerregende Höhen zu treiben. Ich denke, dass es unter diesen Umständen nicht schwer zu erraten ist, für welche Alternative er sich entscheiden wird. Ich bin mir sicher, solange er in dem Glauben lebt, eines Tages König über Nefilim und Anunnaki zu werden, wird ihn seine Gier nach der Macht gefügig machen. Er wird deinen und auch

meinen Befehlen Folge leisten, immer darauf bedacht, seine Inthronisation nicht mehr zu gefährden."

Anu nickte nachdenklich. „Hm, das könnte schon funktionieren, aber ich befürchte trotz alledem, dass er es nicht unterlässt, dich zu bekämpfen und gegen dich zu intrigieren. Du kennst ja seine Vorliebe für jegliche Art von Ränkespiel."

„Oh ja, allzu gut", seufzte ich, „je hinterhältiger und gemeiner, umso besser."

„So ist es. Enlil kennt keine Skrupel, erst recht dann nicht, wenn es irgendjemand wagen sollte, ihn in seiner Eitelkeit zu verletzen. Dies würde aber zweifelsohne der Fall sein, wenn wir ihm von heute auf morgen alle Machtbefugnisse auf der Erde entziehen und ihn sozusagen in aller Öffentlichkeit zu deinem Handlanger degradieren würden. – Ea, es nützt weder dir noch deiner Mission auf dem Blauen Planeten, wenn wir seinen Hass gegen dich noch mehr schüren", erwiderte Anu mit ernster Miene.

„Richtig, und gerade deshalb müssen wir ihm ein Angebot unterbreiten, das es ihm ermöglicht, gegenüber seinen Freunden das Gesicht zu wahren. Und das wäre meiner Meinung nach durch eine Teilung der Zuständigkeitsbereiche auf der Erde möglich", antwortete ich.

„Eine Aufteilung der irdischen Territorien zwischen Enlil und dir?"

„Ja, und zwar sollten wir Enlil die Verwaltung Mesopotamiens überlassen, während ich mit Inanna in Nimiki lebe und die Leitung der Kolonien auf dem Kontinent der Unteren Welt übernehme. So würde sich für Enlil nach außen hin nicht sehr viel ändern, was ja für sein Geltungsbedürfnis von größter Bedeutung ist. Er könnte weiterhin in Nippur residieren und sich um die Verfrachtung der Bodenschätze in Sippar kümmern. Durch den mir übertragenen Oberbefehl behalte ich jedoch von Arali aus die Fäden in der Hand, ohne mit ihm in unmittelbarer Nähe zusammensein zu müssen."

Anu nickte zustimmend.

„Ich bin sicher", fuhr ich fort, „er wird dieses Angebot ohne Murren annehmen. Natürlich müssen ihm sämtliche wissenschaftlichen Befugnisse entzogen, das Forscherteam mitsamt dem gentechnischen Labor nach Nimiki in Arali verlegt und alle auf der Erde stationierten nefilimischen Offiziere und Soldaten nach Marduk zurückversetzt werden. Darüber hinaus müssen die Arbeits- und Lebensbedingungen der anunnakischen Arbeiter wieder auf das vor meiner Ermordung geltende Niveau angehoben werden. Ich bestehe darauf, dass sie auf dem Blauen Planeten als freie Bürger leben dürfen, und zwar mit den gleichen Rechten und Pflichten wie die Nefilim! Ich wäre dir sehr dankbar, wenn du das bereits vor meiner Abreise durch ein königliches Edikt verfügen würdest."

„Einverstanden!", erwiderte Anu, auf einmal tiefgründig lächelnd. „Ich denke, das lässt sich machen. Aber beantworte mir bitte noch eine Frage."

Ich nickte: „Gerne, frag nur!"

„Ea, mein Sohn, würdest du den Anunnaki auf Marduk auch das Recht von nefilimischen Bürgern zuerkennen, wenn du jetzt an meiner Stelle über die Geschicke auf unserem Planeten entscheiden könntest?"

„Ja, sofort und ohne Zögern!"

„Und wärst du dir dann auch darüber bewusst, dass der nefilimische Adelsstand sich das nicht gefallen lassen würde?"

„Sicher!"

„Also Rebellion, Aufstand, Mord und Totschlag?"

„Nein, das wäre für mich undenkbar!"

„Und wie glaubst du, solch ein Vorhaben ohne Blutvergießen durchsetzen zu können?"

„Hm, na ja, also, da würde mir schon etwas einfallen, aber wenn ich ehrlich sein, soll muss ich dir gestehen, dass ich dir diese Frage im Moment nicht beantworten kann!"

„Gut!", lächelte Anu und nahm mich dabei in die Arme. „Gut, dass ich noch 23 Jahre das Zepter in der Hand habe, mein Junge."

„Wie meinst du das?"

„Ach, weißt du, eine Hunderttausende von Jahren alte Zweiklassengesellschaft von Privilegierten einerseits und ausschließlich Dienenden andererseits lässt sich nicht von heute auf morgen und so mir nichts, dir nichts ändern, ohne dabei Gefahr zu laufen, dass das bestehende Unrecht genau ins Gegenteil verkehrt wird. Ganz abgesehen von den vielen Unschuldigen, die mit ihrem Leben einen zu hohen Preis bezahlen müssten, nur weil die privilegierten Herren nicht bereit sind, ihren Wohlstand und ihre Macht mit anderen zu teilen. Glaub mir, Ea, ein solches Vorhaben lässt sich nur in ganz kleinen Schritten und über viele Jahre hinweg realisieren. Und deshalb ist es gut, dass ich noch genügend Zeit habe, um für dich das

eine oder andere in die Wege zu leiten! Ich denke, ich habe schon viel zu lange damit gewartet, findest du nicht auch?"
Glücklich fiel ich Anu um den Hals, der mir mit diesen Worten einmal mehr bewies, wie sehr er mich liebte und welch großmütiges Herz für Nefilim und Anunnaki gleichermaßen in seiner Brust schlug ...

... Enlil entschied sich, wie vermutet, für den mardukschen Thron in der Annahme, diesen schon bald in Besitz nehmen zu dürfen. In dieser Hoffnung tat er fortan alles Erdenkliche, um die ihm in Aussicht gestellte Verkürzung seiner Bewährungszeit auf der Erde nicht mehr zu gefährden. So nahm er auch ohne jeden Widerspruch das von Anu erlassene Dekret an, welchem er in vollem Umfang und schon lange vor unserer geplanten Ankunft auf der Erde Rechnung trug ...

... Nun sitze ich an meinem Schreibtisch an Bord der MS9, tippe diese Zeilen und bin so aufgeregt wie damals, als ich auf den Tag genau vor 42 Nefilimjahren zum ersten Mal die Füße auf den Boden des Blauen Planeten setzte.
Inanna steht hinter mir, die Arme eng um mich geschlungen.
„Ich liebe dich, mein Schatz!", flüstert sie mir zärtlich zu.
Den erotischen Klang ihrer Stimme in meinen Ohren und meinen Kopf an ihren Busen geschmiegt, fällt es mir mit einem Mal unsagbar schwer, mich auf meine Arbeit zu konzentrieren. Aber ich muss weiterarbeiten, ich muss ..., ach was:

„Rechner und Licht deaktivieren!"

44 Nefilimjahre
nach der Landung
Anno
291.600 v. Chr.

Inanna schenkte mir vor 5.440 Erdenjahren, also sechs nefilimische Monate nach unserer Wiederkehr auf den Blauen Planeten, einen Sohn. Er war das erste von einer Nefilim auf der Erde geborene Kind. Wir gaben ihm zum Andenken an unseren Heimatplaneten den Namen Marduk. Durch ihn fand unsere Liebe ihren schönsten sichtbaren Ausdruck und er machte unser beider Glück vollkommen.
Mein Vater Serenus behauptet voller Stolz, der kleine Marduk sei ihm wie aus dem Gesicht geschnitten, mit Ausnahme der schwarzen Haare, die er von Inanna vererbt bekommen habe. Dieser sich selbst schmeichelnden, durch die großväterliche Egobrille getrübten Fehlbeurteilung muss ich allerdings energisch widersprechen, denn die verblüffende Ähnlichkeit mit meiner Wenigkeit würde selbst einem blinden Maulwurf nicht entgehen. Das behauptet im Übrigen auch mein Freund Archil, auf dessen Urteil man sich in solchen Dingen schon immer verlassen konnte, zumal er stets völlig wertneutral und ohne Ansehen der in Meinungsverschiedenheiten involvierten Persönlichkeiten entscheidet ...

„Dein Vater ist ein Schwindler, Marduk!", lacht Inanna hell auf, als sie mir beim Schreiben dieser Zeilen über die Schulter schaut und dabei unseren selig schlafenden Sohn in den Armen wiegt. „Papa und sein Freund halten immer zusammen wie Pech und Schwefel. Wenn du von beiden etwas wissen möchtest, brauchst du grundsätzlich nur einen von beiden zu fragen und schon hast du auch die Antwort des anderen."
„Ich ein Schwindler?", begehre ich, mein Lachen unterdrückend und so entrüstet es mir angesichts der entlarvenden Worte Inannas möglich ist, auf.
„Ja, und ein eingebildeter obendrein!", kichert sie frotzelnd.
„Wieso eingebildet?", frage ich mit lammfrommer Unschuldsmiene. „Ich bin doch die Bescheidenheit in Person. Wenn ich behaupte, dass Marduk das schönste Kind auf der ganzen Welt und nicht seinem Großvater, sondern mir wie aus dem Gesicht geschnitten ist, entspricht das lediglich den objektiven Tatsachen. Oder wolltest du mit deiner Äußerung etwa andeuten, dass mein Sohn nicht die Schönheit seines Vaters be..."
„Also, erstens heißt das unser Sohn", unterbricht sie mich mit einem schnippischen Lächeln auf den Lippen, „zweitens haben

alle Eltern das schönste Kind der Welt und drittens ist Schönheit eine weibliche Eigenschaft, denn es heißt ja schließlich ‚die' Schönheit und nicht ‚der' Schönheit und deshalb können männliche Wesen Schönheit logischerweise auch nur von ihren Müttern vererbt bekommen. Ergo …?"
„Schon gut, schon gut, ich gebe mich geschlagen!", antworte ich mit schalkhaftem Augenaufschlag. „Ich werde die Zeilen sofort umschreiben. Schau her."

… Kapitel 11, Absatz 2, ersetzen wie folgt:

… Mein Vater Serenus behauptet, der kleine Marduk sei Inanna wie aus dem Gesicht geschnitten, mit Ausnahme seines kräftigen Körperbaus, der ohne Zweifel auf die Erbinformation meiner Gene zurückzuführen sei. Dieser objektiven und von großväterlicher Weisheit getragenen Beurteilung kann ich mich nur voll und ganz anschließen. Ganz im Gegensatz zu meinem Freund Archil, der beim Anblick unseres Sohnes, die seidenschwarzen Haare ausgenommen, unverkennbar mein Ebenbild zu sehen glaubt. Doch auf dessen Urteil kann man sich in solchen Dingen nicht immer verlassen, erst recht nicht in diesem Fall, da es hier um meine Person geht und er deshalb aus purer Freundschaft eher dazu neigt, meinem väterlichen Ego zu schmeicheln.
Doch sei's drum. Ich bin stolz auf <u>unseren</u> Sohn, der für mich, die Betonung liegt hier wohlgemerkt auf ‚<u>für mich</u>', das schönste Kind der Welt ist, so wie Inanna <u>für mich</u> die schönste und bezauberndste Frau des Universums ist! …
„So besser?", frage ich mit schelmischem Augenzwinkern.
„Du bist ein verrückter Kerl!", antwortet Inanna lachend, indes sie sich zu mir herunterbeugt und mir einen schmatzenden Kuss auf die Lippen drückt. „Aber ich liebe dich trotzdem oder vielleicht gerade deshalb!"
„Soso, du liebst mich also nur, weil ich ein verrückter Kerl bin?"
„Nein, ich liebe dich auch, weil du ein liebenswerter Schwindler bist!", setzt sie noch mit charmantem Lächeln obendrauf, während sie sich mit Marduk im Arm umdreht und im Gehen hinzufügt: „Und jetzt werde ich dich mit deiner aufopfernden Bescheidenheit allein lassen. Ich muss nach unseren kranken Schützlingen schauen. Demi und Serenus warten bestimmt schon im Lazarett auf mich. Also tschüss, und hüte dich davor,

vom Pfad der Wahrheit abzuweichen, ich werde alle deine Notizen überprüfen. Hast du gehört?"

„Ja, Liebes", antworte ich mit gekünstelt unterwürfigem Tonfall, „ich werde mich bemühen!"

„Nicht bemühen, tun!", bekomme ich noch zur Antwort, bevor die Tür hinter ihr ins Schloss fällt.

„Hast du gehört, Ea, nicht bemühen, tun", ermahne ich mich nochmals selbst und wende mich wieder meiner Arbeit zu …

… Unser Sohn Marduk ist nun 5.440 Erdenjahre alt. Wir haben uns jedoch der Einfachheit halber dazu entschlossen, sein Alter anhand der auf unserem Heimatplaneten geltenden Zeitrechnung zu bemessen, zumal dieses Zeitkontinuum auch seiner tatsächlichen körperlichen und geistigen Entwicklung entspricht. Seine durch die elterlichen Gene vererbte innere Uhr ließ sich auch von der Geburt auf dem Blauen Planeten nicht beeinflussen. Mit seinen eineinhalb nefilimischen Jahren ist er trotz seines hohen Erdenalters somit immer noch ein Kleinkind.

Es ist für mich faszinierend, aber so manches Mal auch erschreckend, die krasse Divergenz zwischen der irdischen und der mardukschen „Zeit-Welt" tagtäglich im direkten Vergleich vor Augen geführt zu bekommen. Während unser Sohn nur einen Monat älter wird, sterben zum Beispiel zehn Generationen der von uns in den zurückliegenden zwei Nefilimjahren gezüchteten Terhabilis erectus, deren Lebenserwartung im Durchschnitt dreißig Erdenjahre beträgt. Wie schon so oft frage ich mich angesichts der gerade niedergeschriebenen Zeilen auch jetzt wieder:

Empfindet ein Terhabilis erectus einen irdischen Tag in seiner zeitlichen Ausdehnung so wie ich einen nefilimischen? – Was ist Zeit eigentlich und wer oder was bestimmt sie? – Ist Zeit vergleichbar mit einer Handvoll Sandkörner, die Gott bei der Geburt eines Planeten in eine Sanduhr füllt, deren Durchlassvolumen er von Planet zu Planet unterschiedlich einstellt? Oder wird sie ausschließlich durch physikalische Gegebenheiten, wie zum Beispiel den Umlauf eines Planeten um seine Sonne, festgelegt?

Die mardukische Wissenschaft definiert Zeit folgendermaßen:
Zeit wird durch die Abfolge von Geschehnissen empfunden, die wir als Vergangenheit, Gegenwart und Zukunft beim Entstehen und Vergehen der Dinge in unserem Bewusstsein erfahren.

Von diesem empfindungsgemäßen, also individuellen Zeitbewusstsein ist die Zeit im physikalischen Sinne zu unterscheiden, die von den auf Marduk geltenden physikalischen Gesetzen bestimmt wird.

Doch diese Definition bezieht sich ausschließlich auf die in sich abgeschlossene Erlebniswelt eines Nefilim oder Anunnaki auf Marduk. Ich lebe aber nun einmal nicht mehr auf dem Roten Planeten, wo meine innere Uhr nach dem Takt der dort vorherrschenden physikalischen Einflüsse eingestellt wurde und sich mein Zeitbewusstsein an nur einer einzigen erfahr- und empfindbaren Realität orientieren konnte!

Hier auf der Erde dreht sich zum einen das Rädchen der Zeit nach den hier geltenden Naturgesetzen, zum anderen erfahre ich die Abfolge all der vergangenen, gegenwärtigen und zukünftigen Geschehnisse auf zwei völlig unterschiedlichen Ebenen, das heißt, ich empfinde das irdische und nefilimische Entstehen und Vergehen der Dinge zeitgleich.

Und so fühle ich mich heute, 44 Nefilimjahre nach meiner ersten Landung auf dem Blauen Planeten, noch immer zwischen diesen beiden Erlebniswelten hin- und hergerissen, nicht fähig, ein zeitunabhängiges Bewusstsein zu erlangen, das sich nicht länger der Sichtweise einer Eintagsfliege einerseits und der eines ewig jungen Gottes andererseits bedienen muss ...

Doch nun zurück zu den bereits erwähnten Terhabilis erectus, deren Entwicklungsgeschichte ich im Folgenden zu Papier bringen möchte:

Als ich vor zwei Nefilimjahren mit Inanna, Archil, Demi und Persus auf dem Raumflughafen in Sippar gelandet war, reisten wir mit dem Boot nach Eridu, wo uns Enlil in schleimiger Unterwürfigkeit empfing. Nach einem von ihm ausführlich vorgetragenen Lagebericht über den Zustand der irdischen Kolonien, verbunden mit dem mehrmaligen Hinweis, er habe das Edikt des großen Anu bereits in vollem Umfang erfüllt, übergab er mir den Siegelring des Oberbefehlshabers. Ich ernannte ihn zum Königlichen Verwalter Mesopotamiens und er musste schwören, die Anunnaki als freie Bürger anzuerkennen und seine ganze Kraft fortan zum Wohle des Planeten Erde einzusetzen, so wahr ihm Gott helfe.

Schon am darauffolgenden Tag segelten wir auf einem Frachtschiff nach Arali. In Nimiki erwarteten uns fünfhundert anunnakische Frauen und Männer, die uns begeistert zujubelten und uns nach dem Verlassen des Schiffes alle umarmen und küssen wollten. Sehnsüchtig hielten wir am Hafen Ausschau nach meinem Vater, doch Serenus wartete, wie es seit eh und je seine Art war, fernab des Begrüßungsrummels in seiner Hütte auf uns.

Mit Tränen in den Augen fiel er mir um den Hals, als ich durch die Tür trat und mit zutiefst bewegter Stimme nur ein leises „Wie geht es dir, Vater?" über die Lippen brachte.

„Mir geht es gut", antwortete er gerührt und drückte mich immer wieder fest an sich.

„Das ist schön, Vater."

„Und du, mein Sohn, wie geht es dir?" Er löste seine feste Umarmung, wischte sich die Tränen von den Wangen und sah mich nun mit seinen vor Freude feurig funkelnden Bernsteinaugen an. „Kannst du dich jetzt, da du die Wahrheit über dein wahres Ich erfahren hast, noch ohne rot zu werden im Spiegel anschauen?"

Ich musste lachen. „Du erinnerst dich noch an diese Bemerkung von mir?"

„Aber sicher, Ea."

„Nun, wenn ich heute in den Spiegel blicke, lacht mir ein überaus glücklicher Mann entgegen, der sehr stolz auf seinen Vater und seine Mutter ist!"

„Danke!", flüsterte Serenus, dessen Augen sich erneut mit Tränen füllten. Zärtlich nahm er meinen Kopf zwischen seine Hände und küsste mich auf die Stirn, bevor er sich meiner ungeduldig wartenden Frau zuwandte, die sich ihm nun stürmisch an die Brust warf.

Erst nachdem mein Vater auch Archil und Demi begrüßt hatte, betrat Persus die kleine Hütte. Mit seinen 41 Nefilimjahren war er zu einem stattlichen jungen Zweimetermann herangewachsen, dessen muskulöse Statur der seines Vaters Archil in nichts nachstand.

„Persus, es freut mich außerordentlich, dich endlich kennenzulernen", hieß ihn Serenus freudig willkommen, wobei er ihm einen kleinen Becher entgegenhielt. „Hier, nimm und lass es dir schmecken."

„Vorsicht, mein Sohn, das hat er mit mir ...!", rief Archil noch, doch Persus hatte den Becher schon geleert und stand nun hustend und verzweifelt nach Luft ringend im Türrahmen.
„Verdammt, ist ... das ... Zeug scharf!", keuchte er, während wir in schallendes Gelächter ausbrachen und uns daraufhin ebenfalls einen kräftigen Schluck genehmigten.
„Hui, der ist wirklich teuflisch scharf", bestätigte ich Persus' Aussage, „das ist bestimmt kein Nemudestillat oder täusche ich mich da?"
„Nein, das ist Muhuwasaft", erklärte Serenus. „Ich habe ihn aus den vergorenen Früchten eines in der Steppe wild wachsenden Baumes gewonnen. Ich nannte ihn ‚Muhuwabaum', was so viel bedeutet wie ‚Baum der Erkenntnis'."
„Warum ‚Baum der Erkenntnis'?"
„Das wirst du merken, wenn du einmal seine reifen Früchte unvergoren genießen wirst. Ich sage nur eins, Bewusstseinserweiterung!"
„Also eine Droge?"
„Na ja, ich würde sagen, ein natürliches Rauschmittel, das unser Bewusstsein zu einer mehr oder weniger erweiterten Erkenntnis führen kann. Aber nun genug davon, lasst uns jetzt unser Wiedersehen feiern, es gibt so viel, was wir einander zu berichten haben."
Und so saßen wir bei unzähligen Krügen köstlichen Negra-Hopfen-Saftes bis zum Morgengrauen in Vaters Hütte beisammen und wurden nicht müde, uns gegenseitig die Erlebnisse aus der Zeit des Voneinander-Getrenntseins zu erzählen.

Als wir am nächsten Tag unser aus gebrannten Ziegelsteinen gemauertes Haus gegenüber dem in Nimiki neu eingerichteten Laborgebäude bezogen hatten, hielt ich mich noch einige Tage in der kleinen Koloniestadt auf. Mit der Hilfe meines Vaters machte ich meinen Freund Archil, den Anu auf meinen Wunsch hin zum stellvertretenden Oberbefehlshaber ernannt hatte, mit allen in Arali anfallenden Regierungs- und Verwaltungsarbeiten vertraut. Da ich mich fortan ausschließlich der wissenschaftlichen Arbeit widmen und gemeinsam mit Serenus und Persus schon bald eine Forschungsreise durch Arali unternehmen wollte, war diese Entscheidung notwendig geworden. Und in Archil hatte ich einen würdigen Stellvertreter, der, über jeden Zweifel erhaben, diese Aufgabe mit Können und Weitblick, aber auch mit Liebe und Weisheit zu erfüllen imstande war.

Ich selbst hatte mir zum Ziel gesetzt, den von Honestus erhaltenen Auftrag zu erfüllen, indem ich nun versuchte, den während meiner Abwesenheit von der Erde entstandenen Schaden wiedergutzumachen. So waren in Mesopotamien und den daran angrenzenden Gebieten durch Enlils skrupelloses Handeln die Terhabilis ausgerottet worden und ich war mir schmerzlich darüber bewusst, dass dieser an den Lebewesen und an der Natur begangene Frevel nicht mehr rückgängig zu machen war. Doch nichtsdestotrotz hegte ich die Hoffnung, dieses begangene Unrecht zumindest ein wenig begrenzen zu können. Aus diesem Grunde wollte ich nun in Arali nach artverwandten Terhabilis Ausschau halten. Sollte unsere Suche erfolgreich sein, könnten wir versuchen, eine neue Zucht aufzubauen, um später dann einige dieser Spezies in Mesopotamien anzusiedeln.

Wie mir Serenus berichtete, standen die Chancen für ein solches Vorhaben gut, denn er hatte in den vergangenen Jahren bereits einige Exkursionen in den Süden und Westen Aralis sowie in das Stromgebiet des Zambezi unternommen und war dabei wiederholt auf Spuren affenähnlicher Wesen gestoßen. So konnte ich es kaum abwarten, bis endlich alle Vorbereitungen getroffen waren und die Expedition starten konnte.

Zehn Tage nach meiner Ankunft auf dem Kontinent der Unteren Welt verließ ich in Begleitung von Serenus, Persus und zwölf jagderfahrenen Anunnaki die Koloniestadt Nimiki. Mit drei zweispännigen Planwagen, neun Reit- und fünf Lastenpferden schlugen wir den Weg in Richtung Nordwesten ein, um an den Ufern des Zambezi die Suche nach den Höhlenwesen aufzunehmen ...

Vor uns zeigte sich die weitläufige Savanne Aralis in ihrem aus sonnengebräuntem Besengras gewebten Sommerkleid, das sich bis zum golden schimmernden Horizont am westlichen Ende des Unteren Kontinents zu erstrecken scheint. Ein gewaltiges Erlebnis von Raum und Harmonie. Eine berauschende Sinfonie, geboren aus andächtiger Stille, begleitet vom sanften Atem der Natur, der zärtlich durch die Halme der Gräser streicht und sie wie die Saiten einer Harfe zum Klingen bringt.
Diese im wahrsten Sinne des Wortes betörend schöne Landschaft mit ihren vereinzelnd stehenden Baobabs und Schirmakazien, die sich gleich kunstvoll erschaffenen Skulpturen aus der goldenen Fläche herausheben, verwandelt sich in der Regenzeit in eine saftiggrüne, von Wildblumen und blühenden Sträuchern übersäte Frühlingswiese.
Über uns einen grenzenlosen Himmel in strahlendem Blau, zogen wir mit unserer kleinen Karawane in gemächlichem Trott an riesigen Herden grasender Gnus und geruhsam weidender Antilopen vorbei. Völlig unbeeindruckt von unserer Gegenwart setzten sie gelassen ihr vegetarisches Mahl fort, während von Zeit zu Zeit eine Giraffenfamilie unseren Weg kreuzte. Ihre langen Hälse bewegten sich wie im Zeitlupentempo hin- und herschwankende Baumstämme, indes ihre voluminösen Körper in vollem Galopp wie hochmastige Schiffe über die Steppe zu schweben schienen.
Serenus ritt an meiner Seite voraus, seine wachsamen Augen unablässig auf die Erde gerichtet. Plötzlich hob er den rechten Arm und zog die Zügel seines Pferdes an. Wir hielten an.

„Hast du Spuren entdeckt?", fragte ich ihn.
„Ja!", antwortete er knapp, stieg aus dem Sattel und ging im hüfthohen Gras in die Hocke.
„Terhabilis?"
„Nein, Löwen!"
Reglos, einer Raubkatze gleich, kniete er nun auf allen vieren neben seinem Pferd, mit der Nase in den Wind schnuppernd und den Blick auf ein dichtes Gebüsch in etwa einem Kilometer Entfernung gerichtet.
„Dort!", sagte er und zeigte in diese Richtung. „Siehst du sie?"
„Nein! Ich kann nichts erkennen!", antwortete ich.
Serenus erhob sich und bestieg wieder sein Pferd.

„Reiten wir weiter", sagte er, wobei er sich nach unseren Begleitern umwandte und ihnen ein entsprechendes Handzeichen gab.
„Besteht Gefahr für uns?", wollte ich, um unsere Sicherheit besorgt, wissen.
„Nein, sie haben heute schon fette Beute gemacht", antwortete er.
„Und das erkennst du alles an ihren Fährten?", fragte ich mit ungläubigem Blick.
„... und natürlich am Geruch", ließ er mich daraufhin wissen.
Ich schaute ihn verdutzt an.
„Keine Sorge, Ea, das wirst du auch noch lernen", versicherte er mir lächelnd. Ich schwieg, stolz und ihn im Stillen um diese Begabung beneidend.
Erst als wir in weniger als dreihundert Meter Entfernung an den Büschen vorbeiritten, entdeckte ich die Großkatzen im Schatten der grünblättrigen Savannengewächse. Lang ausgestreckt hielten die Löwenmütter ein Verdauungsschläfchen. Mit stoischer Gelassenheit ließen sie sich weder von den gierig an den dargebotenen Zitzen nuckelnden Königskindern noch von deren wild über und um sie herumtollenden Geschwistern aus der Ruhe bringen. Das Oberhaupt der Familie lag indes, den Kopf majestätisch aufgerichtet, etwas abseits und beobachtete aufmerksam unser Vorbeiziehen, ohne das geringste Anzeichen von Angriffslust erkennen zu lassen.
Ich glaubte den ausgeprägten Familiensinn der Tiere förmlich zu spüren und so fiel es mir angesichts dieser friedvollen Idylle auch schwer, mir vorzustellen, dass es ein tödliches Unterfangen wäre, in das Revier dieser scheinbar harmlosen Schmusekätzchen einzudringen, sollten sie gerade mit leerem Magen auf der Lauer liegen.

Vorbei an Schirmakazien, Dornbüschen und einigen tümpelgroßen Wasserstellen, über denen sich Schwärme von schwirrenden Stechmücken zu wirbelsturmähnlichen Trichtern formierten, zogen wir immer weiter in Richtung Südwesten.
„Im Osten geht diese Ebene in eine Feuchtsavanne mit vielen kleinen Flussläufen über", erklärte mir Serenus. „Entlang der Ufer gedeihen ganze Alleen von Nuss-, Mango-, Feigen- und Muhuwabäumen sowie herrlich anzusehende, orangeverstaubte Akazienwälder. Noch weiter in Richtung Ozean beginnen ausgedehnte Sumpfgebiete mit riesigen Mangroven-

bäumen, wobei es auch lang gestreckte Küstenabschnitte gibt, die von Dattelbäumen, Öl- und Kokospalmen gesäumt werden. – Im Nordosten schließen sich der Savanne großflächige Miombowälder an. ‚Miombo' bedeutet in Anunnaki, wie du ja weißt, ‚Schirm' oder ‚Verdeck'. Und weil die Kronen dieser bis zu zwanzig Meter hohen Bäume in ihrer Form einem monumentalen Sonnenschirm gleichen, habe ich ihnen diesen Namen gegeben. Die Wälder erstrecken sich bis zum Njasasee nördlich von Nimiki und hin zu den Bergregenwäldern im Westen von hier."

Je länger ich so an der Seite meines Vaters ritt und seinen Landschaftsbeschreibungen lauschte, umso mehr verschmolz ich mit der Seele der aralischen Savanne, indes völlig unvermittelt die Erinnerung an das bis zum goldenen Horizont schimmernde Weizenfeld in Coras Welt in mir erwachte. Und in diesem Moment fühlte ich ganz tief in mir, dass ich angekommen war. Angekommen in meinem materiell existenten Zuhause, das sich mir in der geistigen Welt durch die Projektion meiner Gedanken und Sehnsüchte als Vision gezeigt hatte.
Von dieser Erkenntnis beflügelt, schienen sich nun alle meine bewussten Sinne in ihrem Wahrnehmungsvermögen auf das Frequenzniveau der seherischen Fähigkeiten meines Vaters anzuheben. Mit einem Mal nahm ich vielerlei Geräusche und Gerüche wahr, und das so intensiv wie noch nie zuvor. Am meisten überraschte mich jedoch meine Sehfähigkeit. Als wären meinen Augenlinsen aus heiterem Himmel zusätzliche hochauflösende Weitwinkel-, Tele-, Zoom- und Fernobjektive zur Verfügung gestellt worden, erhielt mein gehirnorganisches Sehzentrum plötzlich Informationen selbst über kleinste Details in meiner näheren Umgebung, aber auch über Ereignisse und Objekte aus sehr großer Entfernung.
So erblickte ich am südwestlichen Horizont die bewaldeten Anhöhen der Hügelkette, die von Serenus am Morgen als Tagesziel festgelegt worden war. Über eine geschätzte Entfernung von zwanzig Kilometern konnte ich anhand der Kronen der Bäume ihre Art bestimmen. Doch gab es in den drei Stunden, die wir im gemäßigten Schritt unserer Pferde noch bis zu unserem ersten Etappenziel benötigten, ungleich interessantere Objekte und Naturschauspiele zu beobachteten.
Geparden auf Gazellenjagd, grasende Impalas, wild davonstiebende Nashörner, kreischende Paviane und ein Rudel Hyänen,

das sich über einen von Löwen zurückgelassenen Tierkadaver hermachte, sowie flüchtende Warzenschweine mit zu Funkantennen aufgestellten Quastenschwänzen und riesige Büffelherden, die in ihrem Galopp den Boden unter uns zum Beben brachten.

Als ich die Landung einer Gruppe Stelzengeier verfolgte, machte ich eine gut zwei Kilometer von uns entfernt dahinziehende Herde Elefanten aus. Ihre Haut glänzte in den Strahlen der Nachmittagssonne wie grauer Granit, sodass ihre dicht aneinandergedrängten massigen Körper von Weitem an eine kahle, hügelige Felslandschaft erinnerten.

„Ein einziges ausgewachsenes und bis zu sechs Tonnen schweres Tier", erklärte mir Serenus, „nimmt täglich ungefähr 150 Kilogramm Nahrung auf. Im Laufe seines Lebens nutzt sich sein Gebiss sechsmal vollständig ab. Wenn danach die Zähne nicht mehr nachwachsen, zieht sich das Tier von der Herde zurück, um einsam zu sterben. Mit einer durchschnittlichen Lebenserwartung von sechzig, siebzig oder gar mehr Jahren ist der Elefant mit einem für irdische Verhältnisse sehr langen Leben gesegnet, ähnlich seinem in Mesopotamien verbreiteten Verwandten, dem Mammut."

Ich beobachtete die ehrwürdigen Tiere, wie sie sich mit dem Rüssel ganze Grasbüschel ins Maul stopften, während ihr Nachwuchs auf noch wackligen Beinen zwischen denen der Mütter Schutz suchte ...

Wie von meinem Vater vorausberechnet, erreichten wir mit anbrechender Abenddämmerung die Talsohle der bewaldeten Hügelkette, wo wir unser Nachtlager aufschlugen. Und während sich allmählich der graue Schleier der Nacht über dem goldenen Sommerkleid der Savanne ausbreitete, suchten die Tiere ein letztes Mal für diesen Tag ihre Wasserstellen auf. In nächster Nähe zog eine Zebraherde gleich einem abstrakten, zum Leben erweckten Schwarzweißgemälde an uns vorüber, begleitet von den Flötentönen einiger Boubou-Eulen, die sie vor den nächtlichen Beutejägern zu warnen schienen.

Je schwächer das Licht wurde, desto mehr schärften sich meine anderen Sinne. Mit zunehmender Dunkelheit empfand ich das Schwirren und Summen der allgegenwärtigen Insekten noch intensiver. In einem beständigen Wechsel zwischen hohen und tiefen Tönen untermalte ihr Surren nun das Gezirpe der Maulwurfsgrillen und das Gezwitscher unzähliger Vogelstimmen, die hie und da vom leisen Bellen einiger Paviane unterbrochen wurden.

Wir entfachten ein Lagerfeuer, fütterten und tränkten unsere Pferde und warteten dann geduldig, bis Serenus unser Mahl zubereitet hatte. Und wie schon so oft bewies er an diesem Abend auf geniale Art und Weise, dass er nicht nur ein hervorragender Geomant, Fährtenleser, Braumeister und Schnapsbrenner, sondern auch ein begnadeter Koch ist, was die vorwitzigen Erdmännchen ebenfalls zu schätzen wussten, die im Vorbeihuschen dankbar die ihnen zugeworfenen Krümel aufnahmen.

Zum Umfallen müde, aber satt und rundum glücklich begab ich mich wenig später in mein Zelt, um mich auszuruhen. Doch ich konnte nicht einschlafen und so griff ich mir kurzentschlossen eines der auf dem Boden ausgelegten Büffelfelle, breitete es vor dem Zelt auf der Erde aus und legte mich darauf nieder.

Unter sternenklarem Himmel lauschte ich nun andächtig den Geräuschen der aralischen Wildnis und fühlte, wie die Klänge der Natur in ihrer ganzen Kraft und Schönheit tief in meinem Herzen widerhallten. Ich wurde „eins" mit dem mich umgebenden Paradies. Ich in ihm und es in mir.

In diesem Moment des Einsseins verspürte ich einmal mehr den Wunsch, diesen Planeten mit irdischen Lebewesen zu bevölkern, deren Geist dazu fähig ist, all diese wunderbaren Dinge bewusst wahrzunehmen. Wesen, die dank ihrer freien Geistes- und Willenskraft Gottes unendliche Liebe in all seinen Schöpfungen erkennen können und die, so wie ich, beim Betrachten seiner Werke höchstes, vollendetes Glück empfinden dürfen ...

... Am siebten Tag unserer Expedition erreichten wir die Ufer des Zambezi, wo wir mit unserer Suche nach den Terhabilis begannen. Wir ritten stromaufwärts, immer weiter in Richtung Westnordwest, bis wir nach weiteren fünf Tagesreisen auf die Spuren von Höhlenwesen stießen. Während Persus zusammen mit unseren anunnakischen Begleitern das Zeltlager am Flussufer aufschlug, verfolgten Serenus und ich die Fährten, die uns zu einem kahlen, felsigen Hügel am östlichen Ufer des Zambezi führten. In den schroffen Felswänden konnten wir einen schmalen Pfad ausmachen, der zum Eingang einer Höhle führte. Die Sonne stand hoch am Zenit und die Steppe schien zu dieser Tageszeit wie ausgestorben. Einzig das andächtige Zirpen einiger hochzeitswilliger Maulwurfsgrillen und das Gänsehaut erzeugende Summen eines emsig umherschwirrenden Bienenschwarmes erfüllte die Ebene am Fuß des Hügels. Hinter dem fast neun Meter dicken Stamm eines altehrwürdigen Baobabs bot sich uns ein hervorragendes Versteck, um in aller Ruhe nach den Terhabilis Ausschau zu halten. Doch weit und breit war nicht das geringste Lebenszeichen von ihnen zu erkennen.

„Wie es scheint, haben sie sich in ihre kühle Behausung zurückgezogen", flüsterte ich Serenus zu, als ich nach einer gefühlten Ewigkeit des Wartens müde wurde.

„Das vermute ich auch", murmelte er leise vor sich hin. „Ich denke, sie werden wie die meisten Savannenbewohner zu dieser Stunde ihre Siesta halten."

„Dann sollten wir die Gunst der Stunde nutzen und einen Blick in ihre Höhle wagen. Was meinst du?"

Mein Vater nickte zustimmend und so schlichen wir uns in gebückter Haltung den schmalen Steig hinauf, der zu dem in gut fünfzig Meter Höhe liegenden Höhleneingang führte.

Da sich vor der Felsenwohnung der Terhabilis nur ein schmaler Absatz befand, bat ich Serenus; am Ende des Steiges zu warten, während ich mich, den Körper eng an den Fels gepresst, vorsichtig an den Eingang der Höhle vortastete und einen kurzen Blick hinein wagte.

Mein Herz begann vor lauter Freude wahre Purzelbäume zu schlagen. Dank meines fast schon übersinnlichen Sehvermögens konnte ich trotz der Dunkelheit im Innern der Höhle zwei männliche und zwei weibliche Terhabilis erkennen. Eng aneinandergeschmiegt lagen sie auf dem steinigen Boden und dösten mit leisem Schnarchen vor sich hin. Ihre sechs Kinder im Alter zwischen schätzungsweise einem und fünf Jahren, hatten es sich kreuz und quer über oder neben ihnen liegend bequem gemacht. Die aralischen Höhlenwesen unterschieden sich körperlich nur in der etwas dunkleren Behaarung von den Terhabilis in Mesopotamien. Auch ihr geistiger Entwicklungsstand schien dem ihrer mesopotamischen Artgenossen zu entsprechen, denn sie waren bereits Meister in der Kunst der Waffen- und Werkzeugherstellung und sie hatten gelernt, Feuer zu machen, was ich an den überall verstreut liegenden Gesteinssplittern und der im hinteren Bereich der Höhle angelegten Feuerstelle unschwer erkennen konnte.

Überglücklich, sie gefunden zu haben, verharrte ich lange Zeit bewegungslos auf dem schmalen Felsvorsprung, indes ich aus Angst, sie aufzuwecken, nur ganz zaghaft und oberflächlich zu atmen wagte. Doch plötzlich löste sich unter meinem rechten Fuß ein Stein. Laut polternd stürzte er den steilen Felshang hinunter, wobei er mehr und mehr Gesteinsbrocken mit sich riss, die alsdann, zu einer kleinen Lawine aus Geröll vereint, polternd am Fuß des Hügels aufschlugen.

In der Hoffnung, dass die Geräusche des Steinschlags die Terhabilis nicht aus ihrem Schlaf gerissen hatten, zog ich den Kopf zurück, hielt den Atem an und presste mich noch enger an die Felswand. Doch die Höhlenwesen schreckten augenblicklich hoch. Höchst erregt und wild gestikulierend sprangen sie vom Boden auf. Und während sich die Mütter mit ihren Kindern sofort an der hinteren Höhlenwand zusammendrängten, ergriffen die zwei Väter ihre Speere und bauten sich schützend vor ihren Familien auf.

„LAUT – KEIN / LAUT – KEIN", hörte ich die mahnenden Stimmen der Alten, die ihre ängstlich wimmernden, immer wieder „LÖWE – BERG / LÖWE – BERG" rufenden Kleinen zur Ruhe aufforderten. Ich zuckte abermals zusammen. Auslöser hierfür war jedoch nicht das Erschrecken aufgrund eines weiteren unerwarteten äußeren Ereignisses, sondern meine sprachlose Verwunderung darüber, dass ich plötzlich die von den Terhabilis ausgestoßenen Laute verstand, gerade so, als würden sie sich in meiner Muttersprache unterhalten.

‚Allein hier und jetzt bin ich in der Lage, dir all mein Wissen in Sekundenbruchteilen zu übermitteln', erklang da Honestus' Stimme aus den Tiefen meines Unterbewusstseins, die mich durch den Schleier des Vergessens hindurch daran erinnerte, dass er mir fernab der weltlichen Realität sein ganzes Wissen zuteilwerden ließ. Ja, Chi Honestus hatte die Laute der Höhlenwesen erforscht, ihre Sprache nicht nur verstanden, sondern auch gesprochen. Und dieses Wissen, das wurde mir in diesem Augenblick zum ersten Mal bewusst, war mir tatsächlich zu eigen geworden.

„SEHEN – SEHEN – DU", entnahm ich nun den flüsternden Lauten eines der beiden männlichen Terhabilis aralis.

„NEIN – SEHEN – DU", widersprach ihm der andere ängstlich. Und so ging es eine ganze Zeit lang hin und her.

„SEHEN – ICH", entschloss sich schließlich einer der beiden und ich hörte, wie er mit leisen Schritten zum Ausgang der Höhlenwohnung schlich.
Was sollte ich jetzt tun? Abwarten, was passierte, oder flüchten?
Doch gerade als ich mich entschieden hatte, den Rückzug anzutreten, sprang der Terhabilis aralis mit einem Satz vom Innern der Höhle auf den dem Eingang vorgelagerten Felsvorsprung. Mit erhobenem Arm, den Speer zum Wurf bereit, erstarrte er bei meinem Anblick.
Geistesgegenwärtig erhob ich meine Arme, die Handinnenflächen als Geste der Ergebenheit ihm zugewandt, und lächelte ihn, so ungezwungen, wie es mir in dieser angespannten Situation nur möglich war, an.
„FREUND – ICH", hörte ich mich selbst zu ihm sagen und wagte mich ihm einen kleinen Schritt entgegen. Doch zu der panischen Angst, die ich in seinen Blicken erkennen konnte, gesellte sich nun grenzenloses Erstaunen.
„FREUND – ICH / GEFAHR – NEIN", sagte ich mit ruhiger Stimme und machte einen weiteren Schritt auf ihn zu. Aber allein meine Worte, in den Lauten seiner Sprache gesprochen, vermochten es offensichtlich nicht, sein Vertrauen zu gewinnen, denn er wich, am ganzen Körper zitternd und bebend, vor mir zurück. Da tauchten in meiner Erinnerung die bewegenden Bilder von meinem ersten Zusammentreffen mit dem jungen mesopotamischen Terhabiliskrieger in den Hügeln oberhalb der Euphratbiegung auf. Und so kniete ich mich wie damals mit einem Bein nieder, ließ langsam die Arme sinken und führte die Hände zur Brust, um mein Hemd zu öffnen.
Ich weiß nicht, ob die daraufhin folgende Reaktion des Terhabilis aralis durch einen erneuten Anflug panischer Angst oder durch übersteigerte Ehrfurcht ausgelöst wurde, jedenfalls erschrak er beim Anblick der glänzenden Säbelzahntigerzähne an meinem Halsband derart, dass er seinen Speer fallen ließ und rückwärtsgehend vor mir zu flüchten versuchte. Hierbei stolperte er über einen Gesteinsbrocken und verlor das Gleichgewicht.
„NEIN", schrie ich entsetzt auf, als ich ihn fallen und über den Rand des Felsvorsprungs rutschen sah. Ich sprang auf, setzte zum Sprung an und stürzte nur wenige Zentimeter vor ihm bäuchlings auf den felsigen Boden, wo ich im allerletzten Moment gerade noch seine Unterarme zu fassen bekam.

Das ruckartig auf mich einwirkende Gewicht seines fallenden Körpers hätte mich beinahe selbst mit in den Abgrund gerissen, wäre da nicht eine knorrige, abgestorbene Akazienwurzel gewesen, die sich gleich einem fossilen Kraken in der schmalen Felsterrasse einzementiert hatte und mich mit festem Griff am Gürtel meiner Laserpistole festhielt.
„TOD – NEIN / TOD – NEIN", rief mir der Terhabilis immer wieder mit flehenden Blicken zu.
„NEIN / HELFEN – ICH", beruhigte ich ihn mit vor Anstrengung keuchender Stimme.
Und während ich nun bis zum Bauch frei über dem Abgrund hing und versuchte, ihn zu mir hochzuziehen, brach mir am ganzen Körper der Schweiß aus. Ich spürte, wie auch meine Hände feucht wurden und ich mehr und mehr den Halt auf seinen behaarten Unterarmen verlor.
„HALTEN – DU / HALTEN – DU", schrie ich ihm verzweifelt entgegen und deutete ihm mein Vorhaben mit einem Blick auf meine rechte und dann auf meine linke Schulter an.
„HALTEN", antwortete er, wobei er, so als wolle er mir damit zeigen, dass er mich auch wirklich verstanden hatte, den Kopf zuerst nach links und dann nach rechts drehte.
Ich nickte erleichtert und mit einem nochmaligen „HALTEN – DU" öffnete ich die rechte Hand. Blitzschnell griff der Terhabilis aralis mit seiner Hand nach meiner rechten Schulter, wo er mein Hemd zu fassen bekam. Daraufhin löste ich den Griff meiner linken Hand und er ergriff meine rechte Schulter. Nun konnte ich seinen Oberkörper mit beiden Armen fest umklammern. Doch in demselben Augenblick, in dem mir die Rettung des Terhabilis gewiss schien, durchfuhr mich ein stechender, höllische Qualen verursachender Schmerz im rechten Oberschenkel.
Der andere Terhabilis aralis hatte sich in der Zwischenzeit aus der Höhle herausgewagt und als er mich über den Felsvorsprung gebeugt auf dem Boden liegen sah, schleuderte er, einzig an die Sicherheit seiner Familie denkend, seinen Speer auf mich. Für ihn war ich zweifelsohne ein gefährlicher Feind, der sein Leben und das seiner Nachkommen bedrohte und den es somit zu vernichten galt, selbst auf die Gefahr hin, dass sein Freund mit mir sterben würde.
Ohne die von meinem Körper geforderte Reflexbewegung auszuführen, die mich zwangsläufig dazu veranlasst hätte, die Umklammerung mit dem an mir hängenden Terhabilis aralis zu

lösen und mir an das verletzte Bein zu greifen, schrie ich mir den ganzen Schmerz förmlich aus dem Leib.

„HOCH – ICH / HOCH", hörte ich die vor Todesangst zitternde Stimme des Terhabilis, der verzweifelt versuchte, sich über meinen Rücken hochzuhangeln.

‚Oh mein Gott, hilf mir, ich kann ihn nicht mehr halten`, flehte ich in Gedanken, doch ich spürte, wie mich allmählich meine Kräfte verließen.

Die Schmerzen in meinem Oberschenkel wurden nun fast unerträglich. Ich befürchtete, jeden Augenblick das Bewusstsein zu verlieren, zumal sich durch meine kopfüber nach unten hängende Haltung auch noch das Blut in meinem Gehirn zu stauen begann und meinen Kopf gleichsam zum Platzen zu bringen schien.

„Halte durch, Ea!", hörte ich da plötzlich die Stimme meines Vaters, der mir wahrlich in allerletzter Sekunde zu Hilfe eilte.

Mit lautem, furchteinflößendem Gebrüll trieb er den nun mit dem Speer seines Kameraden bewaffneten Terhabilis in die Flucht, bevor er den vom Absturz bedrohten Terhabilis aralis beherzt an den Schultern packte und über mich hinweg auf den Felsvorsprung zurückzog.

Die Welt um mich herum begann sich immer schneller zu drehen. Ich hörte meinen Vater noch etwas zu mir sagen, verstehen konnte ich es jedoch nicht. Dann wurde mir schwarz vor Augen und ich fiel in tiefe Bewusstlosigkeit …

Als ich aus meiner Ohnmacht erwachte, lag ich weich gebettet auf einem ganzen Stapel von Büffelfellen vor meinem Zelt am Ufer des Zambezi. Die Sonne erhob sich golden glühend hinter dem Horizont im Osten. Gemächlich am wolkenlosen Himmel emporsteigend, vertrieb sie die letzten Schatten der Nacht über der aralischen Savanne, die nun, von ihren wärmenden Strahlen aus dem Schlaf erweckt, voller Leben und erwartungsvoller Freude den neuen Tag zu begrüßen schien. Der Morgengesang Hunderter farbenprächtiger Webervögel, die bereits wieder mit dem Bau ihrer kunstvollen Nester in den Zweigen von Schirmakazien und vereinzelt stehenden Affenbrotbäumen beschäftigt waren, vermischte sich mit dem melodischen Rauschen des Zambezi zu einer feierlichen Ode an diese von Gott gesegnete Natur.
Ich setzte mich auf und blickte mich nach meinen Begleitern um. Doch wie ich an dem vielstimmigen Chor aus leisen Schnarch- und Pfeiftönen unschwer erkennen konnte, schienen sie allesamt noch tief in ihre Träume versunken zu schlafen. Mein Bein schmerzte nicht mehr und ich fühlte mich so frisch und ausgeruht wie an jedem anderen Morgen. Ich entfernte den Verband, den Serenus um meinen Oberschenkel angelegt hatte, und betrachtete erstaunt die fast vollständig verheilte Wunde.
„Unkraut vergeht nicht!", murmelte ich frohgelaunt vor mich hin, während ich mich erhob, um in den kühlen, erfrischenden Fluten des Zambezi ein Bad zu nehmen.
„Guten Morgen, mein Sohn, wie geht es dir?", hörte ich wenig später Serenus vom Ufer aus rufen.
„Sehr gut, Vater, ich fühle mich pudelwohl!", antwortete ich, mich im Schwimmen nach ihm umdrehend.
„Das freut mich!", lachte er und watete gemächlich zwei, drei Schritte in den Fluss hinein. Im knietiefen Wasser blieb er stehen und besprizte dann seinen Oberkörper ganz vorsichtig mit dem kühlen Nass.
Ich schwamm zu ihm hin. „Vater, ehe ich es vergesse", rief ich ihm dabei zu, „vielen Dank für deine Hilfe!"
„Nichts zu danken, Ea, ich habe nur getan, was zu tun war", winkte er in der ihm eigenen, so liebenswerten Bescheidenheit ab.

„Trotzdem, danke! Wenn du nicht rechtzeitig zur Stelle gewesen wärst, hätte es für den Terhabilis keine Rettung mehr gegeben", entgegnete ich, mittlerweile bei ihm angekommen, und fügte im Aufstehen hinzu: „Was ist übrigens geschehen, nachdem ich das Bewusstsein verloren hatte?"
Serenus begann fröhlich zu schmunzeln. „Na ja, ich habe den Speer aus deinem Bein gezogen, ihn fürchterlich fluchend über dem Knie entzweigebrochen und ihn deinem neuen Freund wütend vor die Füße geworfen. Und ..."
„... meinem neuen Freund?", unterbrach ich ihn verblüfft.
„Ja, Ea, das hast du schon richtig verstanden!", fuhr er fort. „Dein neuer Freund, also der Terhabilis, dem du das Leben gerettet hast, schaute mich daraufhin mit todtraurigen Augen an, die Hände zitternd und flehend nach mir ausgestreckt, als wolle er mich für das Geschehene um Verzeihung bitten. Ich ignorierte ganz bewusst seine Geste und kniete mich zu dir nieder. Dann versuchte ich dich auf meine Schultern zu heben, was mir jedoch nicht gelingen wollte. Da kam mir der Terhabilis zu Hilfe. Er hat dich mit mir zusammen bis hierher in unser Camp getragen. Und hätte ich ihm nicht bei Anbruch der Dunkelheit mit Händen und Füßen verständlich gemacht, dass er nun zu seiner Höhle zurückkehren sollte, würde er bestimmt noch immer vor deinem Zelt neben dir sitzen und dich nicht aus den Augen lassen."
Das war die schönste Nachricht, die ich mir in diesem Moment vorstellen konnte. Etwas, wovon ich nicht zu träumen gewagt hatte, war mir gelungen. Trotz der unglücklichen Umstände hatte ich, wie es nach Serenus' Worten schien, zum zweiten Mal das Zutrauen eines irdischen Höhlenwesens gewonnen. Und ich ließ meiner überschwänglichen Freude freien Lauf. Wie ein völlig überdrehtes kleines Kind hüpfte ich johlend im Zambezi herum und bespritzte meinen Vater dabei immer wieder mit Wasser. Serenus, wasserscheu, wie er war, flehte laut um Gnade, doch auch er, nicht faul, bombardierte mich mit Wassersalven. Und da der von uns veranstaltete Lärm selbst einen Toten aufgeweckt hätte, dauerte es nicht lange, bis wir Persus und unsere zwölf Begleiter aus ihren Träumen gerissen hatten. Anfangs noch schlaftrunken die Augen reibend und über die unsanfte Art des Weckens teils mürrische Verwünschungen ausstoßend, trotteten sie zu uns ans Ufer. Doch dann ließen sie sich, von unserer überschwänglichen Ausgelassenheit an-

gesteckt, nicht zweimal bitten, an der morgendlichen Wasserschlacht teilzunehmen.
Als wir uns wenig später zur Genüge ausgetobt hatten, legten wir uns am Ufer in den goldenen Sand, um uns von den Strahlen der Sonne trocknen lassen. Rundum glücklich und zufrieden lauschten wir dem fröhlichen Zwitschern der im Blattwerk der Bäume unermüdlich arbeitenden Webervögel, die plötzlich mit wildem Flügelschlag und piepsendem Alarmgeschrei aufflogen.
Neugierig geworden, sprang ich auf und entdeckte zwei gedrungene, aufrecht gehende Gestalten, die sich aus Richtung der Hügelkette kommend unserem Lager näherten.
„Wir bekommen Besuch von den Terhabilis!", rief ich, vor Freude außer mir, und rannte ihnen, nackt, wie ich war, entgegen.
„FREUND – DU!", hörte ich schon von Weitem den Ruf meines scheinbar noch immer an mir hängenden Schützlings, dem ich winkend antwortete: „FREUND – ICH!" Und als wir uns wenig später Auge in Auge gegenüberstanden, fragte er mich: „UHUA – DU?"
„UHUA – ICH – NEIN / FREUND – ICH!", gab ich lächelnd zurück.
Er aber schüttelte heftig den zottig behaarten Kopf und deutete mit seinen klobigen Händen auf meine Oberarme. „DU – KRAFT – GROSS/ LÖWE – ELEFANT – NASHORN – KRAFT – KLEIN / SPEER – ICH – TOD / SPEER – DU – LEBEN / UHUA – DU!", beharrte er stur auf seiner Meinung. („Uhua" bedeutet in der Sprache der Affenähnlichen so viel wie „der, der Anfang und Ende, Licht und Schatten, Himmel und Erde ist".)
„NEIN / UHUA – OBEN – GROSS / FREUND – ICH – UNTEN – KLEIN", versuchte ich abermals zu widersprechen, doch nach einem erneuten „NEIN / UHUA – DU!", gab ich meine Gegenwehr auf. In der Hoffnung- ihm den gravierenden Unterschied zwischen Gott und mir bei gegebenem Anlass unmissverständlich begreiflich machen zu können, forderte ich die beiden auf, mit mir zu kommen.
Deicero, „der vom Felsen Gestürzte", und sein Kamerad Pilumer, was in Anunnaki „der mit dem Speer" bedeutet, folgten mir daraufhin in unser Camp, wo sie mit ängstlicher, aber unersättlicher Neugierde zuerst meine Begleiter, dann die Pferde, Wagen und Zelte und zum Schluss jedes einzelne Teil unserer Ausrüstungsgegenstände begutachteten, beschnupperten, be-

tasteten und manches davon beleckten. Mit allen Sinnen versuchten sie die wundersamen, aber in ihren Augen nutzlosen Dinge der „Götter" zu erforschen. Einzig unsere Jagdmesser mit ihren scharfen, aus Taurusstahl kunstvoll geschmiedeten Klingen, die kupfernen Töpfe und Pfannen sowie die tönernen Krüge und Becher fanden ihre uneingeschränkte Bewunderung. Doch trotz der Begeisterung, die Pilumer und Deicero ob dieser auch aus ihrer Sicht sinnvollen Gefäße bekundeten, war ihnen trotz größter Bemühungen unsererseits nicht beizubringen, das ihnen in Tonbechern angebotene Wasser Schluck für Schluck daraus zu trinken, anstatt es sich mit weit geöffnetem Mund und in einem Schwall ins Gesicht zu schütten ...

So begann eine außergewöhnliche und innige Freundschaft zwischen den Höhlenwesen und uns. Deicero und Pilumer waren begierig darauf, von uns zu lernen oder aber einfach nur in unserer Nähe zu sein. Tag für Tag kamen die beiden schon bei Sonnenaufgang zu uns ins Lager und kehrten erst am Abend wieder in ihre Höhle zurück. Nach einer Woche brachten sie ihre Frauen und Kinder mit, die uns nach anfänglich furchtsamer Zurückhaltung auch schon bald ihr Zutrauen schenkten. Wir spielten mit den Kindern, nahmen ihnen die Angst vor dem Wasser und brachten ihnen das Schwimmen bei. Den Frauen zeigten wir die Haltbarmachung von Fleisch durch Lufttrocknung und wie sie die Felle ihrer Beutetiere bearbeiten mussten, um sie miteinander verbinden zu können, sodass sie daraus unter anderem Kleider, Decken oder Abdeckungen für Zelte fertigen konnten. Deicero und Pilumer erlernten den Zeltbau und die Herstellung von Steinäxten, die ihnen äußerst hilfreich beim Spalten von Holz und beim Zerlegen ihrer Beutetiere sein konnten, was sie dann auch fasziniert feststellten. Den Höhepunkt ihres mit Leidenschaft betriebenen Lernens stellte jedoch die ihnen bislang unbekannte Jagd mithilfe von Fallen dar. Nachdem wir mit ihnen eine Grube ausgehoben hatten, die wir mit Zweigen und Ästen bedeckten, verfolgten sie mit sprachlosem Erstaunen, wie Serenus und ich eine Herde Büffel auf die Falle zutrieben und bereits wenige Minuten später den Fleischbedarf für ihre ganze Sippe auf mehrere Wochen hinaus gesichert hatten. Und das ohne großen Kräfteverschleiß und mit einer auf ein Minimum reduzierten Gefahr für uns als Jäger.
So vergingen dann auch die Tage mit unseren neuen Freunden wie im Fluge. Immer wieder verschoben wir unsere Heimreise nach Nimiki, doch nach vier Monaten Aufenthalt am Ufer des Zambezi war es für uns unwiderruflich an der Zeit, unsere Zelte abzubrechen.
Entgegen meinem vor der Expedition geplanten Vorhaben, wenn möglich einige Terhabilis aralis einzufangen, um mit ihnen eine Zucht aufzubauen, fand sich nun in meinem Herzen keinerlei Bereitschaft mehr, dafür auch nur eines dieser lieb gewordenen Lebewesen gegen seinen Willen von hier wegzuschaffen.

Am Abend vor unserem Aufbruch saßen wir vor unseren Zelten am Lagerfeuer, als ich die letzte Gelegenheit wahrnahm, Deicero und Pilumer über unsere Abreise zu unterrichten. Es fiel mir sehr schwer, ihnen begreiflich zu machen, dass und vor allem, warum wir sie verlassen mussten, zumal es in ihrem Bewusstsein keine Vorstellungen und somit in ihrer Sprache auch keine Laute gab, die Begriffe wie Zuhause, Zeit, Arbeit, Verpflichtung und so weiter definierten. Sie schüttelten nur die zottig behaarten Köpfe und schauten mich dabei mit ihren großen schwarzen Augen verständnislos an. Auch mein Versprechen, bald wieder hierher zurückzukehren, um nach ihnen und ihren Familien zu schauen, stieß bei den Terhabilis aralis auf vollkommenes Unverständnis.

Gehen oder Kommen, das verstanden sie, nicht aber Gehen und Später-Wiederkommen. Kein Gestern, Heute und Morgen, nur Jetzt. Entweder Sein oder Nichtsein und zwar im Jetzt, niemals jedoch heute Sein, morgen Nichtsein und dann plötzlich übermorgen wieder Sein. Ihre einfache Denkweise forderte in jeder Hinsicht ein konsequentes Ja oder Nein, kein Vielleicht, kein Eigentlich, kein Wenn und Aber! Und so beließ ich es bei einem „GEHEN – ICH – JA", woraufhin sie sich mit gesenkten Häuptern erhoben und zu ihren Frauen und Kindern gingen, die etwas abseits des Lagers Beeren und Früchte sammelten.

Ich sah, wie sie aufgeregt gestikulierend mit ihnen sprachen, bevor sie zusammen zu uns ans Lagerfeuer zurückkehrten. Mit ernsten Mienen, die durch ihre wulstigen Augenbrauen fast bedrohlich wirkten, bauten sie sich, Orgelpfeifen gleich, in Reih und Glied vor uns auf.

„GEHEN – ICH", sagte Deicero und hieb sich dabei mit der geballten Faust an die Brust.

„GEHEN – ICH", schloss sich Pilumer seinem Kameraden mit der gleichen Geste an, was das Zeichen für ihre Frauen und Kinder zu sein schien, sogleich und unisono ebenfalls ein inbrünstiges „GEHEN – ICH" auszustoßen.

Ich musste, von ihrer imposanten Darbietung amüsiert, hell auflachen, obwohl es mir in diesem Moment vor Rührung eher zum Weinen gewesen wäre, während mich meine Begleiter, die ja weder die Laute noch die Gestik der Terhabilis aralis zu deuten wussten, völlig verdutzt anschauten.

„Was soll das alles, Ea? Erklär uns bitte, was sie gesagt haben!", forderte mich Serenus, von ungeduldiger Neugierde getrieben, auf, indes ich aufstand und mich zwischen Deicero und Pilumer stellte.

Hinter uns die untergehende Sonne, die das im sanften Wind wogende Steppengras der Savanne in ein rot glühendes Flammenmeer zu verwandeln schien, legte ich die Arme um ihre Schultern und antwortete meinem Vater mit bewegter Stimme:

„Sie haben beschlossen, mit uns nach Nimiki zu gehen!"

Am Rande unserer aralischen Siedlung errichteten wir nach unserer Rückkehr gemeinsam mit den Terhabilis aralis ein großes Zelt. Es bot beiden Familien genügend Platz, und wie es den Anschein hatte, gefiel ihnen diese Art von Behausung besser als ihre dunkle Höhle in den Hügeln am Ufer des Zambezi.

Deicero und Pilumer gingen fast täglich auf die Jagd, während ihre Frauen mit den Kindern spielten, Felle bearbeiteten oder Beeren und Früchte sammelten. Sie hatten sich recht schnell an ihre neue Umgebung gewöhnt und auch an das Leben in nächster Nähe zu der großen Schar von Göttern, die in ihren Augen zwar allesamt nur komische Dinge taten, aber dafür sehr um ihr Wohlergehen besorgt waren.

Serenus, Persus und die zwölf anunnakischen Jäger brachen nach ein paar Tagen der Erholung zu einer erneuten Expedition auf, die sie in den Nordosten Aralis führte. Drei Monate später kehrten sie in Begleitung von elf Terhabilis, sechs Erwachsenen und fünf Kindern, vom Turkanasee zurück. Diese waren jedoch mit 150 Zentimeter größer und mit 65 Kilogramm schwerer und kräftiger gebaut als die Terhabilis aralis vom Ufer des Zambezi, weswegen ich sie Terhabilis robustus nannte.

Im Gegensatz zu ihren allesfressenden Artverwandten ernährten sie sich rein vegetarisch. Ihre Eck- und Schneidezähne waren deshalb stumpf, ihre Mahlzähne dagegen größer und schwerer ausgebildet. Die Herstellung von Werkzeugen und Waffen hatten sie noch nicht gelernt, während ihre Lautsprache fast bis ins kleinste Detail der unserer Terhabilis aralis glich.

Wir schlugen für sie ebenso zwei Zelte auf und machten sie mit Deicero, Pilumer und deren Familien bekannt, was ich mit gespannter Aufmerksamkeit und gemischten Gefühlen beobachtete. Doch entgegen meiner anfänglichen Befürchtung, dass die beiden Gruppen miteinander rivalisieren und einander bekämpfen könnten, freundeten sie sich sofort an. Sie lebten einträchtig beisammen, und als ihre Kinder nach der Geschlechtsreife ihre Partner aussuchten, waren sie bereits zu einer unzertrennlichen Lebensgemeinschaft zusammengewachsen, sodass sie ungeachtet des Artunterschieds monogame Beziehungen eingingen und sich paarten.

Von dieser Zeit an bevölkerte eine neue Spezies der Affenähnlichen die Untere Welt des Planeten Erde:
der aufrecht gehende Erdling **Terhabilis erectus**!

95 Nefilimjahre
nach der Landung
Anno
108.000 v. Chr.

Ich weiß nicht, wo ich mit meinen Erzählungen beginnen soll. So vieles ist seit meinem letzten Bericht geschehen. Vor 51 Nefilimjahren wurde der erste Terhabilis erectus auf dem Kontinent der Unteren Welt geboren. Danach folgten fast 40 Nefilimjahre, in denen alles in geordneten Bahnen und ohne besondere Vorkommnisse verlief, doch dann überschlugen sich die Ereignisse in Arali. Schwarze, schicksalsschwangere Wolken zogen damals von Westen her auf. Sie brachten von einer Minute auf die andere großes Leid über uns Nefilim und vielen Anunnaki den Tod.
Ich sah das Ereignis bereits Tage zuvor als eine Vision in einem Traum:
*Am fernen Horizont türmten sich mächtige, dunkle Wolken auf, die sich mit hoher Geschwindigkeit unserer Siedlung näherten. Endlich Regen, dachte ich zuerst, doch dann erkannte ich mit Entsetzen, dass kein aufziehendes Gewitter den Himmel verdunkelte und die Luft zum Vibrieren brachte. Nein! – Die Wolken lebten. – Sie trugen nicht den ersehnten Regen in sich, sondern Blut saugende, Krankheit und Tod bringende Insekten. Ich hörte ihr ohrenbetäubendes Schwirren und sah, wie sie in atemberaubendem Tempo über die in Panik flüchtenden Anunnaki hinwegfegten und über sie herfielen. Auch ich spürte unzählige über den ganzen Körper verteilte Stiche, während sich für Sekunden alles Gegenständliche um mich herum in einen undurchdringlichen schwarzen Schleier hüllte.
Als die Strahlen der Sonne wieder ungehindert zur Erde dringen konnten, sah ich vor meinen Augen einen brennenden, aus Hunderten von Leichen errichteten Scheiterhaufen, auf dem zuoberst mein Vater Serenus lag ...*

Schweißgebadet schrak ich damals aus meiner Vision auf und rannte, so schnell mich meine Beine trugen, zur Hütte meines Vaters. Doch als ich ihm wenige Minuten später völlig außer mir von meinem hellsichtigen Traum berichtet hatte, sagte er ganz ruhig und ohne das geringste Anzeichen von Erschrecken, Furcht oder wenigstens Überraschung: „Ich weiß, mein Sohn!"
„Was, was bitte weißt du?", fragte ich bestürzt, ja fast zornig über seine scheinbare Gleichgültigkeit.

„Ich hatte vor einigen Stunden die gleiche Vision, wie du sie hattest, Ea, deshalb weiß ich, was du gesehen hast und was unwiderruflich geschehen wird", antwortete er daraufhin mit einer solch unglaublichen Gelassenheit, als hätte er lediglich einen ganz und gar bedeutungslosen Albtraum durchlebt.
„Und warum bist du dann nicht gleich zu mir gekommen? Ich ... ich verstehe nicht, wie du ...", schrie ich ihn ungehalten an.
„Ea, beruhige dich doch!", unterbrach er mich lächelnd, was mich noch mehr in Rage brachte. Doch bevor ich meinem Unmut weiter Luft machen konnte, legte er mir seinen Zeigefinger auf den Mund und bat mich, ich möge mich setzen.
Ich schwieg, wenn auch widerstrebend, und folgte seiner Aufforderung.
„Ich wusste", sprach er daraufhin in unverändert ruhigem Tonfall, „dass du noch heute das tragische, aber leider unausweichliche Geschehnis in einer Vision sehen wirst und deshalb ..."
Ich konnte nicht glauben, was ich da hörte. „Unausweichlich?", schnitt ich ihm augenblicklich und immer noch höchst erregt das Wort ab. „Warum unausweichlich? Wir müssen sofort die notwendigen Vorbereitungen für eine Evakuierung aller Anunnaki und Nefilim aus Arali treffen. Spätestens morgen früh müssen wir Nimiki in Richtung Ostküste verlassen, dann können wir schon in vier Tagen in See stechen."
„Nein, Ea, das werden wir nicht!", entgegnete er seufzend, wobei er mich mit festem Blick anschaute und dabei den Kopf schüttelte.
„Aber warum nicht? Willst du, dass unsere Freunde sterben? Willst DU sterben?", schrie ich ihn an und sprang auf.
Doch er ließ sich auch dadurch nicht aus der Ruhe bringen. Wieder lächelte er mich mit durchdringendem Blick an und sagte:
„Hier geht es nicht darum, was ich will oder nicht will, mein Sohn! Ich weiß jetzt, dass all das geschehen wird und dass ich sterben werde. Und es ist gut so!"
Ich wurde kreidebleich. Meine Hände begannen zu zittern und ich fühlte, wie sich mein Herz mehr und mehr unter einem alles verzehrenden Seelenschmerz zusammenzog, gerade so, als würde es von den peitschenden Fangarmen eines Feuerkraken getroffen und langsam, aber sicher erwürgt. Meine Augen füll-

ten sich mit Tränen und ich kämpfte, nach Luft ringend, gegen den brennenden Schmerz in meiner Brust.

„Nein, Vater, bitte, du darfst nicht aufgeben!", flehte ich mit kraftloser Stimme. „Lass uns einen Weg suchen, der uns vor diesem Unheil bewahrt. Vater, es muss ..."

„Wenn es diesen Weg, den du suchen willst, gäbe, mein Sohn, dann hätten wir nur die nahende Katastrophe vorausgesehen, nicht aber die Vollendung derselben. Und die wurde uns zweifelsohne durch die Toten gezeigt. Mehr noch, Visionen mit warnendem Charakter enthalten immer auch Informationen darüber, wie wir der Gefahr begegnen oder sie abwenden können. So wie damals bei der Rettung des Höhlenjungen, erinnerst du dich? Da konnte ich am Stand der Sonne erkennen, dass uns bis zu dem Geschehen noch eine halbe Stunde Zeit blieb ... In der Vision von heute dagegen haben wir weder den Zeitpunkt dieses Ereignisses übermittelt bekommen noch Anhaltspunkte über die Art und die Herkunft der Insekten erhalten, geschweige denn irgendeinen Hinweis darüber, wie wir uns gegen sie zur Wehr setzen können."

Ich vergrub mein Gesicht in den Händen und begann hemmungslos zu weinen. „Aber ich ..., ich will nicht, dass du stirbst, Vater! – Ich will nicht, dass nur ein einziger unserer treuen Freunde stirbt!", schluchzte ich, am ganzen Körper bebend.

„Es geht nicht darum, was du willst oder nicht willst, mein Junge, denn du bist nicht der Herr über Leben und Tod! Niemand hat das Recht, über das Leben oder Sterben eines anderen zu bestimmen. Das tut noch nicht einmal Gott selbst. Und weißt du, warum? Weil Gott über das nefilimische, anunnakische und irdische Bewusstsein erhaben ist. Er ist unendliche, bedingungslose Liebe. Und eben diese göttliche, bedingungslose Liebe hat jeder Seele eines jeden Lebewesens den freien Willen geschenkt. So bestimmt jede Seele nicht nur, wann und wie sie in einem weltlichen Körper wiedergeboren werden will, sondern auch den Zeitpunkt, wann sie diese Existenz wieder verlassen möchte. Da aber unser Bewusstsein ausschließlich auf diese materiell, verstandesgemäß und emotional wahrnehmbare Realitätsebene und nicht auf unser Seelenbewusstsein fokussiert ist, können wir das, was unsere Seele will, bestenfalls nur erahnen."

„Was redest du da für einen Unsinn? Von all den Anunnaki, die bei dieser Katastrophe ihr Leben lassen werden, will keiner sterben, dessen bin ich mir absolut sicher!"
„Bewusst nicht!"
„Auch nicht seelenbewusst, verdammt noch mal!"
„Na schön, wenn du davon wirklich so fest überzeugt bist, dann nennen wir das, was geschehen wird, eben selbst bestimmtes Schicksal oder die eigene Vorsehung. Und auch das kannst du nicht ändern."
„Willst du mir damit sagen, dass ich tatenlos zusehen soll, wie …?"
„Hast du nicht schon in deiner Vision tatenlos zusehen müssen, Ea?"
„Aber das bedeutet doch nicht, dass ich das in der gelebten Realität auch tun muss! – Nein, Vater, hier und jetzt muss ich nicht zusehen, jetzt kann ich handeln und …"
„… deine Vision IST gelebte Realität, mein Sohn!"
„Nein, sie ist ein Blick in die Zukunft und die Zukunft kann ich vielleicht ändern."
„Nein, diese Zukunft nicht, Ea!"
„Nein??? Das werden wir ja sehen!!!", schrie ich meine ganze Wut aus mir heraus, während ich aufsprang und begann, wie ein gereizter Löwe vor meinem Vater auf und ab zu gehen. „Wenn du aufgeben willst, von mir aus, tu, was du nicht lassen kannst! Ich werde alles in meiner Macht Stehende in die Wege leiten, um diesem Schicksal doch noch ein Schnippchen zu schlagen! Ich werde jetzt sofort Archil informieren und die Evakuierung einleiten."
„Wenn du meinst, dann vergeude deine Zeit mit solch unwichtigen Dingen!"
„Unwichtige Dinge??? Was, bitte schön, sind für dich angesichts dieser lebensbedrohlichen Situation ‚wichtige' Dinge?"
„Das Wichtigste für mich wäre, dass ich jeden mir noch in diesem Leben verbleibenden Augenblick mit dir, Inanna und Marduk verbringen dürfte! Ich möchte gerne meine letzten Stunden in dieser materiellen Welt in vollen Zügen genießen, ja, ich will gemeinsam mit meinen Liebsten fröhlich, glücklich und sorglos mein schönes Leben beschließen …"
„… und unsere Freunde ohne Vorwarnung in den Tod rennen lassen, ja???", brüllte ich mit zornrotem Kopf. „Ich kann einfach nicht glauben, was ich da von dir höre! Wie kannst du nur so egoistisch, verantwortungslos und selbstherrlich sein?"

„Was nützt es deiner Meinung nach, wenn du ihnen von deiner Vision erzählst, Ea? – Fürchtest du nicht, dadurch eine Panik auszulösen, die auch diejenigen befallen wird, die dieses Unheil ohne Schaden überstehen werden? Hast du daran gedacht, dass von diesem Moment an Angst und Schrecken in ihren Herzen nagen, sie quälen und dabei so manch einen fast um den Verstand bringen werden? – Sicher, du kannst dann versuchen, ihre Todesängste zu vertreiben, indem du ihnen Hoffnung machst, dass sie dem Schicksal durch eine Flucht entgehen könnten, doch wird dir das nur bei einer kleinen Minderheit gelingen! Ängste lassen sich viel leichter erzeugen als Hoffnungen! – Ja, und die werden sowieso bald wieder zerstört sein, weil sich das Schicksal, wie du es nennst, nicht überlisten lässt, auch nicht von dir, mein Sohn!"
„Und ich werde es trotzdem versuchen!", entgegnete ich stur und wandte mich, schon im Gehen begriffen, zur Tür.
„Dein Wille geschehe, so wie der Wille aller anderen auch geschieht!", flüsterte Serenus vor sich hin und fügte dann laut hinzu: „Wenn du mich brauchst, findest du mich im Garten, Ea."
Ich drehte mich nochmals zu ihm um. „Im Garten? Wäre es denn nicht gescheiter, in deiner Hütte zu bleiben?", fragte ich ihn, nun schon fast an seinem Verstand zweifelnd.
„Nein, mein Sohn, ich möchte noch ein Muhuwabäumchen pflanzen", antwortete er mit verklärtem Gesichtsausdruck.
Ich traute meinen Ohren nicht. „Was möchtest du, ein Muhuwabäumchen pflanzen?"
„Ja!"
„Und das, obwohl du davon überzeugt bist, dass du schon bald sterben wirst?"
„Gerade deshalb!", antwortete er lächelnd.
Ich schüttelte verständnislos den Kopf und ging ...

... Es war, als würde von Westen her ein rasender Wirbelsturm seine pechschwarzen, unheilbringenden Wolken direkt auf uns zutreiben, die binnen weniger Minuten diesen ruhigen, sonnigen Tag in eine stockdunkle, von Verzweiflung und Chaos erfüllte Nacht verwandelten. Die Luft bebte förmlich beim Anflug dieser Aber- und Abermillionen von Stechmücken, während das durch ihren Flügelschlag erzeugte, schrill dröhnende Schwirren einem schon von Weitem das Blut in den Adern gefrieren ließ.

Zu diesem Zeitpunkt waren seit der heftigen Auseinandersetzung mit meinem Vater gerade mal zweieinhalb Stunden vergangen. Wie von Serenus vorhergesagt, brach nach meinem Befehl zur Evakuierung Nimikis sofort eine Panik unter den Bewohnern aus. Einige verbarrikadierten sich in ihren Häusern, indem sie die Türen und Fenster mit allem, was sie finden konnten, hermetisch von innen verschlossen. Andere versuchten sich in nahegelegenen Erdhöhlen in Sicherheit zu bringen, indes sich die meisten Anunnaki mit ihren auf Pferdegespannen verstauten Habseligkeiten, von Todesangst getrieben, auf die Flucht in Richtung der vermeintlich rettenden Ozeanküste begaben.

Dass uns diese Naturkatastrophe bereits innerhalb so kurzer Zeit heimsuchen würde, damit hatte niemand gerechnet, auch ich nicht. Und so blieben, welche Ironie des Schicksals, auch nur die wenigen Nefilim und Anunnaki von dem Überfall der Stechmücken verschont, die nicht vor der Gefahr flüchteten, sondern sich ihr stellten, indem sie sich dem Schutz ihres Heims anvertrauten ...

... Als meine scheinbar zu gelebter Realität gewordene Vision nach nur vier Minuten genauso rasend schnell ihr Ende fand, wie sie begonnen hatte, konnte ich es zuerst nicht glauben, wie harmlos die Folgen dieses vermeintlich lebensbedrohlichen Angriffs von Millionen mückengroßer Vampire wirkten. Kein einziger Anunnaki oder Nefilim war lebensgefährlich verletzt oder gar getötet worden. Außer vielen unangenehm juckenden Stichen, die wir bei etwa zwei Drittel der anunnakischen Arbeiterinnen und Arbeiter diagnostizierten, gab es auch aus medizinischer Sicht keine Anzeichen für irgendwelche körperlichen Schädigungen.

Während nun alle erleichtert aufatmeten, manche sogar, die Fehldeutung meiner Vision bejubelnd, durch die Straßen liefen und wieder andere ausgelassen ihr Überleben feierten, konnte in mir keine Freude aufkommen. Irgendetwas in meinem tiefsten Inneren ließ mich zweifeln. Zweifeln an dem, was ich sah, das heißt, ich fühlte intuitiv, dass das, was ich sah, nur ein heuchlerischer Friede vor dem wahren Wirbelsturm des Unheils war.

Ich rannte zu Vaters Hütte und fand ihn, das Gesicht von unzähligen Insektenstichen entstellt, im Garten. Ein fröhliches Lied pfeifend und die Erde um sein frisch eingepflanztes

Bäumchen festtretend, winkte er mir zur Begrüßung schon von Weitem zu.

„Bitte verzeih mir!", sagte ich mit Tränen in den Augen zu ihm und schloss ihn in die Arme.

„Es gibt nichts, was ich dir verzeihen müsste! Du musst dir selbst verzeihen, mein Junge, sonst wirst du dein ganzes Leben lang von Selbstvorwürfen geplagt werden!", antwortete er leise und küsste mich dabei auf die Stirn.

„Ich werde es versuchen, Vater!", erwiderte ich mit tränenerstickter Stimme und strich ihm dabei zärtlich über die geschwollenen Wangen. „Bitte sag mir, was ich jetzt tun soll!"

„Ihr solltet einige von den toten Mücken einsammeln und im Labor untersuchen. Deine Kollegen müssen vorrangig den Speichel der Insekten bis ins kleinste Molekül analysieren", antwortete er mir so bestimmt, als wäre er ein erfahrener Naturwissenschaftler, der das Ergebnis der Labortest bereits zu kennen glaubte. Dann lächelte er wieder und fügte hinzu: „Und heute Abend möchte ich mit euch feiern. Bitte bring Inanna und Marduk mit zu mir, ja?"

Ich nickte stumm und ging, doch dieses Mal nicht verständnislos kopfschüttelnd und mit dickköpfigem Zorn im Herzen, sondern erfüllt von unendlicher Liebe und Dankbarkeit ...

So als wären wir nach langem Voneinander-Getrenntsein endlich wieder miteinander vereint, saßen wir am Abend bei Muhuwaschnaps und Negra-Hopfen-Saft in Serenus' Hütte. Wir lachten, schwelgten in Erinnerungen und malten uns die Zukunft der Erde in den schillerndsten Farben unserer Fantasie aus. Irgendwann kam die Rede auch auf Cora, meine Mutter. Ich erzählte zum x-ten Mal, wie wir miteinander getanzt hatten, beschrieb ihre Fröhlichkeit und ihr glockenhelles Lachen. Dann hielten wir uns schweigend an den Händen und waren einfach nur glücklich. So durchlebten wir die Nacht und auch den darauffolgenden Tag mit jeder Faser unseres Seins, bis mein Vater, von einem heftigen Fieberanfall geschüttelt, vor unseren Augen zusammenbrach.

Nach drei Tagen immer heftiger werdender Fieberanfälle starb er, trotz seiner Schmerzen lächelnd, in meinen Armen.

‚Jeder Abschied ist auch ein Augenblick der Freude, der Freude auf ein Wiedersehen!', klang plötzlich die Stimme meiner Mutter in meinen Ohren, als ich seinen leblosen Körper weinend an mich drückte. Und da wusste ich, dass sein Tod mir nicht

Anlass zu Trauer, sondern zu selbstloser Freude sein sollte, denn nun war er auf der mit weißen Margeriten übersäten Insel fernab dieser Realität mit seiner wahren Liebe vereint ...

In nur wenigen Tage starben 193 anunnakische Männer und Frauen an der durch die Mückenstiche hervorgerufenen Infektion, die wir Malaria tropica (schlechte Luft der Tropen) nannten. Zwei Monate später lebten von den ehemals in Arali stationierten 546 Anunnaki nur noch 288.
Wir standen dem qualvollen Sterben unserer Freunde machtlos gegenüber. Das Immunsystem der Erkrankten konnte keine Abwehrstoffe bilden. Keines unserer Medikamente vermochte die uns noch unbekannten Erreger abzutöten. Die einzige Möglichkeit, die wir hatten, bestand darin, die bestehende Ansteckungsgefahr einzudämmen, indem wir die Infizierten unter Quarantäne stellten und die Körper der Toten verbrannten. Und so wurde auch die Sequenz der Vollendung aus meiner sehenden Zukunftsvision zur gelebten Realität der Gegenwart. Als dann zwölf Wochen nach der Katastrophe alle mit dem Malariaerreger infizierten Anunnaki gestorben waren und keine weiteren Erkrankungen mehr auftraten, lösten wir die Kolonie in Arali auf. An Bord zweier Frachtschiffe verließen das nefilimische Forscherteam, Archil, Demi, Persus, Inanna, Marduk, ich und nur noch 217 anunnakische Männer und Frauen die Untere Welt in Richtung Mesopotamien. Auch hatten sich 65 Terhabilis erectus aus freien Stücken dazu entschlossen, ihre angestammte Heimat zu verlassen und uns zu begleiten. Die Terhabilis erectus schienen übrigens wie wir Nefilim gegen den Malariaerreger immun zu sein, denn kein einziges der bei uns in Nimiki lebenden Höhlenwesen war nach dem Angriff der Stechmücken erkrankt ...

... In der mesopotamischen Hafenstadt Eridu angekommen, richteten wir dann auch sofort unser wissenschaftliches Labor ein. Mit allen uns zur Verfügung stehenden Mitteln begannen wir unter Aufbietung all unserer Kräfte an der Erforschung des Malariaerregers zu arbeiten.
Da es uns sinnvoller erschien, die Malaria tropica mit einem wirksamen Impfstoff an ihrer Wurzel zu bekämpfen, anstatt erst nach der Infektion die Erreger mit Medikamenten abzutö-

ten, richteten wir unser Augenmerk auf die Forschung im Bereich der Immunbiologie. Die ersten Schritte mussten jedoch mithilfe der Gentechnologie unternommen werden, um unser bereits in Arali erlangtes Wissen über die Genetik der Stechmücke, die wir „Anopheles" (die Unnütze) nannten, zu erweitern. Und dies führte uns zu folgenden Ergebnissen:
Die beim Stich der Anopheles-Mücke durch ihren Speichel in die Blutbahn von Nefilim und Anunnaki injizierten Malariaerreger haben einen sehr komplizierten Entwicklungs- und Vermehrungszyklus. Die geschlechtliche Vermehrung der Parasiten verläuft im Weibchen der Anopheles, die ungeschlechtliche im Körper des Gestochenen. Der Erreger, ein Sporentierchen namens *Plasmodium malariae*, verwandelt seine Form nach dem Eindringen in die Blutbahn. Damit verbunden, ändert er auch seine Oberflächenstrukturen, die vom Immunsystem erkannt werden könnten. Doch bis das Immunsystem Abwehrstoffe gegen die sogenannten Sporozoiten (eines der verschiedenen Larvenstadien der Sporentierchen) bilden kann, haben sich diese in den Leberzellen bereits in ein anderes Stadium begeben und zu Merozoiten umgewandelt. Aus geplatzten Leberzellen entwichene Merozoiten gelangen wieder in den Blutkreislauf und befallen dort die roten Blutkörperchen. Bei der Zerstörung der Blutkörperchen werden Giftstoffe freigesetzt, die die typischen Fieberschübe und die tödlichen Schädigungen im Gehirn hervorrufen.
Und so galt es nun, auf diesem Wissen aufbauend einen Impfstoff zu entwickeln, der im Immunsystem die Produktion von Abwehrstoffen gegen alle Entwicklungsstadien des Erregers auslöst. Denn eine Schutzimpfung beruht immer darauf, dass das Immunsystem lernt, einen Krankheitserreger abzuwehren. Doch der Erfolg einer Immunreaktion hängt davon ab, ob das Immunsystem in einer möglichst kurzen Zeit möglichst viele Antikörper und Immunzellen bereitstellen kann, um dies zu bewerkstelligen.
Die Erkennung des Krankheitserregers durch das Immunsystem erfolgt in der Regel aufgrund von ein paar wenigen Molekülen, den sogenannten Antigenen. Diese Antigene sind meistens Proteine (Eiweißkörper), die sich auf der Oberflächenstruktur eines Erregers befinden. Gelingt es, solche Protein-Antigene zu isolieren und im Genlabor zu vermehren, können sie als Impfstoffe eingesetzt werden. Wird der Impfstoff einem Nefilim oder Anunnaki verabreicht, so wird sein Immunsystem

Antikörper und Immunzellen bilden, die wiederum das dem Impfstoff zugrunde liegende Antigen erkennen und vernichten. Diese Immunzellen kommen dann immer wieder aufs Neue zum Einsatz, sobald ein Krankheitserreger in den Organismus eindringt. So stellen sie einen wirkungsvollen und dauerhaften Schutz dar.

Doch, wie oben angemerkt, verändert der Malariaerreger im Körper des Erkrankten zum einen seine Struktur und zum anderen zeigen die jeweiligen Antigene eine große Variabilität. Das heißt, dass die verschiedenen Stämme der Sporentierchen auch noch verschiedene Varianten von Antigenen auf ihrer Oberfläche tragen.

Diese Tatsache bereitete uns anfänglich größte Schwierigkeiten, und zwar so lange, bis unsere Molekularbiologen erneut mithilfe der Gentechnik aus den Protein-Antigenen der Erreger Gene isolieren und deren Erbinformationen bestimmen konnten (Gene und Antigene haben nichts miteinander zu tun!). Anhand dieser Erbinformationen erlangten sie das Wissen über die Abfolge der Aminosäuren-Bausteine des Antigen-Proteinmoleküls, wodurch es ihnen möglich wurde, die verschiedenen Varianten der Gene festzustellen und überdies zu erfahren, welche Regionen der Gene variabel sind und welche konstant.

Kurzum, indem sie nun entsprechende Gen-Abschnitte gentechnisch herstellten und diese in Bakterien einpflanzten, konnten sie testen, welche der verschiedenen Teilstücke des Antigens Immunreaktionen hervorrufen. Und der Erfolg war überwältigend.

Nach fünfjähriger Forschungsarbeit verließen die ersten Ampullen mit gentechnisch produziertem Malaria-Impfstoff unser Labor in Eridu und mit ihnen, sozusagen als Nebenprodukt unserer wissenschaftlichen Arbeit, mehrere Medikamente, die nach der Infektion die Malaria-tropica-Erreger in ihren unterschiedlichsten Entwicklungsstadien abzutöten in der Lage sind ...

Eigentlich wäre nun einer Wiederbesiedlung Aralis nichts mehr im Wege gestanden, doch die anunnakischen Arbeiterinnen und Arbeiter verweigerten eine Rückkehr auf den Unteren Kontinent, den sie fortan „Hades" (dunkle Unterwelt oder Land des Todes) nannten. Schlimmer noch: Aus Angst, auch in Mesopotamien von solchen unvorhersehbaren Katastrophen heimgesucht zu werden, verließen über zwei Drittel der insgesamt 2.400 noch im Zweistromland lebenden Anunnaki bei der nächsten Wiederkehr der MS9 den Blauen Planeten. Dies bedeutete das Aus für die aralische Kolonie, zumindest für die Dauer eines Nefilimjahres.

Ich trug es mit Fassung, denn ich war damals der festen Überzeugung, dass sich bis dahin bestimmt genügend Freiwillige auf Marduk finden würden, die begierig darauf warteten, an diesem Abenteuer Erde teilnehmen zu dürfen. Doch meine Hoffnungen wurden bitter enttäuscht.

Bei der 86. Wiederkehr der MS9 landeten gerade einmal fünfzehn wagemutige Bergleute auf dem Raumflughafen in Sippar. Meine Pläne waren also nicht realisierbar. Und so geschah, was geschehen musste:

Der Minister- und Ältestenrat auf Marduk befürwortete mit der ausdrücklichen Unterstützung von König Anu die Auflösung aller irdischen Kolonien. Zur Begründung ihrer Entscheidung gaben sie an, der wissenschaftliche Nutzen aus dieser Mission stehe in keinem politisch verantwortbaren Verhältnis mehr zu der Gefahr für Leib und Leben der 653 noch auf der Erde stationierten Anunnaki.

Ich war außer mir vor Wut. Doch da ich wusste, dass Anu diesen Beschluss einzig aus Sorge um unser Leben unterstützte, setzte ich mich über Funk mit ihm in Verbindung. Ich flehte ihn an, er möge seine uns alle unglücklich machende Haltung aufgeben, zumal seine Angst um unser Wohlergehen völlig unbegründet sei. Doch erst als ihm neben mir auch Inanna und Marduk versicherten, dass keine Gefahr für ihr Leben bestehe und sie unter keinen Umständen bereit seien, den Blauen Planeten zu verlassen, erwirkte er bei seinen Ministern und Ältesten einen vorläufigen Aufschub von zehn Nefilimjahren.

Dieses Zugeständnis wurde allerdings an die schon früher gestellte Forderung geknüpft, einen höher entwickelten Erdling zu züchten, der die Arbeit der Anunnaki übernehmen könnte. Doch ich lehnte auch dieses sicher wohlgemeinte Angebot mit der Begründung ab, dass dieses Vorhaben, wenn überhaupt durchführbar, einen Zeitraum von mindestens dreißig Nefilimjahren in Anspruch nehmen würde. Und zu meiner großen Überraschung lenkten daraufhin die Räte erneut ein, indem sie die von mir genannte Mindestfrist unter Vorbehalt akzeptierten. Erleichtert, den Fortbestand der irdischen Kolonisation vorerst gesichert zu haben, musste ich aber nun notgedrungen das wohl abenteuerlichste und unberechenbarste Experiment seit der Entstehung der Erde angehen:

die Erschaffung eines arbeitsfähigen Erdlings – eines irdischen Lebewesens, das uns Nefilim gleicht und, mit Verstand begabt, den Blauen Planeten bevölkern sollte.

„Terhabilis homo sapiens", so wollte ich den Erdling nennen, denn „homo" bedeutet in unserer Sprache so viel wie „gleich" oder „uns gleich" und sapiens „weise" oder „von Verstand".
Doch bis dahin war es noch ein weiter Weg. So vieles gab es für mich zu überdenken. Einerseits wollte ich die Freiheit und Würde der Terhabilis erectus nicht mit Füßen treten, indem ich sie als willenlose Versuchsobjekte schamlos ausnutzte und vielleicht sogar das Leben des einen oder anderen aufs Spiel setzte. Andererseits blieb mir nach unseren bisherigen Erkenntnissen keine andere Wahl, als über die gentechnische Manipulation ihres Erbgutes eine Weiterentwicklung ihrer Spezies zu erreichen.
Wider besseres Wissen entschloss ich mich dann aber doch, das Experiment zuerst einmal ohne gentechnische Hilfe anzugehen. Ich beschränkte mich ausschließlich auf die Verabreichung einiger natürlicher Hormone, welche die Funktion und Zellbildung verschiedener Organe sowie die Muskulaturbildung förderten. Hierzu gehörte auch das von uns entdeckte HGΩ-Hormon.
Parallel dazu schöpfte ich alle sich bietenden Möglichkeiten der selektiven Zuchtwahl aus. Wie bei der Zucht von Nutztieren wählte ich die kräftigsten und gesündesten männlichen und weiblichen Terhabilis erectus beim Erreichen ihrer Geschlechtsreife aus und führte sie zusammen. Die meisten suchten sich selbst ihren Wunschpartner aus, mit dem sie in ihrer monogamen, lebenslangen Beziehung mehrere Kinder zeugten. Nur in ganz seltenen Fällen musste ich mithilfe künstlicher Besamung für Nachkommenschaft sorgen.
Heute, 95 Nefilimjahre nach der ersten Landung auf der Erde, hat sich der Terhabilis erectus mesopotamiensis über das gesamte Zweistromland ausgebreitet. Einige Familienclans sind in der Zwischenzeit bereits weit nach Norden in die Obere Welt ausgewandert, wo sie sich den dortigen Umweltbedingungen hervorragend anzupassen wussten.

Die Terhabilis erectus mesopotamiensis sind äußerst widerstands- und anpassungsfähig. Ihre Schädel sind, wenn auch anders geformt, ebenso groß wie die der Nefilim und der Anunnaki und das durchschnittliche Gehirnvolumen beträgt 1.100 Kubikzentimeter. Mit 1,65 Meter sehr groß gewachsen, wirken sie trotzdem recht gedrungen. Ihre Schultern sind besonders breit und ihre Muskulatur außergewöhnlich kräftig. Die noch beim Terhabilis erectus weit auseinanderstehenden, buschigen Augenwülste haben sich bei dieser Spezies über der Nase miteinander verbunden und die Behaarung auf Stirn, Nase und Wangen hat sich im Gegensatz zum Körper völlig zurückgebildet.
Doch zur Ausübung selbst einfacher Arbeiten in der Landwirtschaft und im Bergbau, für die wir sie so dringend benötigt hätten, sind auch sie nicht fähig. Die Handhabung unserer Geräte und Werkzeuge ist ihnen trotz größter Bemühungen nicht beizubringen, zumal sie überhaupt keinen Sinn in der Benutzung dieser merkwürdigen Gegenstände zu erkennen scheinen. Ja, und von einem etwas erweiterten und farbenfroheren Vokabular in ihrer Lautsprache abgesehen, ist es uns ebenso wenig gelungen, sie unsere Sprache zu lehren.
So sehe ich nun keine andere Möglichkeit mehr, als die Weiterentwicklung des Terhabilis erectus mesopotamiensis hin zu einem Terhabilis homo sapiens mit gentechnischer Hilfe voranzutreiben ...

121 Nefilimjahre
nach der Landung
Anno
14.400 v. Chr.

Nach unserer irdischen Zeitrechnung schreiben wir heute den 22. Tag des 7. Monats im 435.600. Erdenjahr unserer Mission auf dem Blauen Planeten. Es ist ein ganz besonderer Tag für uns, denn heute vor zwanzig Erdenjahren wurde Adam, der erste Terhabilis homo sapiens, in der aralischen Koloniestadt Nimiki geboren. „Adam" bedeutet in unserer Sprache so viel wie „der aus Erde und Blut Geschaffene". Inanna und ich wählten diesen Namen für ihn, weil er unserer Meinung nach am treffendsten seine Abstammung zu beschreiben vermag.
Adam ist 1,76 Meter groß und von schöner, kräftiger Gestalt. Mit Ausnahme des Kopfes, des Genitalbereichs und der Achselhöhlen ist er völlig unbehaart. Hätte seine Haut nicht durch den hohen Melaninanteil einen dunklen Braunton, könnte man ihn nicht von einem Nefilim oder Anunnaki unterscheiden.
Seine körperliche Verfassung ist ausgezeichnet und ... Doch halt, bevor ich mehr über ihn erzähle, sollte ich noch kurz von unserer Forschungsarbeit berichten, die wir nach der mehr oder weniger erfolgreichen Züchtung der Terhabilis erectus mesopotamiensis geleistet haben ...

... Nun, wie aus meinen letzten Aufzeichnungen hervorgeht, erzielten wir durch die natürlichen Zuchtversuche mit den Terhabilis vor 26 Nefilimjahren nicht den von uns gewünschten Erfolg. So konzentrierten wir uns auf die Erforschung der Erbanlagen in den Genen der Erdlinge, die wir mit denen von Nefilim und Anunnaki verglichen. Das Ergebnis war verblüffend, denn mit einer über 98-prozentigen Übereinstimmung hatten wir nicht gerechnet.
Zwei Nefilimjahre später wagten wir dann den ersten Versuch, ein aus dem Eierstock einer Terhabilis entnommenes Ei mit den an der Keimbahn genetisch veränderten Samenzellen eines männlichen Terhabilis zu befruchten. Die Befruchtung der Eizelle ließ sich in der Retorte ohne Komplikationen durchführen. Doch die Zygote, das ist die Ursprungszelle eines Lebewesens, die bei der Befruchtung aus der Verschmelzung der beiden Kerne der männlichen und der weiblichen Keimzelle entsteht, konnte sich nach der chirurgischen Einpflanzung in die Gebärmutter der weiblichen Terhabilis nicht in ihrer Schleimhaut einnisten.
Nach insgesamt sechs fehlgeschlagenen Zygotenimplantationen wollte ich die Versuchsreihe abbrechen, aber Inanna, die

für die chirurgischen Eingriffe und die medizinische Betreuung verantwortlich war, und mit ihr das gesamte wissenschaftliche Team beschworen mich, nicht aufzugeben. Und so ließ ich mich, wenn auch mit anfänglich sehr gemischten Gefühlen, dazu überreden, das Experiment weiterzuführen.
Gott sei Dank, denke ich heute, denn im Anschluss an die neunte künstliche Befruchtung gelang es der eingepflanzten Zygote, sich im Uterus festzusetzen. Ein putzmunteres, körperlich und geistig völlig gesundes Terhabilisbaby war zehn Monate später für uns alle der schönste Lohn, den wir uns für die oft bis an die Grenze unserer physischen und psychischen Belastbarkeit gehende Arbeit vorstellen konnten.
Dieser Erfolg beflügelte uns. Und so nahmen wir innerhalb von zehn Erdenjahren 1.200 künstliche Befruchtungen vor.
Alle auf diese Weise gezeugten Terhabilis entwickelten sich prächtig. Auch ihre im Alter von ungefähr dreizehn Jahren einsetzende Geschlechtsreife, verbunden mit der darauffolgenden Partnersuche verlief ohne nennenswerte Zwischenfälle. Sie paarten sich untereinander und sicherten so auch ohne unser Zutun den Fortbestand ihrer Art durch sexuellen Gentransfer.
Aufgrund der genetischen Manipulation waren die Terhabilis erectus fusca (aufrecht gehende, braunhäutige Erdlinge) an Körper und Gesicht nur noch wenig behaart. Ihr Augenwulst war etwas auseinanderstehend und nicht mehr so buschig, ihr Kinn weniger vorstehend und der Schädel gewölbter. Ihr Gehirnvolumen hatte sich auf bis zu 1.250 Kubikzentimeter erhöht, was der durchschnittlichen Größe eines jugendlichen Nefilimgehirns entspricht. Ihre Haut war unter der leichten, flaumigen Körperbehaarung im Verhältnis zu ihren fast schwarzhäutigen Vorfahren etwas heller, indes ihre Körper nichts an Kraft und Widerstandsfähigkeit eingebüßt hatten. Unsere Erwartungen an ihre geistige Leistungsfähigkeit konnten sie jedoch nur in begrenztem Umfang erfüllen.
Obwohl sich ihr Bewusstsein in mancherlei Hinsicht erweitern ließ und wir nach jahrelangen Bemühungen die latent in ihnen schlummernde künstlerische Begabung wecken konnten, welche sich unter anderem in ihren ausdrucksstarken, mit Erdfarben an Höhlen- und Felswände gemalten Tierzeichnungen offenbarte, verhielten sie sich im Erlernen unserer Sprache und im Umgang mit den von uns benutzten Arbeitsgeräten wie trotzige kleine Kinder. So wollten sie um keinen Preis der Welt begreifen, warum sie, anstatt nur laut zu schreien, plötzlich

reden und entgegen ihrer Gewohnheit, gefüttert zu werden, auf einmal selbst mit Messer und Gabel essen sollten.
Aber egal, was sie auch taten beziehungsweise nicht taten, ich liebte sie von ganzem Herzen. Ich arbeitete und spielte mit ihnen, lobte sie und schimpfte sie aus. Und sie ignorierten meine Arbeit, aber dafür beschimpften sie mich auch nicht. Ich durchwachte mit ihnen so manche Nacht, wenn sie meiner Hilfe bedurften, woraufhin sie gemeinsam mit mir den folgenden Tag verschliefen. Sie bedankten sich für meine Liebe, indem sie vergeblich meine Haare nach Läusen durchsuchten, ich wiederum dankte ihnen, indem ich es über mich ergehen ließ. Ich fütterte und wiegte ihre Kinder, während sie als Gegenleistung meine Frau mit lebenden Geschenken wie Schlangen, Skorpionen und Wolfsspinnen überhäuften.
Wie schon zuvor ihre Vorfahren vermehrten sie sich in unserer Obhut sehr rasch. Da ihre physische und psychische Verfassung nicht besser hätte sein können und überdies die genetische Vielfalt in ihrer Population gewährleistet war, konnten wir schon bald größere Gruppen in die freie Wildbahn überführen. Dort verdrängten sie aufgrund ihrer geistigen Überlegenheit die zu dieser Zeit noch lebenden Terhabilis erectus und auch die Terhabilis erectus mesopotamiensis. Und nachdem sie sich über das ganze Zweistromland ausgebreitet hatten, zogen einige Gruppen weiter nach Norden, wo sie die nördliche Küste des Oberen Meeres bevölkerten. Später wanderten ihre Nachfahren noch weiter nach Norden. Sie drangen bis in die Welt des Eises vor, aber auch nach Osten in die Länder der aufgehenden Sonne. Doch die Besiedlung der östlichen Gebiete hatte leider auch das Aussterben der in diesen Breiten seit über zwei Millionen Jahren lebenden Nachfahren der Terhabilis aralis zur Folge (z. B. die von den Wissenschaftlern des zweiten Jahrtausends n. Chr. als Peking- und Java-Menschen bezeichneten Nachfahren der Südaffen).
Unsere wissenschaftliche Forschungs- und Entwicklungsarbeit hatte also trotz der großen Erfolge in der geistigen Entwicklung der Terhabilis wieder nicht das vom Minister- und Ältestenrat geforderte Ergebnis gebracht. Von dem mir zugestandenen Aufschub von 30 Nefilimjahren waren bereits 26 vergangen. Und so wurde die mir verbleibende Zeit von Tag zu Tag knapper, während die mardukschen Regierungsmitglieder immer stärkeren Druck auf mich ausübten.

Ich beriet mich mit Inanna und meinen Kollegen. Auch sie teilten meine Überzeugung, dass, vorausgesetzt, es wäre überhaupt möglich, noch Millionen von Erdenjahren vergehen würden, bis wir aus dem genetischen Pool eines Terhabilis fusca einen unseren Ansprüchen genügenden Erdling gezüchtet hätten. Diese Tatsache ließ natürlich nur eine einzige Schlussfolgerung zu:
Einzig und allein durch die Übertragung nefilimischer Erbanlagen auf die Gene der Erdlinge war dieses Ziel zu erreichen!
Nach langen, zuweilen sehr hitzig und lautstark geführten Diskussionen beschlossen wir dann aber einstimmig, dieses abenteuerliche Wagnis einzugehen. Doch zuvor wollten wir unser Labor wieder nach Nimiki in Arali verlegen. Dies hatte zweierlei Gründe. Zum einen wollten wir endlich wieder in unser geliebtes Land auf dem Kontinent der Unteren Welt zurückkehren, zum anderen war es unser aller Herzenswunsch, dass dort, wo vor vielen Millionen Jahren die Geschichte der Terhabilis ihren Anfang genommen hatte, auch die Geburtsstätte des ersten Terhabilis homo sapiens sein sollte.
33 anunnakische Männer und Frauen erklärten sich bereit, mit Inanna, Marduk und mir sowie dem vierzigköpfigen Wissenschaftlerteam und unseren Freunden Archil, Demi und Persus in die Untere Welt zu reisen.
Der Wiederaufbau unserer kleinen, in den vergangenen Jahrtausenden durch Zerfall und Überwucherung nicht mehr wiederzuerkennenden Koloniestadt Nimiki nahm viele, viele Monate lang unsere ganze Kraft in Anspruch. Holzhäuser mussten neu gebaut und eingerichtet, die Wasser- und Abwasserkanäle repariert, die Energieversorgung sichergestellt und Getreide- und Gemüsefelder angelegt werden. Und so war es uns erst fünf Erdenjahre später möglich, unsere wissenschaftliche Arbeit wieder aufzunehmen.
Als wir dann Monate später die für unser Vorhaben notwendigen Versuchsreihen abgeschlossen hatten, pflanzten wir einer weiblichen Terhabilis fusca ein ihr zuvor entnommenes und in der Retorte mit meinen Samenzellen befruchtetes Ei in den Uterus ein. Aber die Zygote wurde, wie auch in den folgenden elf Versuchen, abgestoßen.
„Ea, wir müssen die Sache anders angehen", sagte Inanna, nach dem zwölften Fehlschlag sehr nachdenklich geworden, zu mir. „Ich denke, der Grund für unser Scheitern ist möglicherweise in einer versteckten genetischen Information zu suchen,

die den Grad der geistigen Entwicklungsstufe eines Lebewesens, ähnlich der Versionsnummer einer Computersoftware, beinhaltet. Das heißt, im Sinne einer niedrigeren Programmversion kann der Körper einer Terhabilisfrau die in der befruchteten Eizelle enthaltene Geninformation eines höher entwickelten Wesens, also aus einer höheren Softwareversion, nicht entziffern und stößt sie deshalb ab. Ich kann diese These zwar nicht wissenschaftlich belegen, aber mein Gefühl sagt mir, dass bei der Verpflanzung einer befruchteten Eizelle in die Gebärmutter einer Nefilim oder Anunnaki keine Abstoßung erfolgen würde."
Ich schaute sie mit großen Augen an. „Was ... was sagst du da, eine Nefilim als ... als Mutter?", brachte ich vor lauter Verblüffung nur noch stotternd hervor.
„Leihmutter wäre die korrektere Bezeichnung", antwortete sie ernst.
„Nein, das kommt überhaupt nicht in Frage!", wehrte ich sofort mit energischem Kopfschütteln ab, während ich zu meinem Schreibtisch ging und auf dem dahinter stehenden Stuhl Platz nahm.
„Aber Liebling", entgegnete Inanna, indes sie mir folgte und sich auf meinen Schoß setzte, „das haben doch auf Marduk schon unzählige Mütter getan, um unfruchtbaren oder zu einer Geburt körperlich nicht fähigen Frauen bei der Erfüllung ihrer Kinderwünsche zu helfen, oder etwa nicht?"
„Sicher, Liebes, aber das ist wohl ein vollkommen anderes Thema!"
„Wieso soll das etwas anderes sein? Ich sehe da weder in biologischer noch in medizinischer Hinsicht einen Unterschied, zumal die genetische Übereinstimmung zwischen uns und den Terhabilis fusca über 99 Prozent beträgt."
„Für mich ist das aber keine Frage der biologischen oder genetischen Homologie, sondern ...", ich stockte verlegen, denn ich merkte, dass die Argumente, die ich jetzt anführen wollte, meinem eigenen Handeln widersprochen hätten. So wäre es blanker Hohn gewesen, hätte gerade ich, der ich ja meinen Samen für die künstlichen Befruchtungen zur Verfügung gestellt hatte, meine Gegenwehr mit Einwänden wie moralische Bedenken oder ethische Verantwortbarkeit begründen wollen.
„... sondern was?", wollte Inanna, die meine Verlegenheit sofort erkannt hatte, wissen.

Ich räusperte mich und plapperte dann völlig unbedacht, nur um mich irgendwie herauszureden, los: „Nun ja, ich denke, das ist weniger eine Frage der biologischen Übereinstimmung als vielmehr der Durchführbarkeit."
„Der Durchführbarkeit?", fragte meine Frau mit hochgezogenen Augenbrauen, was mich unschwer den mokanten Inhalt ihrer Gedanken ahnen ließ.
„Richtig, ich wage nämlich zu bezweifeln, dass sich unter den Nefilim oder Anunnaki eine Frau finden lässt, die sich freiwillig für solch einen Versuch zur Verfügung stellt!", wand ich mich deshalb wie ein Aal.
„Ich nicht!", antwortete sie mit ironischem Unterton.
„Siehst du, wenn sich noch nicht einmal die mutigste Frau des Universums dazu bereit erklärt, wer dann?", gab ich, ohne den wahren Sinn im Klang ihrer Worte verstehen zu wollen, zurück und wähnte mich schon des Sieges sicher. Doch dies sollte sich sogleich als ein großer Irrtum erweisen.
„Aber nein, Ea", widersprach sie mir ganz ruhig und mit einem seltsamen Leuchten in den Augen, „da hast du mich falsch verstanden. Ich meinte, dass ich nicht daran zweifle, eine nefilimische Leihmutter zu finden. Im Gegenteil, ich kenne sogar eine, die sofort dazu bereit wäre!"
„So, so, und wer ist diese Nefilim? Demi oder gar eine von Enlils Freundinnen?"
„Nein, ICH!"
„DU???" Ich war fassungslos. Für einen kurzen Augenblick verschlug es mir die Sprache, doch dann brachte ich meine empörte Ablehnung umso ungehaltener zum Ausdruck:
„Nein, nein und nochmals nein, das kommt überhaupt nicht in Frage, mein Liebes! Das werde ich niemals zulassen, hast du gehört, niemals!"
Wie immer, wenn ein erhöhter Adrenalinspiegel mein Blut in Wallung bringt, war es mir auch in diesem Moment unmöglich, ruhig sitzen zu bleiben. Ich wollte aufstehen, doch Inanna hielt mich mit sanftem Druck auf meinem Stuhl zurück.
„Warum regst du dich denn so auf, mein Schatz?", sagte sie leise und strich mir dabei zärtlich durchs Haar.
„Ich rege mich doch gar nicht auf", log ich dilettantisch, krampfhaft bemüht, meine Stimme nicht mehr zu erheben und nicht vor lauter Erregung mit den Beinen zu wackeln, was mich sofort als Lügner entlarvt hätte.

„Ach ja? Dann habe ich deine heißblütige Emotionalität falsch interpretiert, bitte verzeih mir." Und mit überlegener weiblicher Raffinesse parierte sie mein absolutistisch über ihren freien Willen hinweg verfügtes Verbot, indem sie hinzufügte: „Ich dachte schon, du hättest das gerade eben ernst gemeint. Weißt du, es hätte mich auch sehr traurig gemacht, wenn du mir plötzlich befehlen wolltest, was ich tun darf oder nicht."
Das saß!
Ich hätte mich selbst ohrfeigen können. Wie konnte ich nur so vermessen sein? Ich hatte versucht, meine bewusst unterdrückten Ängste durch dumme Verbote und lautstarke Polemik zu kompensieren. Schon von Anfang an hatte ich geahnt, worauf Inanna hinauswollte. Und das machte mir Angst, ja Angst, meine über alles geliebte Frau könnte sich diesem, zumindest meiner Meinung nach, unkalkulierbaren Risiko aussetzen. Aber das berechtigte mich noch lange nicht dazu, zu schreien, ihr Vorschriften zu machen und mich über sie zu erheben. Ich schämte mich, und das war auch das Mindeste angesichts der Blöße, die ich mir gegebenen hatte ...
„Ich ... ich möchte mich bei dir entschuldigen, Liebes!", brachte ich zaghaft hervor. „Ich bin ein dummer, egoistischer ..." Doch die verständnis- und liebevollste Frau des gesamten Universums unterbrach mein reuiges Geständnis bereits im Ansatz auf die schönste Weise, die ich mir vorstellen kann. Sie küsste mich so zärtlich und hingebungsvoll, als wäre dieser Kuss der erste und letzte, die Vergänglichkeit und das Ewige, die Zweisamkeit und das Eine in sich Vereinende.
„Weißt du", sagte sie daraufhin, eng an mich geschmiegt, „ich liebe dich so sehr, dass ich gerne alles mit dir teilen möchte. Und wenn ich das sage, dann meine ich auch wirklich alles!"
Ich nickte wortlos und drückte sie fest an mich.
„Schau, Ea", fuhr sie fort, „wenn durch deinen Samen ein Baby gezeugt wird, so ist es dein Kind, dein eigenes Fleisch und Blut! Und ich möchte, dass dein Kind von mir geboren wird, verstehst du? - Selbst dann, wenn ich als Leihmutter nicht die leibliche Mutter des Kindes bin, so könnte ich es doch wie mein eigenes unter dem Herzen tragen, es von der ersten Sekunde seines Lebens an in mir behüten und beschützen. Ich würde es durch mein Blut nähren, mit meiner Liebe verwöhnen und in Freud und Schmerz gebären! - Ich weiß nicht, ob du meine Gefühle nachvollziehen kannst, aber bitte glaub mir, ich wünsche mir von ganzem Herzen, dass das erste Homo-sapiens-

Kind der Erde auch ein Kind der Liebe wird und nicht nur ein Produkt wissenschaftlicher Forschung, gezeugt durch sterile Befruchtung mittels deines Samens, herangewachsen im Bauch einer vielleicht liebesunfähigen, weil unfreiwillig zur Schwangerschaft gebrachten Terhabilismutter. – Bitte, Ea, gib mir deine Zustimmung, damit dieses erste irdische Kind auch ein Kind der Liebe, unserer Liebe füreinander werden kann!"
Ich war zutiefst gerührt. „Du bist nicht nur schön wie eine Göttin, du bist eine Göttin!", flüsterte ich ihr leise ins Ohr.
„Willst du mir durch dieses Kompliment etwa sagen, dass du einverstanden bist?", wollte sie mit strahlenden Augen wissen.
„Ja, Liebes!"
„Oh Ea, ich liebe dich über alles im Weltall!", rief sie voller Freude, wobei sie mir überglücklich die Arme um den Hals schlang und mich genau so leidenschaftlich herzte wie damals, als sie mir mitteilte, dass sie mit Marduk schwanger war …

Fünf Monate später nahmen wir die künstliche Befruchtung und die Zygotenimplantation vor. Und nach 267 Tagen Schwangerschaft, die ohne jegliche Komplikationen verlief, brachte Inanna Adam, den ersten Menschen der Erde, zur Welt. („Mensch" bedeutet in nefilimischer Umgangssprache „ein mit Herz und Verstand Handelnder", „Homo sapiens" ist unser wissenschaftlicher Name für „aufrecht gehender, vernünftig denkender Erdling".)
Als das bildhübsche Baby, dessen noch glitschige dunkelbraune, fast schwarze Haut wie geschliffener Onyx glänzte, seinen ersten Schrei ausstieß und die Hebamme mir den zappelnden Winzling in die Hände legte, hätte ich vor Glück die ganze Welt umarmen können.
„Ea, lass uns Gott für dieses Geschenk ewig dankbar sein!", flüsterte mir Inanna mit Freudentränen in den Augen zu, nachdem ich ihr unseren Sohn in die Arme gelegt hatte und sie seinen kleinen Körper voller Liebe an sich drückte.
„Das werde ich nicht nur ihm, sondern auch dir sein, Liebes!", antwortete ich, während ich mich über ihr mit Schweißperlen bedecktes Gesicht beugte und sie küsste.
Als meine Lippen die ihren berührten, glaubte ich plötzlich wieder das glockenhelle Lachen meiner Mutter zu vernehmen, die mir über die Grenzen aller materiell existenten Dimensionen hinweg zurief:

‚Siehst du, mein Sohn, ich habe dir doch gesagt, dass Gott dir den Weg weisen wird! – Das hat er nun einmal mehr durch die Liebe Inannas bewirkt!'
‚Ja, Mutter', antwortete ich ihr in Gedanken, ‚ich weiß jetzt, dass ich nicht nur in meinem Herzen die Stimme Gottes vernehmen kann, sondern in allem, was ist. Er spricht selbst durch das kleinste Sandkorn immerfort zu uns, am deutlichsten jedoch durch die Liebe. Alles, was wir tun müssen, ist, diese universelle Wahrheit für wahr zu nehmen, damit wir sie auch bewusst wahr-nehmen können. Nur so ist es uns möglich, seine von bedingungsloser Liebe erfüllte Sprache zu verstehen.'

Marduk fand vor Begeisterung keine Worte, als er zum ersten Mal seinen irdischen Bruder im Arm hielt. Mit seinen 73 Nefilimjahren (ein junger Mann angesichts der Lebenserwartung von 290 Jahren) war Marduk längst im heiratsfähigen Alter und hätte selbst schon erwachsene Kinder haben können. Doch auf der Erde lebte nicht eine einzige in etwa gleichaltrige Nefilim und so hatten wir ihn schon einige Male darum gebeten, er möge doch auf den Roten Planeten reisen, um dort nach einer Partnerin zu suchen. Doch erst wenige Wochen vor Inannas Niederkunft gab er unserem beharrlichen Drängen nach. Er beschloss gleich nach der Geburt seines Bruders, Arali zu verlassen, um mit dem zu dieser Zeit die Erde umkreisenden Raumschiff MS9 die Heimreise anzutreten. Aber dieses Vorhaben war innerhalb von Sekundenbruchteilen wieder verworfen, als ihn dann der kleine Adam mit seinen schwarzen Kulleraugen anschaute.

„Niemand weiß", sagte er zu uns, „wie alt mein Bruder werden wird, denn er ist trotz nefilimischer Gene ein Kind der Erde und somit ihrem Zeitkontinuum unterworfen. Wenn ich jetzt gehe, werde ich ihn niemals wiedersehen und das will ich nicht. Die Frauen auf Marduk können ein Nefilimjahr warten, Adam nicht! Ich bleibe hier und kümmere mich um ihn."

Mit der Bemerkung „ganz der Vater" brachte Inanna ihre Freude über die Entscheidung unseres Sohnes kurz und bündig zum Ausdruck, während ich zuerst seine spontan geänderte Meinung mit vielen Worten hinterfragte, um ihn dann, des Lobes voll, zu umarmen.

Adams körperliche und geistige Entwicklung verlief nicht anders als die eines nefilimischen Säuglings, mit dem einen Unterschied, dass sich der zeitliche Ablauf in seiner empfindungsgemäßen Ausdehnung nach den physikalischen Gesetzen der Erde richtete, das heißt ein Nefilimjahr gleich einem Erdenjahr.

Inanna tat nicht nur ihr Bestes, um ihrer Aufgabe als „Leihmutter" gerecht zu werden. Nein, sie war mit Leib und Seele, mit all ihrer Liebe Mutter. So bestand sie darauf, unseren irdischen Sohn genauso wie damals Marduk an der Brust zu stillen, anstatt ihn, wie es ihr von einigen übervorsichtigen Kollegen angeraten wurde, mit künstlicher Babynahrung zu versorgen.

„Alles Blödsinn!", schalt sie die Mediziner. „Das Baby stillt neben seinem körperlichen Bedarf auch seinen seelischen Hunger. Es sehnt sich nach Geborgenheit, Wärme und Zärtlichkeit. An der Brust seiner Mutter spürt und empfindet es unbewusst das Einssein mit ihr wie zuvor in ihrem Bauch. Nur so kann es auch in der äußeren Welt bedingungsloses Vertrauen und das Gefühl des Beschütztseins gewinnen. Also vergesst den Quatsch von steriler, chemisch aufbereiteter Büffelmilch, ich werde meinen Sohn bis zum letzten verfügbaren Tropfen an meinem Busen stillen!"
Auch die Intensität meiner Liebe, die ich für Adam empfand, unterschied sich in keiner Weise von der, welche ich Marduk entgegenbrachte. Ich genoss jeden Augenblick, in dem ich ihn in den Armen hielt, mit ihm spielte oder ihn einfach nur beim Schlafen betrachtete und ihm zärtlich über die Wangen streichelte.
Ja, und all das, was ich während seiner körperlichen und geistigen Entwicklung vom Baby bis zum Jugendlichen an ihm beobachten und mit ihm erfahren durfte, weckte in mir die Erinnerung an so viele Erlebnisse aus den Kindertagen unseres erstgeborenen Sohnes. Und so könnte die nachfolgende Erzählung über Adams Kindheit zugleich das Heranwachsen Marduks im Nachhinein beschreiben:

Mit Beendigung seines ersten Lebensjahres hatte Adam eine Entwicklungsphase abgeschlossen, deren rasches Tempo nur von dem des vorgeburtlichen Wachsens übertroffen wurde. Mit 53 Zentimetern geboren, maß er nun 80 Zentimeter, sein Gewicht hatte sich von 3,5 auf 10,5 Kilogramm erhöht. Außerdem hatte er während dieses ersten Lebensabschnitts ein weiteres Ziel in seiner körperlichen und geistigen Entwicklung erreicht:
Er hatte die bei seiner Geburt schon ausgebildeten, aber noch nicht voll gebrauchsfähigen Körper- und Sinnesorgane, besonders die des Bewegungsapparates, trainiert und geschärft. Aber auch die Zuwendung zu seiner äußeren Umwelt hatte die bislang ausschließliche Fokussierung auf seine Mutter in dieser Zeit bereits abzulösen begonnen.
In seinem zweiten Lebensjahr lernte Adam dank der zunehmenden Beherrschung seiner Körperbewegungen und der wachsenden Geschicklichkeit im Gebrauch seiner Hände, seine Umwelt zu erobern, die Gegenstände im wahrsten Sinne des

Wortes zu begreifen. So begann er auch den Dingen, die ihn umgaben, Namen zuzuordnen, also sprechen zu lernen!
„Mama", sein erstes Wort, beinhaltete ganze Sätze. So transportierte er über diesen einen Begriff Aufforderungen wie: „Mama, komm zu mir, hilf mir, gib mir etwas, spiel mit mir, sei lieb zu mir".
Darauf folgte „adda", was heißen soll „ich möchte spazieren gehen, ich will raus hier, ich möchte sehen, lernen, begreifen".
Erst an dritter Stelle rangierte das Wort „Papa", was, mit einem Fragezeichen versehen, sagen soll, „was will denn der von mir?" oder „hat der auch etwas zu sagen?". Und mit Ausrufezeichen bedeutete es „lass bloß die Mama in Ruhe" oder aber „schreib der Mama bitte nicht vor, wie sie mich zu behandeln hat!" – Nein, Spaß beiseite, das Wort „Papa" kennzeichnete bereits den nächsten Schritt hin zur Differenzierung seiner Umwelt, also „es gibt noch mehr als nur die Mama für mich".
In dieser Phase begann er zu hämmern, zu klopfen, Dinge fortzuwerfen, zu betasten und abzulecken, um so die Eigenschaften und Funktionen der Gegenstände zu erforschen. Großen Spaß machte es ihm, von mir aufgebaute Bauwerke aus Holzbausteinen sowie von Inanna in Handarbeit hergestellte tönerne Krüge und gläserne Vasen zu zerstören. Doch durch dieses Zerstörungsspiel lernte er, was die verschiedenen Formen von Materie bedeuten, wie sich das Material verhält und wozu es dient. Auch die Empfänglichkeit für den Ausdruck der ihn umgebenden Personen schärfte sich. So begriff er sehr schnell, ob die Erwachsenen um ihn herum gutmütig oder gereizt, ihm sympathisch oder unangenehm waren. Und obwohl er unsere Sprache noch nicht verstand, erfasste er doch schon den Inhalt unserer Aussagen, indem er Gebote, Verbote oder Warnungen befolgte.
Mit Beginn des dritten Lebensjahres formte sich dann sein Ich- und Selbstbewusstsein. Er fing an, sich als Mittelpunkt seines Handelns zu begreifen, und versuchte seine eigenen Wege zu gehen. Deutlich wurde dies unter anderem durch ein neues Wort in seinem Kleinkindvokabular. Dieses Wort hieß „ICH", was später durch die Verbindung mit einem weiteren, frisch gelernten Ausdruck zu einer ständig wiederholten und im Befehlston vorgetragenen Aufforderung mutierte, die allen Eltern schon irgendwann die Haare zu Berge hat stehen lassen, „ICH WILL!". Doch so schwer es auch für uns Erwachsene sein mag,

diese unsere Geduld arg in Mitleidenschaft ziehende „ich will"-Phase ohne Nervenzusammenbruch zu überstehen, liegt in diesem „ich will" die Wurzel zu einem gesunden eigenen Willen und offener, ehrlicher Konfliktbereitschaft und somit der Fähigkeit, sich im späteren Leben durchzusetzen, aber auch anzupassen. Also das erste Lernen von Geben und Nehmen.
Inanna beschrieb dieses Verhalten so:
„Weißt du, Ea, Adam lernt gerade, seine Grenzen auszuloten. Er ist in seinem ersten Trotzalter, in dem er sich gegen alles und jeden aufzulehnen versucht. Einerseits entschließt er sich so manches Mal, meine Forderungen im Vertrauen auf mich zu erfüllen, andererseits sagt er aber häufig Nein, doch er zeigt sich dann immer erleichtert, wenn ich ihm geschickt ermögliche, Ja zu sagen. Das wiederum nennt man dann mütterliches Einfühlungsvermögen. Verstehst du, was ich meine?"
Ich verstand es nicht, denn ich war nun einmal keine Mutter, sondern ein Vater, dem das kindliche Trotzen ab und an auf die Nerven ging. Aber ich hatte ja Inanna und Marduk. Sie entschärften jede angespannte Situation und trösteten mich getreu dem Motto „Geben ist seliger denn Nehmen", wenn ich wieder einmal dem unbezwingbaren Willen unseres süßen Knaben machtlos ausgeliefert war.
Zu meiner Erleichterung klang diese Trotzphase mit dem vierten Lebensjahr ab. Mit ihm begann jedoch das sogenannte Fragealter, was mir wesentlich angenehmer, wenn auch nicht minder kräftezehrend erschien.
„Warum ist das so?" – „Wie macht man das?" – „Weshalb soll ich das tun?"
Zum Beispiel fragte mich Adam eines Tages, was das für ein Baum sei und zeigte auf einen Nachkommen des einst von meinem Vater gepflanzten Muhuwabäumchens.
„Das ist ein Muhuwabaum", antwortete ich.
„Was ist Muhuwa?", wollte er sofort wissen.
„Muhuwa, das heißt ‚Baum der Erkenntnis'."
„Was bedeutet das?"
„Das erkläre ich dir später einmal, Adam. Wichtig für dich zu wissen ist nur, dass du die Früchte dieses Baumes nicht essen darfst! Hast du gehört?"
„Warum?"
„Weil du dann sehr krank werden, vielleicht sogar sterben könntest!"
„Was ist sterben?"

„Sterben ist …, hm, das ist sehr schwer zu beschreiben."
„Wieso?"
„Weil …, oh mein Gott, wie sag ich's bloß meinem Kinde?", seufzte ich leicht überfordert, indes ich krampfhaft nach einer kindgerechten Erklärung zu suchen begann, und zwar ohne dass ich mich mit Begriffen wie „für immer weggehen", „in den Himmel kommen" oder „für immer einschlafen" sofort wieder auf Glatteis begeben würde. Doch noch ehe ich mir eine geeignete Antwort zurechtlegen konnte, unterbrach er meine angestrengten Überlegungen mit der nächsten Frage.
„Wer ist Gott?"
Und schon hatte ich das nächste Problem. Sollte ich ihm jetzt antworten „Gott ist ‚All das, was ist'" oder mich mit der Geschichte vom alten, weißbärtigen Mann, der im Himmel wohnt, herausreden? Doch er ließ mir keine Zeit zum Nachdenken.
„Wer ist Gott und wo wohnt er?", bohrte er ungeduldig weiter und zupfte mich am Arm.
„Nun, Adam, Gott ist überall und …"
„Überall, das geht doch gar nicht. Wie sieht Gott aus?"
„Man kann ihn nicht sehen, er ist …"
„… ein Engel, so einer wie der, von dem Mama mir erzählt hat?"
„Nein, das heißt …"
„Wenn er kein Engel ist, dann kann man ihn auch sehen!"
„Schon, aber nicht mit den Augen."
„Das verstehe ich nicht."
„Pass auf", sagte ich daraufhin, „ich werde versuchen, dir Gott anhand einer kleinen Geschichte zu erklären. Einverstanden?"
Adam nickte mit leuchtenden, erwartungsvollen Augen und ich begann zu erzählen:
„Also, es war einmal ein alter, weißbärtiger Mann …"

Adam fragte mir also Löcher in den Bauch. Doch durch all diese Fragen fand nicht nur eine Weiterentwicklung seiner Sprache statt, sondern es entfaltete sich auch seine Intelligenz. Er versuchte, die Welt, in der er lebte, zu analysieren und Ordnung in sie zu bringen. Und das geschah bei Weitem nicht immer unter den für uns Erwachsene logischen Gesichtspunkten, sprich dem materiell beschränkten Scheuklappendenken der meisten Nefilim und Anunnaki. So war er schon mit fünf Jahren fest davon überzeugt (und das zu Recht), dass all seine Wünsche eine ganz bestimmte Wirkung hatten und jedes Ding von geheimnisvollen Kräften beseelt ist, die wiederum auf jeden von uns einen magischen Einfluss haben. Die Sagen und Märchen, die ich vor endlos langer Zeit als kleines Kind von meiner Amme Sari mit Begeisterung aufgenommen hatte, begeisterten ihn ebenso wie mich damals. In der Welt des Mystischen wuchsen seiner Fantasie Flügel. Er flog in seinen Träumen durch alle Galaxien des Universums, kämpfte mit Drachen und Sauriern, spielte mit Feen und Elfen in den Wäldern des ewigen Friedens.

Aber auch die Realität seines Seins versuchte er bis ins kleinste Detail zu erforschen.

„Vater, woher kommen die kleinen Babys?"

Ich vermied die abenteuerliche Geschichte mit dem Storch, der seine Mutter ins Bein gebissen haben soll, nachdem sie abends etwas Würfelzucker auf den Fenstersims vor unserem Schlafzimmer gelegt hatte, und klärte ihn stattdessen über das Sexualleben der Störche auf.

„Dann hat Mama mich also in einem Ei ausgebrütet?", war die daraufhin folgende, zweifelsohne logische Frage, wodurch ich nicht mehr umhinkam, ihm doch ein umfassendes Referat über Biologie zu halten.

Doch ich war nicht die einzige Anlaufstelle für Adam, wenn er gerade das dringende Bedürfnis verspürte, seine unstillbare Wissbegierde zu befriedigen. Auch Marduk verbrachte einen Großteil des Tages mit ihm. Er unterrichtete ihn in unserer Sprache und in der Wissenschaft von Zahlen und Figuren, brachte ihm im Laufe der Jahre die Grundlagen der Astrologie und Astronomie bei und lehrte ihn die alte und neue Schrift der Nefilim.

Mit 13 Jahren kam Adam in die Pubertät, die wohl kritischste und für uns alle nervenaufreibendste Phase seiner Entwicklung. Sexuelle Bedürfnisse erwachten in ihm, die er zwar selbst nicht oder noch nicht zu deuten wusste, durch die ihm aber zum ersten Male in seinem Leben bewusst wurde, dass es nirgendwo in seiner Welt ein Lebewesen gab, welches ihm gleich war.

Die einst kindlichen Fragen – „Woher kommen die kleinen Babys?" oder „Wer ist der alte, weise Mann im Himmel?" – wandelten sich für ihn in existenzielle Kernfragen, die sein Innerstes aufwühlten und mit aller Macht nach Beantwortung drängten.

„Warum ist meine Haut dunkelbraun, die aller anderen Nefilim und Anunnaki aber fast weiß? – Woher komme ich? – Wer ist Gott wirklich?"

Die Stunde der Wahrheit, vor der ich mich die ganzen Jahre über gefürchtet hatte, war gekommen. Ich konnte und durfte ihm nicht mehr länger die Geschichte seiner und auch unserer wahren Herkunft verschweigen. Und so erzählte ich ihm eines Abends im Beisein Inannas all das, was wir ihm bislang verheimlicht hatten.

Seine überschwängliche Begeisterung, die er während meiner Erzählungen über unseren Heimatplaneten Marduk und die Besiedlung der Erde zeigte, endete jedoch schlagartig, als ich auf seine Zeugung zu sprechen kam. Adam sprach kein Wort mehr. Stumm, mit Tränen in den Augen, ließ er mich zu Ende erzählen. Dann stand er wortlos auf und rannte ins Freie. Inanna und ich folgten ihm voller Angst, doch als er uns kommen sah, schrie er uns weinend an, wir sollten ihn allein lassen.

Mit einem hilflos flehenden „Bitte, komm doch wieder zu mir, mein Sohn!" streckte ich meine Arme nach ihm aus und machte einen Schritt auf ihn zu, woraufhin er sich von mir abwandte und ziellos in die rabenschwarze Nacht hinauslief. Ich wollte ihm nachgehen, doch Inanna hielt mich sanft zurück.

„Lass ihn bitte allein, Ea!", sagte sie schluchzend. „Den Kampf, den er nun mit sich auszufechten hat, muss er ganz für sich allein durchstehen. Wir können ihm dabei nicht helfen, Liebster, auch wenn wir es noch so gerne tun möchten. Adam muss jetzt den Weg zu seinem wahren Selbst, seiner ihm bisher noch völlig unbekannten Identität finden, erst dann wird er hoffentlich auch wieder unsere Nähe suchen."

Drei Tage und Nächte blieb unser Sohn verschwunden. Jeden Tag suchten wir von Sonnenaufgang an bis zum Einbruch der Abenddämmerung die Steppe in der Umgebung Nimikis nach ihm ab, während wir die Nächte weinend und von Selbstvorwürfen gequält durchwachten.

Erst am frühen Morgen des vierten Tages kehrte Adam zu uns zurück. Inanna und ich arbeiteten gerade die Tagesrouten für unsere Suchtrupps aus, als er plötzlich müde und schmutzig in unsere Hütte eintrat. Glücklich, die Augen von Tränen der Freude überschwemmt, schloss Inanna ihn in die Arme. Seinen Kopf auf ihre Schulter gebettet, ließ auch Adam seinen Gefühlen freien Lauf. Schluchzend und über seine Heimkehr sichtlich erleichtert, genoss er die seit Tagen entbehrte Zärtlichkeit und Nähe seiner Mutter.

Schweigend, endlich befreit von der Angst um unseren Sohn, die mein Herz schier erstickt hatte, stand ich neben den beiden und wartete geduldig, bis Adam sich aus Inannas Umarmung löste.

„Vater", sagte er, immer noch weinend, aber mit ernster, fester Stimme zu mir, als er mit ausgebreiteten Armen auf mich zukam, „ich möchte nicht länger der einzige Mensch auf der Erde sein! Versprich mir, dass ich einmal eine so wunderschöne Frau wie Mutter haben werde."

Ich war über seine Worte so überrascht, dass ich für Sekunden sprachlos war und ihn mit großen, fragenden Augen anschaute.

„Versprich es mir, Vater!", forderte er mich da ein zweites Mal auf, seiner eindringlichen Bitte Folge zu leisten.

„Ja, mein Sohn, ich gebe dir mein Wort! Ich werde dafür sorgen, dass du nicht mehr lange allein sein wirst!", versprach ich ihm und schloss ihn in die Arme.

„Danke, Vater, ich liebe dich!", sagte er daraufhin leise zu mir und fügte dann, den Blick auf Inanna gerichtet, hinzu: „Und dich liebe ich mindestens genauso sehr, Mutter!" ...

Noch am selben Tag besprachen wir mit Archil, Demi und unserem wissenschaftlichen Team den von Adam geäußerten Wunsch und mein Versprechen. Einige unserer Kollegen äußerten daraufhin große Bedenken. Zum einen sei die weitere Entwicklung des ersten Menschen noch nicht umfassend genug erforscht, so ihre Argumente, und zum anderen befürchteten sie unvorhersehbare Komplikationen, die erst im Erwachsenenalter auftreten könnten. Deshalb rieten sie uns, mit der Zeugung eines weiblichen Menschen noch einige Jahre zu warten. Außerdem, so meinten sie zu wissen, würde die Suche nach einer geeigneten Leihmutter bestimmt Schwierigkeiten bereiten.

Doch weit gefehlt. Kaum hatten sie diese Bedenken vorgetragen, meldeten sich gleich drei Kolleginnen aus ihrem Kreis, die dieses Kind gerne austragen wollten.

„Tut mir leid, meine Damen", meldete sich da Archil zu Wort, „aber daraus wird nichts! Demi und ich, wir werden die Eltern des Mädchens sein!"

Wir waren allesamt völlig verblüfft, um nicht zu sagen vor den Kopf geschlagen. Ich schaute ihn ungläubig an. „Aber Archil, ich ..."

„Kein Aber, Ea!", unterbrach er mich lächelnd. „Es ist unser beider Wunsch, und das schon seit vielen Jahren. Also bitte, entscheide dich jetzt und sofort, ob du uns als Eltern des Kindes akzeptieren willst."

„Selbstverständlich, Archil, wie könnte ich da Nein sagen!"

„Schön, dann müsst ihr euch nur noch einig werden, wann ihr die Implantation durchführen wollt", meinte er, vor stiller Freude in sich hineinschmunzelnd, bevor er mit seiner vor Glück strahlenden Demi Hand in Hand und ohne ein weiteres Wort zu verlieren, das Labor verließ.

Fünf Monate später nahm Inanna bereits die Einpflanzung einer mit Archils Samen befruchteten Zygote bei Demi vor und nach weiteren zehn Monaten gebar sie ein kerngesundes Mädchen, dem sie den Namen Eva (in unserer Nefilimsprache „das Leben") gaben ...

Adam war 33, Eva 19 Erdenjahre alt, als eine schon über vierzig Monate andauernde Dürreperiode uns dazu zwang, die aralische Koloniestadt Nimiki zum zweiten Mal in der Geschichte unserer Erdmission aufzugeben. Unsere Brunnen waren längst ausgetrocknet, das in unseren unterirdischen Zisternen gespeicherte Trinkwasser ging allmählich zur Neige, die Getreide- und Gemüseernten der letzten drei Jahre waren vernichtet, die Wildtiere verdurstet oder nach Norden geflüchtet und unser Vorrat an konservierten Lebensmitteln konnte unseren Nahrungsbedarf nur noch für wenige Wochen decken. So sahen wir keine andere Möglichkeit mehr, als uns der Laune der Natur zu beugen und wieder nach Mesopotamien zurückzukehren.

Für Adam und Eva war diese Reise ein großes Abenteuer. Sie konnten es kaum erwarten, endlich das von uns zuvor in schillernden Farben beschriebene Land in der Oberen Welt kennenzulernen. Im Hafen von Eridu angekommen, waren sie denn auch keine Minute mehr an Bord unseres Schiffes zu halten. Hand in Hand sprangen sie auf den Landesteg, und ehe wir uns versahen, waren sie aus unseren Augen entschwunden.

Ich weiß nicht, für wen dieser Tag aufregender war. Für Adam und Eva, die kichernd und vor Begeisterung immer wieder laut johlend durch die engen Gassen der Hafenkolonie liefen und die aus gebrannten Ziegelsteinen errichteten Häuser bewunderten, oder aber für die Bewohner Eridus. Unter ihnen löste das plötzliche Erscheinen dieser zwei fremden, dunkelhäutigen und zudem splitternackt umherlaufenden Wesen teils amüsiertes Erstaunen, teils Verunsicherung, wenn nicht gar Empörung aus. Doch nachdem es sich in Windeseile herumgesprochen hatte, wer die beiden sonderbaren Fremdlinge waren, kannte der Jubel der Bevölkerung keine Grenzen mehr. Und wie es denn auch in der lebensfrohen Gemeinschaft der Anunnaki nicht anders sein kann, fand dieses Ereignis in einem ausgelassenen Fest zu Ehren von Adam und Eva seinen Höhepunkt …

Indes unsere wissenschaftlichen Kollegen am darauffolgenden Tag damit begannen, das ehemalige Laboratorium im Zentrum Eridus erneut einzurichten, bezogen Archil, Demi, Persus und Eva sowie Inanna, Marduk, Adam und ich ein Haus außerhalb der Hafenstadt. Während unseres Aufenthalts in Arali war es an der traumhaft schönen Küste des Unteren Golfes inmitten eines paradiesischen Gartens erbaut worden. Die Anunnaki nannten das zum Landesinnern hin mit dichtem Laubwald abgegrenzte Kleinod „Garten Eden" (das heißt „der Garten Gottes auf der Erde"). Zu Recht, wie wir mit großer Freude feststellten, als wir ihn zum ersten Male betraten. Die anunnakischen Gärtner und Bauern hatten auf diesem weitläufigen Areal alle von uns im Laufe unserer Kolonisation kultivierten Pflanzen angebaut und mit aufopfernder Hingabe gepflegt. Neben Hopfen und Negragetreide wuchs im Garten Eden auch eine neue, sehr kleinkörnige, aber umso ergiebigere Getreidezüchtung, der sie den Namen Hirse gegeben hatten. Zwischen Reihen von Mandel-, Nuss-, Stein- und Kernobstbäumen gediehen voll behangene Frucht- und Beerensträucher, während unser von bunt gemischten Gemüse- und farbenprächtigen Blumenbeeten gesäumtes Haus mit seiner weißen Fassade und seinem kupferfarbenen Ziegeldach in den Strahlen der Sonne majestätisch leuchtete. Das einzige Gewächs, das in diesem irdischen Paradies fehlte, war ein Muhuwabaum. Doch hier konnte Abhilfe geschaffen werden, denn ich hatte zum Andenken an meinen Vater einen etwa zweijährigen Zögling aus Arali mitgebracht, den ich auf einer freien Grasfläche etwa dreihundert Meter vom Haus entfernt in die lehmige Erde pflanzte. Die Gärtner setzten daraufhin 64 besonders buschige Wunderblumensträucher in einem dichten, zum Süden hin offenen Kreis um den Baum herum. Ihrem Namen scheinbar in keiner Weise gerecht werdend, verharrten diese Dornengewächse neun Monate im Jahr in ihrem schlichten grünen Blätterkleid, bevor sie in ihrer Blütezeit plötzlich wie durch ein Wunder ihre wahre Pracht entfalteten. Die leuchtend lila gefärbten, herzförmigen Hochblätter bildeten dann einen einzigen Blütenkranz um den Muhuwabaum herum, der auch bei Nacht, im Schein der Sterne badend, sein magisches Leuchten nicht verlor ...

Adam und Eva fühlten sich in ihrem neuen Zuhause ebenso wohl wie wir und erfreuten sich vollkommener Gesundheit. Setzt man ein Erdenjahr mit einem Nefilimjahr gleich, entsprach ihre physische und psychische Entwicklung der eines Nefilim oder Anunnaki gleichen Alters. Marduk kümmerte sich auch hier im Garten Eden um ihre geistige Bildung, während Persus sie in allen handwerklichen Fertigkeiten unterrichtete

und ihnen, quasi ganz nebenbei, ein umfassendes Wissen in Ackerbau und Viehzucht vermittelte.
Außer einer einmal im Monat durchgeführten medizinischen Untersuchung und der Verabreichung eines Frigitanol-Präparates, das die Produktion derjenigen menschlichen Sexualhormone stoppt, die den Sexualtrieb auslösen und steuern, mussten sie keine wissenschaftlichen Tests mehr über sich ergehen lassen. So blieb ihnen immer genügend Zeit, um gemeinsam im Meer zu baden, am Strand und im Garten spazieren zu gehen, zu spielen oder einfach nur faul in der Sonne zu liegen.
Durch das bereits von Beginn ihrer Pubertät an verabreichte Anti-Sexualhormon-Präparat wollten wir einer sexuellen Vereinigung der beiden und somit einer Schwangerschaft Evas entgegenwirken. Es schien uns sinnvoll, ihre Entwicklung zumindest über einen Zeitraum von fünfzig Erdenjahren hinweg zu verfolgen, bevor wir uns gemeinsam mit der Klärung der sicherlich schwierigsten aller bisher an uns selbst gestellten Fragen beschäftigen wollten:
Können wir eine unkontrollierte Fortpflanzung der Menschen verantworten? Und, wenn ja, was hätte das für Folgen für sie, die Erde und für uns? Oder sollten wir ihre Population besser in überschaubaren Grenzen halten, indem wir die erprobte Methode der künstlichen Befruchtung und Leihmutterschaft beibehielten?
Adam und Eva kümmerte das alles nicht. Sie waren glücklich und zufrieden. Frei von sexuellem Verlangen liebten sie sich wie Geschwister, obwohl sie einander als Mann und Frau betrachteten.

Enlil kam, seitdem wir in Eden wohnten, einmal im Jahr zu uns auf Besuch, in seinem Gefolge zehn anunnakische Mätressen. So verbrachte er bei uns seinen, wie er es nannte, zweiwöchigen Urlaub von den anstrengenden Verwaltungsgeschäften in Nippur. Da sich seine Einstellung zu mir auf seltsame Weise gewandelt zu haben schien und er auch in den vergangenen Jahrhunderten weder durch niederträchtige Intrigen noch durch böswillige Handlungen an der anunnakischen Bevölkerung von sich reden machte, hatte ich nichts gegen seine von ihm selbst ausgesprochenen Einladungen einzuwenden.
In der Zeit, die er bei uns verbrachte, benahm er sich stets allen gegenüber zuvorkommend, war bester Laune und voll

des Lobes über unsere wissenschaftlichen Leistungen. Er erzählte mir, er lebe gerne auf dem Blauen Planeten, hätte aber auch nichts dagegen einzuwenden, baldmöglichst zum König von Marduk gekrönt zu werden. Dort, so sagte er, würde er als erste Regierungshandlung die Abschaffung des diskriminierenden Kastensystems durch den Minister- und Ältestenrat veranlassen, denn er habe hier auf der Erde Gelegenheit gehabt, seine geringschätzige Meinung in Bezug auf das anunnakische Volk zu überdenken und zu korrigieren, ja, er habe sogar gelernt, ihre Loyalität gegenüber der marduschen Krone höher als die der Nefilim zu bewerten.

Ich glaubte meinen Ohren nicht zu trauen, aber da er mir bei dieser Aussage zum ersten Mal in seinem Leben ehrlich und geradewegs in die Augen schaute, hatte ich keinen Grund, am Wahrheitsgehalt seiner Worte zu zweifeln. Ich begann ihm seine veränderte Gesinnung zu danken, indem ich ihm seine einst begangenen Schandtaten nach und nach verzieh, während Inanna in ihrem Herzen weiterhin einen tiefen Groll gegen ihn hegte und ihm aus dem Wege ging, wann immer es möglich war. Auch Archil und Demi konnten die Gegenwart Enlils nur schwer ertragen. Ihre Konversation mit ihm beschränkte sich auf das absolut Notwendigste, wohingegen sich Adam und Eva sehr gerne und viel mit ihm unterhielten.

An Evas vierzigstem Geburtstag richteten wir für sie im Garten Eden ein großes Fest aus. Eva hatte hierzu schon Monate zuvor alle Bewohner Eridus eingeladen und auch Enlil gebeten zu kommen. Mein „Bruder" erfüllte ihr diesen Wunsch gerne und reiste eigens zu diesem Anlass und sogar ohne seine Liebesdienerinnen aus Nippur an.

Mit Musik und Tanz, Gesang und Spiel und dem Besten, was unsere anunnakischen Köche und Kellermeister zu bieten hatten, begann schon am Morgen das rauschendste Fest, das je in Mesopotamien gefeiert wurde. Selbst ein mitternächtliches Feuerwerk unter sternenklarem Himmel durfte nicht fehlen. Daran anschließend intonierte Marduk ein eigens für Eva komponiertes und von ihm selbst auf einer Laute begleitetes Lied, das, wie ihre feucht glänzenden Augen und ihr andächtiger Blick verrieten, zweifelsohne zu ihrem schönsten Geburtstagsgeschenk avancierte.

Erst als die Sonne im Osten aufging, verließen uns die letzten Gäste aus Eridu und wir beschlossen, alles stehen und liegen zu lassen, um endlich schlafen zu gehen.
„Ich bin überhaupt nicht müde!", sagte Eva, aus deren schwarzen Augen man das selige Glück in ihrem Herzen leuchten sah. „Ich möchte noch ein bisschen schwimmen und mich dann am Strand ausruhen. Würdest du mich begleiten, Adam?"
„Ja, gerne!", lachte er und griff nach ihrer Hand.
Eva drückte jedem von uns noch schnell einen dicken Kuss auf die Wange, wobei sie in Etappen „Danke …, danke … euch allen …, das war der … schönste Tag … in meinem Leben!" sagte und sogleich mit Adam fröhlich in Richtung Strand davonrannte.
„He, ihr zwei, wartet auf mich!", hörten wir da plötzlich die Stimme Enlils, der von uns allen unbemerkt noch immer mit einem Becher in der Hand auf einer etwas abseits von uns stehenden Gartenbank saß. „Mir würde es bestimmt auch nicht schaden, wenn ich mir vor dem Schlafengehen noch etwas die Beine vertrete."
„Oh ja, komm mit, Onkel, das wird bestimmt lustig!", rief Eva, indes sie sich im Laufen zu ihm umblickte und ihm signalisierte, ihr und Adam zu folgen.
Enlil stand auf und ging ihnen mit leicht schwankenden Schritten nach.
„Dir würde ich aber empfehlen, nicht mehr ins Wasser zu gehen, Enlil!", rief ich ihm lachend hinterher.
„Zu Befehl, kleiner Bruder!", antwortete er, wobei er versuchte, im Gehen die Hacken zusammenzuschlagen, was ihn beinahe zu Fall gebracht hätte. Doch nach ein paar Ausfallschritten, begleitet von einem kicksenden „Hoppla", hatte er sein Gleichgewicht bald wiedergefunden. Und das war das erste Mal, dass ich Inanna über ihren Bruder lachen sah.

Am frühen Nachmittag des nächsten Tages wurde ich durch laut scheppernde, klirrende und polternde Geräusche unsanft aus dem Schlaf gerissen. Ich setzte mich im Bett auf und es dauerte eine ganze Weile, bis ich mir den ungehindert durch unser geöffnetes Schlafzimmerfenster dringenden Lärm erklären konnte. Doch dann erinnerte ich mich, dass einige unserer anunnakischen Freunde es sich nicht hatten nehmen lassen, uns ihre Hilfe bei den Aufräumarbeiten anzubieten. Und so wie es nun anhand des zunehmenden Geräuschpegels den Anschein hatte, waren sie wohl zu der Überzeugung gelangt, dass es zu dieser vorgerückten Mittagsstunde auch für uns an der Zeit wäre, aufzustehen und uns an der Beseitigung der Überreste unserer durchzechten Nacht zu beteiligen.

Inanna schlummerte noch tief und fest. Ich küsste sie auf die Stirn, bevor ich so leise wie möglich aufstand und mich ankleidete. Noch schlaftrunken verließ ich das Zimmer und lief den Flur hinunter, vorbei an den Schlafzimmern von Marduk, Archil und Persus, wobei ich jeweils einige Male an die Tür klopfte und rief: „Aufstehen, ihr Schlafmützen! Arbeit ist angesagt!"

Die aus den Zimmern tönenden Antworten reichten von einem gähnenden „Ja, ich komme gleich" bis zu einem mürrischen Aufschrei der Empörung, dessen Wortlaut ich hier nicht näher beschreiben will. Doch als ich, am Ende des Flurs angelangt, an die Tür zu Adams und Evas Zimmer klopfte, stellte ich fest, dass sie nur angelehnt war. Da ich keine Antwort erhielt, klopfte ich noch einmal an. Wieder war nichts zu vernehmen. Und so schob ich, leise ihre Namen rufend, die Tür auf und trat in das Zimmer ein.

Ich erschrak. Ihre Betten waren leer und unberührt. Mit einem äußerst mulmigen Gefühl in der Magengegend lief ich eilends aus dem Haus.

„Guten Morgen, ihr Lieben!", begrüßte ich meine in emsige Geschäftigkeit vertieften Freunde knapp und mit ernster Miene.

„Guten Tag, Ea!", antworteten sie in Anspielung auf die bereits fortgeschrittene Tageszeit und meine ungewohnt kühle Begrüßung hin und fügten lachend hinzu: „Deinem Gesichtsausdruck nach zu urteilen, haben wir dich etwas zu früh geweckt, stimmt's?"

„Ach nein, ich bin nur ein bisschen durcheinander", erwiderte ich, meinen Blick suchend in die Ferne gerichtet. „Habt ihr Adam gesehen?"
„Nein!"
„Und Eva?"
„Auch nicht! Warum, haben sie etwas angestellt?"
„Nein, nein, sie sind nur nicht in ihrem Zimmer und ich dachte, sie wären ..."
„Sollen wir sie suchen?"
„Nein, nicht nötig, vielleicht sind sie am Strand. Ich werde dort nach ihnen schauen."
„Gut, Ea, wenn du Hilfe brauchst, sag einfach Bescheid."
„Danke, werde ich tun!", antwortete ich geistesabwesend und rang mir noch ein gezwungenes Lächeln ab, bevor ich mich mit hektischen Schritten auf den Weg zum Strand begab.
Tief in mir regte sich ein ungutes Gefühl. Eine intuitive, unbestimmte Angst stieg in mir hoch und der Gedanke, Adam und Eva könnte etwas geschehen sein, bereitete mir von Sekunde zu Sekunde größeres Kopfzerbrechen, was ich auch physisch als dröhnenden, stechenden Schmerz unter der Schädeldecke spürte.
‚Wenn ihnen ein Unglück zugestoßen wäre, hättest du es bestimmt vorhergesehen', versuchte ich mich wiederholt selbst zu beruhigen, was mir jedoch immer weniger gelang, je länger ich am Strand auf und ab lief und ergebnislos nach den beiden rief.
‚Enlil!?!', schoss es mir da durch den Kopf und mein Herz verkrampfte sich augenblicklich. ‚Dieser Mistkerl hat es schon einmal geschafft, mich trotz meiner sehenden Fähigkeiten zu überlisten, und das hat mit einem Schwert in meiner Brust geendet.'
Mir wurde heiß und kalt zugleich.
„Ich bringe ihn um!", schrie ich mit geballten, zum Himmel erhobenen Fäusten aufs Meer hinaus und begann, so schnell mich meine Füße trugen, zum Haus zurückzulaufen. Ich stürzte die Treppe zum oberen Stockwerk, wo die Gästezimmer lagen, hinauf und trat, ohne anzuklopfen und ohne auch nur eine Sekunde Zeit damit zu verschwenden, die Klinke in die Hand zu nehmen, die Tür zu Enlils Zimmer ein.
„Wo sind Adam und Eva?", schrie ich Enlil an, der, alle viere von sich gestreckt, auf seinem Bett lag und genüsslich schnarchte. Ich packte ihn grob an den Schultern und schüt-

telte ihn so kräftig durch, dass sein Bett zu hüpfen begann.
„Wenn du ihnen etwas angetan hast, erwürge ich dich mit bloßen Händen, du ...!"
„Waaas iiist?", antwortete er mit schwacher, benebelter Stimme, ohne die Augen zu öffnen, und schnarchte sofort wieder weiter.
„Wo sind sie? Was hast du mit ihnen gemacht?", brüllte ich und schlug ihm mit der flachen Hand rechts und links ins Gesicht, doch außer einem leisen, glucksenden Kichern gab er keinen Laut von sich.
Ich beugte mich tief über ihn und schob mit dem Daumen seine Augenlider hoch.
„Die Früchte des Muhuwa", murmelte ich vor mich hin, als ich seine erweiterten Pupillen sah, die sich durch den Lichteinfall nicht zusammenzogen, „der Schnaps hat dir Trunkenbold wohl nicht gereicht?"
„Muuuhuuuwa, Muuuhuuuwa", kicherte Enlil in seinem Drogenrausch und mit breitem Grinsen auf den Lippen.
‚Oh mein Gott!' Erneut durchfuhr mein Herz ein schmerzhafter Stich, während sich ein furchtbarer Gedanken in meinem Kopf breitmachte. ‚Was, wenn dieser Schweinehund die beiden überredet hat, auch von den Früchten zu essen? – Nein, nein, das kann nicht sein! Sie wissen, dass sie nicht davon essen dürfen. Ich habe es ihnen verboten und sie haben noch niemals einem Verbot von mir zuwidergehandelt. – Wenn aber doch? Der Wirkstoff einer einzigen unvergorenen Muhuwafrucht würde ausreichen, um sie zu töten!'
In panischer Angst rannte ich wieder aus dem Zimmer, die Treppe hinunter und aus dem Haus.
„Ea, was ist mit dir, kann ich dir helfen?", rief mir einer meiner anunnakischen Freunde hinterher, den ich vor der Eingangstür beinahe umgerannt hätte. Ich antwortete ihm nicht. Ich hatte nur noch einen einzigen Gedanken: ‚Ich muss meine geliebten Kinder finden!'

Als ich wenig später Adam und Eva leblos, ihre Körper eng aneinandergeschmiegt unter dem Muhuwabaum fand, brach die ganze Welt in mir und um mich herum zusammen. Mein Gesicht in den Händen vergraben, ließ ich mich weinend vor ihnen auf die Knie sinken ...

Ich weiß nicht, wie lange ich schon so auf der Erde kniete und weinte, als ich plötzlich eine zarte Berührung an meiner Schulter spürte.
„Vater, warum weinst du?"
Ich schaute erschrocken auf.
Vor mir stand Adam, eine Hand auf meine Schulter, die andere vor seine Genitalien gelegt. Eva hatte sich am Stamm des Baumes aufgesetzt und starrte teilnahmslos ins Leere, indes sie beide Hände über ihrer Scham gekreuzt hielt.
„Oh mein Gott, ich danke dir!", brach es in einem Aufschrei größter Erleichterung aus mir heraus. „Ihr lebt und ich dachte schon, ihr seid ...!" Ich sprang auf und schloss Adam stürmisch in die Arme. „Ich bin so unendlich glücklich, euch gesund und unversehrt zu wissen! Ich hatte solche Angst um euch, doch jetzt ist alles wieder gut, mein Sohn."
„Aber Vater, du weißt ja nicht, was in dieser Nacht geschehen ist", schluchzte Adam und ich fühlte, wie sein Körper zu zittern begann. „Bitte, du musst uns verzeihen, wir wollten nicht ..."
„Schon gut, mein Sohn," versuchte ich ihn zu beruhigen, „du brauchst dich nicht bei mir zu entschuldigen. Ich habe in meinem Leben auch schon viele Dinge getan, die unvernünftig waren und die ich später bereut habe."
„Aber, Vater, wir waren ungehorsam gegen dich. Wir haben von den Früchten des Muhuwabaumes gegessen und ..."
„Ja, ich weiß, doch zum Glück nur wenig", wandte ich ein und küsste ihn auf die Stirn.
„Aber wir haben ..."
„Ihr habt euch von Enlil beschwatzen lassen und sie probiert, hab' ich Recht?"
„Ja, wir saßen unter dem Baum und er aß von den reifen Früchten. Wir betrachteten die funkelnden Sterne, unterhielten uns über das schöne Fest und lachten miteinander. Da bot er uns auch eine Frucht an. Ich sagte zu ihm, du hättest uns verboten, sie zu essen. Er fragte mich, warum, und ich antwortete ihm, weil wir durch den Genuss dieser Früchte krank werden, vielleicht sogar sterben könnten. Er lachte und sagte, das verstünde er nicht, denn er würde doch auch nicht sterben, selbst wenn er einen ganzen Korb voll Muhuwas essen würde. Daraufhin gab ich ihm zu bedenken, dass wir ja auch nur Menschen seien, er aber ein Gott. Da lachte er noch mehr und nannte mich einen einfältigen kleinen Jungen und dich einen

Lügner. Ich wurde wütend und wollte von ihm wissen, warum er das von dir behauptete. Da fragte er mich:
‚Bist du Eas Sohn?', und ich antwortete: ‚Ja, das bin ich.'
‚Na siehst du', erwiderte er und hielt mir wieder eine Muhuwafrucht hin, ‚dann bist du auch ein Gott, so wie er und ich und alle anderen Nefilim. Und weil dem so ist, wirst auch du nicht sterben, wenn du eine isst.'
Vater, ich weiß nicht, warum ich dann einen Bissen genommen habe und sogar Eva überredete, davon zu kosten, doch ich habe es getan und dann haben wir ..."
Seine Stimme wurde von Tränen erstickt, während er erneut am ganzen Körper zu zittern begann.
„Adam, nun beruhige dich doch! Was geschehen ist, ist geschehen. Ihr lebt und seid gesund, das ist die Hauptsache! Und glaubt mir, ich bin euch nicht böse!", beschwor ich ihn und löste meine Umarmung mit ihm. „Also, kommt jetzt, ihr beiden, lasst uns zum Haus zurückgehen, dort können wir in Ruhe über alles reden. Einverstanden?"
Doch anstatt zu antworten, nickte Adam nur stumm, wobei er seinen Blick beschämt zu Boden richteten und die Hände vor seinen Genitalien kreuzte.
Ich wunderte mich über dieses äußerst ungewöhnliche Verhalten, denn noch niemals zuvor hatten Adam seine Geschlechtsteile vor mir zu verbergen gesucht, dazu hatte er keinen Grund, zumal er gar nicht ...
„Jetzt verstehe ich!", brach es da in einem Anflug der Erleuchtung aus mir heraus. „Es ist noch etwas anderes geschehen. – Du hast mit Eva körperliche Liebe gemacht, hab' ich recht, Adam?"
„Ja, Vater, das ist es doch, was ich dir schon die ganze Zeit über gestehen wollte!", antwortete er mit kaum hörbarer Stimme.
„Aber wie ist das möglich?", fragte ich irritiert, wobei diese Frage mehr an mich selbst, als an Adam gerichtet war. *(Die Antwort erhielt ich übrigens einen Tag später, als sich bei der chemischen Analyse der Muhuwafrucht herausstellte, dass die Muhuwasäure den Frigitanol-Wirkstoff neutralisiert.)*
„Das ... das wissen wir auch nicht, Ea", antwortete da Eva, die in der Zwischenzeit aus ihrer durch den Drogenrausch verursachten Apathie erwacht und nun in Tränen ausgebrochen war. „Dieses ... dieses Gefühl ..., es war plötzlich da. Wir konn-

ten uns nicht dagegen zur Wehr setzen. – Wir wollten nichts Böses tun, das musst du uns glauben!"

„Ich weiß, Liebes!", antwortete ich mit einem Lächeln der Aufmunterung, während ich auf sie zuging und sie beide in die Arme schloss. „Ich kenne dieses Glücksgefühl doch selbst allzu gut und ich weiß, wie stark und wunderschön es ist, meine Kinder! – Ihr müsst euch für das, was ihr getan habt, nicht schämen. Im Gegenteil, ich sollte mich dafür schämen, dass ich euch dieses Glück so lange vorenthalten haben."

„Willst du uns damit sagen, dass wir gar nichts Böses getan haben?"

„Ja, denn wie könnte Liebe böse oder schlecht sein? – Liebe ist ein Geschenk Gottes, das Schönste, was wir an Körper, Geist und Seele empfinden dürfen! – Doch ich war so vermessen und habe mich über Gott und die Liebe, die er in euer Herz gegeben hat, erhoben. Ich habe euch durch ein Medikament das Glück verwehrt, auch körperlich eins zu werden. Ich dachte, das sei der richtige Weg, doch ER hat mich wieder einmal eines Besseren belehrt. Und es ist gut so! Jetzt weiß ich, was ich zu tun habe."

Ich drückte Adam und Eva noch einmal fest an mich.

„Vom heutigen Tage an seid ihr auch körperlich Mann und Frau, meine geliebten Kinder!", sagte ich mit feierlicher Stimme zu ihnen. „Ich freue mich von ganzem Herzen für euch, wenngleich ich nicht verleugnen mag, dass sich neben der Freude auch Wehmut in meinem tiefsten Inneren ausbreitet, denn nun wird nichts mehr so sein wie früher."

„Wie meinst du das, Vater?", wollte Adam ängstlich zu mir aufschauend wissen.

„Ich meine damit, dass ihr jetzt lernen müsst, euer Leben auch ohne uns zu meistern. Von nun an werdet ihr eure eigenen Wege gehen."

„Bedeutet das, wir müssen von hier weggehen, euch verlassen?"

„Ja!"

„Aber warum? Das verstehe ich nicht, Vater!"

„Weil ihr heute Nacht das Fundament für eure eigene Familie und zugleich das Volk der Menschheit geschaffen habt, Adam. Ihr werdet fortan in Liebe Kinder zeugen und Eva wird sie in Freud und Schmerz gebären, so wie Inanna und Demi euch geboren haben. Eure Kinder werden euch Enkelkinder schenken und eure Enkelkinder wiederum euren Kindern. Ein mäch-

tiges Volk wird aus euch erwachsen, das sich über die Erde ausbreiten und sie beherrschen wird. Euch soll der Blaue Planet gehören, nicht uns Nefilim und Anunnaki. Und deshalb müsst ihr nun damit beginnen, euer Leben ganz allein und ohne unsere Hilfe zu bestreiten. Ihr müsst lernen, ohne uns Hütten zu bauen, Wild zu jagen, Felder zu bestellen und Vieh zu züchten. Denn das ist der Wille Gottes, den er mir durch euch und diesen Tag offenbart hat. Und wahrlich, ich werde seinen Willen in Liebe befolgen, auch wenn es mir noch so schwerfallen mag, euch gehen zu lassen. Verstehst du, mein Sohn?"
„Ja, Vater!"
„Und du, Eva, bist auch du bereit dazu, dich an der Seite Adams dieser großen Aufgabe zu stellen?"
„Ja, das bin ich! Ich werde Gottes Willen befolgen, so wie du es tust, und ich verspreche dir, dass ich meinen Kindern eine ebenso gute Mutter sein werde, wie es Demi immer für mich war", antwortete sie.
„Ich bin sehr stolz auf euch", sagte ich und küsste beide zärtlich auf die Stirn, „und ich bin überzeugt davon, dass ihr nicht nur euren Kindern, sondern dem ganzen Menschenvolk gute Eltern sein werdet! – So, und jetzt sollten wir auch Inanna, Archil und Demi von euren Zukunftsplänen berichten. Also kommt, lasst uns zu ihnen gehen!"
„Aber so können wir doch nicht ...", gab Eva mir mit beschämtem Blick auf ihre immer noch mit den Händen bedeckte Blöße zu verstehen.
Ich musste unwillkürlich lachen. Ich zog mein Hemd aus und reichte es Eva mit den Worten:

„Wahrlich, wahrlich, ich sage euch, nichts wird mehr so sein, wie es früher einmal war!"

Eva gebar im zehnten Monat ihren ersten Sohn, dem Adam den Namen Kain gab. Kain war ein ebenso hübsches Baby, wie sein Vater es einst war. Körperlich vor Gesundheit strotzend und geistig hellwach, forderte er von seiner Umwelt schon vom ersten Tag seines Lebens an vollste Aufmerksamkeit und hingebungsvolle Zuwendung rund um die Uhr. Seine Haut war eine kleine Nuance heller gefärbt als die seiner Eltern, seine Augen nicht schwarz, sondern dunkelbraun und er trug etwas an seinem Körper, womit ich in keiner Weise gerechnet hätte. Auf seinem Nacken hatte er einen schwarzen, etwa fingernagelgroßen Nävus. – Kain trug das Mal der Anunnaki.
Eine in erster Generation rezessive, also überdeckte Erbanlage aus meinen Genen, verhielt sich in zweiter Generation dominant und so wurde meine anunnakische Abstammung durch Kains Geburt für alle offenbar. Auch für Enlil!
Ja, durch diesen genetischen Offenbarungseid bot sich ihm nun die einmalige Chance, mich sogar per Gesetz auf ganz legale Art und Weise zu vernichten. Und genau das war seit den Ereignissen nach Evas Geburtstagsfeier wieder sein erklärtes Ziel. Die Ursache für seinen plötzlich wieder erstarkten Hass gegen mich lag aber nicht etwa darin begründet, dass ich ihm wegen der Begebenheit mit den Muhuwafrüchten Vorwürfe gemacht hätte. Ganz im Gegenteil, ich war ihm sogar unendlich dankbar dafür, denn ausgerechnet er war es ja, der durch seine Überredungskünste dem „Willen Gottes" Hilfestellung geleistet hatte. Nein, Auslöser für Enlils erneute Kriegserklärung an mich war meine Entscheidung, den Menschen die Erde zu überlassen und bei der Wiederkehr Marduks die irdischen Kolonien aufzulösen.
Voll bitterbösem Zorn im Herzen und mit allerlei Verwünschungen auf den Lippen hatte er seinerzeit fluchtartig unser Haus verlassen und war in seine Residenz nach Nippur zurückgekehrt. Von dort aus informierte er Anu, die Minister und den Ältestenrat über meine, wie er es nannte, staatsfeindlichen Pläne. Doch Anu verstand es, Enlils Anschuldigungen als intrigantes Komplott gegen mich darzustellen und die erregten Gemüter der Regierungsmitglieder wieder zu beruhigen. Als aber dann durch Kains Geburt meine anunnakische Abstammung aufgedeckt wurde, konnte auch Anu nichts mehr für mich tun. Der Minister- und Ältestenrat kam nun Enlils Forderungen in allen Punkten nach.

Durch ein per Funk übertragenes Dekret wurde ich offiziell zum Geächteten erklärt und meine sofortige Verbannung nach Arali befohlen, während sie Enlil ein zweites Mal zum Oberbefehlshaber auf der Erde ernannten. Doch der Rote Planet war weit von der Erde entfernt. Bis zu seiner nächsten Annäherung verblieb mir, zumindest nach irdischen Zeitbegriffen noch sehr, sehr viel Zeit. Die anunnakische Bevölkerung Mesopotamiens wie auch das gesamte Team der nefilimischen Wissenschaftler stand geschlossen hinter mir. Und da Enlil keinen einzigen nefilimischen Soldaten zur Verfügung hatte, um gegen mich vorzugehen, musste er der fortschreitenden Verwirklichung meiner „staatsfeindlichen Pläne" macht- und tatenlos zusehen ...

Adam und Eva fanden indes in der fruchtbaren Ebene am Fuß des Sagrosgebirges, östlich des Tigris, eine neue Heimat. Sie lernten, ihren Bedarf an Nahrungsmitteln durch die Jagd und das Sammeln von Beeren, Früchten und Pilzen sowie durch den Anbau von Negragetreide sicherzustellen. Und schon ein Jahr nach Kains Geburt erblickte Evas zweiter Sohn Abel das Licht der Welt.
Abels Hautfarbe war hell, fast weiß. Seine Augen hatten die Farbe von poliertem Bernstein und sein Körperbau war eher schmächtig, aber dennoch kraftvoll. Während Kain, ein Hüne von Gestalt, im Alter von zwanzig Erdenjahren seine Erfüllung in der Viehzucht und dem rastlosen Leben eines umherziehenden Hirten fand, liebte Abel die Ruhe und Geborgenheit, die ihm das Leben eines sesshaften Bauern bot. Und so sahen sich die ungleichen Brüder nach ihrer Kindheit nur noch sehr selten. Doch einmal im Jahr zu Evas Geburtstag kehrte Kain zu seinen Eltern und seinem Bruder heim. Dann schlachtete er das kräftigste Tier aus seiner Herde und briet es am Spieß über dem von Adam kunstvoll aufgeschichteten Lagerfeuer. Abel bereitete indes mit seiner Mutter alle Köstlichkeiten, die sein Garten und seine Felder zu bieten hatten, für dieses Freudenmahl zu.
An Evas siebzigstem Geburtstag, zu dem wir schon am frühen Morgen von Eden angereist waren, hatte ich kurz nach unserer Ankunft im Sagrostal eine Vision. Ich sah in einem nur wenige Sekunden vor meinem inneren Auge erscheinenden Bild, wie ich vor Abel auf der Erde kniete. Sein Kopf war blutüberströmt und er hielt seine Hände hilfesuchend nach mir ausgestreckt.

Doch in dieser hellsichtigen Momentaufnahme konnte ich weder erkennen, welcher Art und wie schwer seine Verletzungen waren, noch wodurch und vor allem wann sie ihm zugefügt worden waren. So war mir diese Vision nicht hilfreich, ganz im Gegenteil, sie beängstigte und verwirrte mich gleichermaßen. Von diesem Zeitpunkt an fand ich keine ruhige Minute mehr, zumal ich mir seit den Ereignissen in Arali über die Unabwendbarkeit der Geschehnisse, die mir in Bildern einer vollendeten Zukunft gezeigt werden, schmerzlich bewusst war. Das Unglück würde ich also nicht verhindern können, dessen war ich mir sicher. Und so begann ich in einem mit mir selbst geführten Dialog über die möglichen äußeren Umstände nachzugrübeln, die Anlass zu diesem Geschehen geben könnten:
‚Eine Fehde mit einem anunnakischen Arbeiter? – Niemals, denn hier im Sagrostal lebten keine Anunnaki und selbst wenn dies der Fall wäre, sie liebten die menschlichen Geschöpfe ohne Ausnahme.'
‚Eine Auseinandersetzung mit einem der Festgäste? – Außer Adam, Eva und Kain, Archil mit Familie, Inanna, Marduk und mir war niemand anwesend und somit auch dies ausgeschlossen.'
‚Ein von Enlil geplantes Attentat? – Nein, sein Hass richtet sich gegen mich. Wenn er also einem Menschen etwas anzutun gedenkt, dann meinem Sohn Adam oder aber Kain, der das Mal der Anunnaki trägt und von ihm schon mehrere Male als missgebildeter, schwarzhäutiger Bastard verhöhnt worden ist.'
‚Eine von einem Terhabilis erectus fusca geführte Attacke gegen Abel? – Sicher nicht, denn die Terhabilis haben noch nie einen Nefilim oder Anunnaki angegriffen und überdies liegt ihre nächste Siedlung mehr als hundert Kilometer weit entfernt von hier.'
Auf diese Weise spielte ich jede nur denkbare Möglichkeit im Geiste durch, was mich letztendlich zu dem Schluss führte, dass dieses Unglück mit großer Wahrscheinlichkeit entweder durch einen Sturz von einem Baum oder von einem Felsen oder aber durch den Angriff eines Raubtiers oder eines wütenden Büffelbullen aus Kains Herde ausgelöst werden würde. Und so nahm ich mir vor, Abel nicht mehr aus den Augen zu lassen und, wiederum aufgrund meiner in Arali gewonnenen Erkenntnis, niemandem auch nur ein einziges Wort über das von mir „Gesehene" zu erzählen.

Meinem Entschluss folgend, kümmerte ich mich denn auch den ganzen Tag über ausschließlich um ihn, bot ihm meine Hilfe an und verfolgte jeden seiner Schritte. Ob er im Garten Gemüse für das Festessen erntete oder auf dem Feld nochmals nach dem Rechten sah, ich war bei ihm. Ich fütterte mit ihm die Hühner und Hausschweine und stand neben ihm in der Küche. Auch am Abend ließ ich ihn keinen Augenblick allein. Ich suchte ihn in meiner Nähe zu halten, indem ich ihn über seine Arbeit auf den Feldern, seine Erfolge in der Pflanzenzucht und das bäuerliche Leben im Allgemeinen ausfragte. Ich war so gefangen in meiner Sorge um Abel, dass ich nicht bemerkte, wie ich all die anderen sträflich vernachlässigte. Ich sah nicht die eifersüchtigen Blicke Kains, mit dem ich an diesem Tag noch keine fünf Sätze gesprochen hatte, obwohl er immer wieder das Gespräch mit mir suchte. Und es fiel mir auch nicht auf, wie ich ständig die von Abel geleistete Arbeit auf dem Feld und die von ihm zubereiteten Speisen pries. Kains Erfolgen in der Viehzucht und seinem vorzüglichen Braten hingegen zollte ich kein einziges Mal Lob. Heute weiß ich, dass ich ungewollt den Anstoß zu Abels Unglück gab. Ich, der ihn beschützen wollte, machte ihn zum unschuldigen Opfer. Durch mein von Blindheit geschlagenes Unvermögen, Kains verletzte Gefühle zu erkennen, trieb ich ihn zum Brudermord.
Und so geschah es, dass Kain kurz vor Mitternacht mit der Begründung, er müsse noch einmal nach seinen Tieren sehen, völlig betrunken unsere Runde verließ, und da Abel ihn in diesem Zustand nicht allein in die Dunkelheit hinausgehen lassen wollte, folgte er seinem Bruder.
„Wartet, ich komme mit!", rief ich ihnen, schon im Begriff, ihnen nachzulaufen, hinterher, doch Adam hielt mich sanft zurück. „Vater, die beiden sind keine Kinder mehr", sagte er lächelnd, „du kannst sie ruhig auch mal für ein paar Minuten allein lassen. Also komm, setz dich wieder zu uns ans Feuer, wir …"
„Nein, Adam, ich muss nach Abel schauen!", unterbrach ich ihn brüsk und nervös von einem Bein auf das andere tretend. „Ich mache mir Sorgen um ihn. Bitte verzeih, ich bin gleich wieder da!"
Ich wandte mich mit einem gezwungenen Lächeln von ihm ab und lief in die Nacht hinaus. Schon von Weitem hörte ich, wie Kain mit vor Wut bebender Stimme seinen Bruder beschimpfte, seine Worte aber verstand ich nicht. Es war stockfinster

und so rannte ich blindlings in die Richtung, aus der ich Kains Stimme vernahm. Und als ich wenig später den schattenhaften Umriss ihrer Körper in der Dunkelheit erkennen konnte, blieb ich stehen und rief nach ihnen.
Kains wütende Stimme verstummte und für einen kurzen Augenblick trat unheimliche Stille über dem Sagrostal ein. Kein Laut war mehr zu vernehmen. Ich ging weiter und rief noch einmal ihre Namen. Da sah ich, wie eine der beiden schemenhaften Gestalten plötzlich einen langen, unterarmdicken Gegenstand in den Händen hielt und mit weitem Schwung zum Schlag ausholte.
„NEIN!!!", schrie ich verzweifelt auf. Doch Abel wurde mit voller Wucht am Kopf getroffen und stürzte mit einem schmerzvollen Aufschrei zu Boden, während Kain sofort in der Dunkelheit verschwunden war.
Meine Vision war gelebte Realität geworden, denn als ich bei Abel angekommen war, hielt er mir mit blutüberströmtem Kopf flehend seine zitternden Arme entgegen. Ich warf mich vor ihm auf die Knie und hob vorsichtig seinen Kopf an.
„Ea, hilf ... hilf mir!", stöhnte Abel mit schwacher Stimme.
„Was ist nur geschehen? Warum hat dein Bruder das getan?", fragte ich weinend.
„Bitte ... bitte, du musst ... du musst ihm verzeihen, er wusste ... er wusste nicht, was er tat ... Du ... du musst ihn suchen ... und ihm sagen ..., dass du ihn genauso liebst wie ... wie mich. Weißt du ..., er glaubt, er sei weniger wert ... als ich, er ... er sagt ..., Enlil habe recht, wenn er ihn eine ... schwarzhäutige Mißgeburt nennt, und ... und er denkt, dass ... dass du ..."
„Pssst, bitte Abel, du darfst dich nicht so sehr anstrengen!", beschwor ich ihn eindringlich, wobei ich seinen zitternden Körper fest an meine Brust presste. „Bitte Abel, du musst jetzt ganz ruhig sein und dich nicht ..."
„Ja, aber ... aber du darfst ihn nicht ...", keuchte er, sich mit letzter Kraft in meinem Arm aufbäumend, „versprich mir ..."
„Ja, ich verspreche dir, ihn zu suchen und ihm zu verzeihen. Sei unbesorgt, Abel, doch jetzt werde ich dich zurück zur Hütte tragen. Es wird alles wieder gut. Hast du gehört?"
„Ja ...", seufzte er kraftlos. Einen Arm unter seinem Nacken, schob ich den anderen unter seinen Oberschenkeln hindurch, um ihn hochzuheben.
„Ea ...", flüsterte er mir da fast unhörbar zu.

„Ja, Abel, was ist?", fragte ich und blieb noch auf der Erde knien. „Ich ... ich liebe ...dich!", hauchte er mit schmerzverzerrtem Gesicht.
„Ich dich auch, Abel!", antwortete ich und küsste ihn auf seine blutüberströmte Stirn.
„Sag Kain ..., dass ich ihn ... ihn auch liebe ..."
Und mit diesen Worten der Liebe auf den Lippen starb Abel in meinen Armen. Ich spürte seinen Körper kraftlos in sich zusammensinken und es war mir, als würde ich von einem lauen Lüftchen umhüllt, das mich nach oben strebend zärtlich zu streicheln schien ...

122 Nefilimjahre
nach der Landung
Anno
10.800 v. Chr.

Seit der Ermordung Abels vor 3.500 Erdenjahren haben sich in Mesopotamien viele schreckliche Ereignisse zugetragen. Neben ausgedehnten Kälteperioden, die mit jahrzehntelangen Dürrezeiten abwechselten, forderte eine tödliche Viruskrankheit unzählige Menschen-, Anunnaki- und Nefilimleben. Auch Inannas Bruder Enlil fiel diesem Immunschwächevirus, das wir medizinisch HIV nennen, zum Opfer. Wie Honestus es einst vorhergesagt hatte, bestrafte er sich selbst härter und unbarmherziger, als es ein weltlicher Richter hätte tun können. Doch davon später mehr, denn ich möchte meine Erzählungen dort weiterführen, wo ich nach Abels Tod geendet hatte ...

... Ich konnte das Versprechen, das ich Abel kurz vor seinem Tod gab, nicht einlösen, denn Kain war und blieb von diesem Tag an verschwunden. Wir vermuteten, dass er über das Sagrosgebirge nach Osten ins Land der aufgehenden Sonne geflohen war und am Mündungsdelta des Nirwa eine neue Heimat fand.
So hatten Adam und Eva in dieser Nacht nicht nur einen, sondern beide Söhne verloren und es schien, als ob sie an den seelischen Qualen nach diesem Verlust zerbrechen würden. Erst nach Jahren überwanden sie dank der innigen Zuwendung Demis und Archils, die nach Abels Tod zu ihnen ins Sagrostal umgesiedelt waren, ihren Schmerz und fassten neuen Lebensmut. Sie wünschten sich, wieder Kinder zu haben, doch obwohl beide körperlich vollkommen gesund waren, wurde Eva nicht schwanger. Nach mehreren Hormonbehandlungen und kleineren chirurgischen Eingriffen, die wir bei ihr und zugleich bei Adam erfolglos durchgeführt hatten, bestand aus medizinischer Sicht kein Zweifel mehr daran, dass eine psychosomatische Blockade die Unfruchtbarkeit der beiden bedingte.
Nach fast zehn Jahren des Experimentierens, Hoffens und Wartens nahmen wir dann im Labor von Eridu zwei künstliche Befruchtungen vor. Den Samen für die In-vitro-Fertilisation der Terhabilis-Eizellen spendeten zwei nefilimische Wissenschaftler, während sich zwei ihrer Kolleginnen zur Leihmutterschaft bereit erklärten. Und als neun Monate später ein Mädchen und ein Junge das Licht der Welt erblickten, gehörte die kinderlose Leidenszeit von Eva und Adam endlich der Vergangenheit an. Überglücklich und in hingebungsvoller Liebe nahmen sie die Kinder Aschera und Baal als ihre eigenen an.

Für Inanna, mich und unsere wissenschaftlichen Kollegen war es nun an der Zeit, eine schon längst überfällige Grundsatzentscheidung zu fällen. Unabhängig von der vom Minister- und Ältestenrat auf Marduk geforderten Erschaffung arbeitsfähiger Erdlinge lag es jetzt einzig und allein in unserer Macht, darüber zu befinden, ob wir es vor unserem Gewissen verantworten konnten und wollten, den Planeten Erde mit einer größeren Population von Menschen zu bevölkern.

In einem geheimen Referendum ließ ich daraufhin meine Kolleginnen und Kollegen über diese Frage abstimmen. Ohne eine einzige Stimmenthaltung oder Gegenstimme sprach sich unser Team geschlossen mit „Ja" für eine Zukunft der Menschheit aus.

Mit einem solch eindeutigen Votum hatten weder Inanna noch ich gerechnet. Ganz im Gegenteil. Ich hatte aufgrund der emotional schwer zu bewältigenden Schicksalsschläge in den zurückliegenden Jahren das Schlimmste befürchtet. Und so war mir bei Verkündung des Abstimmungsergebnisses zumute, als fiele mir nicht nur ein Stein, sondern der Kleine und der Große Ararat zusammengenommen vom Herzen.

Das Ziel für unsere medizinische und labortechnische Arbeit war somit bestimmt. Doch bevor wir nun weitere, die verwandtschaftlichen Erbfaktoren nicht berücksichtigende Befruchtungen durchführen wollten, galt es zuerst einmal, eine Antwort auf die unabdingbare Frage zu finden:

Wie können wir eine möglichst große genetische Variabilität unter den fortpflanzungsfähigen Menschen gewährleisten? Wie das Risiko erblich bedingter Erkrankungen auf ein Minimum reduzieren? Wie einen im Promillebereich angesiedelten Verwandtschaftskoeffizienten garantieren, damit die Qualität der menschlichen Gene auch über Generationen hinweg auf hohem Niveau gehalten werden kann?

Viele Tage und Wochen verstrichen, in denen wir unzählige wissenschaftliche Berechnungen anstellten und endlos lange Diskussionen miteinander führten. Wir kannten den genetischen Code der Nefilim und Anunnaki sozusagen die Helix rauf und runter. Auch konnten wir auf eine über Hunderte von Generationen hinweg belegte Genealogie der biologischen Abstammungs- und Verwandtschaftsverhältnisse unseres Volkes zurückgreifen, aber was nutzte uns all das Wissen in Bezug auf den Menschen? Nichts. Mit Aschera und Baal verfügten wir ge-

rade mal über den Genpool einer einzigen zweiten Generation in direkter Linie zu Adam und Eva.
Was also tun? Eine auf Annahmen und Vermutungen aufgebaute Versuchsreihe mit menschlichen Wesen? Nein, ein solches Handeln wäre unverantwortlich, darüber waren wir uns einig. Und so standen wir mit dem Rücken zur Wand, bis mir eines Nachts Chi Honestus zu Hilfe eilte. Über die Grenzen von Raum und Zeit hinweg übermittelte mir mein Seelenfreund und wissenschaftlicher Mentor in einem Traum des Rätsels Lösung:

In einer strahlenden Aura aus reinem, weißem Licht erschien er mir, sein Gesicht umspielt von einem aus Sanftmut und grenzenloser Liebe geborenen Lächeln. Mein Herz hüpfte vor Freude, ihn zu sehen, und als sein Blick den meinen traf, war mir, als sei es mir für die Dauer eines winzigen Augenblicks vergönnt, durch seine von Weisheit und Erleuchtung erfüllten Augen in das endlose Meer seines begnadeten Wissens einzutauchen.

‚*Ea, es ist Gottes Wille, dass der Mensch die Erde bevölkern möge!*‘*, vernahm ich seine sonore Stimme aus dem Jenseits.*
‚*Gott ist Liebe und nichts als Liebe. Seine Liebe ist der Quell allen Lebens. Aus seiner Liebe seid ihr geboren und aus seiner Liebe wird das Menschenvolk geboren werden. So höre, was ich dir zu sagen habe:*
Die Zahl, nach der ihr sucht, ergibt sich aus der Zahl, deren Wurzel die Zahl der Unendlichkeit symbolisiert, multipliziert mit der Zahl der göttlichen Vollkommenheit! Die Zahl der göttlichen Vollkommenheit gibt euch zugleich auch den Zeitplan vor, den ihr, in irdischen Jahren gemessen, einhalten möget!
Und noch eines gebe ich euch zu bedenken:
Im Moment der Zellbefruchtung kehrt in jedes Lebewesen, ob Nefilim, Anunnaki, Mensch oder Tier, eine göttliche Seele und mit ihr der Geist des Lebens ein. Und da jede Seele aus der Liebe Gottes geboren ist, besitzt sie auch den von Gott gegebenen freien Willen! Achtet dieses Gebot und vollbringt euer Werk in Liebe!‘

Als ich aus dieser Vision erwachte, war ich erfüllt von grenzenloser Dankbarkeit und tiefer Demut. Ich fühlte mich so leicht, leicht wie eine Feder und unendlich glücklich. Durch die geistige Führung von Chi Honestus erlangte ich nicht nur das zur Bewältigung unserer wissenschaftlichen Aufgabe notwendige

Wissen, sondern auch die Gewissheit, dass unser Handeln im Einklang mit dem göttlichen Willen und seiner Schöpfung stand.

Anhand der von Honestus übermittelten Informationen war es nun ein Leichtes für mich, die erforderliche Anzahl von Samen- und Eizellenspendern zu errechnen, die eine genetische Vielfalt im Erbgut der Menschen sicherstellen konnten.

Die Zahl der Unendlichkeit ist **8**. Die Acht bildet die Wurzel aus **64**. Die Zahl der göttlichen Vollkommenheit ist **9**. Wenn man also die 64 mit 9 multipliziert, erhält man **576**. Die Quersumme aus 576 ergibt 18 und somit wiederum die 9, also die Zahl der göttlichen Vollkommenheit, die einen Zeitraum von **9** irdischen Jahren vorgibt.

Und so führten wir innerhalb von neun Erdenjahren jährlich je 64 Befruchtungen durch. Aus der Vielzahl freiwilliger Samenspender suchten wir genetisch nachweisbar nicht miteinander verwandte Nefilim und Anunnaki aus, während wir die Eizellen sippenfremden weiblichen Terhabilis erectus fusca entnahmen, die wir nach der Befruchtung nichtverwandten nefilimischen und anunnakischen Leihmüttern einpflanzten.

Nach der Geburt wurden die Kinder zusammen mit ihren Leihmüttern ins Sagrostal zu Eva und Adam gebracht, wo sie in der ständig größer werdenden Siedlung ein liebevolles Zuhause fanden. Marduk und Persus kümmerten sich um die geistige Erziehung der Menschenkinder, nefilimische Ärzte um ihre Gesundheit und anunnakische Bauern und Köche sorgten für ihr leibliches Wohlergehen.

Die körperliche und geistige Entwicklung der Kinder verlief analog zu der von Adam und Eva. Nach ihrer im dreizehnten Lebensjahr einsetzenden Pubertät wuchsen sie zu bildschönen und wohlgeformten Frauen und Männern heran. Im Alter von 25 Jahren war ihre körperliche Entwicklung abgeschlossen. Doch wie wir bereits bei Adam und Eva mit großer Verwunderung feststellen durften, stagnierte dann der körperliche und geistige Alterungsprozess der Menschen signifikant. Konnte man in der Zeit vom Baby bis ins Erwachsenenalter davon ausgehen, dass die Reifung und Entwicklung im Vergleich ein Erdenjahr zu einem Nefilimjahr betrug, verlangsamte sich die Alterung ab dem fünfzigsten Lebensjahr auf ein Verhältnis von 3:1. So entsprach Adams physische und psychische Verfassung im Alter von 150 Erdenjahren der eines fünfzigjährigen

Nefilim, was uns auf eine Lebenserwartung des Menschen von acht- bis neunhundert Erdenjahren schließen ließ.
So wurde Eva mit 117 Jahren noch einmal Mutter. Sie gebar, wie sie mit großer Ehrfurcht zu glauben schien, durch ein Wunder Gottes wieder einen Sohn. Er war das Ebenbild seines Vaters, weshalb sie ihn Seth (in der Nefilimsprache „der Zwillingsgleiche") nannte.
Die psychosomatischen Blockaden Adams und Evas waren mit der Zeugung Seths aufgelöst und so schenkte Eva noch vielen Töchtern und Söhnen das Leben, bis sie im Alter von 905 Jahren starb. Adam wurde 930 und Seth, der seinem erstgeborenen Sohn den Namen Enos gab, 912 Erdenjahre alt.
So erwuchs aus den Nachfahren Adams und den von uns durch künstliche Befruchtung gezeugten Kindern ein großes Volk heran.
In Mesopotamien lebten noch vor fünfhundert Jahren über 450.000 Menschen. Sie gründeten in ganz Mesopotamien Siedlungen, züchteten Vieh und bearbeiteten ihre Felder. Sie arbeiteten aber auch für uns Nefilim und Anunnaki. Unter ihnen waren Bergleute, Schmiede, Zimmerleute und Schiffsbauer, Maurer, Gießer, Töpfer und Maler.

Enlil gab, als er die schönen und arbeitsamen menschlichen Wesen heranwachsen sah, aus rein egoistischen und pragmatischen Beweggründen seine feindselige Gesinnung gegen mich auf. Er sah, welch gute Arbeit die Menschen für uns Nefilim und Anunnaki leisteten und wie willig sie seinen Befehlen folgten. Die Ausbeute an Bodenschätzen erreichte wieder die Fördermengen längst vergangener Tage und die materielle Ausbeute für ihn und seine Helfershelfer auf Marduk erzielte Gewinne in sprichwörtlich astronomischen Höhen. Doch Enlil fand nicht nur Gefallen an der Arbeit der Menschen, sondern auch an ihren schönen, wohlgeformten Körpern. Seine Mätressen genügten ihm für seine sexuellen Ausschweifungen nicht mehr und die Menschenkinder waren sehr gefügig. Sie betrachteten ihn als göttlichen Herrscher, dem es alle Wünsche zu erfüllen galt, und außerdem bot er denen, die in seinen Diensten standen, ein äußerst angenehmes Leben. Doch seine Zügellosigkeit übertrug sich auch auf seine Gefolgsleute innerhalb und außerhalb seiner Residenz. In Nippur hatte bald jeder mit jedem Geschlechtsverkehr. Männer schliefen mit Frauen und Männern, Frauen mit Männern und Frauen. Inzest über

Generationen hinweg, sexuelle Praktiken, die jeder Beschreibung entbehren, dazu wahre Sauf- und Fressorgien, ja sogar vor Sodomie, Notzucht und Missbrauch von Kindern schreckten Enlil und seine Liebesdiener und -dienerinnen nicht zurück. Bis dann vor 120 Erdenjahren in Nippur eine bei Menschen noch nie zuvor diagnostizierte Viruserkrankung ausbrach.
Unsere Mediziner wurden damals plötzlich auf mehrere Fälle einer früher ausschließlich bei den Terhabilis aufgetretenen, aber äußerst seltenen Form einer bakteriell hervorgerufenen Lungenentzündung (Pneumocystis carinii) aufmerksam, die mit einem sich zeitgleich bildenden, ebenfalls sehr seltenen Hautgeschwür (Kaposi-Sarkom) einherging. Während an der Virusinfektion zu Beginn ihres Ausbruches fast ausnahmslos ältere Menschen erkrankten, wurden im Verlauf von nur wenigen Jahren auch zunehmend junge Männer und Frauen von dieser ungewöhnlichen, immer tödlich verlaufenden Infektion befallen. Auch trat die Krankheit anfänglich nur bei Menschen auf, die in der Residenz Enlils ihre Dienste leisteten.
Ich vermutete, dass diese lebensbedrohliche Viruserkrankung irgendwie im direkten Zusammenhang zu dem sexuell zügellosen Lebenswandel und der durch Inzest mehr und mehr geschwächten Genqualität der Betroffenen stehen könnte. Doch das waren lediglich Vermutungen, die uns allein nicht weiterbrachten. Also konzentrierten wir uns auf die wissenschaftliche Erforschung der Krankheit im Bereich der Immunbiologie, da die krankheitsauslösenden Ursachen offensichtlich in einer deutlichen Schwächung des Immunsystems begründet waren.
Drei Jahre nach den ersten Erkrankungen konnte unser Forscherteam den Erreger identifizieren. Es handelte sich tatsächlich um ein genetisch von den Terhabilis übertragenes Virus, dem wir den Namen Homosapiens-Immundefizienz-Virus oder Menschliches Immunschwächevirus, kurz HIV, gaben. Die schnelle Isolation und detaillierte Beschreibung des Virus war eine Pionierleistung, die wir ohne die angewandte Gentechnik nicht erzielt hätten.
Durch die Identifizierung des Erregers wurden die Voraussetzungen für die Entwicklung sicherer Analyse- und Diagnoseverfahren geschaffen, anhand derer wir die Infektion durch diese Viren in Blutproben nachweisen konnten. Und das, ohne das lebensgefährliche HI-Virus im Labor züchten zu müssen. Doch so groß der bis dahin errungene Erfolg auch war, so stellte er nur den ersten Schritt in der Bekämpfung der Im-

munschwächekrankheit dar. Denn nun galt es, die molekulare Struktur und vor allem die Erbinformation, mit deren Hilfe das Virus sich vermehrt, genauestens zu untersuchen. Dabei erkannten wir, dass die große Variabilität des HI-Virus ein außerordentliches Problem darstellte, da es, ähnlich dem Malariaerreger, ständig seine Oberflächenstruktur ändert, womit es sich gegen den Zugriff des menschlichen, anunnakischen und nefilimischen Immunsystems schützt. Durch diese Eigenschaft erschwerte sich vor allem sein Nachweis und somit die Möglichkeit, wirksame Impfstoffe zu finden.

Eines der erstaunlichsten Phänomene, dem wir auf die Spur kamen, war die lange Latenzzeit, also die Zeitspanne, die von der Infektion bis zum Auftreten der ersten Krankheitssymptome verstreicht. Bei einer Erkältung beträgt die Latenzzeit nur wenige Tage, bei der Immunschwächekrankheit dahingegen mehrere Jahre. Das Virus versteckt sich während dieser Zeit in bestimmten weißen Blutkörperchen des Immunsystems. Es bleibt dort unerkannt, weil es sein Erbmaterial in das Erbgut des befallenen Blutkörperchens einbaut. Diese Erkenntnis wollten wir uns zunutze machen, indem wir bei einer bereits erfolgten Infektion versuchten, dem Virus diejenigen Moleküle des Immunsystems im Überschuss und in löslicher Form anzubieten, an die es sich geheftet hatte, um es so im Organismus abzufangen. Während aber das „Abfangen" des Virus im Reagenzglas sehr gut funktionierte, erwies es sich im menschlichen Körper gegen die HIV-Infektion als nutzlos.

So standen wir also wieder ganz am Anfang, indes wir tatenlos der Ausbreitung der Krankheit über ganz Mesopotamien und dem Sterben Hunderter Menschen, Anunnaki und Nefilim zusehen mussten. Es blieb uns nichts anderes übrig, als unsere Forschungsarbeit auch weiterhin auf die Suche nach anderen wirkungsvollen Medikamenten zu konzentrieren. Unsere Gentechniker und Molekularbiologen setzten hierbei große Hoffnungen in einen Wirkstoff, der den Stoffwechsel des Virus zu stören vermochte, denn der Stoffwechsel dient dem Erreger zu seiner eigenen Vermehrung in den befallenen Körperzellen. Wie bei einem Piratenakt zwingt das Virus die menschliche Zelle dazu, neue Viren hervorzubringen, anstatt ihrer normalen Funktion nachzugehen. Dafür stehen den Viren verschiedene Proteine zur Verfügung, die ihnen helfen, eine befallene Zelle für ihre Zwecke umzuprogrammieren.

Doch die jahrzehntelange, mit vielen Fehlschlägen verbundene Entwicklungsarbeit an diesem Wirkstoff und die aufwendigen Tests, die in jeder Entwicklungsstufe des Präparates durchgeführt werden mussten, erbrachten bislang keinen Erfolg. Optimistischen Schätzungen einiger Wissenschaftler zufolge würde es noch mindestens drei Jahre intensiver Forschungsarbeit in Anspruch nehmen, bis ein Medikament hergestellt werden könnte, durch welches eine wirksame Bekämpfung des HI-Virus möglich wäre. Dies wird allerdings durch die tragischen Geschehnisse im Verlauf der letzten Monate nicht mehr vonnöten sein. Doch bevor ich diese näher beschreiben will, möchte ich zum Thema HIV noch Folgendes anmerken:

Im Zuge unserer Forschung stellten wir fest, dass sich das Virus nur auf drei verschiedene Arten übertragen lässt. Das sind Vererbung, Blutübertragung auf welche Art und Weise auch immer, sowie durch Spermaaustausch, aber nur insofern der Erreger durch Wunden an Schleimhäuten in den Organismus eindringen kann. Weiterhin konnten wir die Abstammung des HIV mit an Sicherheit grenzender Wahrscheinlichkeit auf das SI-Virus, Südaffen-Immunschwäche-Virus, zurückführen. Dies war uns durch die genetische Analyse aller von uns genommenen und aufbewahrten Blutproben der Terhabilis und ihrer Nachfahren, also T. aralis, T. robustus, T. erectus, T. mesopotamiensis und T. fusca, möglich. In einigen von ihnen fanden wir den Erreger, der in seiner molekularen Struktur zu 98 Prozent dem des HI-Virus ähnlich war. Der Erreger wurde also über Jahrmillionen vererbt, von Spezies zu Spezies weitergegeben und evolutionierte somit quasi vom SIV zum HIV. Da ihn jedoch nur wenige Terhabilis aus den jeweiligen Populationen in sich trugen und er darüber hinaus nur in seltenen Fällen aktiv wurde, kam es bei ihnen nicht zu einer epidemieartigen Erkrankung, was wiederum der Grund dafür war, weshalb wir in der Vergangenheit nie auf das SIV aufmerksam wurden. Die Terhabilis schützten sich gegen den Erreger, ohne es zu wissen, indem sie monogam lebten; Inzest weitgehend vermieden, Blutübertragungen und Aderlass aus medizinischen oder aus religiös-okkulten Wahnvorstellungen heraus logischerweise nicht kannten, keinen Kannibalismus betrieben und niemals auf den Gedanken gekommen wären, sadomasochistische Sexualpraktiken auszuüben.

So blieben nun allein die Menschen vor der tödlichen Krankheit bewahrt, die nicht bereits durch Vererbung infiziert waren und

bei denen man die anderen Gefahren einer Virusübertragung ausschließen konnte. Das Letztere traf auch auf uns Anunnaki und Nefilim zu.
In den 120 Erdenjahren seit Ausbruch der Immunschwächekrankheit starben 212 Anunnaki, fünfzehn Nefilim aus Enlils Gefolge und über zehntausend Menschen.
Anu sowie seine Minister und Ältesten befürchteten nicht zu Unrecht, dass eine weitere Ausbreitung der Seuche nicht nur das ganze Menschenvolk, sondern auch die auf der Erde stationierten Anunnaki und Nefilim auszurotten drohte. Diese Angst bewirkte, wie schon des Öfteren in der Geschichte Marduks, einen plötzlichen Gesinnungswechsel der nefilimischen Regierungsmitglieder. Sie widerriefen meine Ächtung und entzogen Enlil, der sich bereits vor Jahren mit dem Virus infiziert und nach Einschätzung seines Leibarztes nicht mehr lange zu leben hatte, den Oberbefehl auf der Erde. Darüber hinaus stimmten sie jetzt meiner früheren Forderung zu, die nefilimischen Kolonien auf dem Blauen Planeten aufzulösen. Ich übermittelte ihnen meinen Dank, stellte aber unmissverständlich klar, dass ich und meine Familie, Archil, Demi und Persus sowie das gesamte wissenschaftliche Team auf eigenen Wunsch auf der Erde zurückbleiben würden, um an der Weiterentwicklung eines wirksamen Medikaments zu arbeiten. Ohne uns, so begründeten wir unsere Entscheidung, wären die Menschen verloren, und das würden wir unter keinen Umständen zulassen. Dieses Anliegen wurde von den Regierungsmitgliedern rundweg abgelehnt, unsere Heimkehr sogar durch ein offizielles Dekret befohlen. Wir ließen dem Ministerrat daraufhin über Funk mitteilen, dass wir die Ausführung dieser Anordnung verweigern würden, und brachen danach die Verbindung zum Raumfahrtzentrum auf Marduk ab.
Zu dieser Zeit war der Rote Planet nur noch zehneinhalb Erdenjahre vom Perigäum entfernt, was wiederum bedeutete, dass der Start der Raumfähre MS9 kurz bevorstand, sodass sie die Erdumlaufbahn ein Jahr vor Marduk erreichen konnte. Ja, und wie wir wenig später vom Kommandeur der Raumfahrtbehörde erfuhren, waren die Minister und Ältesten über unsere kategorische Befehlsverweigerung derart entsetzt, dass sie aus ihrer Mitte eine zwanzigköpfige Delegation bestimmten, die in Begleitung einer Hundertschaft Elitesoldaten mit der MS9 die Reise zur Erde antrat. Und das ließ vermuten, dass sie mich notfalls mit Waffengewalt zur Rückkehr zu bewegen suchten.

Auch Anu, der geschworen hatte, niemals eine dieser „fliegenden Blechkisten" zu betreten, verließ in der Hoffnung, uns durch sein persönliches Erscheinen doch noch umstimmen zu können, zum ersten Mal in seinem langen Leben den Roten Planeten ...

Enlil starb zwei Wochen vor dem 122. Eintritt der MS9 in die Erdumlaufbahn. Seine Erkrankung zog sich über einen wesentlich längeren Zeitraum hin und verlief ungleich dramatischer als bei allen anderen bisher mit HIV Infizierten. Sein Leibarzt versuchte ihm sein qualvolles Leiden durch hohe Dosen stärkster Betäubungsmittel erträglich zu machen, doch es schien fast so, als würden die Drogen seine Schmerzen nicht lindern, sondern noch steigern. Er konnte nicht mehr gehen, wurde blind und beinahe taub. Sein Körper magerte bis auf die Knochen ab, während sich unter dem Gewebe seines Kopfes Wasser ansammelte und ihn aufblähte. Tage- und nächtelang schrie er ohne Unterlass wie ein mit glühenden Eisen Gefolterter und nur selten fiel er für wenige Stunden in tiefe Bewusstlosigkeit.
Als er dann nach jahrelangem Kampf den Tod nahen sah, schickte er seinen Diener zu uns nach Eden, um mich zu sich zu rufen. Noch am gleichen Tag reiste ich in seine Residenz nach Nippur, wo ich Enlil bereits im Koma liegend vorfand. Ich wachte den Tag und die Nacht hindurch an seinem Bett, doch außer einem nur wenige Sekunden dauernden Augenblick, in dem er mich und „seinen Gott" um Vergebung bat, erlangte er das Bewusstsein nicht mehr. Sein Leidensweg war eine selbst auferlegte Sühne, sein Tod die Erlösung von sich selbst ...

Einen Tag nach Enlils Tod begann es in Mesopotamien endlich wieder zu regnen. Vorbei war die schreckliche Zeit der Dürre, die neben der Seuche seit 120 Erdenjahren die Menschheit geißelte. Sie hatte Hunger und Tod gebracht, zu Gewalt und Verbrechen geführt. Je schlimmer die katastrophale Hungersnot geworden war, umso mehr verrohten die Menschen. Mütter versperrten ihren hungernden Töchtern die Tür. Töchter bespitzelten ihre Mütter, um zu sehen, ob sie irgendwo etwas Essbares versteckt hatten. Väter jagten ihre Söhne von Haus und Hof. Söhne bezichtigten ihre Väter des Diebstahls oder gar des Mordes, um sie loszuwerden.
Doch nun ließ das lang ersehnte Nass wieder Hoffnung in unseren Herzen aufflammen, denn gegen das HI-Virus, davon waren wir überzeugt, würden wir ein Medikament oder einen Impfstoff finden, gegen die Natur hingegen waren wir machtlos. Keiner von uns ahnte, dass dieser Regen nicht unsere Rettung bedeutete, sondern als Vorbote einer noch viel entsetzlicheren Katastrophe zu uns kam. Ein wahres Inferno ungeahn-

ten Ausmaßes, das alle bisher über uns gekommenen Naturkatastrophen an Zerstörungsgewalt übertreffen sollte ...

Zwei Wochen nach Einsetzen der leichten, aber dauerhaften Regenfälle hatte ich nach langer, langer Zeit wieder eine Vision, in der ich riesige Eismassen ins Meer stürzen sah. Ich konnte mir keinen Reim darauf machen, denn die Eiszeit hatte ja durch die letzte Wärmeperiode, wie es schien, ein jähes Ende gefunden und die wandernden Gletscher hatten sich im Verlauf der Jahrtausende auf die Kontinente des nördlichen und südlichen Pols zurückgezogen. Es gab also keinen Grund zur Beunruhigung und so dachte ich auch nicht weiter darüber nach, was das „Gesehene" wohl zu bedeuten hatte. Erst als ich nach dem Eintritt der MS9 in die Erdumlaufbahn vom Kommandeur des Raumschiffes per Funkruf aufgefordert wurde, sofort an Bord zu kommen, um die aktuellen vom Orbit aus aufgenommenen Videos über eine sehr bedenkliche Veränderung der eisbedeckten Landmassen am Südpol zu analysieren, erinnerte ich mich wieder daran.

Als ich eine Stunde später die Kommandobrücke der MS9 betrat, wurde ich zu meiner größten Überraschung von Anu und der Delegation des Minister- und Ältestenrates empfangen. So sehr ich mich über die Anwesenheit meines Vaters freute, so sehr erboste mich die Gegenwart der Ratsmitglieder, denn dies, das fühlte ich, hatte nichts Gutes zu bedeuten.

„Ea, mein Sohn!", rief Anu freudestrahlend und kam mit ausgebreiteten Armen auf mich zu. „Oh mein Gott, wie habe ich dich vermisst!"

„Ich dich auch, Vater!", antwortete ich, während ich seine Umarmung annahm und er mich auf die Stirn küsste.

„Er ist nicht dein Sohn, großer Anu!", keifte da einer der Ältesten, wozu ihm die anderen Herren kopfnickend beipflichteten.

„Sei still, du alte Krähe!", schrie Anu ihn zornrot an, sodass dieser vor Schreck einen Schritt rückwärts stolperte und sein Gesicht augenblicklich aschfahl wurde.

„Ich lasse mir von dir nicht vorschreiben, wen ich meinen Sohn nenne! Und das gilt für alle anderen auch! Ihr habt mir lange genug dareingeredet, damit ist jetzt endgültig Schluss! Es wird nun höchste Zeit, dass ich euch endlich die Flügel der Überheblichkeit, Eitelkeit und Machtgier stutze! Ich bin Anu, König von Marduk, Herrscher über Nefilim und Anunnaki, und so sage ich euch, das ist mein Sohn, mein Erbe und Nachfolger auf

dem nefilimischen Thron! Und sollte es noch einmal einer von euch wagen, mir zu widersprechen, lasse ich ihn auf der Erde aussetzen, sodass ihm die Seuche oder die Flut den Garaus machen möge, habt ihr mich ein für alle Mal verstanden?"
So wütend und zum Letzten entschlossen hatte ich ihn noch niemals zuvor erlebt. Auch die Räte nicht. Keiner wagte fortan seine Stimme zu erheben, bevor er nicht von ihm dazu aufgefordert wurde.
„Und nun zu dir, mein Sohn", sagte Anu, nach einer kleinen Atempause wieder mir zugewandt. „Du musst die Erdmission auf der Stelle abbrechen. Ihr ..."
„Vater, das geht nicht! Wir müssen ...", wollte ich mit flehendem Blick einwenden, doch er unterbrach mich sofort mit erhobenem Zeigefinger und fuhr fort:
„Ihr habt keine andere Wahl, mein Sohn. Ihr müsst die Erde innerhalb der nächsten sieben Tage verlassen haben oder ihr werdet alle in der Springflut sterben, die schon sehr bald über ganz Mesopotamien hinwegfegen und alles vernichten wird!"
„Eine Flut? In Mesopotamien?", fragte ich ungläubig, wobei ich sogleich im Geiste einen Zusammenhang zwischen seiner Aussage und meiner Vision herzustellen versuchte.
„Ja, Ea", antwortete er mit sehr ernster Miene, „die Geologen hier an Bord haben bei unserem ersten Umlauf um die Erde eine Entdeckung gemacht, die ihre schon seit Langem gehegten Befürchtungen zu bestätigen scheint."
„Ich weiß, Kommandeur Amir hat bereits angedeutet, dass sich am südlichen Pol etwas verändert hat. Aber was hat das mit Mesopotamien und uns zu tun?"
„Das wird Chi Utmar dir in allen Einzelheiten erklären", erwiderte er, woraufhin er den angesehenen Geophysiker zu uns rufen ließ.

„Wie dir ja wohl bekannt ist, Ea, Sohn des Anu", begann Utmar seine Ausführungen, als er wenig später auf der Kommandobrücke eingetroffen war, „werden im Großrechner des Raumfahrtinstituts schon seit 622 Nefilimjahren sämtliche von Satelliten oder der MS9 übermittelten Daten der Erde gesammelt und ausgewertet. Wir analysieren die von Jahr zu Jahr vom Blauen Planeten aufgenommenen Infrarotaufnahmen und alle aktuellen Messdaten, um sie dann mit den bereits vorhandenen zu vergleichen. Von den Temperaturmesswerten des Erdinnern angefangen, über die Struktur und Dicke der Erdkruste, die Oberflächentemperaturen, die Zusammensetzung der Atmosphäre, die Dichte des Ozonschildes bis hin zu den gesamten Daten über die Stärke des Gravitations- und Magnetfeldes wissen wir so ziemlich alles über die Erde. Selbst die kleinste geologische und atmosphärische Veränderung innerhalb der letzten zwei Millionen Erdenjahre ist in unserem Rechner gespeichert. Wir ..."

„Schon gut, Utmar", schnitt ich ihm, ungeduldig geworden, das Wort ab, „wie du bereits erwähnt hast, sind mir diese Fakten bekannt. Also, gib mir jetzt bitte eine Antwort auf meine Frage, was das Eis am Pol mit einer Flut in Mesopotamien zu tun hat!"

„Nun, Königliche Hoheit, die Eisdecke an den Polen wurde und wird von Jahr zu Jahr dicker, während sich unter ihr nicht nur immer mehr Erdwärme ansammelt, sondern auch durch permanenten Druck und Reibung eine schlüpfrige Schicht zwischen ihr und dem festen Boden unter ihr bildet. Indem die schlüpfrige Schicht wie ein Schmiermittel wirkt, kann es vorkommen, dass das Eis in den umgebenden Ozean gleitet. Das ist im Verlauf der Erdgeschichte schon mehrere Male geschehen, doch noch nie hat die Eisdecke eine solch immense Dicke erreicht wie zum jetzigen Zeitpunkt und sie ist auch nie zuvor so schnell in Richtung des Südlichen Ozeans verschoben worden. – Wenn nun, wie früher geschehen, ein Teil der Eismassen langsam in den Ozean gleiten würde, hätte dies über Jahre hinweg gesehen einen Anstieg des Meeresspiegels um etwa fünf bis acht Meter zur Folge und lediglich die flachen Küstenregionen der südlichen Kontinente würden überschwemmt werden. Doch die im Moment gegebene planetare Konstellation könnte diesen Vorgang gefährlich beeinflussen, denn in sieben Tagen wird Marduk am Planeten Jupiter vorbeiziehen. Sobald er aus dem Schatten Jupiters tritt, wird seine Schwerkraft schlagartig auf die Erde einwirken und einige mittlere bis schwere Erdbeben auslösen. Wir vermuten, ach, was sage ich da, wir sind uns absolut sicher, dass dadurch die Eisdecke abbrechen und als Ganzes in den Ozean stürzen wird. Innerhalb weniger Sekunden werden dann Milliarden Tonnen von Eis das Wasser verdrängen. Eine Springflut von unvorstellbarem Ausmaß, die den Meeresspiegel nicht um acht, sondern um mehr als zwanzig Meter ansteigen lässt, wird dann alles mit sich reißen und auch vor Mesopotamien nicht haltmachen."

Ich war zutiefst erschüttert. Nun wusste ich, vor welch verheerender Katastrophe meine Vision mich hatte warnen wollen. Und so gab es für mich auch keinen Zweifel mehr, dass Chi Utmar und seine Kollegen mit ihren wissenschaftlichen Berechnungen und Vorhersagen recht behalten würden.
Was sollte ich jetzt bloß tun? – Wie die Menschen vor dem sicheren Tod bewahren? Meine Hände begannen zu zittern. Sämtliche Zellen in meinem Gehirn waren in wilde Panik geraten und plötzlich zu einer chaotischen Treibjagd nach einem rettenden Gedanken aufgebrochen.
„Wie viele Großraumlandefähren haben wir zur Verfügung?", brachte ich, Kommandeur Amir zugewandt, mit fahriger Stimme hervor.
„Vier, Ea!", antwortete er.
„Also zweihundert Plätze bei maximal vier Landungen am Tag, ergibt achthundert. Achthundert mal sieben ..."
„Nein, mein Sohn, das kommt nicht in Frage!", unterbrach mich Anu, der meine laut geäußerten Berechnungen sofort zu deuten wusste.
„Aber, Vater, wir müssen die Menschen evakuieren, zumindest einen Teil von ihnen! Wir können doch nicht zulassen, dass die ganze Menschheit elend zugrunde geht!", begehrte ich auf, während augenblicklich ein aufgeregtes Raunen durch die Reihen der Minister und Ältesten lief.
„Doch, Ea, das werden wir wohl müssen!", antwortete er mit ernster Miene. „Wir können und dürfen keine Menschen hier an Bord nehmen."
„Warum nicht?", rief ich verzweifelt. „Die Menschen da unten, das sind die Kinder meiner Kinder, verstehst du?"
„Ja, mein Sohn, aber ..."
„Nein, kein Aber!", fiel ich ihm, vor Erregung am ganzen Körper bebend, ins Wort. „Wenn ich auch nicht alle retten kann, so doch zumindest einen Teil von ihnen. Auf jeden Fall werde ich nicht tatenlos dabei zusehen, wie das ganze Menschenvolk auf einen Schlag ausgelöscht wird! – Bitte, Vater, sag mir, dass du mir dabei helfen wirst!"
„Das kann ich nicht, Ea."
„Wieso nicht?"
„Weil ich König der Nefilim und Anunnaki bin. Ich habe mit der mardukschen Krone die Verantwortung übernommen, stets für das Wohl und die Gesundheit meiner Untertanen zu sorgen, so wahr mir Gott helfe. Dem bin ich bisher immer nach bestem

Wissen und Gewissen nachgekommen und deshalb kann ich es jetzt nicht zulassen, einen dieser Menschen an Bord der MS9 oder gar auf den Roten Planeten zu bringen. Die Erdlinge sind zu einem Volk von Dieben und Mördern, Huren und Vergewaltigern verkommen und sie tragen dieses tödliche Virus in sich."

„Aber doch nicht alle, Vater! Auf der Erde leben viele ehrbare und gute Menschen, von denen sich manch ein Nefilim oder Anunnaki eine Scheibe abschneiden könnte."

„Das mag ja sein, mein Sohn, aber wer garantiert uns, dass nicht auch sie von dem Erreger infiziert sind?"

„Wir könnten Bluttests durchführen!"

„Hunderte und Tausende von Blutentnahmen und Analysen in sieben Tagen? Nein, uns bleibt gerade genügend Zeit, die Tests bei allen Anunnaki und Nefilim durchzuführen und dann die Infizierten unter Quarantänebedingungen an Bord der MS9 zu bringen, bevor wir dann alle anderen evakuieren können."

Ich wusste, dass Anu mit dem, was er sagte, die realen Tatsachen schonungslos beim Namen nannte, doch ich wehrte mich verzweifelt, diese zu akzeptieren.

„Bitte, Vater, lass mich wenigstens zwei oder drei dieser Menschenkinder mit nach Marduk nehmen!", flehte ich ihn an.

„Nein, Ea, tut mir leid, nicht ein einziges!", entgegnete er mit unerschütterlich fester Stimme, während er auf mich zukam und mich in die Arme nahm. „Glaub mir, ich kann deinen Schmerz nachempfinden. Ich weiß, wie sehr du die Menschen und den Blauen Planeten liebst, doch gegen die Natur sind wir machtlos. Wir müssen uns ihren Gesetzen unterwerfen, ob wir das wollen oder nicht. Die Flutkatastrophe ist unabwendbar. Sie wird über die Erde kommen so wie zuvor die eisigen Kälteperioden und die Dürrezeiten, die Malaria und die HIV-Seuche, deshalb bleibt uns jetzt nur das eine: Wir müssen mit allen uns zur Verfügung stehenden Mitteln versuchen, unseren Heimatplaneten und unser Volk vor jeglichem Unheil zu bewahren. – Und deshalb bitte ich dich von ganzem Herzen, nimm meinen Befehl ohne Wenn und Aber an. Bring deine Familie und deine Freunde in Sicherheit und schwöre mir bei deinem Leben, mit keinem Menschen über die nahende Katastrophe zu reden!"

Ich war völlig am Boden zerstört. Unfähig, ein Wort über die Lippen zu bringen, stand ich mit apathisch in die Ferne gerichtetem Blick vor ihm. Tränen rannen mir über die Wangen und es war, als ob der Schmerz in meinem Herzen mir jedes Realitätsempfinden rauben würde.

„Ea, bitte schwöre mir, dass du mit keinem Menschen darüber reden wirst!", hörte ich Anu sagen, der mich besorgt an den Schultern fasste und sanft schüttelte.

„Ich verspreche es dir!", antwortete ich geistesabwesend und wandte mich von ihm ab. „Die Zeit drängt. Ich muss gehen."

„Ea, warte!", rief er mir hinterher.

Ich blieb stehen und drehte mich zu ihm um.

„Schwöre mir beim Namen deiner Mutter, dass du den Menschen gegenüber Stillschweigen bewahren wirst!", forderte er mich noch einmal mit eindringlicher Stimme auf.

„Ich schwöre beim Namen meiner geliebten Mutter!", antwortete ich mit erhobener Hand, bevor ich die Kommandobrücke verließ, um zur Erde zurückzukehren ...

„NS7.9 an Kommandobrücke, kommen!", meldete ich mich wenig später mit mechanischer Gleichgültigkeit bei Amir aus meiner in Schleuse 12 der MS9 angedockten Landefähre.

„NS7.9, kommen!"

„Instrumentencheck positiv. Rechner aktiviert. Bitte um Koordinaten!"

„Koordinaten überspielt. Abkoppelung in 0,2 Einheiten!"

Die inneren Schleusentore schlossen sich und die Kontrollleuchte sprang von Rot auf Grün.

„Druckausgleich aktivieren!"

„Druckausgleich in NS7.9 aktiviert!"

Das ohrenbetäubende Heulen der Schleusensirenen setzte ein, während die grellen Blitze des Warnblinklichtes wie feurig rote Pingpongbälle an den Wänden der Druckkammer hin- und hergeschleudert wurden. Unter Ächzen und Stöhnen hob sich das tonnenschwere äußere Tor und gab mir nun Zentimeter für Zentimeter den unbeschreiblich schönen Blick auf den Blauen Planeten frei.

„Schub auf Volllast!", versicherte sich Amir.

„Schub auf Volllast!", bestätigte ich.

„Starte Countdown! – Zehn – neun – acht – sieben – sechs – fünf – vier – drei – zwei – eins – null!"

Und als dann die NS7.9 in der Schwerelosigkeit des Raumes lautlos dahinschwebte, sah ich das in über 400.000 Jahren auf der Erde Durchlebte gleich einem auf wenige Minuten komprimierten Film an meinem inneren Auge vorüberziehen.

Der Abspann zeigte ertrinkende Kinder, erschlagene Männer und Frauen. Flehende Hände streckten sich mir entgegen. Tosende, von Blut gefärbte Fluten rissen sie hinweg, bevor ich sie ergreifen konnte! Und ich weinte und schrie:
„Warum? Oh mein Gott, sag mir, warum muss das geschehen???" ...

Archil empfing mich auf dem irdischen Raumflughafen in Sippar. Ich berichtete ihm von der nahenden Flut und der Entscheidung des großen Anu, aber auch von meinem Plan, den ich während des Rückfluges zur Erde gefasst hatte.
Über Funk informierten wir daraufhin die Verwalter aller nefilimischen Siedlungen über eine von der mardukschen Regierung angeordnete Notfall-Evakuierungs-Übung. Da solche Übungen auf Marduk regelmäßig in allen öffentlichen Gebäuden durchgeführt werden müssen, wäre es nun auch einmal an der Zeit, hier auf der Erde den Ernstfall zu proben, so die Begründung in meinem offiziellen Dekret. Die von mir vorgegebenen Maßgaben für diese Übung lauteten:
Alle Nefilim und Anunnaki müssen innerhalb von sieben Tagen auf die MS9 evakuiert werden. Da es aufgrund der derzeit bestehenden Seuchengefahr unabdingbar ist, vor dem Betreten der MS9 eine gesundheitliche Kontrolluntersuchung durchzuführen, hat sich jeder, ob Mann, Frau oder Kind, einem Bluttest zu unterziehen. Die mit HIV Infizierten müssen sofort unter Quarantäne gestellt und mit einer speziell für diesen Zweck ausgerüsteten LF1000 zur Raumfähre gebracht werden.
Diese sicher abenteuerliche Notlüge wurde jedoch zu meiner eigenen Überraschung ohne Widerrede angenommen und als wäre es ein Befehl zur Mobilmachung, sofort umgesetzt. Darüber waren Archil und ich sehr erleichtert, denn die Wahrheit hätte nicht nur unter den Nefilim und Anunnaki eine Panik ausgelöst, sondern auch oder erst recht unter den Menschen. Und so erfuhren nur Inanna, Demi und unsere Söhne von der nahenden Katastrophe, meine weiteren Pläne hielt ich jedoch auch vor ihnen geheim.
Noch am gleichen Tag ritt ich unter einem falschen Vorwand in Begleitung meines Freundes von Sippar aus zu einem kleinen Dorf nordwestlich von Schuruppak. Dort in Shalomspynt lebte Noah, Sohn des Lamech.
Lamechs Stammbaum führte in direkter Linie auf Seth, Sohn des Adam, zurück und somit war Noah ein Ur-Ur-Urenkel von mir. Noah, der Name bedeutet in unserer Sprache so viel wie „Ruhe oder Trost", war zu dieser Zeit gerade sechshundert Erdenjahre alt geworden und seit dem Tode seines Vaters Oberhaupt der kleinen, 576 Seelen zählenden Dorfgemeinschaft, die fernab der großen Menschensiedlungen und Koloniestädte ein karges, aber äußerst zufriedenes Leben führte.

In der bewusst gewählten Abgeschiedenheit der nordwestlichen Euphratebene teilten sich diese von gegenseitiger Achtung und Liebe erfüllten Menschen die mühsame Arbeit auf dem Feld und züchteten Schafe, Ziegen, Büffel und Schweine. Außer Noah, der einer Familientradition zufolge alle fünfzig Jahre einmal zu uns nach Eden gereist war, hatte noch keiner aus der Gemeinschaft das Dorf verlassen. Sie wollten mit dem ruchlosen Treiben der Stadtmenschen nichts zu tun haben, vor dem sie schon Methusalah (Vater des Lamech, wurde 969 Jahre alt) gewarnt hatte ...

Als wir am frühen Nachmittag im Dorf ankamen, wurden wir von den Kindern und Frauen mit überschwänglichem Jubel empfangen, während Noah, so wie alle Männer zu dieser Tageszeit, mit der Arbeit auf den umliegenden Getreide- und Gemüsefeldern beschäftigt war. Da die Zeit drängte, bat ich seine Frau, nach ihm zu sehen und ihn zu mir zu bringen. Sie kam meiner Bitte nach, ließ es sich jedoch nicht nehmen, uns zuerst in ihre Hütte zu begleiten und uns mit frisch gebackenem Brot und Ziegenmilch zu bewirten.
Als Noah dann wenig später freudestrahlend ins Dorf gelaufen kam, fing ihn Archil vor der Hütte mit auf die Lippen gelegtem Zeigefinger ab. Flüsternd bat er ihn, leise zu sein, da ich mich für ein paar Minuten hingelegt hätte, um mich von den Strapazen der Reise zu erholen. Noah nickte verständnisvoll und folgte Archils Aufforderung, auf der kleinen Bank vor der Hütte Platz zu nehmen.
Ich lag jedoch nicht, wie von meinem Freund vorgegeben, schlafend in Noahs Bett, sondern saß am Tisch inmitten der kleinen, nur mit dünnen Holzbrettern verschalten Hütte und lauschte der angeregten, im Flüsterton geführten Unterhaltung der beiden.
„Ich denke, Ea hat nun lange genug geschlafen", sagte Archil nach einiger Zeit, „ich werde zu ihm gehen und ihm sagen, dass du hier auf ihn wartest."
„Soll ich nicht gleich mit dir kommen?", wollte Noah wissen, wobei er sich erhob.
„Nein, bitte warte hier!", entgegnete Archil und fügte mit betont ernster Stimme hinzu: „Weißt du, ich muss mit Ea noch etwas unter vier Augen besprechen. Es geht um eine streng geheime Staatsangelegenheit der Nefilim. Also bitte, Noah, egal, was auch immer geschehen mag, bleib hier auf dieser

Bank sitzen und komm unter keinen Umständen zu uns in die Hütte, bevor ich dich nicht dazu auffordere, hast du gehört?"
„Keine Sorge, Archil, ich rühre mich nicht vom Fleck, auch wenn mir ein Skorpion das Hosenbein hinaufkrabbeln sollte!", lachte Noah und setzte sich wieder.
„Danke, mein Freund!", antwortete Archil, indes er ihm freundschaftlich auf die Schulter klopfte und daraufhin das vor dem Eingang zur Hütte hängende Webtuch beiseiteschob, um zu mir hereinzutreten.
„Ea, bist du wach?", fragte er laut, während er zu mir an den Tisch kam und sich setzte.
„Jetzt ja!", gähnte ich gekünstelt und zwinkerte ihm zu. „Ist Noah schon da?"
„Er wartet draußen vor der Hütte.", erwiderte Archil.
„Ja, und warum kommt er dann nicht herein? Mag er mich nicht mehr oder hat er plötzlich Angst vor mir?"
„Aber nein, Ea, ich habe ihn gebeten, noch etwas zu warten, denn bevor du mit ihm redest, möchte ich von dir wissen, was du von deinem Vater und den Ministern erfahren hast, als du heute Morgen mit ihnen auf der MS9 zusammengetroffen bist."
Ich räusperte mich, stand auf und ging näher zu der Wand, vor der Noah saß.
Bemüht, nicht zu leise, aber auch nicht unnatürlich laut zu sprechen, wiederholte ich nun vor Archil noch einmal Wort für Wort das mit Anu und Chi Utmar über das Schicksal der Erde geführte Gespräch.
„Ich musste beim Namen meiner Mutter schwören, keinem menschlichen Wesen von der drohenden Flut zu erzählen", beendete ich dann meine Ausführungen, die Archil so echt, als würde er sie zum ersten Mal hören, kommentiert hatte.
„Und was wirst du nun unternehmen?", fragte er mich.
„Meinen Schwur halten!", gab ich zurück.
„Aber Ea, dann wird kein Mensch die Katastrophe überleben!"
„Ich weiß, Archil, doch mir sind die Hände gebunden, verstehst du? Ich kann und darf meinen Eid vor Anu nicht brechen!"
„Ja, das verstehe ich sehr gut, mein Freund! Einen solchen Eid zu brechen, käme einem Vaterlandsverrat gleich", konstatierte Archil und fuhr dann, begleitet von einem tiefen Seufzer, fort: „Ach, Ea, das, was ich jetzt sage, ist sicher kein Trost für dich, aber ich denke, dass es keine Rolle spielt, ob die Menschen vor der nahenden Springflut gewarnt werden oder nicht, denn selbst wenn zum Beispiel Noah davon erfahren würde, wie

könnte er sich und seine Familie vor den alles mit sich reißenden Wassermassen in Sicherheit bringen?"
„Da wüsste ich schon eine Möglichkeit."
„Und die wäre?"
„Nun, wenn ich Noah wäre und wüsste, dass in sieben Tagen eine Flut ganz Mesopotamien überschwemmen wird, würde ich sofort damit beginnen, alle Hütten niederzureißen, die Boote, Wagen und alles aus Holz Gezimmerte zerlegen, um daraus ein Schiff zu bauen."
„In sieben Tagen ein Schiff bauen, das allen 576 Menschen des Dorfes Platz bietet und vor allem stabil und dicht genug ist, um den Fluten zu widerstehen?"
„Nun, die Zeit ist zwar knapp, doch zu schaffen wäre es. Natürlich müssten alle Dorfbewohner Hand in Hand arbeiten. Ich würde den Männern befehlen, das Schiff zu bauen, während die Kinder und Frauen Bitumen zum Abdichten aus den nur einen Kilometer südlich von hier gelegenen Oberflächenquellen herbeischaffen."
„Aber ein Schiff herkömmlicher Bauart würde den Stürmen und haushohen Wellen nicht standhalten, Ea."
„Richtig, deshalb darf das Schiff keine Deckaufbauten, keine Masten und Segel, ja, überhaupt keine einzige Öffnung haben außer einer kleinen Luke am Dach und einer Tür oben an der Seite. Schau, so stelle ich mir das ungefähr vor."
Ich ging zurück zum Tisch, nahm das darauf liegende Brotmesser in die Hand und begann mit geübten Strichen einen regelrechten Konstruktionsplan des Schiffes in die Tischplatte einzuritzen.
„Siehst du, Archil, so könnte es aussehen. Es müsste sozusagen überdacht sein. Eine Art doppelwandiges Unterwasserboot, das ringsum hermetisch versiegelt und mit Bitumen abgedichtet wird, sodass es unsinkbar ist."
„Das leuchtet mir ein, Ea, aber da gibt es doch noch so viele Dinge zu berücksichtigen, wie zum Beispiel eine ausreichende Sauerstoffversorgung im Innern des Schiffes zu gewährleisten sowie genügend Nahrungsmittel, Trinkwasser und so weiter an Bord zu bringen."
„Sicher, Archil, doch Noah wäre intelligent genug, ein durch die Doppelwandigkeit des Rumpfes leicht herzustellendes Belüftungssystem einzubauen. Ferner würde er alles Ess- und Trinkbare und darüber hinaus möglichst viele lebende Tiere

aller Art an Bord schaffen. So könnten er und seine Familie über Monate hinweg auf dem Wasser überleben."
„Na ja", seufzte Archil schwermütig, „das hört sich alles sehr gut an, aber was nützt es, wenn wir Noah nicht die Wahrheit sagen dürfen?"
„Nichts!", antwortete ich.
„Und was gedenkst du jetzt zu tun, Ea?"
„So schnell als möglich wieder von hier verschwinden. Ich kann Noah und den anderen nicht mehr in die Augen schauen, ohne dass mein Herz daran zu zerbrechen droht."
„Also gut, dann lass uns gehen, ich werde schon eine Ausrede finden, die unseren übereilten Aufbruch rechtfertigen wird."
„Danke, Archil, du bist ein wahrer Freund!", sagte ich augenzwinkernd zu ihm.
Nach einer kleinen Kunstpause rief ich dann Noah zu uns in die Hütte. Seine ungewohnt kühle und zurückhaltende Begrüßung verriet uns sofort, dass unsere Rechnung aufgegangen war und er jedes einzelne Wort unseres für ihn inszenierten Gesprächs verfolgt hatte. Auf ein kurzes „Na, wie geht es dir, Ea?" und die Frage, ob er uns etwas zu trinken anbieten dürfe, was wir dankend ablehnten, fragte er, betreten zu Boden schauend, nach dem Grund unseres Kommens.
Archil erzählte ihm, dass wir dringend nach Sippar zum Raumflughafen müssten, um eine von Anu angeordnete Evakuierungsübung zu überwachen.
„Und da wir wissen, dass ihr bei Nacht die strahlenden Triebwerke der startenden und landenden Raumschiffe von hier aus gut beobachten könnt", fuhr er fort, „dachten wir, du solltest über die Hintergründe dieser Aktion Bescheid wissen. Wir möchten vermeiden, dass ihr euch unnötig ängstigt und glaubt, es wäre etwas Schlimmes geschehen. Ja, und deshalb haben wir auf unserer Reise von Eridu nach Sippar den kleinen Umweg gerne in Kauf genommen, um kurz hier bei euch vorbeizuschauen."
„Danke, das war sehr rücksichtsvoll von euch!", antwortete Noah, ohne die beißende Ironie in seiner Stimme zu verbergen.
„Nichts zu danken", erwiderte Archil lächelnd, so als hätte er seinen Spott überhört. „Doch jetzt müssen wir schleunigst aufbrechen. Die Zeit eilt, nicht wahr, Ea?"
„Ja, wir müssen uns beeilen", antwortete ich und wandte mich Noah zu. Ich spürte förmlich seine feindseligen Gefühle gegen

mich und wusste, dass er mich in diesem Augenblick in Gedanken verfluchte. Es schmerzte mich sehr, doch was war dieser eitle Schmerz gegen den Balsam der Hoffnung, die jetzt wieder in meinem Herzen entflammt war.
„Also, lass es dir gut ergehen, Noah, wir werden uns bald wiedersehen!", sagte ich, indem ich ihn umarmte.
„Bist du dir da sicher?", gab er spitz, meine Umarmung nicht erwidernd, zurück.
„Bestimmt!", antwortete ich ihm, so fröhlich es mir angesichts der gegenwärtigen Situation möglich war. Und nachdem ihn auch Archil zum Abschied in die Arme geschlossen hatte, verließen wir schweigend die Hütte.
Während Noah mit finsterer Miene und mit über der Brust verschränkten Armen vor der Hütte stehen blieb, bestiegen wir unsere Pferde und ritten, den auf dem Dorfplatz versammelten Frauen und Kindern zuwinkend, davon. – Nach etwa hundert Metern hielt Archil jedoch noch einmal sein Pferd an und drehte sich, fest im Sattel sitzen bleibend, um.
„Ach, Noah, beinahe hätte ich vergessen, mich bei dir zu entschuldigen!", rief er ihm zu.
„Wofür?"
„Für die von uns zerkratzte Tischplatte!", antwortete er lachend.
„Welche Tischplatte?", brummte Noah kopfschüttelnd vor sich hin, doch dann schien es ihm plötzlich zu dämmern, was Archil mit dieser Anspielung gemeint haben könnte. Eilends verschwand er in seiner Hütte und wenig später hörten wir noch seine Worte, die der Wind uns hinterhertrug:
„Ich liebe dich auch! – Wir alle lieben dich! – Danke, Ea!" Und so hatte Noah den Plan und auch meine Botschaft entdeckt, die da lautete:

Sturm von Süden – Ararat im Norden!
Ich liebe euch, meine Kinder!
Ea von Marduk

Die seit zwei Wochen über Mesopotamien niedergehenden Regenfälle waren von Tag zu Tag heftiger geworden. Von Süden wehte ein kräftiger Wind und die Temperaturen sanken von plus 40 Grad Celsius auf 20 Grad.
Die Vorbereitungen für unsere als Übung getarnte Notevakuierung waren in vollem Gange. Alles verlief ruhig und in geordneten Bahnen. Doch die Stunden und Tage zerrannen uns wie Sand zwischen den Fingern. Unsere technische und wissenschaftliche Ausrüstung, dessen war ich mir vier Tage nach meinem mit Anu geführten Gespräch bereits bewusst, konnte nicht in Sicherheit gebracht werden, denn die Entnahme und Analyse der erforderlichen Bluttests, ohne die wir ja die Evakuierung auf die MS9 nicht beginnen konnten, hatte mehr Zeit in Anspruch genommen, als von uns für diese Aktion eingeplant worden war. So verließen erst am fünften Tag die unter Quarantäne gestellten HIV-Erkrankten und nach ihnen die anunnakischen Kinder und Frauen in Begleitung von Inanna und Demi an Bord unserer Landefähren die Erde.
Kein Anunnaki oder Nefilim ahnte, in welcher tödlichen Gefahr sich jeder noch auf den Flug in den Orbit Wartende befand, bis am frühen Morgen des siebten Tages die Erde unter unseren Füßen zu vibrieren begann. Augenblicklich breitete sich Angst und Schrecken unter allen Lebewesen in Mesopotamien aus, während sich die leichten Vibrationen zusehends zu einem starken, mehrere Minuten andauernden Beben steigerten. Die in freier Wildbahn lebenden Tiere flüchteten ihrem Instinkt folgend nach Norden. Unsere Zuchttiere brachen aus Koppeln und Ställen aus, die Herden der Hirten sprengten in alle Himmelsrichtungen auseinander und trampelten alles nieder, was sich ihnen in den Weg stellte. Unzählige Hütten, Zelte und Häuser stürzten durch die Erschütterungen in sich zusammen und begruben die Menschen unter sich, die sich nicht rechtzeitig ins Freie retten konnten.
Innerhalb nur weniger Minuten, die sich gleich endlosen Stunden voller Entsetzen und Todesangst auszudehnen schienen, starben allein in Sippar 315 Menschen in den Trümmern ihrer Behausungen oder unter den Hufen der in Panik flüchtenden Pferde und Büffel. Mit ihnen fanden auch acht Anunnaki und zwei Nefilim durch das vom Roten Planeten ausgelöste Beben den Tod. Sie hatten versucht, ihre irdischen Freunde aus den

zusammenstürzenden Häusern zu retten, wobei sie selbst erschlagen oder verschüttet wurden.
Als das Erdbeben einsetzte, saß ich mit Archil in Serenus' ehemaligem Blockhaus am Rande des irdischen Raumflughafens in Sippar, um die Koordinaten für die nächste Landung einer GF5.0 zu überprüfen. Plötzlich verdunkelte sich der Himmel und bevor wir uns überhaupt richtig bewusst wurden, was da um uns herum geschah, fing das morsche Gebälk des Dachstuhls mit fürchterlichem Knarren an zu schwingen. Jahrtausendealter Staub ergoss sich fast lawinenartig von der zerberstenden Deckenschalung herab und hüllte in Sekundenbruchteilen den ganzen Raum in einen undurchdringlichen, fürchterlich in Augen und Hals brennenden Nebel.
Wir tasteten uns hustend und unsere tränenden Augen reibend zur Tür, doch noch ehe wir sie erreichen konnten, stürzte das Holzhaus krachend über uns zusammen. Ein Balken traf mich am Kopf und ich verlor das Bewusstsein ...

Als ich wieder zu Bewusstsein kam, war das Beben abgeebbt. Noch etwas benommen setzte ich mich neben Archil auf, der mich aus der einstürzenden Hütte gerettet hatte. Er kniete im wolkenbruchartigen Regen, der, begleitet von zischenden Blitzen und ohrenbetäubendem Donnergrollen, die Erde zu ertränken suchte, an meiner Seite und half mir, mich aufzurichten.
„Bist du in Ordnung, Archil?", fragte ich ihn besorgt.
„Ich bin okay, aber dich hat es am Kopf erwischt", antwortete er und riss sich mit einem Ruck einen Ärmel seines Hemdes ab, den er zusammenknüllte und mir reichte. „Hier, nimm!"
„Danke, Archil!", entgegnete ich und drückte mir den Stofffetzen gegen die klaffende Platzwunde an meiner Stirn. „Wie lange war ich ohnmächtig?"
„Zwei, drei Minuten, Ea", antwortete er, wobei er sich erhob und mir unter die Achsel griff, um mir auf die Beine zu helfen. „Das Beben war zwar kurz, aber es hat ganze Arbeit geleistet", fügte er hinzu, indes wir ein paar Schritte auf die Hütte zugingen, die nun nur noch einen einzigen Trümmerhaufen aus zerbrochenen Ziegelplatten, geborstenen Brettern und gesplitterten Holzbalken bildete.
„Noch nie zuvor hat die Wiederkehr Marduks solch ein schweres Erdbeben ausgelöst", bemerkte ich beim Anblick der uns umgebenden Zerstörung zutiefst schockiert. „In den vergan-

genen 121 Nefilimjahren kam es nur zu leichten, kaum messbaren Vibrationen. Ich hätte niemals gedacht, dass ..." Ich stockte. „Hörst du das, Archil? Da ruft jemand um Hilfe."
„Ja, Ea, jetzt höre ich es auch. Das sind Menschen, Menschen aus der Siedlung unten am Ufer", antwortete mein Freund mit einem Blick, der alles sagte, was zu sagen war. Und so rannten wir, keinen einzigen Gedanken über den Sinn oder Unsinn unseres Handelns verschwendend, in Richtung Euphrat los.
Als wir wenig später am Rande der Siedlung angekommen waren, bot sich uns auch hier ein Bild des Schreckens. Die schmerzerfüllten Schreie der lebendig unter den Trümmern Begrabenen ließ uns das Blut in den Adern gefrieren. Zwischen den in sich zusammengestürzten Holzhäusern und Hütten irrten unzählige Menschen umher, hilflos und verzweifelt nach ihren verschütteten Familienmitgliedern rufend.
„Bitte, Archil, bleib du hier und hilf ihnen, ich werde in den Häusern unten am Ufer nach Verwundeten suchen!", schrie ich in das immer bedrohlicher klingende Grollen der Naturgewalten hinein, indes ich mich von meinem Freund trennte.
Die vom überfluteten Euphrat zunehmend in starke Strömung versetzten Schlamm- und Wassermassen machten es mir fast unmöglich, mich weiter in Richtung Ufer voranzukämpfen. Von überall her hörte ich die von Todesangst durchdrungenen Hilferufe verschütteter Menschen. Vor einem eingestürzten Blockhaus, in dem sich bis zu diesem Zeitpunkt eine Schule befand, lagen die Leichen von fünf Kindern. In bitterer Verzweiflung weinend, grub ich in den Trümmern mit bloßen Händen nach Überlebenden. Zwei Männer, vier Frauen und zwei Kinder, die ganz eng aneinandergeschmiegt in einer Aushöhlung unter mehreren kreuz und quer übereinander zusammengestürzten Gebälkträgern ausharrten, konnte ich zwar befreien, aber retten konnte ich sie nicht ...
Der mit pechschwarzen Wolken verdunkelte Himmel färbte sich zunehmend in ein fahles, noch mehr Unheil verheißendes Gelb und die starken Winde gingen in orkanartige Sturmböen über, die mir heulend den Regen ins Gesicht peitschten, gerade so, als wollten sie mich für das, was ich tat, verhöhnen.
‚Ea, welch ein Paradoxon!!! Wach endlich auf, was du tust, hat doch keinen Sinn!', schrie da immer wieder die mich erbarmungslos quälende Stimme meiner Vernunft gegen das von meinen Gefühlen gesteuerte Handeln an. ‚Du rettest heute die Kinder, die du morgen in den Tod schicken musst! Du zögerst

ihr Leid und ihr Sterben nur hinaus! Begreifst du noch immer nicht, dass du gegen die Natur machtlos bist?'
Aber ich hörte nicht auf, weiter zu suchen, weiter zu graben, weiter gegen die übermächtigen Naturgewalten und das vernichtende Urteil meiner Ratio anzukämpfen.
„Oh mein Gott, wie leicht wäre es für mich, könnte ich mein Leben für das meiner Kinder geben!", brüllte ich meinen ganzen Schmerz dem Sturmwind ins Gesicht, als ich auf dem Boden kniend erneut den leblosen Körper eines Kindes zwischen Schutt und Schlamm ertastete.
„Hörst du mich, Gott? – Bitte lass mich nicht an meinem Glauben, lass mich nicht an deiner Liebe zweifeln! - Hilf mir, hilf den Menschen! – Hast du mich gehört??? – Antworte mir!!!"
Schluchzend hob ich das tote Kind von der Erde auf und drückte seinen zierlichen, kalten Körper an mich.
„Siehst du dieses unschuldige Kind? – Was hat es verdammt noch mal getan? – Warum, warum musste es sterben? – Sag mir, warum???", schrie ich meinen ganzen Schmerz aus mir heraus, während ich aufstand und das leblose Bündel mit ausgestreckten Armen zum Himmel emporhob.
„Ea!", hörte ich da plötzlich die Stimme meines Freundes Archil hinter mir, „du darfst nicht an deinem Glauben zu Gott und an seiner Liebe zweifeln!"
Ich spürte, wie er seine Hand sanft auf meine Schulter legte. Kraftlos ließ ich die Arme sinken und drehte mich zu ihm um.
„Kannst du in dem, was du hier siehst, die Liebe Gottes entdecken, Archil?", sagte ich und hielt ihm mit zitternden Händen das tote Kind entgegen.
„Das fällt mir angesichts dieses unschuldigen Kindes genauso schwer wie dir, mein Freund", antwortete er mit Tränen in den Augen, „doch wir sehen immer nur einen kleinen Teil des Ganzen, Ea! Wir sehen nur die Oberfläche des All-Existenten, so als würden wir nur mit ängstlichem Entsetzen die sturmgepeitschten und Gischt speienden Wogen der Ozeane erkennen können, nicht aber die friedliche Stille, die bereits wenige Meter unter diesem Chaos herrscht. – Ea, ich bin der festen Überzeugung, dass der Ursprung all dessen, was existiert und geschieht, in Gottes Liebe begründet ist! Alles Leben vom kleinsten Ur-Teilchen bis hin zum Universum ist aus seiner Liebe geboren und kehrt irgendwann wieder zu ihr zurück. Wir alle sind ein Teil des Ganzen, ein Teil seiner Liebe. Und so sind wir auch ein Teil der uns umgebenden Natur, in und mit der

wir leben. Sie verfolgt ebenso wie wir das ewig gültige Gesetz von Geburt und Heimkehr. – Unsere aus dem scheinbaren Nichts geborene Sonne spendet Wärme und Licht für alle Lebewesen in unserem Sonnensystem. Ohne sie könnte kein Leben existieren. Doch eines Tages wird sie sich zu einem tödlichen Feuerball aufblähen, der alles Leben auf der Erde und auf Marduk vernichten wird. Dann wird auch sie in sich zusammenfallen und zu einem weißen Zwerg verdichtet sterben. Dieses Ereignis wird stattfinden, ob wir das wollen oder nicht, ob es die Sonne will oder nicht. Doch dies wird nicht geschehen, weil sie uns vernichten will oder weil Gott ihr befiehlt, uns zu töten, sondern weil auch die Sonne dem kosmischen Gesetz von Geburt und Heimkehr folgt. – Ea, und so ließ Gott weder die Erde erbeben noch schickt ER uns jetzt die Flut. ER ist und ER lässt all das, was ist, SEIN!"

Den leblosen Körper wieder fest an die Brust gedrückt, ließ ich mich auf die Knie sinken und vergrub weinend mein Gesicht in ihm. Ich fand nur Tränen, keine Worte.

Archil kniete zu mir nieder und legte seinen Arm um mich.

„Ea, du hast alles getan, was in deiner Macht stand, jetzt musst du versuchen, deinen Blick von der sturmgepeitschten Oberfläche des Meeres abzuwenden und ihn auf den Frieden, der in seiner Tiefe weilt, richten", hörte ich meinen Freund leise zu mir sagen.

Ich nickte stumm und legte das Kind auf die Erde.

„Hilfst du mir, es zu begraben?", fragte ich ihn schluchzend.

„Ja, mein Freund, lass uns diesen materiellen Körper, der für seine ihm gegebene Zeit einer ewig lebenden Seele als Wohnung diente, stellvertretend für all die anderen in den Schoß der Erde legen. So findet auch die Materie ihren Frieden, auf dass sie sich kraft der Liebe Gottes wandeln und erneuern mag, um eines Tages wieder beseelt zu werden", antwortete er.

Mit bloßen Händen legten wir eine kleine Grube frei. Und während sich von dem nur einige hundert Meter weit entfernten Raumflughafen zwei GF5.0 mit funkensprühenden Triebwerken von der Startbahn erhoben, um die letzten noch auf der Erde zurückgebliebenen Anunnaki in Sicherheit zu bringen, nahmen wir nicht nur Abschied von dem leblosen Körper des Kindes, sondern von all unseren Kindern, die diese Flut nicht überleben würden ...

Fünf Minuten nachdem Archil und ich in einer NS7.9 die Erde verlassen hatten, überrollte eine verheerende Springflut Mesopotamien. Vom Südlichen Polarmeer ausgehend, war sie mit ungeheurer Geschwindigkeit über den Ozean des Südens und den Unteren Golf nach Mesopotamien vorgedrungen. Bis zu 25 Meter hohe Wellen wälzten sich vom Euphrat- und Tigrisdelta aus über das ganze Zweistromland bis hin zum Taurusgebirge im Norden. Sie rissen Türme und Häuser mit sich, entwurzelten ganze Wälder und begruben alles Leben unter sich.
Die von einem in der Stratosphäre über Mesopotamien positionierten Satelliten zur MS9 übertragenen Bilder dieser wohl größten Katastrophe in der Geschichte der Erde lösten in allen Nefilim und Anunnaki an Bord des Raumschiffes fassungsloses Entsetzen aus. Obwohl auf den Bildern der Zerstörung die Menschen nicht zu erkennen waren, konnte sich ein jeder das, was mit ihnen in diesen Augenblicken geschah, im Geiste vorstellen. Einige unserer Kameraden beweinten still das Sterben ihrer irdischen Freunde, manche schrien ihren Schmerz und ihre Verzweiflung mit hemmungsloser Wut heraus, viele aber verließen die Kommandobrücke, da sie dieses schreckliche Schauspiel nicht länger mit ansehen konnten. Selbst die an Gefühlen und Nächstenliebe armen Minister berührte das Schicksal der Menschen zutiefst, während die Religionsfürsten zum ersten Mal voll Mitleid und aufrichtiger Trauer in ihren Herzen auf die Knie sanken und für das Seelenheil aller irdischen Lebewesen beteten.
Archil und ich hatten die letzte noch im Raumflughafen Sippar stationierte NS7.9 im wahrsten Sinne des Wortes in allerletzter Minute erreicht und als wir die Landefähre nach der Ankoppelung an die MS9 verließen, kam mir Inanna in Tränen aufgelöst entgegengelaufen.
„Ea, unsere Kinder sind zu Mücken geworden, ersäuft und erschlagen treiben ihre toten Körper auf dem Wasser des Verderbens. – Oh mein Gott, das edle Menschengeschlecht ist von der Flut ausgelöscht, für immer vom Blauen Planeten verschwunden!", schrie sie mit über der Brust verschränkten Armen, bevor sie, von einem Weinkrampf geschüttelt, in meine Arme sank und ohnmächtig zusammenbrach …

Als Inanna wenig später in unserer Kabine wieder zu Bewusstsein kam, gestand ich ihr im Beisein meines Freundes Archil unseren heimlichen Besuch bei Noah und den von mir erdachten Plan zur Rettung seiner Sippe.

Das Sterben Abertausender von Menschen vor Augen, war diese Nachricht zwar nur ein schwacher Trost für sie, doch die Hoffnung, Noah und seine Familie könnten die Flutkatastrophe unversehrt überlebt haben, entfachte auch in ihr wieder einen Funken Zuversicht. Zuversicht in eine neue Zukunft für unsere irdischen Kinder ...

Vierzig Tage lang regnete es auf der Erde ununterbrochen. Schwere Gewitter entluden sich über den sturmgepeitschten Fluten und die Temperaturen in der Zone zwischen 23 Grad nördlicher und 23 Grad südlicher Breite sanken auf plus 10 Grad Celsius.

Auf den Regen folgten 150 Tage, in denen fast kein Wind wehte und die Wasser der Flut gleich einem einzigen glatten Spiegel über weiten Teilen des Blauen Planeten lagen.

Der Kontinent der Unteren Welt, die Koloniestadt Nimiki und die aralischen Minen, die Städte in Mesopotamien, der Garten Eden, das wissenschaftliche Labor in Eridu, Enlils Residenz in Nippur, der Raumflughafen in Sippar, alles lag unter Wasser und Schlamm begraben. Die Arbeit von 440.000 Erdenjahren, die in liebevoller Aufopferung erzielten Erfolge in der Zucht von Pflanzen und Tieren, unsere technischen und wissenschaftlichen Errungenschaften, nichts blieb uns mehr außer der Hoffnung, dass Noahs Schiff unbeschädigt die Gipfel des Großen Ararat erreicht hatte.

Im achten Monat nach dem Erdbeben begann das Wasser langsam zu sinken. Zwei Monate später kamen die Spitzen der kleineren Berge zum Vorschein und die Temperaturen stiegen wieder auf plus 30 Grad Celsius. Am Ende des zwölften Monats war die Flut endlich vorbei und die Sonne begann die meterdick mit Schlamm bedeckte Erde wieder zu trocknen.

Doch mit dem Ende der Flut war auch der Tag gekommen, an dem die MS9 ihre Erdumlaufbahn verlassen und die Heimreise zum Roten Planeten antreten musste. Und so bat ich Anu um Erlaubnis, ein letztes Mal mit einer NS7.9 zur Erde fliegen zu dürfen.

Er sah mich mit durchdringendem Blick an: „Und was sollte das so kurz vor unserem Rückflug noch für einen Sinn haben, Ea?"

„Es ist für mich als Wissenschaftler von größter Wichtigkeit, den durch die Flut entstandenen Schaden vor Ort zu überprüfen", begann ich zu argumentieren, „denn nur so kann ich beurteilen, ob es überhaupt eine Chance für uns gibt, in einem Jahr wieder auf die Erde zurückzukehren."

„Weil es für dich als Wissenschaftler wichtig ist?", entfuhr es da meinem Vater mit weit nach oben gezogenen Augenbrauen, bevor er mir dann wortwörtlich zu verstehen gab, dass ihn meine fadenscheinigen Ausreden in keiner Weise dazu bewegen könnten, einem solch gewagten Unternehmen zuzustimmen, zumal die uns noch verbleibende Zeit in der Erdumlaufbahn sehr knapp bemessen sei. Könnte ich ihm gegenüber jedoch eine Argumentation vorbringen, die im Gegensatz zu der vorangegangenen nicht an seine Vernunft oder seine Verpflichtung gegenüber der nefilimischen Wissenschaft appellierte, sondern auf einer Basis von Vertrauen, Ehrlichkeit und Liebe aufgebaut wäre, würde er seinen Entschluss eventuell noch einmal überdenken.

„Du weißt ...?", fragte ich einer plötzlichen Ahnung folgend völlig verblüfft.

„Aber, Ea, hältst du mich denn wirklich für taub und blind? Taub an Gefühlen und blind im Herzen? Ich bin zwar nicht dein leiblicher Vater, doch ich liebe dich mehr als alles andere auf der Welt. Und diese Liebe macht mich zu einem Sehenden, wenn auch nur zu einem Sehenden des Herzens", lächelte er mich an, wobei er mir zärtlich über die Wangen strich. „Ich sehe so manches Mal die Gedanken deines Geistes wie leibhaftige Gestalten vor meinen Augen zum Leben erwachen, fühle mit Freuden und Schmerzen, was dein Herz empfindet. Ja, und dann ist meine Sicht klar und von strahlendem Licht erleuchtet, mein Fühlen einer offenen Wunde gleich. Aber hie und da verhülle ich mit dem Schleier meines eitlen oder ängstlichen Nichthinsehenwollens das Licht der sehenden Erkenntnis, während ich mit der sterilen Nadel des selbstsüchtigen Nichtmitfühlenwollens Stich für Stich die offene Wunde meiner liebenden Empfindsamkeit zu verschließen suche. Dieses verhängnisvolle Verwirrspiel bewusster Selbsttäuschung wäre mir nun beinahe wieder einmal gelungen, wenn mich Kommandeur Amir nicht schon vor einigen Tagen darüber in Kenntnis gesetzt hätte, dass die Infrarotabtastung der Erdoberfläche eine Wärmequelle am Fuß des Großen Ararat lokalisierte, die auf tierisches oder menschliches Leben hinweist."

Diesen seit einem Erdenjahr zentnerschwer auf meinem Herzen lastenden Stein der Ungewissheit hörte man in diesem Moment förmlich zu Boden stürzen.

„Sie leben!!! Gott sei Dank, sie leben!!!", schrie ich mit unbändiger Freude heraus, indes ich Anu um den Hals fiel.

„Ja, so wie es scheint, haben einige von ihnen überlebt", schmunzelte er, „und ich frage mich, wie ihnen das ohne fremde Hilfe gelingen konnte. – Also, mein Sohn, wie wär's zur

Abwechslung mal mit der Wahrheit? – Hast du deinen Schwur gebrochen?"

„Nein, Vater, das habe ich nicht!", antwortete ich, vor Glück übers ganze Gesicht strahlend, woraufhin ich begann, ihm von Noah, seiner Dorfgemeinschaft und zu guter Letzt auch alles über das von Archil und mir in seiner Hütte inszenierte „Schattenkabinett" zu erzählen.

„Kannst du mir diese List verzeihen, Vater?", wollte ich mit einer gespielt reuigen Unschuldsmiene von ihm wissen, nachdem ich mit meinen Ausführungen am Ende angelangt war.

„Ja, mein Sohn, das kann ich wohl. Ich bin dir sogar sehr dankbar dafür", lächelte er. „Weißt du, ich habe zwar noch nie einen Fuß auf die Erde gesetzt und das Glück, einen dieser Menschen kennenzulernen, blieb mir bislang ebenso versagt. Aber durch dich habe ich diesen Planeten und seine Lebewesen lieben gelernt. Glaub mir, als ich vor der Flut meinen Entschluss fassen musste, der einem tausendfachen Todesurteil gleichkam, brach mir beinahe das Herz. Doch ich fühlte, dass du dem Sterben deiner geliebten Erdlinge nicht tatenlos zusehen würdest. Das spendete mir Trost und Hoffnung, ohne die mich die schwer auf meinem Gewissen lastenden Schuldgefühle früher oder später erdrückt hätten."

„Dich trifft keine Schuld an dem, was geschehen ist, Vater!", entgegnete ich ihm.

„Gewiss, und trotzdem fühlte ich mich mitverantwortlich am Tod dieser Menschen. Aber das ist eine Sache, mit der ich ganz allein ins Reine kommen muss, und das wird seine Zeit dauern", gab er mir, nun sehr nachdenklich geworden, zu verstehen. Doch dann lächelte er wieder und fügte hinzu: „Apropos Zeit, wenn du nach Noah und seinen Freunden sehen willst, musst du dich beeilen, denn mehr als ein, zwei Stunden Aufenthalt auf der Erde wird dir nicht bleiben."

„Heißt das ...?"

„Ja, aber geh in Begleitung von Archil und versprich mir, dass du rechtzeitig wieder zurück sein wirst."

„Danke, Vater!", rief ich glücklich und küsste ihn stürmisch auf die Lippen.

„Schon gut, schon gut!", lachte er, über meine ungestüme Liebkosung amüsiert. „Verschwinde endlich, zum Küssen werden wir später noch viel Zeit haben."

„Ja, du hast recht, ich muss mich sputen! Würdest du bitte Kommandeur Amir Bescheid geben, er möge ..."

„... eine Landefähre startklar machen?", unterbrach er mich mit hintergründigem Schmunzeln.
„Ja, und die ..."
„Alles schon erledigt, Ea. In Schleuse 10 wartet eine NS7.9 mit laufenden Starttriebwerken. Amir hat auch schon die Koordinaten für die Landung ermittelt und die Daten in den Bordcomputer einprogrammiert. Ihr werdet Noah sozusagen aus heiterem Himmel direkt vor die Füße fallen."
„Du hast das alles schon vor unserem Gespräch in die Wege geleitet?", wollte ich, nun völlig aus der Fassung, wissen.
„Richtig!", antwortete er mit freundlichem Kopfnicken.
„Und warum hast du mich dann so lange auf die Folter gespannt?"
„Nun, eine kleine Strafe musste ja schließlich sein, mein Sohn!", lachte er augenzwinkernd, wobei er mir auf die Schulter klopfte und mich dann, nochmals an die knapp bemessene Zeit erinnernd, mit einem Kuss auf die Stirn verabschiedete ...

Als Archil und ich am Fuß des Großen Ararat gelandet waren und die NS7.9 verließen, trug uns der Wind den verführerischen Duft frisch über dem Feuer gebratenen Büffelfleisches entgegen. In einigen hundert Metern Entfernung hatten sich die Überlebenden der Flutkatastrophe um insgesamt fünf Feuerstellen versammelt, die sie kunstvoll aufgeschichtet und in einer halbrunden Formation gen Osten ausgerichtet hatten.
„Die Götter haben uns nicht verlassen! Die Götter sind zurückgekehrt!", jubelten sie mit zum Himmel erhoben Händen, indes sie uns nun johlend und vor Freude hüpfend entgegenliefen, um uns in Empfang zu nehmen.
Noah, der allen anderen vorausgeeilt war, schloss uns mit Tränen der Freude in die Arme. „Danke, Ea. Danke, Archil. Wir sind euch zu ewigem Dank verpflichtet. Und so schwöre ich bei Anu, dass wir euch allzeit treu dienen und ein ehrbares Leben führen werden", beteuerte er uns mit erhobener Schwurhand, bevor er sich der herannahenden Menschenmenge mit gebieterischer Haltung zuwandte.
„Erweist den Göttern eure Ehrerbietung. Sie haben uns auserwählt und uns vor dem Fluch des erzürnten Gottvaters bewahrt", forderte er die in der Zwischenzeit bei uns angekommen Männer, Frauen und Kinder auf, wobei er ihnen mit unmissverständlicher Gestik andeutete, sie mögen vor uns niederknien.
Mit vor der Brust verschränkten Armen folgten sie sogleich und ohne Ausnahme seiner Aufforderung. Und als hätten sie dieses Ritual während der langen Zeit im Bauch der Arche tagtäglich eingeübt, begannen sie nun in synchroner Abfolge immer wieder ihre Häupter tief zur Erde zu neigen und dabei gebetsmühlenartig den Satz zu rezitieren: „Ihr Götter des Himmels und der Erde, wir danken euch!"
„Noah, sag ihnen, sie sollen sofort damit aufhören!", bat ich ihn eindringlich. „Wir sind weder Götter noch hat mein Vater Anu oder irgendein ominöser Gottvater die Flut über die Erde geschickt. Du darfst sie nicht dazu ermutigen, einen solch fatalen Irrglauben in die Welt zu setzen!"
„Lass uns bitte später darüber reden", flüsterte er mir leise ins Ohr und anstatt dem beschämenden Anbetungsritual ein Ende zu bereiten, fasste er Archil an der rechten und mich an der linken Hand, hob sie mit den seinen zum Himmel empor und

rief: „Die Götter lieben euch! Und nun geht hin und bereitet ihnen ein Mahl, wir wollen ihre Wiederkehr zur Erde feiern!"
„Ja, Noah, Sohn der Götter!", antworteten sie unisono, indes sie vom Boden aufsprangen und lauthals jubilierend zu den Lagerfeuern zurückliefen.
„Sohn der Götter?!", brachte ich kopfschüttelnd und mit ernster Miene den in mir aufsteigenden Unmut zum Ausdruck. „Was soll das, Noah? Du musst dich mit aller Kraft gegen einen derartigen Religionskult um deine Person zur Wehr setzen und einer Verherrlichung der Nefilim als Götter vehement entgegenwirken!"
„Dazu ist es bereits zu spät, Ea", erwiderte er seufzend.
„Wieso zu spät?", wollte ich, die Wut in meiner Stimme nicht unterdrückend, wissen.
„Weil sie die Katastrophe ohne diesen Glauben nicht überlebt und auch nicht den Mut zu einem neuen Anfang gefunden hätten", antwortete Noah kleinlaut, woraufhin er uns von den Begebenheiten zu erzählen begann, die sich damals nach unserem Besuch in seinem Dorf zugetragen hatten.
So schilderte er uns, wie er von allen Dorfbewohnern und sogar von seinen besten Freunden ausgelacht wurde, als er sie vor der Flut warnte und dazu aufforderte, ihre Hütten niederzureißen, um ein Schiff zu bauen. Sie fragten ihn spöttelnd nach der Quelle seines Wissens, doch da er sich mir und meinem Schwur gegenüber Anu verpflichtet fühlte, ließ er sie anfangs im Unklaren darüber, woher er die Informationen zu der bevorstehenden Apokalypse erhalten hatte. Als sie ihn dann aber einen falschen Propheten und altersschwachen Spinner schimpften und seine Warnungen verächtlich in den Wind schlugen, verkündete er ihnen notgedrungen den Inhalt des in seiner Hütte zwischen Archil und mir geführten Gesprächs. Die Tatsache, dass er uns „nur" belauscht hatte, erwähnte er jedoch nicht. Stattdessen stellte er in seiner Version das Gehörte als eine ihm direkt übermittelte Offenbarung der Götter dar. Diese kleine, aber dennoch weitreichende Verzerrung der Wahrheit wurde uns auch anhand der von seinem jüngsten Sohn Japheth auf gebrannten Tontafeln eingravierten Aufzeichnungen deutlich, die er uns wenig später von seinem erstgeborenen Sohn Sem und seinem zweitältesten Sohn Ham vorlegen ließ.
Japheth war nach dem Tode seines Großvaters Lamech zum Gelehrten und Geschichtsschreiber ernannt worden, da er als

einziges Mitglied der Dorfgemeinschaft das Privileg genossen hatte, von seinem Großvater die alte Schrift der Nefilim zu erlernen. Seine Aufzeichnungen waren, wie wir beim Lesen feststellten, in der zu dieser Zeit von den Menschen auf der Erde benutzten, sehr stark an Gleichnissen und Bildern orientierten Sprache verfasst, die jedoch nichts an philosophischer Tiefgründigkeit und Poesie vermissen ließ.

Während Japheth die alltäglichen Ereignisse im Dorf sowie die von anderen Historikern aus Mesopotamien an ihn übermittelten Informationen als kurze, chronologische Folgeberichte dem von Lamech auf Pergament geschriebenen Geschichtswerk angefügt hatte, fertigte er über besonders einschneidende und für ihn besonders bedeutungsvolle Geschehnisse separate, in Stein gemeißelte oder in Ton gravierte Historienbände an. Diesen in sich abgeschlossenen Erzählungen stellte er stets eine Einleitung voran, die einen groben Abriss über die Schöpfungsgeschichte des Universums und der Erde sowie die Genesis des Menschengeschlechts bot. So stand auf der ersten der fünf Tafeln zu lesen:

Die Geschichte der Sintflut

Am Anfang schufen die Götter Himmel und Erde, Sonne, Mond und der Planeten viele.
Sie schufen das Licht und die Finsternis, den Tag und die Nacht, das Wasser und das Land und sie sprachen:
Es lasse die Erde aufgehen Gras und Kraut, das sich selbst besame, und fruchtbare Bäume, davon ein jeglicher nach seiner Art Frucht trage und habe seinen eigenen Samen bei sich selbst auf Erden. Und es geschah also.
Da sprachen die Götter:
Es errege sich das Wasser mit webenden und lebendigen Tieren und Gevögel fliege in der Luft unter dem Himmel.
Und sie segneten sie mit den Worten: Seid fruchtbar und mehret euch und erfüllet das Wasser im Meer und das Gefieder mehre sich unter dem Himmel. Die Erde aber bringe hervor lebendige Tiere: Vieh, Gewürm und der Tiere viele mehr, ein jegliches nach seiner Art.
Und die Götter sahen, dass es gut war.
Und da sie sahen, dass es gut war, sprachen die Götter:
Lasset uns Menschen machen, ein Bild, das uns gleich sei, die da herrschen über die Fische im Meer und über die Vögel unter

dem Himmel und über das Vieh und über die ganze Erde und über alles Gewürm, das auf der Erde kriecht.
Und die Götter schufen den Menschen ihnen zum Bilde, zum Bilde der Götter schufen sie ihn; und schufen sie einen Mann und ein Weib. Und sie waren beide nackt, der Mensch und sein Weib.
Und er segnete sie und sprach zu ihnen: Seid fruchtbar und mehret euch und füllet die Erde und machet sie euch untertan. Und die Götter nannten den Menschen Adam. Und Adam hieß sein Weib Eva, darum dass sie eine Mutter ist aller Lebendigen.
Und die Götter pflanzten einen Garten in Eden gegen Morgen und setzten die Menschen hinein, die sie gemacht hatten.
Und die Götter geboten den Menschen und sprachen: Ihr sollt essen von allerlei Bäumen im Garten; aber von dem Baum der Erkenntnis, des Guten und Bösen, sollt ihr nicht essen; denn welches Tages ihr davon esset, werdet ihr des Todes sterben ...

Auf der zweiten Tafel folgte eine mehr oder weniger haarsträubende Interpretation der Ereignisse in Eden, in der Enlil als Schlange, Eva als Verführerin Adams und ich in Person eines zornigen Gottes dargestellt wurde, der seine Kinder verfluchte und sie aus dem Paradies vertrieb. Dem schloss sich die Geschichte von Kain und Abel an, bevor Japheth seinen Stammbaum, beginnend bei Adam und Eva, über Seth und Enos, bis hin zu Lamech und Noah vermerkt hatte.

Die dritte Schrifttafel berichtete von der Zeit vor 120 Erdenjahren, als die Seuche und die große Dürreperiode auf der Erde ihren Anfang nahm:

... Da sich aber die Menschen begannen zu mehren auf Erden und ihnen Töchter geboren wurden, da sahen die Söhne der Götter nach den Töchtern der Menschen, wie sie schön waren, und nahmen zu Weibern, welche sie wollten.
Da sprach der Vater aller Götter:
Die Menschen wollen sich von meinem Geist nicht mehr strafen lassen, sie sind zu willenlosem Fleisch geworden. Ich will ihnen aber noch Frist geben hundertundzwanzig Jahre.
Da aber der Vater der Götter sah, dass der Menschen Bosheit größer wurde auf Erden und alles Dichten und Trachten ihres

Herzens nur böse war immerdar, da reute es ihn, dass die Menschen gemacht waren auf Erden, und es bekümmerte ihn in seinem Herzen, und er sprach:
Ich will die Menschen, die geschaffen sind, vertilgen von der Erde, vom Menschen an bis auf das Vieh und bis auf das Gewürm und bis auf die Vögel unter dem Himmel, denn es reut mich, dass sie gemacht sind.
Aber Noah fand Gnade vor dem Vater der Götter und zweien seiner Söhne. Denn Noah war ein guter Mann und führte ein göttliches Leben zu seiner Zeit. Da sandte der Vater der Götter zwei der Söhne zu Noah, und diese sprachen zu ihm:
Alles Fleisches Ende ist vor unseren Vater gekommen, denn die Erde ist voll Frevel, so will er die Menschen verderben mit der Erde.
Doch du, Noah, Sohn des Lamech, mache dir einen Kasten von Tannenholz und mache Kammern darin und verpiche ihn mit Pech inwendig und auswendig. Und mache ihn also:
Dreihundert Ellen sei die Länge, fünfzig Ellen die Weite und dreißig Ellen die Höhe. Ein Fenster sollst du daran machen obenan, eine Elle groß. Die Tür sollst du oben mitten in die Seite setzen. Und der Kasten soll drei Böden haben, einen unten, den anderen in der Mitte, den dritten in der Höhe. Denn siehe, der Vater aller Götter will eine Flut mit Wasser kommen lassen auf Erden, zu verderben alles Fleisch, darin lebendiger Odem ist unter dem Himmel. Alles, was auf Erden ist, soll untergehen ...

Auf der vierten Tafel war der Bau des Schiffes, das Einsetzen des wolkenbruchartigen Regens, die Ereignisse während des Bebens und das Ausbrechen der Flut vermerkt. Die fünfte enthielt folgenden Text:

Eben am selben Tage ging Noah in den Kasten mit Sem, Ham und Japheth, und mit seinem Weibe und seiner Söhne drei Weibern, und seiner Getreuen vielen, dazu allerlei Getier nach seiner Art.
Da kam die Sintflut vierzig Tage auf Erden und die Wasser wuchsen und hoben den Kasten auf und trugen ihn empor über die Erde.
Und das Gewässer nahm überhand und wuchs so sehr auf Erden, dass alle hohen Berge unter dem ganzen Himmel bedeckt

wurden. Und das Gewässer stand auf Erden hundertundfünfzig Tage.
Da gedachte der Vater aller Götter an Noah und an alle Tiere und an alles Vieh, das mit ihm in dem Kasten war, und ließ die Wasser sinken. Am siebzehnten Tage des siebenten Monats ließ sich der Kasten nieder auf das Gebirge Ararat. Es nahm aber das Gewässer immer mehr ab. Am ersten Tage des zehnten Monats sahen der Berge Spitzen hervor.
Nach vierzig Tagen tat Noah das Fenster auf an dem Kasten, das er gemacht hatte, und ließ einen Raben ausfliegen; der flog immer hin und wieder her. Darnach ließ er eine Taube von sich ausfliegen, auf dass er erführe, ob das Gewässer gefallen wäre auf Erden. Da aber die Taube nicht fand, da ihr Fuß ruhen konnte, kam sie wieder zu ihm in den Kasten.
Da harrte er noch weitere sieben Tage und ließ abermals eine Taube fliegen. Die kam zu ihm zur Abendzeit, und siehe, ein Ölblatt hatte sie abgebrochen und trug's in ihrem Munde. Da merkte Noah, dass das Gewässer gefallen war. Aber er harrte noch weitere sieben Tage und ließ eine Taube ausfliegen; die kam nicht wieder zu ihm.
Im sechshundertundersten Jahr des Alters Noah vertrocknete das Gewässer auf Erden. Da tat Noah das Dach von dem Kasten und sah, dass die Erde trocken war ...

Als ich die Texte zu Ende gelesen hatte, verspürte ich den unwiderstehlichen Drang, sofort vor die um die Lagerfeuer versammelten Menschen zu treten, um all die Ungereimtheiten und Fehldarstellungen in Japheths Aufzeichnungen richtigzustellen. Doch Noah, der mein Vorhaben zu ahnen schien, schaute mich mit flehenden Blicken an.
„Ea, du darfst ihnen ihren Glauben, der euch zu Göttern über Himmel und Erde erhebt, nicht nehmen!", bat er mich inständig. „Dieser Glaube ist das Einzige, was sie außer ihrem Leben und den Kleidern auf ihrem Leib noch besitzen. Allein aus ihm haben sie die Kraft geschöpft, den Kampf gegen die drohende Katastrophe aufzunehmen, ihre Häuser und Ställe niederzureißen, ohne Murren und Klagen ein Jahr in der Kälte und Dunkelheit im Bauch des Schiffes auszuharren und nun wieder frohen Mutes einer hoffnungsvollen Zukunft entgegenzusehen. Ihr Glaube erfüllt sie mit Ehrfurcht und Demut ebenso wie mit Zuversicht und Stolz. – Ihr seid die Mächtigen des Universums. Ihr seid die Götter, von denen sie erschaffen wurden.

Und ihr seid ihnen wohlgesonnen, ihr habt sie vor dem Zorn eures Vaters bewahrt, weil sie ein ehrbares und anständiges Leben geführt haben. Sie fühlen sich von euch geliebt und beschützt, und das macht sie stark, stärker, als sie jemals zuvor waren. – Dieser unumstößliche Glaube lässt sie in ihrem Geiste erst zu dem werden, was sie ja eigentlich schon immer waren und sind, nämlich eure über alles geliebten Kinder!"
„Ja, das sind sie fürwahr!", entgegnete ich. „Und das bedeutet, dass, selbst wenn wir im Sinne unserer göttlichen Seele Götter sind, jeder Einzelne unter euch auch ein Gott ist. Doch in Unwissenheit über diese für ihre Selbsterkenntnis essenziell und existenziell allentscheidende Wahrheit, schöpfen sie ihre Zuversicht aus der von Fehlinterpretationen und falscher Deutung getrübten Quelle eines abhängig machenden Irrglaubens. So sind und so werden sie auch niemals stolz auf sich selbst sein können, nie auf die Liebe und Macht ihrer göttlichen Seele vertrauen, die in ihrem eigenen Inneren wohnt! Durch diese Irrlehre werden sie sich tief in ihrem Herzen immer klein, schwach, hilflos und ohnmächtig fühlen, weil ihr Leben ja letztendlich auf die Gunst eines selbst vor Mord und Totschlag nicht zurückschreckenden Gottes angewiesen oder der Willkür seiner Gottessöhne und -töchter ausgeliefert ist! – Also, Noah, bitte sag ihnen die Wahrheit über uns."
„Ich fürchte aber, dass sie mir nicht glauben werden, Ea", gab er mir, die Stirn in tiefe, sorgenvolle Falten gelegt, zu bedenken. „Und selbst wenn ich sie davon überzeugen könnte, dass weder dein Vater Anu noch ihr beide als unsterbliche Götter über die Erde herrscht, sondern in Wirklichkeit genauso schwache, verwundbare und machtlose Geschöpfe seid wie wir armseligen Erdlinge, was, ja was, frage ich dich, sollte ich sie dann für einen Gottesglauben lehren? – Soll ich ihnen sagen: Gott ist „all das, was ist", Gott hat weder einen Namen noch einen Körper, Gott könnt ihr weder sehen noch hören, Gott kennt kein Wenn und Aber, Gut und Böse, Hell und Dunkel, Arm und Reich, Oben und Unten, weil Gott nichts als unendliche, bedingungslose Liebesenergie ist? – Einmal ganz davon abgesehen, dass selbst mir die Vorstellung eines solchen Gottes größte Schwierigkeiten bereitet, was würden meine Worte deiner Meinung nach bei ihnen auslösen? – Unmittelbare Akzeptanz, die in verzückten Begeisterungsstürmen gipfelt? Oder unumwundener Jubel und freudige Erleichterung darüber, endlich von ihrem plötzlich zur Irrlehre erklärten Glauben befreit

zu sein? – Nein, Ea, Verunsicherung, Enttäuschung, sogar bittere Verzweiflung und die allgegenwärtige Furcht, plötzlich allein und im wahrsten Sinne des Wortes von allen Göttern verlassen zu sein, all das würde fortan an ihren Herzen nagen! – Ich denke, sie würden sich sofort auf die Suche nach anderen, neuen Göttern machen. Und das hätte einzig einen anderen Irrglauben zur Folge! Ein Glaube vielleicht, der alles Gute in ihnen zerstört, der ihre Liebe in Hass, ihre Demut in Machthunger und ihre Zuversicht in Angst verwandeln würde!"
Noah machte eine kleine Pause, bevor er tief seufzend eine der Schrifttafeln ergriff und sie mir entgegenhielt.
„Und was die Schriften Japheths betrifft", fuhr er daraufhin fort, „so wäre es sicherlich ein Leichtes für ihn, all die nicht ganz den wahren Begebenheiten und Tatsachen entsprechenden Textstellen zu korrigieren. Doch was würde das nützen? – Wer würde über seine in vergängliche Materie gehauenen Worte wachen? Wer könnte dafür garantieren, dass die tönernen Tafeln nicht mutwillig zerbrochen, die Schriften nicht wieder abgeändert, verfälscht oder ganz neu geschrieben werden? – Du etwa, Ea? – Nein, du wirst dich, noch ehe die Sonne den Horizont im Westen erreicht, mit Archil in dein Raumschiff setzen und uns verlassen, während wir auf der von der Flut zerstörten Erde zurückbleiben müssen. Das Einzige, was diesen Menschen, euren Kindern hier auf der Erde, dann noch bleibt, ist ihr fester Glaube an euch. Und obwohl ein jeder von ihnen weiß, dass keiner euch zeitlebens wiedersehen wird, stimmt sie das weder traurig noch werden sie sich von euch alleingelassen fühlen, weil gerade dieser feste Glaube an euch nicht auf gebranntem Ton, sondern unauslöschlich in ihren Herzen und in ihrem Geist geschrieben steht! Durch ihn sind sie allzeit mit euch verbunden. Von euch, den Göttern des Himmels und der Erde, wissen sie sich geliebt und beschützt, auch wenn ihr weit entfernt von ihnen im Hause eures Vaters wohnt. Verstehst du das, Ea? – Aber bitte, wenn du diesen Menschen dort unbedingt ihren Glauben nehmen und sie unglücklich machen willst, dann tritt jetzt vor sie hin und offenbare ihnen die Wahrheit über euch, aber verlange das nicht von mir, denn ich werde es nicht tun!"
Ich nickte, begleitet von einem gequälten Seufzer, der die Last auf meinem Herzen zum Ausdruck bringen sollte, und erhob mich von der Erde. Schweigend blickte ich Noah für eine kurze Weile tief in die Augen, bevor ich mich von ihm und Archil ab-

wandte und langsam auf die bereits ungeduldig auf uns wartenden Menschen zuging. Doch dann blieb ich nach ein paar Schritten unvermittelt stehen, indes ich mich noch einmal zu den beiden umdrehte.

„Wisst ihr eigentlich, dass es nicht leicht ist, ein Gott zu sein?", rief ich Noah und Archil zu, die mir, ob dieser Frage völlig verblüfft und wie aus einem Munde mit einem „Nein, warum?" antworteten.

„Weil ein Gott über alles Weltliche erhaben sein muss!", gab ich zurück und fügte dann lächelnd hinzu: „Ich bin nicht Gott und somit auch nicht über das Weltliche erhaben, aber nichtsdestotrotz sollte ich nun das jedem Lebewesen von Gott gegebene Recht der Glaubens- und Willensfreiheit kompromisslos anerkennen! Und das will heißen, dass ich meinen Willen nicht mehr über den freien Willen meiner Kinder stellen werde. So ist es fortan mein Wille, dass euer Wille geschehe!" ...

Wir schreiben heute den siebzehnten Tag im ersten Monat des Jahres 1M/250T/179 n. N. An Bord der MS9 werden wir in wenigen Minuten die Heimreise zum Planeten Marduk antreten. Nach über 122 Nefilimjahren hat unsere Erdmission nun ein unvorhersehbar schnelles und für uns Nefilim und Anunnaki sehr schmerzliches Ende gefunden.
Ich sitze in meiner Kabine am Schreibtisch, schreibe diese Zeilen und denke voller Wehmut an Noah, seine Familie und das kleine Volk unserer Menschenkinder.
Noch vor wenigen Stunden haben Archil und ich ausgelassen mit ihnen gefeiert. Hand in Hand tanzten wir mit ihnen um die Lagerfeuer am Fuß des Großen Ararat. Und als wäre nichts geschehen, sangen wir fröhlich ihre Lieder, aßen das vorzüglich zubereitete Büffelfleisch, tranken den letzten über die Flut geretteten Wein aus den sonnigen Lagen am Ufer des Euphrat und redeten von den guten alten Zeiten, aber auch über die Zukunft der Menschen und die des Blauen Planeten.
Ich werde niemals vergessen, mit welcher Zuversicht sie ihren Blick nach vorn richteten. Kein Klagen war zu hören, nicht die leiseste Spur von Angst in ihren Augen zu erkennen.
‚Wir haben die Flut überlebt, die Sonne über uns scheint ohne unser Zutun, das Wasser fließt in Bächen und Flüssen, ohne dass wir es ihm befehlen. Wir haben gelernt, Pflanzen anzubauen und Vieh zu züchten, Bäume zu fällen und Hütten zu bauen und wir haben euch Götter im Himmel, was also brauchen wir mehr, um ein glückliches Leben zu führen?' So und ähnlich klangen die Worte aus vieler Munde, als wir uns im flackernden Schein des Feuers von unseren irdischen Kindern verabschiedeten. Und so wurde mir mit aller Deutlichkeit „zu Ohren geführt", dass meine Entscheidung, sie in ihren Glauben zu belassen und ihnen die Wahrheit über uns Nefilim zu verheimlichen, im Sinne und zum Wohle dieser Menschen richtig war.
Als wir dann nach zwei knappen Stunden Aufenthalt auf der Erde von Kommandeur Amir aufgefordert wurden, in unserer Landefähre zur MS9 zurückzukehren, zog ich mir den goldenen Siegelring des irdischen Oberbefehlshabers vom linken Ringfinger.
„Ich, Ea von Marduk, Sohn des göttlichen Anu, ernenne dich, Noah, Sohn des Lamech, zu meinem Stellvertreter auf dem

Planeten Erde", erhob ich meine Stimme über das Gemurmel und Raunen der sich in gespannter Neugierde um uns Versammelten hinweg, indes ich Noahs linke Hand ergriff.
„Schwöre vor Gott dem Allmächtigen, Herr allen Lebens und Quell der bedingungslosen Liebe, Vater des Anu, der Nefilim, Anunnaki und Menschenkinder, dass du die Liebe deines Herzens, die Macht deines Geistes und die Schöpfungskraft deiner unsterblichen Seele zum Wohle der Menschheit und des Planeten Erde einsetzen wirst!"
„Ich schwöre, so wahr mir Gott helfe!", antwortete er mit zum Schwur erhobener rechter Hand, indes ich ihm das „goldene Siegel der Götter" über den Ringfinger seiner linken Hand streifte und ihn umarmte.
„Noah, ich werde in Gedanken immer bei euch sein", flüsterte ich ihm mit Tränen in den Augen und unter dem grenzenlosen Jubel seines Volkes zu.
„Danke, Ea, danke für alles!", antwortete er mit vor Rührung zitternder Stimme. „Euer Platz wird auf ewig in unserem Herzen und dem unserer Kinder und Kindeskinder sein."
Ich drückte Noah noch einmal fest an mich, bevor ich mich mit erhobenem Arm an die uns umringenden Männer und Frauen wandte und ihnen zurief:
„Lebt wohl, meine Kinder! Achtet die Weisungen Noahs und die Gesetze der Natur. Und so lasst mich euch ein letztes Mal daran erinnern:
Liebet einander, so wie ich euch geliebt habe! Seid fruchtbar und mehret euch zum Wohle der Menschheit und zum Segen eurer Mutter Erde!" ...

Erst das ohrenbetäubende Dröhnen unserer mächtig auf Touren drehenden Starttriebwerke vermochte das Freudengeschrei der uns zum Abschied zujubelnden Menschen zu übertönen. Doch nachdem unsere Landefähre Sekunden später von der Erde abgehoben hatte und wir in sechsfacher Schallgeschwindigkeit höher und höher in den azurblauen Himmel aufstiegen, war mir, als könnte ich plötzlich wieder ihre Stimmen vernehmen, die sich zu einem immer engmaschiger werdenden Netz zu verknüpfen schienen, das mein Herz einzuschnüren begann und alsbald zu erdrosseln drohte ...

... „Countdown in 1,8 Einheiten!" Die Stimme Kommandeur Amirs, die mich an Bord der MS9 während des Schreibens dieser Zeilen zwangsläufig aus meinen schwermütigen Gedanken befreit, hilft mir, aus der unabänderlichen Vergangenheit wieder auf den Boden der Realität zurückzukehren. In wenigen Minuten werden wir also endgültig unsere Heimreise zum Roten Planeten antreten. Marduk, Archil, Demi und Persus stehen hinter mir in meiner Kabine am Fenster. Schweigsam halten sie sich an den Händen, ihren Blick unverwandt auf den leuchtend blauen Erdball unter uns gerichtet, dessen atemberaubende Schönheit alle anderen Himmelskörper innerhalb unseres Sonnensystems vor Neid erblassen lässt.

Inanna sitzt neben mir am Schreibtisch. Den Kopf an meine Schulter gelegt, schaut sie mit verweinten Augen auf den Monitor meines Computers, ohne jedoch eines der geschriebenen Worte oder den in der Frequenz meines Herzschlags blinkenden Cursor bewusst wahrzunehmen. Zu groß ist ihr Schmerz über das Schicksal der Erde und den Tod ihrer geliebten Erdlinge. Ihr fröhliches Lachen von einst ist verstummt, der Glanz ihrer Augen erloschen. Die Göttin in ihr weint um ihre Geschöpfe, die Mutter um ihre Kinder. Und ich finde keine Worte, um sie zu trösten.

Doch was sind schon Worte? – Schall und Rauch. Regentropfen in den Strahlen der Sonne. Sandkörner in der Gischt des Meeres ... Doch unsere Liebe füreinander bedarf, dem Gott der bedingungslosen Liebe sei Dank, keiner Worte! Sie wird nicht nur Inanna, sondern auch mir Trost spenden, denn sie ist gleich dem Ton, der den Schall erzeugt, dem Feuer, das den Rauch gebiert, dem Kern der Sonne, der sie zum Strahlen bringt, dem Fels in der Brandung, der die stürmischen Wogen des Meeres bricht ...

„Countdown in 0,9 Einheiten!"

Gleich den Schlägen eines stählernen Klöppels, der im Sekundentakt den Körper einer Gussstahlglocke in Schwingung versetzt, wodurch er uns mit unbarmherziger Beharrlichkeit an die Vergänglichkeit unseres Seins gemahnt, scheinen sich die getakteten Durchsagen Amirs in meinem Gehirn wie neurale Klöppelschläge zu gebärden, die mit gnadenloser Penetranz gegen meine Schädeldecke hämmern, um mir schonungslos

das nun unwiderruflich bevorstehende Ende unserer Mission auf der Erde anzukündigen.
122 Nefilimjahre oder 439.200 irdische Jahre sind vergangen, seitdem ich, aufgeregt wie ein kleiner Junge an seinem ersten Schultag, mit den Füßen zum ersten Mal die Erde berührte.

„Countdown in 0,6 Einheiten!"

Ich öffne die oberen Knöpfe meines Hemdes und umschließe mit den Händen die an meinem Lederhalsband befestigten Fangzähne des Säbelzahntigers. Ich kann mich eines wehmütigen Seufzers nicht erwehren, indes ich gedankenverloren vor mich hinmurmle:
„Oh mein Gott, wo ist nur die Zeit geblieben?"
„In deiner Erinnerung!", höre ich da Inanna leise zu mir sagen, die, aus ihrer Apathie erwacht, den Kopf von meiner Schulter gehoben hat und mich nun mit traurigen Augen anschaut.
„Und was ist aus dem Traumtänzer von einst geworden?", frage ich sie und lege zärtlich meinen Arm um sie.
„Eine ewig junge Eintagsfliege und ein alternder Gott zugleich!", antwortet sie und ich glaube meinen Augen nicht zu trauen, plötzlich sehe ich ein flüchtiges Lächeln über ihr wunderschönes Gesicht huschen.

„Countdown in 0,3 Einheiten!"

„Ich liebe dich, Inanna!"
„So sehr wie ich dich?"
Ich antworte nicht, sondern küsse sie.

„Countdown in 0,2 Einheiten!"

Als unsere Lippen sich voneinander lösen, fassen wir uns bei der Hand und stehen auf. Am Kabinenfenster angelangt, nehmen wir schweigend unseren Sohn und unsere Freunde in die Arme.

„Countdown in 0,1 Einheiten!"

Mit einem letzten Blick auf die Erde zünden die Triebwerke der MS9 und bereits Sekundenbruchteile später ist der Blaue Planet aus unseren Augen entschwunden.

Einem feuerspeienden Kometen gleich nimmt unsere Raumfähre nun Kurs auf unseren Heimatplaneten Marduk, der auf seiner langen Reise das Perigäum überschritten und den Weg zurück zum seinem Apogäum angetreten hat.
Ich fühle, wie sich mit einem Mal wieder schmerzliche Trauer in meinem Herzen auszubreiten sucht, doch noch bevor es ihr so recht gelingen mag, höre ich im Geiste die Stimme meiner Mutter nach mir rufen:
‚Aber Ea, jeder Abschied ist doch auch ein Augenblick der Freude, der Freude auf ein Wiedersehen!'
‚Ja, Cora, ich weiß!', antworte ich ihr in Gedanken. ‚Kein Ende ohne Anfang, kein Anfang ohne …

… Ende!'

Danksagung

Auf der Suche nach dem wahren Sinn meines Lebens stellte sich mir vor fast dreißig Jahren die Frage nach dem wahren Ursprung des Menschen. Neben der darwinistischen Evolutionstheorie und den Schöpfungsgeschichten der fünf Weltreligionen befasste ich mich damals auch eingehend mit den Mythen, Sagen und Überlieferungen der Antike und des Alten Orients. Dabei stieß ich auf das sumerische Gilgamesch-Epos (ca. 2.500 v. Chr., wahrscheinlich noch viel älter).

Aus diesen akkadischen Texten geht hervor, dass der Mensch von „himmlischen Göttern" erschaffen wurde, die vor ca. 450.000 Jahren, mit Raumschiffen aus dem Weltall kommend, an der Küste des Persischen Golfes landeten. Die sumerischen Chronisten, deren Überlieferungen aus einer Zeit lange vor den ersten biblischen Texten stammen, behaupten in ihrem Epos, dass die vom Planeten Marduk stammenden Nefilim die Erde besiedelten, den Boden kultivierten, Bodenschätze abbauten, Tiere domestizierten und mittels gentechnischer Manipulation aus dem Homo erectus den ersten Menschen erschufen.

Allein die faszinierende Vorstellung, dass die Sumerer in ihren Aufzeichnungen keine mystisch motivierte Fantasy, sondern die wahre Genesis des Menschen überliefert haben könnten, inspirierte mich zu diesem Historien-Fantasy-Roman der besonderen Art.

An dieser Stelle ist es mir ein großes Bedürfnis, Zecharia Sitchin über die Grenzen von Raum und Zeit hinweg von Herzen zu danken. In seinem Buch „Der zwölfte Planet" (Droemer Knaur, München 1995) fand ich sozusagen den roten Faden, an dem sich meine geistigen Visionen und Fantasien emporranken konnten.

Acht Jahre lang arbeitete ich in jeder freien Minute an meinem Manuskript. In dieser Zeit lebte ich in meinen Gedanken und Emotionen mehr in der Welt der Nefilim und Anunnaki als in meiner irdischen Realität. Und so war es für manchen geliebten Menschen in meinem Umfeld sicherlich nicht immer leicht, mit einem zwischen zwei Welten hin- und hergerissenen Traumtänzer oder Fantasten zurechtzukommen oder auf die erhoffte Aufmerksamkeit und Zuwendung verzichten zu müssen. Deshalb gilt insbesondere diesen Menschen mein von ganzem Herzen kommender Dank …

– Lynn, meinem irdischen Engel, unseren Kindern Manu, Michi, Björn, Kevin, Marco und Jonathan, sowie meinem Papa Josef im Reich der Seelen und meiner Mama im Hier und Jetzt …

– meinen wahren Freunden hier auf Erden und all meinen „beflügelten Kumpels", die mich stets im Geiste begleiten, beschützen und inspirieren …

– allen, die mich auf meinen wundersamen Wegen unterstützt, ermutigt und zu mir gehalten haben …

– allen, die mir bei der Verwirklichung dieses Buches mit Rat und Tat, ihrem Wissen und ihrer Arbeit zur Seite gestanden haben, insbesondere Regine Schmidt für ihre liebevolle und weise Begleitung als Lektorin und David Hofmann von naranjaMEDIA für sein geniales Coverdesign sowie Hans Vogel für sein meisterliches Cover-Gemälde und die Grafiken im Buch …

– und last but not least all jenen, die mir als Klienten und Patienten nicht nur ihr Vertrauen, sondern auch im Sinne der Resonanz und Gravitation unendlich viel Anerkennung, Kraft und Liebe geschenkt haben …

– ohne euch wäre ich wie ein Ozean ohne Wasser, ein Herz ohne Blut, ein Körper ohne seine Seele …

Ich liebe und umarme euch.

Der Autor

- Geboren 1957, lebt in Ispringen bei Pforzheim in einer Patchworkfamilie, zu der sechs Kinder gehören.

- 1989
Nahtoderlebnis bei einem Blitzeinschlag in ein Flugzeug.

- 1990–2008
Künstlerische Tätigkeit als Komponist und Songtexter; erste Kinderbuchmanuskripte; Selbststudium Religion, Grenzwissenschaften, Psychologie; Ausbildungen in FengShui, Geo-Baubiologie, analytischer, medizinischer, psychologischer Kinesiologie; Hypnosetherapie.

- 2009–2015
Staatliche Erlaubnis zum Heilpraktiker für Psychotherapie; eigene Praxis für Psychotherapie, Kinesiologie und Hypnose; Zertifizierung Schmerztherapie durch Hypnose, Hypnotherapie Burnout und Depression; Zertifizierung Psychoonkologischer Berater; Ausbilder in analytischer Kinesiologie für Ärzte, Heilpraktiker, Therapeuten.

- 2015
Buchveröffentlichung: „Quis sum – Wer bin ich? Die Psyche, das unbekannte Wesen", ISBN 978-3-00-050983-4.

Ohne dieses Buch fühlt sich nicht nur Deine Seele unverstanden und vernachlässigt, sondern auch Dein Bücherregal ...

Quis sum - ISBN 978-3-00-050983-4

„Warum gerade ich?" – Hand aufs Herz, wie oft haben Sie sich diese Frage in Ihrem Leben schon gestellt? Wie viele Male haben Sie mit dem Zufall, Ihrem Schicksal oder „Gott" gehadert und sich gefragt, warum dieses oder jenes ausgerechnet Ihnen passiert ist? – „Warum bin gerade ich in diese Familie hineingeboren worden? – Warum habe ich diesen Tyrann zum Vater, diese lieblose Frau zur Mutter? – Wieso muss ausgerechnet ich unglücklich verliebt oder verheiratet sein? – Warum bin gerade ich einsam oder finde keinen Partner, der mich wirklich liebt? – Warum habe ich den falschen Beruf erlernt, einen Sklaventreiber zum Chef oder diese intriganten, mobbenden Kollegen bei der Arbeit? – Wieso wohnt neben mir dieser böse Nachbar, der mich nicht in Frieden leben lässt? – Warum bin ausgerechnet ich arm, erfolglos und vom Pech verfolgt? – Warum habe gerade ich den geliebten Menschen an meiner Seite verloren, diese körperliche Krankheit bekommen oder durch psychischen Stress einen Burnout, eine Depression oder eine Angststörung erleiden müssen?" Vielleicht gehören Sie, liebe/r Leser/in, zu den Menschen, die sich, so wie ich vor 25 Jahren, noch nie wirklich tiefergehende Gedanken darüber gemacht haben, wer sie wirklich sind, was ihren Geist und ihre Seele ausmacht, ob es eine höhere Macht gibt, die über ihr Leben bestimmt oder ob es ein Leben vor der Geburt und ein Leben nach dem Tod gibt ... Vielleicht sind Sie, ebenso wie ich damals, ein vornehmlich rational bewertender, an Fakten orientierter Realist, für den sich die Frage nach dem Sinn seines Lebens erst dann stellt, wenn eine Krankheit, ein besonders negatives Ereignis oder ein schicksalhaftes Erleben die vermeintlich „heile" Welt ins Wanken bringt? –

Eingebunden in biographische Retrospektiven und praxisbezogene Fallbeispiele, möchte ich über den „kleinen" Kreis meiner Patienten hinaus, nun auch den Lesern dieses Buches meine Theorien über „Gott und die Psyche", die wahre Psychologie (Seelenkunde), die Psychosomatik (Seelen-Körper-Sprache), die Schöpfungskraft unseres Unterbewusstseins und die Macht unserer Gedanken sowie das Gesetz von Resonanz und Gravitation in allgemein verständlicher Sprache näherbringen ...

MOZARTIAMO© - DER SPRUCH ZUM SONNTAG
von
Joachim Josef Wolf
auf
www.facebook.com/joachimjosefw.de/
und auf der Autoren-Website
www.autor-joachim-wolf.de

Sprüche auch als Videos mit Musik auf YouTube

MOZARTIAMO© – SONGS UND VIDEOS

von
Joachim Josef Wolf

auf
www.youtube.com
und auf der Autoren-Website
www.autor-joachim-wolf.de

Songs, deutsche Schlager und Balladen

Volkstümliche Schlager und Handwerker-Songs